ars vivendi
Krimi

Sigrun Arenz

16 Uhr 50 ab Ellingen

Ein fränkisch-britischer Kriminalroman

ars vivendi

Originalausgabe

1. Auflage November 2021

www.arsvivendi.com

Lektorat: Tanja Böhm
Druck: CPI buchbücher.de GmbH, Birkach
Gedruckt auf holzfreiem Werkdruckpapier
der Papierfabrik Arctic Paper

Printed in Germany

ISBN 978-3-7472-0302-6

16 Uhr 50 ab Ellingen

Prolog

Aufforderung zum Tanz

»Ich betrachte einen Tanz als Sinnbild für die Ehe. Treue und Verbindlichkeit sind in beiden Fällen die wichtigsten Pflichten beider Parteien; und diejenigen Männer, die sich entscheiden, selber nicht zu tanzen oder zu heiraten, sollten nichts zu schaffen haben mit den Partnerinnen oder Ehefrauen ihrer Mitmenschen.«

»Aber es handelt sich um so unterschiedliche Dinge! Zwei Menschen, die heiraten, können sich nie wieder trennen und müssen im selben Haus wohnen. Wenn man miteinander tanzt, steht man sich lediglich eine halbe Stunde lang in einem großen Saal gegenüber.«

»Sie müssen aber doch zugeben, dass in beiden Fällen der Mann das Privileg der Wahl hat, die Frau nur die Freiheit, nein zu sagen; dass es sich in beiden Fällen um eine Verbindung handelt, die zum gegenseitigen Nutzen eingegangen wird und dass man verpflichtet ist, dem anderen keinen Grund zu dem Wunsch zu geben, sich für jemand anderen entschieden zu haben.«

Jane Austen, *Northanger Abbey*

Schon die Aufforderung zum Tanz bietet Gelegenheit zu einer Menge Chaos.

Und da ist von Konkurrenz, Geheimnissen und Mord noch nicht einmal die Rede.

Die Musiker spielten auf, und die Dame im langen Kleid sank in einen eleganten Knicks, während der Mann, der ihr gegenüberstand, sich verbeugte. Die beiden reichten sich die behandschuhten Hände und schritten zwischen dem nächsten Paar hindurch. Unter ihren zierlichen Schuhen glänzte das alte Parkett des großen Tanzsaals wie neu.

»Fuck, Johannes, das kann doch wohl nicht dein Ernst sein!«, rief Markus Wieland aus.

Sein Kollege beugte sich nach vorn zum Bildschirm und drückte auf Pause. Die Musik verstummte, und die Tänzer erstarrten in der Bewegung.

»Warum nicht?«, gab Johannes ungerührt zurück. »Das passt super in die Reihe über Hobbys und Sportarten in Franken. Du nimmst Kontakt mit einer dieser Gruppen in der Gegend auf, schaust dir das Ganze an, und wir machen einen netten kleinen Beitrag darüber.«

Er ließ den Youtube-Film weiterlaufen. Auf dem Bildschirm »sprangen« gerade mehrere Leute im Kreis herum, ehe die Männer und Frauen wieder in die ursprünglichen Reihen zurückkehrten. »Netter kleiner Beitrag, na klar«, grummelte Markus. »Mittelalterliches Rumgehüpfe – das wird der Knaller!«

Johannes lachte auf. »Komm schon, hab dich nicht so, wir müssen alle Opfer bringen. Ich würde es selbst machen, aber ich bin leider mit dem Bouldern und der Splashdiving-Meisterschaft völlig ausgelastet.«

»Splashdiving?«, fragte Markus in der Hoffnung, dem Thema »Historischer Tanz« für ein paar Minuten zu entfliehen.

»Besser bekannt unter der Bezeichnung ›Arschbombe‹«, antwortete sein Kollege knapp und kehrte direkt zum unbeliebten Gegenstand zurück. »Bei deinem Ausflug in die galante Zeit des englischen Regency Dancing arbeitest du mit Elif Aydin zusammen. Sie macht die Filmsequenzen, du kümmerst dich um die

Texte. Ich lasse euch alle Freiheiten, Hauptsache, es kommt etwas Sehenswertes dabei heraus.«

In diesem Moment lief die Praktikantin an ihnen vorbei, und ihr Blick fiel auf die Tänzer und Tänzerinnen. »Oh, wie cool«, rief sie aus. »Wie bei Jane Austen. Wie bei *Bridgerton.* Ich wusste nicht, dass es so was in echt gibt.« Sie sah die beiden Männer strahlend an. »Ich fänd's super, wenn wir darüber was machen würden. Ist doch mal was anderes als immer nur Fußball oder Zumba!« Dann eilte sie weiter auf die Kaffeeküche zu. Der Sender versuchte zwar, seine Praktikanten sinnvoll in die Arbeit mit einzubinden, aber faktisch verbrachten sie trotzdem immer noch sehr viel Zeit mit Kaffeekochen. Oder waren die modernen Praktikanten vielleicht einfach überdurchschnittlich koffeinsüchtig? Markus wusste es nicht, und er hatte momentan auch wirklich andere Sorgen.

Johannes grinste ihn triumphierend an. »Siehst du? Das wird super ankommen ... zumindest bei den Frauen. Ehrlich gesagt ist meine Frau ein riesiger Fan von Jane Austen. Als sie erfahren hat, dass es hier in Franken Tanzgruppen gibt, die genau diese historischen Tänze lernen, meinte sie, da müssten wir unbedingt was drüber bringen.« Er zuckte die Schultern. »Frauen halt. Hm ...«, räusperte er sich. »Das habe ich jetzt natürlich nicht gesagt. Und was auch immer du tust, wenn du dich mit dem Thema befasst, lass die Fans nicht hören, dass du es ›mittelalterliches Rumgehüpfe‹ nennst. ›Regency Dancing‹ oder ›Jane-Austen-Tänze‹ heißt das, okay?«

Markus fügte sich in das Unvermeidliche und holte sein Handy aus der Tasche. »Ich ruf Elif an. Oder hast du ihr schon Bescheid gesagt?«

Johannes schüttelte den Kopf. »Sie ist momentan unterwegs. Kannst du das mit ihr ausmachen? Ich verlass mich auf euch – ihr macht das schon«, sagte er noch und klopfte Markus auf die Schulter.

Markus verdrehte die Augen und ging ein paar Schritte, um Elif Aydin anzurufen. Sie arbeitete seit zwei Jahren beim Sender, und er hatte schon ein paar Sendungen mit ihr zusammen gemacht. Sie war eine exzellente Kamerafrau und Fotografin und, was in diesem Moment fast noch wichtiger war: eine Frau. »Gut, dass ich dich erwische, Elif«, begann Markus ohne Umschweife, als sie sich meldete. »Johannes hat einen Job für uns. Und ich habe eine Frage: Wer in aller Welt ist Jane Austen?«

Sie hatten ihre Hausaufgaben gemacht, als er und Elif zehn Tage später an einem regnerischen Novembertag in Erlangen aus dem Auto stiegen, um an Magda Schneiders Workshop »Historische Tänze der englischen Regency-Ära« teilzunehmen. Beide hatten sich über die englische Schriftstellerin Jane Austen informiert, deren sechs berühmte Gesellschaftsromane zur Weltliteratur gehörten und unzählige Male verfilmt worden waren. Tatsächlich hatte er sich während seiner Recherchen wieder daran erinnert, dass seine Exfrau Sarah solche Filme angesehen und ihn zu seinem Nachteil mit Alan Rickman oder Colin Firth verglichen hatte. Überhaupt war er durch seine Nachforschungen zu dem Schluss gekommen, dass anscheinend sogar bei den vernünftigsten und emanzipiertesten Frauen der Verstand aussetzte, wenn sie Mr. Darcy mit nassem Hemd aus dem See steigen sahen. Es war fast eine Erleichterung gewesen, dass Elif, als er vom Studio aus angerufen hatte, mit völligem Unverständnis reagiert hatte: »Jane Austen? Sagt mir nichts.«

»Ich wette, bei dem Workshop werden lauter Frauen sein, die alle hoffen, hier ihren ›Mr. Darcy‹ zu finden«, grummelte Markus, als sie die Treppe zum Tanzstudio hinaufstiegen. Immerhin hatte er es sich verkniffen, »verrückte Weiber« zu sagen. Ob Mann wollte oder nicht, seit der #MeToo-Debatte achtete auch er ein bisschen mehr auf seine Wortwahl – eine Tatsache, die seine Exfrau wohl gar nicht bemerkt hätte.

Elif hatte gerade die Tür zum Tanzsaal aufgeschoben, schaute hinein und begann zu lachen. »Ich würde mal sagen, da stehen die Chancen schlecht«, antwortete sie amüsiert.

Magda Schneider verfügte trotz ihres fortgeschrittenen Alters über die gerade Haltung und Körperspannung einer professionellen Balletttänzerin. Ihr Haar war in einem strengen Dutt zusammengefasst, der bestimmt auch nach der anstrengendsten Tanzstunde noch immer so akkurat aussah. Mit kühlem Adlerblick musterte sie die Eingetroffenen kritisch, und Markus musste plötzlich an seine strenge Französischlehrerin aus seiner Schulzeit denken.

Der Raum war ein typischer Ballettsaal einer Tanzschule: verspiegelte Wand und ein strapazierfähiger Kunststoffboden voll schwarzer Streifen. Mit dem Youtube-Video vom Jane-Austen-Festival, das Johannes ihm vorgespielt hatte, oder dem glänzenden Ball in der Romanverfilmung, die sie sich zu Recherchezwecken angesehen hatten, hatte er nichts gemeinsam.

»Bequeme Sportkleidung« hatte in der Anmeldung gestanden, und so fanden sie hier auch keine historischen Kleider, sondern T-Shirts und Gymnastikschuhe vor. Elif hatte im Vorfeld sehr deutlich gemacht, dass jede Kooperationsbereitschaft auf ihrer Seite in dem Moment zu Ende sein würde, wenn jemand von ihr erwartete, sich historisch korrekt in Schale zu werfen.

»Willkommen zu diesem Workshop über historische Tänze«, begann die Tanzlehrerin, sobald alle aus den Umkleiden in den Saal gekommen waren. Sie klang auch genau wie seine ehemalige Französischlehrerin, und Markus wettete, dass ihnen erst einmal eine Vorlesung bevorstand, ehe es mit der Praxis losgehen würde. Er fand sich bestätigt, als sie begann: »›Regency Dancing‹ ist streng genommen eine falsche Bezeichnung«, erklärte Magda gerade, »und was ›Jane-Austen-Tänze‹ angeht, so wird diese Formulierung nur verwendet, weil es das ist, womit die meisten Laien gerade noch etwas anfangen können. In den Verfilmungen ihrer Romane finden wir meist die sogenannten Country Dances, aber die entstammen nicht unbedingt der Regency-Epoche, die im engeren Sinn als die Regentschaft des späteren Königs George IV. ohnehin nur die Zeit von 1811 bis 1820 umfasst.« Neben Markus stieß Elif einen hörbaren Seufzer aus.

Die junge Frau, die zu seiner Linken stand, unterbrach die Dozentin: »Magda, ich glaube, du überforderst die Leute hier gerade mit den historischen Feinheiten. Die meisten sind zum ersten Mal hier. Lass sie doch erst tanzen, bevor sie sich mit der Theorie beschäftigen.«

Die übrigen Kursteilnehmerinnen setzten ausdruckslose Gesichter auf und vermieden es, irgendwen anzuschauen. »Wie in der Schule«, flüsterte Elif Markus zu.

Er grinste. »*Genau* wie in der Schule«, wisperte er zurück.

Magda, die ihn gehört hatte, warf ihm einen strengen Blick zu, aber der Rest der theoretischen Einführung fiel trotzdem erheblich kürzer aus.

»›Kotillon‹, ›Country Dances‹ und ›Scotch Reel‹ im ersten Teil der Ära, dann kamen nach 1810 der ›Walzer‹, der aber noch eine ganze Weile als eher unanständig galt, und die ›Quadrille‹ auf«, wiederholte Markus das Gelernte, als sich die Truppe ein paar Minuten später zum Aufwärmen aufstellte. »Die ›Quadrille‹ ist eine Art vereinfachter ›Kotillon‹.«

Elif zog die Augenbrauen hoch. »Erwartest du eine Prüfung?«

Die junge Frau, die Magda zuvor unterbrochen hatte, schmunzelte. »Das kann man bei Magda nie so genau wissen«, erklärte sie. »Hi, ich bin Anna. Und ihr seid die Reporter, die was über den historischen Tanz machen, richtig? Find ich super, dass ihr nicht nur zuschaut, sondern auch mittanzt. Sorry, ich hoffe, es ist okay, wenn wir du sagen? Die meisten Leute in dieser Szene sind nicht sehr förmlich.« Sie schmunzelte. »Wobei das auf Magda weniger zutrifft.« Sie vereinte die ausdrucksvollen Augen und die gewellten lichtbraunen Haare der Frauen auf den Bildern der Präraffaeliten mit einem koboldhaften Lächeln.

Auf den zweiten Blick schätzte Markus sie auf Mitte dreißig und fragte sich, wann er angefangen hatte, Leute unter vierzig mit dem Adjektiv »jung« zu versehen. So viel älter war er nun schließlich auch wieder nicht. Er zuckte mit den Schultern. »Na ja, wie heißt es gleich noch? Was ist noch langweiliger als angeln? – Beim Angeln zuschauen. Da mache ich doch lieber mit.« Magdas Anweisungen folgend stellte er sich vor dem Spiegel auf und streckte die Arme in die Luft.

Elif schüttelte amüsiert den Kopf und wandte sich an Anna: »Seine Exfrau stand auf Jane-Austen-Filme«, erklärte sie. »Sein männlicher Stolz erlaubt es ihm wohl nicht, hier jetzt Spaß zu haben.«

Markus streckte das rechte Bein nach hinten aus und war zumindest dankbar, dass Elif neben ihm stand und die gleichen peinlichen Dehnübungen durchführte wie er, anstatt ihn dabei zu filmen, wie er sich zum Affen machte. »Quatsch«, brummte er zurück. »Ich kann nur nicht nachvollziehen, warum man für so ein paar Schreittänze ein Aufwärmprogramm brauchen soll.« Elif war ihm lieber gewesen, als sie noch auf seiner Seite war.

Anna ging ungeniert in eine tiefe Beuge, ohne sich darum zu kümmern, dass gerade alle ihre Hintern in die Luft streckten, ihre T-Shirt-Säume nach oben rutschten, den Blick auf winterlich blasses Rückenfleisch freigaben und ihre Gesichter wahrscheinlich rot anliefen. »Das wirst du schon noch sehen«, behauptete sie, als sie sich wieder aufgerichtet hatte. »Und wer weiß, vielleicht macht es dir ja doch Spaß.«

»Bitte paarweise aufstellen, wir fangen mit einem einfachen ›Long Dance‹ an«, sagte Magda schließlich.

»Die Herren sind auf der Seite«, erklärte Anna, als sie Markus und Elif etwas ratlos herumstehen sah. Markus war dankbar für den Hinweis, denn von ihm abgesehen unterschied sich die Herrenreihe nicht von der Damenreihe: Er war der einzige anwesende Mann. Wenn es Frauen gab, die vorhatten, bei diesem Workshop ihren Mr. Darcy kennenzulernen, würden sie sich an ihn halten müssen. Die Vorstellung bereitete ihm ein wenig Magenschmerzen, und er verzog sein Gesicht.

»Zu spät zum Wegrennen«, raunte Elif, als hätte sie seine Gedanken gelesen.

Eine halbe Stunde später kam Markus sich nicht mehr doof vor, weil er der einzige Mann im Saal war. Jetzt kam er sich doof vor, weil er keine Ahnung hatte, was er da tat, während die anderen Neuen sich erstaunlich gut schlugen.

»Set zur anderen Dame«, rief Magda, oder »rechte Mühle« oder »cast down und dann diagonal auf die andere Seite«, und wenn ihn nicht gerade eine hilfreiche Hand in die richtige Richtung schob, bestand die ernste Gefahr, dass er zum Geistertänzer mit dem Potenzial, das ganze Set zu sprengen, wurde. Nach eineinhalb Stunden war er schweißgebadet und sehr dankbar, als Magda eine Pause ankündigte.

»Puh«, lachte Elif, die rot im Gesicht war, aber sichtlich Spaß an der Sache gewonnen hatte, während sie ihre Wasserflasche auspackte. »Ich hab gedacht, bei diesen Tänzen schreitet man ein bisschen vornehm in der Gegend herum, aber das ist ja richtig anstrengend.«

Anna grinste. »Ja, wenn man es gescheit macht, kann man dabei ganz schön ins Schwitzen kommen. Aber ihr habt das echt ganz ordentlich hinbekommen, wenn man bedenkt, dass das komplett neu für euch ist.«

»›Ganz ordentlich‹ war es nicht«, widersprach Magda, die gerade an ihnen vorbeilief. »Es braucht Konzentration, Haltung und Aufmerksamkeit. Außerdem würde es einigen Damen nicht schaden, das Ganze mit dem nötigen Ernst zu betrachten. Von korrekter Fußarbeit gar nicht erst zu reden.«

Anna lächelte schief. »Das galt wohl mir«, verriet sie, sobald die Tanzlehrerin nicht mehr in Hörweite war. »Ich möchte eine gute Zeit haben und nicht bierernst durch die Gegend schreiten.«

»Wie viel Ernst ist denn nötig?«, wollte Elif wissen.

Anna zuckte die Schultern. »Kommt drauf an, wen du fragst. Die historische Tanzszene ist wie jeder andere Verein auch: Es gibt Konkurrenzkämpfe, unterschiedliche Ansichten über die einzig richtige Methode und Auseinandersetzungen, die umso verbitterter geführt werden, je unwichtiger die Sache ist, um die es geht.«

Markus nickte. »Ich habe mal einen Beitrag über einen Kaninchenzuchtverein gemacht«, erinnerte er sich. »Man hätte glauben können, die Zukunft des Abendlandes hängt davon ab, dass eine bestimmte Richtlinie eingehalten wird.«

»Aber die Sache ist die«, fuhr Anna fort, »auf Workshops wie diesem wollen die Leute historische Tänze lernen, weil sie Jane-Austen-Fans sind oder weil sie die Epoche faszinierend finden. Manche planen ihre Hochzeit im historischen Stil und wollen die Tänze dafür lernen. Den meisten geht es nicht um historische Perfektion.«

»Die Pause ist vorbei«, verkündigte Magda in diesem Moment laut. »Jetzt tanzen wir eine Quadrille. Bitte im Viereck aufstellen.«

»Im Viereck?« Markus hatte sich gerade erst an das Set der Long Dances gewöhnt, und jetzt sollte er schon wieder etwas anderes machen? Anna lächelte aufmunternd. »Komm, du tanzt jetzt mit Tanja, die weiß, was sie machen muss. Elif, du kommst zu mir.«

Annas vorherige Tanzpartnerin Tanja ergriff prompt Markus' Hand und schob ihn sanft auf ihre andere Seite. »Bei der Quadrille steht der Herr links. Wir sind Paar 1 A, uns gegenüber steht Paar 1 B, die anderen sind Paar 2 A und Paar 2 B. Das Ganze ist nichts anderes als eine Abfolge von geometrischen Figuren, bei der man am Ende wieder da ankommt, wo man gestartet ist. Überhaupt kein Problem, wenn man das Prinzip einmal verstanden hat.«

»›Überhaupt kein Problem‹«, grummelte Markus, als Elif, Anna und er nach dem Ende des Workshops beim Abendessen im Thailänder saßen. »*Abgesehen* von dem Teil, wo man sich die Abfolge von mehreren aufeinanderfolgenden Strophen samt Refrain merken muss.« Er nahm einen langen Schluck von dem Bier, das ihm die Bedienung gerade auf den Tisch gestellt hatte. Die Quadrille hatte seinem männlichen Ego nicht gutgetan.

Elif versuchte ohne allzu großen Erfolg, ihr Lächeln zu verbergen. »Möchtest du darüber reden?«, fragte sie neckend. »Wir finden bestimmt eine Lösung, vielleicht sticken wir dir ein ›R‹ und ein ›L‹ auf die Handschuhe, damit du dir mit rechts und links leichter tust?«

Anna schlug ihr spielerisch mit der Speisekarte auf die Finger. »Sei nicht gemein, Elif. Du hast doch selbst gesagt, dass die Quadrille gar nicht so einfach ist.« Ihre Mundwinkel zuckten. »Aber als Markus nicht nachvollziehen konnte, in welche Richtung ›rückwärts umdrehen‹ stattfinden sollte, war das schon lustig.«

Markus wollte sich gekränkt fühlen, musste aber ebenfalls lachen. »Ja, stimmt, das war kein glanzvoller Moment«, räumte er ein. »Ich muss sagen, an der Sache mit dem historischen Tanz ist zumindest etwas mehr dran, als ich erwartet hatte. Aber richtig gute Bilder bietet so ein Workshop in einer Tanzschule jetzt nicht«, fügte er hinzu und wandte sich an Anna. »Wir haben auf Youtube Filme von Tänzen in wunderschönen Sälen und mit historischen Kostümen gesehen. Macht Magda nicht auch solche Veranstaltungen?«

Anna zögerte, ehe sie antwortete. »Ja, schon«, sagte sie. »Sie gibt regelmäßig kleine, sehr exklusive Bälle. Exklusiv nicht nur im Hinblick auf die Preise, sondern auch auf die Durchführung. Ich war ein- oder zweimal dabei. Wenn ihr auf Eleganz und absolut historische Korrektheit steht und kein Problem mit Leuten habt, die auf euch herabsehen, weil ihr unter euren Kostümen moderne Unterwäsche tragt – ich vermute, ihr tragt moderne Unterwäsche? –, dann ist das genau das Richtige für euch.«

Elif sah sie ungläubig an. »Es gibt Leute, die bei so was antike Unterwäsche anziehen?«

Anna musste lachen. »Vielleicht nicht antik. Aber viele nähen ihre Kleider und alles Zubehör selbst. Aus historisch korrekten Stoffen. Was auch völlig okay ist, aber es wäre halt schön, wenn sie akzeptieren würden, dass es auch Menschen gibt, die in erster Linie tanzen wollen.«

»Sorry, Markus«, sagte Elif mit Nachdruck. »Aber ich bin schon beim Kleid raus. Antike Schlüpfer gehen mir nicht nur einen Schritt, sondern einen ganzen Kilometer zu weit.«

»Wenn es nur die napoleonische Unterwäsche ist, die euch abschreckt, hätte ich einen Alternativvorschlag.« Anna zog eine Grimasse. »Ich wollte eigentlich nicht während Magdas Workshop Werbung für die Konkurrenzveranstaltung machen, aber ...« Sie zuckte die Schultern und kramte einen Flyer aus ihrer Handtasche. »Ein Freund von mir – eigentlich ein Freund von meinem Freund – hat kürzlich auch mit Regency-Dancing-Kursen begonnen. Er organisiert Ende November einen Ball in einem Schlosshotel bei Ellingen.« Sie lächelte Elif zu. »Historische Gewandung beim Ball selbst ist für die Teilnehmer natürlich auch Pflicht, aber ansonsten soll der Spaß im Mittelpunkt stehen.«

Markus nahm ihr den Flyer aus der Hand. »Fränkisches Seenland, Ellingen, das wäre nicht schlecht«, sagte er zu Elif. »Die ganze Gegend ist im Kommen, Ellingen selbst ist unglaublich malerisch, und wir könnten das vielleicht mit dem Thema Tourismus im Fränkischen Seenland verbinden. Johannes wäre begeistert.«

Elif verschränkte die Arme vor der Brust. »Solange niemand von mir erwartet, so ein Kleid anzuziehen«, sagte sie. Sie warf einen Blick über Markus' Schulter. »›Schlosshotel, Workshops vor dem Ball, Kutschfahrt und englischer afternoon tea‹« las sie laut. »Würde schon mehr hermachen als ein paar Filmaufnahmen aus einer Tanzschule«, musste sie zugeben.

Anna strahlte. »Super, das wäre toll, wenn ihr da hinkommen würdet. Mein Freund und ich werden auch da sein, schon ab Donnerstag – er kann nämlich noch überhaupt nicht tanzen. Wenn ihr Sandor – er ist der Veranstalter, ehemaliger Balletttänzer, er war früher einmal Magdas Schüler – anruft, sagt ihm, dass ich euch an ihn verwiesen habe.«

»Konkurrenzveranstaltung, hm?«, sinnierte Markus, als Anna ein paar Minuten später zur Toilette gegangen war. »Was meinst du, Elif, graben sich die beiden gegenseitig das Wasser ab, oder ist es vielleicht sogar ein Vorteil, wenn es mehr als einen Anbieter für historischen Tanz in der Gegend gibt? Und glaubst du, Anna hat uns extra hierhergelotst, um genau das zu machen, nämlich uns zur Konkurrenz zu schicken?«

Elif schnaubte. »Wenn Magda und ihre Freunde darauf bestehen, bei ihren Veranstaltungen in historisch korrekter Unterwäsche aufzuschlagen, dann ist es vielleicht ganz gut, wenn es eine rivalisierende Gruppe gibt. Dieses Hotel sieht wunderschön aus«, bemerkte sie und deutete auf den Flyer. »Und Anna ist mir definitiv sympathischer als Magda.«

Markus schnaubte. »Dass die Frau früher entweder Balletttänzerin oder Gefängniswärterin gewesen ist, war jedenfalls nicht zu übersehen.« An Anna gewandt, die gerade wieder an den Tisch zurückkehrte, sagte er: »Wir rufen da mal an. Wir können uns vorstellen, bei den Workshops mitzumachen und dann einen Beitrag über das Ganze zu drehen.«

»Sofern eins klar ist«, warf Elif ein. »Ich bin bereit, bei den Workshops mitzutanzen, aber auf dem Ball bin ich zum Arbeiten. Ich stehe da hinter der Kamera, und zwar in Jeans und Turnschuhen.« Elif trug keine Kleider. Nie. Es war ihre einzige unumstößliche Moderegel.

Anna lächelte. »Na, falls du es dir anders überlegst, leiht dir bestimmt jemand ein Kleid. Aber ich bin sicher, auch so freut sich Sandor, wenn ihr kommt. Es ist der erste Ball, den er organisiert, und so was ist natürlich eine gute Werbung. Und es wird sich für euch bestimmt auch lohnen: Einige Ballgäste kommen aus England angereist. Die historische Tanzszene ist zwar nicht riesig, aber sie ist gut vernetzt. Ich war schon mal auf dem Jane-Austen-Festival in Bath, und auch die englischen Gruppen reisen durchaus mal ins Ausland, um woanders zu tanzen. Mein Freund wird auch da sein – und ein paar weitere Männer haben sich auch angemeldet. Ganz so frauenlastig wie heute wird es also nicht werden.«

Elif grinste Markus an. »Das beruhigt mich.«

Markus zog die Brauen hoch. »Wieso, suchst du jetzt auch deinen persönlichen Mr. Darcy auf der Tanzfläche?«

»Nein, aber es ist wahrscheinlich leichter, sich zu merken, wer Herr 1 und Herr 2 ist, wenn du nicht der einzige Mann im Raum bist«, entgegnete sie trocken.

Erster Teil

Aufstellung

Im »Longway-Set«:

Damen und Herren stehen sich in einer Gasse aus beliebig vielen Paaren gegenüber. Es sei denn, es handelt sich um einen Tanz, der ein Set aus drei oder vier Paaren erfordert. Ist das »Longway-Set« nicht auf drei oder vier Paare beschränkt, wird es unterteilt in »Minor-Sets«, die je nach Tanz aus zwei oder drei Paaren bestehen.

In der »Quadrille«:

Vier Paare stehen sich in einem Quadrat gegenüber. Die Herren befinden sich links von ihrer Dame, der sie die rechte Hand reichen.

Stimmt.

Es ist kompliziert.

Aber spätestens bei der Aufstellung beginnt man zu ahnen, mit wem man es zu tun hat. Wer steht einem gegenüber? Wie gut beherrschen die Mittänzer das Spiel? Wer kann sich nicht ausstehen, und wer tanzt ganz offensichtlich nicht zum ersten Mal miteinander?

Und wer wird das Set nicht mehr verlassen, wenn die Musik aufhört?

Historischer Ball

Ellingen, Samstag, 30.11., 20.35 Uhr

Der Schauspieler öffnete die Schatulle. Der Schein von Lampen und Kerzen fiel auf den Lauf der beiden Pistolen.

Mit behandschuhten Fingern umschloss er den Griff der einen Waffe, bevor er einen Schritt zurücktrat. Die zweite Duellpistole glänzte auf, als Sandor sie in die Höhe hob.

Er spürte die Spannung in den Schultern des anderen Mannes, als sie einen Moment Rücken an Rücken standen.

»Los«, sagte eine Stimme, und er setzte sich in Bewegung, zählte die Schritte, sah die hohen, blank polierten Stiefelschäfte sich heben und senken.

»Umdrehen«, ertönte die Stimme erneut.

Der Schauspieler wandte sich langsam um. Blickte über die Distanz in das unbewegte Gesicht seines Freundes – seines Gegners.

»Eins, zwei …«, zählte die Stimme.

Der Schauspieler hob die Pistole und zielte sorgfältig.

»Drei!«

Ein lauter Knall ertönte. Und dann schrie plötzlich eine Frau.

Na großartig, jetzt stiehlt mir irgendeine blöde Kuh die Show, dachte der Schauspieler im Fallen, bevor er auf dem Boden auftraf.

1 Charles Sinclair

Der Zug glitt durch die winterliche fränkische Landschaft; ein paar einzelne Schneeflocken wirbelten durch die Luft und schmolzen, noch ehe sie den Boden erreichten. Schon für den nächsten Tag war milderes Wetter angesagt. Charles Sinclair, der müßig aus dem Abteilfenster geblickt hatte, wandte sich wieder seinen Mitreisenden zu. Der Rest der Gruppe bestand nur aus Frauen. Jane Fullerton und ihre erwachsene Tochter Gemma waren mit demselben Flug angekommen wie er, und gemeinsam waren sie von München nach Nürnberg gefahren, um dort in den Zug nach Ellingen zu steigen. Mutter und Tochter sahen sich sehr ähnlich, beide hatten die gleichen strawberryblonden Haare, wässrigblaue Augen und ein paar Sommersprossen. Neben Gemma saß ihre Freundin Frances. Sie war das genaue Gegenteil von Gemma. Ihre wilde braune Mähne umrahmte ein rundes Gesicht; sie hatte eine kräftige Figur, und ihr Lachen war immer eine Spur zu forsch und zu laut.

»Wären Sie so freundlich, mir etwas über Ellingen zu berichten, Miss B.«, wandte er sich auf Deutsch an Karoline Behrens, die auf der anderen Seite des Mittelgangs saß. Er konnte sich nicht daran erinnern, wer ihr auf dem Jane-Austen-Festival letztes Jahr den Spitznamen gegeben hatte, aber jetzt nannten sie alle so. Die veraltete Anrede hätte andere Frauen wahrscheinlich beleidigt, aber sie schien es nicht zu stören. Und er wollte nicht derjenige sein, der sie auf den Unterschied zwischen Miss und Ms. aufmerksam machen wollte. So gut war ihr Englisch vermutlich nicht, dass sie ihn hören würde. Sie war eine unscheinbare, dunkelhaarige Frau in ihren Vierzigern, die Wert auf ein gepflegtes Äußeres legte und besser ins frühe neunzehnte als ins einundzwanzigste Jahrhundert zu passen schien.

»Es ist eine kleine Stadt«, antwortete sie. Die anwesenden Engländer verstanden alle recht gut Deutsch, sodass sie nur gelegentlich auf ein englisches Wort zurückgreifen musste. »Wir sollten an einem der nächsten Tage einen Stadtrundgang veranstalten. Es gibt ein Schloss des Deutschen Ordens und viele historisch interessante barocke Gebäude.«

»›Historisch interessant‹«, mokierte sich Verena Wagner, die ihr gegenübersaß. »Ich habe vor Jahren mal eine sehr interessante Nacht in Ellingen verbracht, und die hatte weiß Gott nichts Barockes oder Historisches an sich.« Sie grinste anzüglich in die Runde. Verena war die Älteste ihrer Gruppe und die Einzige, die nicht mindestens zehn Jahre jünger war als Charles. Soweit er wusste, hatte sie bis zu ihrer Pensionierung in einem recht öden Job gearbeitet, aber sie ließ keine Gelegenheit aus, durchblicken zu lassen, dass ihr Privatleben alles andere als langweilig gewesen war.

»Well«, erklärte er, »jetzt können Sie sich auf ein paar weitere interessante Nächte in Ellingen freuen.« Der Blick, dem sie ihm zuwarf, sobald er den Mund zugemacht hatte, war der einer Katze beim Anblick eines unvorsichtigen Vogels, der direkt vor ihren Pfoten aufflattert. Charles erwiderte ihn liebenswürdig, aber scheinbar verständnislos, ehe er sich wieder Miss B. zuwandte. In der Konstellation Verena Wagner und Charles Sinclair wäre er der Toyboy, und das war schon vor dreißig Jahren nicht die geeignete Rolle für ihn gewesen.

»Kennen Sie den Organisator unseres Winterballs?«, wollte er wissen. »War er im September auf dem Festival in Bath dabei?«

Miss B. schüttelte den Kopf. »Ich glaube nicht, dass Sandor Keresch in Bath war. Ich bin sehr auf ihn und das Hotel gespannt. Die neue Besitzerin soll ein Schmuckstück daraus gemacht haben. Es liegt ein wenig außerhalb der Stadt, ich glaube, es war ursprünglich das Schloss eines kleinen Landadligen. Der

Tanzmeister Sandor war früher ein Schüler von Magda Schneider, die Sie von der Veranstaltung damals in München noch kennen müssten.«

Ihre Unterhaltung ging kurz darauf im Lachen der beiden jungen Frauen unter, deren Gespräch immer lauter geworden war. »Ihr hättet das Gesicht des Zollbeamten sehen müssen!«, rief Gemma. Sie warf Charles einen beinahe koketten Blick zu. »Frances und ich sind am Flughafen zur Gepäckkontrolle gerufen worden, wissen Sie?«

»Und der hat unsere Koffer aufgemacht und so was von dämlich geschaut«, ergänzte Frances noch lauter. »›Was ist das?‹«, fragte sie in überzeichnetem deutschen Akzent.

»Ich glaube, der hat im richtigen Leben noch nie einen Pompadour gesehen«, kicherte Gemma. »Wir haben ihm erzählt, dass wir in einem historischen Film mitspielen!«

»Und dass wir da drin unsere Schönheitswässerchen und Tampons aufbewahren«, überbot Frances ihre Freundin. »Danach wollte er dann nicht mehr reinschauen. Wir hätten wer weiß was da drin über die Grenze schmuggeln können!«

Charles zog eine Augenbraue hoch. »Außer vielleicht, wenn die Polizei Suchhunde eingesetzt hätte«, bemerkte er trocken. Gemma warf ihrer Mutter einen kurzen Blick zu, ehe sie die Augen weit und unschuldig aufriss und sagte: »Was denken Sie von uns, Charles? Wir sind tugendhafte junge Damen auf dem Weg zu einer Tanzveranstaltung!«

»Um dort einen passenden Ehemann zu finden, wie es üblich ist«, ergänzte Frances mit sittsam im Schoß gefalteten Händen.

Charles bezweifelte die eine wie die andere Behauptung, aber er gab den beiden im Stillen recht, ein Koffer voll historischer Gewandung stellte nicht das schlechteste Versteck dar. Kein normaler Zollbeamter schaute zweimal, was sich zwischen Kniebundhosen, Schuhschnallen und Mantelknöpfen verbarg, solange es nicht gerade große Mengen von Päckchen mit weißem Pulver oder funktionierende Schusswaffen waren. (Er besaß ein paar historische Duellpistolen, die er, anders als Siegelring, Spazierstock und Krawattennadel, in seinem Haus in Kent zurückgelassen hatte. Keine gute Idee, mit so etwas im Gepäck durch die Sicherheitskontrollen im Flughafen zu spazieren.)

»Will you excuse me for a moment?«, bat er die Damen und ging durchs Abteil in Richtung Toilette. Sie würden bald in Ellingen ankommen, aber der Rest des Tages würde ihm wahrscheinlich wenig Zeit für Geschäftliches lassen. Er verschloss die Tür, nahm sein Smartphone aus der Tasche, überflog die neu eingetroffenen E-Mails, verschickte ein paar Nachrichten und versuchte, seinen Kontaktmann in Deutschland anzurufen, erreichte aber nur die Mailbox. Er hinterließ keine Nachricht.

Dann drückte er die Spülung, wusch sich die Hände und trat wieder hinaus in den Fahrrad- und Kinderwagenbereich, der an diesem Donnerstagnachmittag fast leer war. Der Zug wurde langsamer und hielt am Bahnhof Roth; die Tür öffnete sich mit einem Zischen, eine junge Frau mit Handy am Ohr stieg ein und blieb in seiner Nähe stehen, ohne ihn zu bemerken.

»Ja, ja, natürlich mach ich das«, sagte sie. Sie hatte eine bemerkenswert angenehme Stimme – vielleicht blieb Charles deswegen kurz stehen, um ihr zuzuhören. Immerhin war es eine gute Gelegenheit, sein Deutsch weiter zu üben, sagte er sich selbst. Wie die Leute hier in Franken sprachen, hatte mit dem, was er in diversen Deutschkursen gelernt hatte, manchmal nur vage Ähnlichkeit. Die junge Frau schob eine lange Haarsträhne hinter ihr Ohr, während sie ihrem Gegenüber konzentriert zuhörte. »Ich schaff das schon, mach dir keine Sorgen«, sagte sie. »Aber ich bin heute Nacht noch nicht dort, ich bin bei Bekannten eingeladen worden ... nein, keine Freunde, einfach nur Bekannte«, versicherte sie, und die schöne Stimme klang jetzt ein wenig angespannt.

»Nein, keine alleinstehende Frau, es ist ein Paar. Ab morgen bin ich dort, dann ... ja, sicher kriege ich das hin, aber ... warum bittest du sie nicht einfach, es für dich zu holen? ... Was heißt das, es darf nicht in die falschen Hände geraten?« Sie hörte eine Weile zu, und während er beobachtete, wie sie ihre Schultern hochzuziehen begann und ihre Haare nach vorn fielen, als ob sie vermeiden wollte, dass jemand ihr Gesicht sah, kam Charles der Gedanke, dass dies ein Telefonat war, das nicht für fremde Ohren bestimmt war. Er hätte ihr aus seiner langjährigen Erfahrung den Rat geben können, dass es für solche Gespräche Zugtoiletten gab, aber jetzt war wohl nicht der geeignete Moment, sie zu unterbrechen, und weggehen konnte er auch nicht, ohne ihre Aufmerksamkeit auf sich zu ziehen; also blieb er, wo er war, und zog sein Handy wieder aus der Tasche, um wenigstens nicht auszusehen wie einer, der lauschte.

»Ich verstehe«, sagte sie jetzt leise. »Aber bist du sicher, dass das die richtige Entscheidung war? ... Nein, ich bin dir natürlich nicht böse ... Ja, das verstehe ich. Ich schaue mich um, ja. Du weißt, dass ich das gern mache.« Der Zug wurde langsamer; sie hatten George ... Georgemüms ... Georgensgmünd – Heavens, what a name! – erreicht, und Charles wusste, dass es nur noch zwei Stationen bis zu ihrem Ziel waren, also schlug er Neugier und Diskretion gleichermaßen in den Wind und machte Anstalten, sich an der jungen Frau vorbeizuschieben. Sie hatte ihr Telefonat gerade beendet, bemerkte ihn aber offensichtlich erst jetzt und zuckte erschrocken zusammen. Sie war sehr hübsch und gutaussehend auf eine Art, die leise, aber unüberhörbar »Geld« zu sagen schien. Früher hätte er unweigerlich den Versuch unternommen, sie zu beeindrucken, aber mittlerweile sah er die Notwendigkeit nicht mehr im selben Maße. Charmant und höflich war er natürlich trotzdem, ohne sich anstrengen zu müssen. Als sie ihn mit großen bernsteinfarbenen Augen ansah, setzte Charles ein beruhigendes Lächeln auf. »Good afternoon«, sagte er, ohne nachzudenken. Sie schien sich zu entspannen und lächelte zurück. »Sorry, you gave me quite a start«, erwiderte sie prompt und fast akzentfrei. Charles war beeindruckt: Sein Deutsch war keinesfalls so gut wie ihr Englisch. Sie fragte ihn, ob er geschäftlich hier in Franken unterwegs sei. »Only for pleasure«, nur zum Vergnügen, antwortete er zur Hälfte wahrheitsgemäß, als Karoline auf ihn zukam. »Kommen Sie, Charles«, sagte sie. »Wir werden bald in Ellingen ankommen. Die Inhaberin wird uns dort abholen und zum Hotel bringen.«

»Right you are, Miss B.«, antwortete er. »Ich komme sofort.«

Er lächelte der jungen Frau noch einmal zu, die plötzlich wieder unruhig wirkte. Sie zog ihr Handy aus der Tasche und starrte darauf, als ob sie es vermeiden wollte, ihn anzusehen. Ihre langen Haare fielen wieder nach vorn, und sie erwiderte seinen Abschiedsgruß nicht.

Charles war froh, dass er nicht versucht hatte, sie zu beeindrucken, denn offensichtlich hätte er damit ohnehin keinen Erfolg gehabt. Er ging mit Karoline zurück zu ihrem Abteil. Frances und Gemma hatte begonnen, den Inhalt ihrer Handtaschen wieder einzupacken. Wie sie es auf einer so kurzen Reise geschafft hatten, den Tisch des Vierersitzes unter diversen Gegenständen zu begraben, war ihm ein Rätsel.

Verena unterhielt sich mit Jane, die nebenbei in einer Zeitschrift blätterte. »Wir sind gleich da«, bemerkte sie mit einem Blick aus dem Fenster.

»Wir werden an der Bahnstation empfangen; es sind wohl noch ein paar Kilometer bis zum Hotel.«

Die Durchsage verkündete ihre bevorstehende Ankunft, und alle Reisenden wurden gebeten, ihr Gepäck nicht zu vergessen. Charles stellte sich vor, Bahnbeamte würden ihre zurückgebliebenen Taschen öffnen und Kleider, Hüte, Bänder und dergleichen mehr finden, während er die Koffer für Verena und Karoline aus der Gepäckablage herunterhob. In den historischen Kostümen steckten viel Zeit, Geld und Mühen – von schönen Erinnerungen an vergangene Veranstaltungen ganz zu schweigen. Wer sich nicht in den entsprechenden Kreisen bewegte, würde das alles nicht zu würdigen wissen. Wobei – jemand, der Charles' antike Ledertasche samt Inhalt in die Hände bekam, würde das unter Umständen anders sehen, sobald er seine erste Überraschung überwunden hatte. Nein, alles in allem stimmte er der Durchsage zu, dass es bei Weitem besser war, sein Gepäck nicht aus den Augen zu lassen.

Frances hatte ihren Rollkoffer bereits neben sich stehen, und ihr Gesichtsausdruck machte deutlich, dass sie keine männlichen Höflichkeitsgesten von seiner Seite akzeptieren würde; da war sie aber die Einzige aus der Gruppe. Mutter und Tochter Fullerton strahlten ihn gleichermaßen an, als er ihnen ihre Koffer reichte.

Der Bahnsteig von Ellingen war von Bäumen gesäumt und wies nur einen einsamen Unterstand auf. Charles sah sich um und entdeckte die junge Frau von vorhin wieder, die sich mit raschen Schritten entfernte. »This way, I daresay«, sagte er und deutete in die Richtung, in der die junge Frau verschwunden war. Die Gruppe bewegte sich mit ihrem Gepäck auf einen kleinen Parkplatz zu, wo ein Empfangskomitee aus drei Leuten und eine Kutsche auf sie warteten.

Ein Taxi, das vermutlich die junge Frau aus dem Zug enthielt, entfernte sich gerade.

»Ich bin die Inhaberin des *Schlosshotels*, Barbara Hartheim«, stellte sich die Frau mit den kurzen, dunklen Haaren vor, die einen Schritt vor den anderen stand. »Ich kann Sie entweder mit dem Wagen mitnehmen oder ich lade nur Ihr Gepäck ein und Sie fahren mit der Kutsche.«

»This is so cool!«, rief Gemma begeistert aus.

Frau Hartheim lächelte. »Ich hatte gehofft, dass Sie das sagen. Die Kutsche ist erst kürzlich erneuert worden und soll eigentlich am Samstagnachmittag vor Ihrem Ball zum Einsatz kommen, wenn Sie alle Ihre Kostüme tragen. Aber unser Kutscher war ungeduldig und hat vorgeschlagen, schon heute zum ersten Mal auszurücken.«

Sie wandte sich an die beiden Personen, die neben ihr standen. »Möchten Sie auch mitfahren und die Gäste kennenlernen?« Zu den Neuankömmlingen von der Insel sagte sie auf Englisch: »Das sind Markus Wieland und Elif Aydin, zwei Reporter von einem lokalen Fernsehsender, die einen Beitrag über den Ball und die historische Tanzszene machen wollen. Die beiden sind schon vor einigen Stunden eingetroffen und werden ein paar Tage bleiben.«

Die Kamerafrau hob mit einem Grinsen ihre Tasche und versprach: »Ich hoffe sehr, Sie sind nicht kamerascheu, denn ich bin ständig auf der Jagd nach interessanten Aufnahmen.« Sie trug Jeans und eine unförmige dunkle Jacke. Ihr Kollege sah ein paar Jahre älter aus als sie und war mindestens einen Kopf größer.

»Für mich als Hotelbesitzerin ist das natürlich eine großartige Gelegenheit, mein Haus ins Fernsehen zu bringen, aber hoffentlich wird es auch dem Regency Dancing hier in der Gegend Auftrieb geben. Ich bin sehr gespannt, was ich in den nächsten Tagen alles zu sehen bekommen werde, denn das ist die erste Veranstaltung dieser Art bei uns.«

»Hoffentlich die erste von vielen«, sagte Charles, und Frau Hartheim lächelte ihm zu.

»Also, wer fährt mit mir mit?«, fragte der Kutscher, der auf sie wartete. Frances und Gemma meldeten sich sofort, und nach kurzem Zögern erklärte Elif, sie würde ebenfalls einsteigen, sofern sie niemandem den Platz wegnähme. »Das ist meine große Chance. Sobald der offizielle Teil des Balls beginnt, werden Sie mich nur noch hinter der Kamera sehen.«

Ihr Kollege grinste: »Noch kannst du es dir überlegen, Elif. Ich bin sicher, wir könnten ein Kleid für dich auftreiben, wenn du am Samstag doch lieber stilecht mittanzen möchtest.«

»Sehr witzig, Markus«, entgegnete sie. »Wenn Gott gewollt hätte, dass wir Frauen immer noch in langen Kleidern herumlaufen, hätte er Levi Strauss nicht die Jeans erfinden lassen.«

»Miss B., steigen Sie ein?«, wandte Charles sich an Karoline. »Und für Sie, Jane, ist auch noch genug Platz. Die jungen Damen werden eine Chaperone brauchen, damit sie nicht anfangen, mit dem Kutscher zu flirten; Sie wissen ja, wie sehr das der Reputation einer jungen Frau schaden kann.«

Frances quittierte seine Bemerkung mit einem genervten Augenrollen, aber Gemma kicherte und fächerte sich mit einem imaginären Fächer Luft zu. Charles fragte sich nicht zum ersten Mal, warum Frances ausgerechnet den historischen Tanz als Hobby gewählt hatte, wenn sie so allergisch auf die dazugehörigen Sitten reagierte. Sobald der Kutscher die Tür hinter den fünf Frauen geschlossen hatte, schwang er sich wieder auf den Kutschbock und warf einen Blick auf seine Uhr. »16 Uhr 50 ab Ellingen«, verkündete er. »Los geht's.«

Markus, der ebenso wie die anderen aus der Gruppe der Kutsche hinterhersah, schmunzelte. »Aber nicht von Bahnsteig 9 ¾ aus«, erwiderte er gut gelaunt.

Historischer Ball

Ellingen, Samstag, 30.11., 20.40 Uhr

Der Schauspieler richtete sich mit einer Grimasse auf. Er war ungünstig gefallen, abgelenkt von dem plötzlichen Aufschrei. »Was ist passiert?«, fragte er Sandor, der mit schnellen Schritten auf ihn zukam.

»Alles in Ordnung?« Sandor war blass geworden. »Ich dachte einen Moment lang ...« Als er nicht weiterredete, zog Fabian eine Augenbraue hoch, während er seine schmerzende Hüfte rieb. »Das Bühnenduell, bei dem einer der Kontrahenten wirklich umkommt – meine Güte, Sandor, was für ein Klischee!« Er sah seinen Freund einen Augenblick lang scharf an. »Und du hast ja wohl keinen Grund, wirklich auf mich zu schießen, oder?«

»Was? Natürlich nicht«, antwortete Sandor ein wenig verwirrt. »Ich dachte ... nichts ... Was ist da hinten los?«

Die beiden bahnten sich einen Weg durch die Anwesenden, vorbei an langen Rocksäumen und polierten Herrenschuhen. Fabian merkte, dass er noch immer die Duellpistole in der Hand hielt. Dabei hatte doch auch er keinen Grund, jemanden zu erschießen. Oder? Der Raum roch nach Parfum, Wein und dem frischen Schweiß der Tänzer.

In der Nähe der Tür hatte sich eine Traube von Menschen gebildet. Jane richtete sich gerade auf, als Sandor und Fabian bei den anderen ankamen. Ein kalter Windzug drang durch die offene Tür der umgebauten Scheune herein.

»Es ist Frances«, sagte Jane zu ihnen. »Ich glaube, wir sollten einen Arzt rufen.«

2 Barbara Hartheim

Als sie einige Monate zuvor eine Anfrage für einen historischen Tanzball im *Schlosshotel* erhalten hatte, war Barbara Feuer und Flamme gewesen. Ende November war nicht gerade Hauptsaison für Hochzeiten oder Touristen, die das Fränkische Seenland besuchten, und der Ball bedeutete ein volles Haus für ein ganzes Wochenende. Zwar würden vermutlich nicht alle Gäste hier übernachten, aber dennoch wären die meisten Zimmer belegt. Dazu kamen die Raummiete, das Abendessen der Gäste am Ankunftstag, der Workshop am Freitag und das große Dinner während des Balls. Es würden unzählige Fotos entstehen, die das *Schlosshotel*, bevölkert von historisch kostümierten Menschen, von seiner besten Seite zeigen würden, Fotos, die auf Facebook, Instagram und Twitter zu sehen sein würden – geteilt, gelikt und kommentiert; effektive, kostenlose Werbung für ihr Hotel. Als sich dann vor einigen Wochen auch noch die beiden Fernsehleute angekündigt hatten, konnte sie ihr Glück kaum fassen.

Und jetzt betrieb sie seit Tagen nur noch Schadensbegrenzung. Sie hatte ihr professionellstes Lächeln aufgesetzt, als Sandor Kesch, der Veranstalter des Balls, am Morgen angereist war. Sie hatte sich vergewissert, dass die Zimmer im Haus perfekt waren, weil es keine, auch nicht die klitzekleinste Klage geben sollte. Sie hatte jeden Schritt, jede Dekoration, jedes Gericht, das in der Küche vorbereitet wurde, überwacht. Sie hatte den Weg zwischen Haupthaus und Eventscheune nach Hindernissen, glatten Stellen und Stolpersteinen abgesucht und die Beleuchtung überprüft, damit sich niemand die Zehen stoßen oder sein Kostüm ruinieren würde. Sie hatte die Saaltür im ersten Stock zugeschlossen und gegen den Impuls angekämpft, den Schlüssel in den Brunnen im Garten zu werfen. Sie hatte alles getan, was sie in den wenigen Tagen seit ihrer Rückkehr von der Beerdigung hatte tun können.

Gegen Mittag waren Markus Wieland und Elif Aydin eingetroffen, Reporter und Kamerafrau, ein angenehmes, interessiertes und kompetent wirkendes Team, ausgestattet mit Aufnahmegeräten, Fotoapparaten und Kameras. Barbara hatte ihnen die Hände geschüttelt, sie willkommen geheißen, im Haus herumgeführt und sich dabei gefühlt, als würde sie ihr eigenes Urteil unterschreiben – vielleicht kein Todesurteil, aber ein vernichtendes Urteil über ihre Existenz als Hotelbesitzerin und Geschäftsfrau.

Jetzt waren mit der Gruppe aus England und den beiden Frauen der Großteil der Gäste, die an diesem Abend erwartet wurden, anwesend. Barbara ließ sie einchecken, erklärte ihnen, wo sie den Speisesaal und die Bar finden konnten, wies auf die Sitzgelegenheiten und die Wege draußen auf dem Grundstück hin, die unsichtbar in der Dunkelheit lagen, und erklärte ihnen, wo die Eventscheune lag, in der der Ball am Samstag stattfinden würde. »Leider hatten wir einen Wasserschaden im großen Saal, in dem die Feier eigentlich geplant war«, sagte sie und hoffte, dass niemand ihr ansah, wie übel ihr bei den Worten wurde. »Zum Glück ist die Scheune gerade rechtzeitig fertiggeworden, und ich bin sicher, dass Sie dort einen wunderbaren Abend verbringen werden; wir sind sehr stolz auf die Renovierung. Ihr Ball wird das erste von vielen großartigen Events sein.« Ob sie selbst das noch miterleben würde, das war die große Frage. Aber das mussten, das durften ihre Gäste nicht erfahren.

Um neunzehn Uhr empfing sie alle im Speisesaal zum Abendessen. Die Kerzen auf den Tischen brannten, der Raum war warm und gemütlich, und die vertraute Atmosphäre ließ sie die nagende Sorge für den Moment vergessen. Es galt, Gäste zu versorgen, mit Menschen ins Gespräch zu kommen und ihnen jeden Wunsch von den Augen abzulesen.

Das Hotel, in dem sie bis vor zwei Jahren als Managerin gearbeitet hatte, war sehr viel größer gewesen, hatte aber weniger Gelegenheiten geboten, die vielen Leute, die dort ein- und auscheckten, kennenzulernen. Es war einer der Gründe, warum sie das *Schlosshotel* gekauft hatte, als sich die Chance bot.

Charles betrat als Erster den Raum, die Frauen folgten ihm. Barbara nickte ihm höflich zu. »Mr. Sinclair, einen schönen guten Abend, ich hoffe, Sie sind zufrieden mit Ihrem Zimmer?«

Einen Moment lang fragte sie sich, ob sie den Mann schon einmal gesehen hatte. Er sprach sehr gutes Deutsch; es war klar, dass er nicht zum ersten Mal in Deutschland war. »Ms. Hartheim«, erwiderte er ihren Gruß mit einem Nicken, das beinahe eine Verbeugung war. »Was für einen stilvollen dining room Sie hier haben.« Als er sie anlächelte, wurde ihr bewusst, dass sie nicht ihn erkannt hatte, sondern seinen Typ. Vielleicht war es sogar ein Typ, den sie weniger aus dem echten Leben als aus Filmen kannte: attraktiver, wahrscheinlich recht gut situierter Brite mit weißen Haaren, einer charmanten, altmodischen Höflichkeit, ein Typ Mann, dem vermutlich Frauen aller Altersklassen zwischen zwanzig und sechzig verfielen. Ein Teil von ihr rebellierte gegen den Charme, den er verströmte, aber ein anderer fühlte sich gleichzeitig geschmeichelt und beruhigt, als ob die Welt es in Anwesenheit von Charles Sinclair nicht wagen würde, sich nicht ebenso gut zu benehmen wie er. Sie wusste, dass das nicht stimmte. Die Welt hatte es bereits gewagt. Und trotzdem gab sie der Illusion nach und tat so, als ob alles in Ordnung wäre. Schließlich blieb ihr ohnehin nichts anderes übrig.

Barbara war stolz auf ihre Hotelküche. Sie hatte einen erstklassigen Koch und ein Konzept, das auf regionale, saisonale und möglichst nachhaltige Gerichte setzte. Natürlich gab es trotzdem immer wieder einmal Fragen, Beschwerden oder Sonderwünsche. Wenn man genügend Leute bei sich verköstigte und beherbergte, hörte man im Lauf der Zeit alles – das lag offensichtlich in der Natur des Menschen. Sie ließ den Blick über die Gruppe schweifen, die sich mittlerweile versammelt hatte, und versuchte Voraussagen zu treffen: Wer würde mit dem Essen nicht zufrieden sein? Wer würde ihren Versicherungen, die Soße sei laktosefrei, misstrauen, ein Haar in der Suppe finden, oder sich als Nichtvegetarier diskriminiert fühlen, weil sie an diesem Abend kein Fleischgericht auf der Karte hatten? Barbara konsultierte ihr Clipboard und näherte sich der schmaleren der beiden jungen Frauen. »Ms. Fullerton, nicht wahr?«

»Nennen Sie mich Gemma, Ms. Fullerton ist meine Mutter.«

»Ich finde die Anrede ›Ms.‹ ist eine moderne Unsitte«, beklagte Verena sich. »Wenn man schon das ›Miss‹ für ›Fräulein‹ abgeschafft hat, warum redet man dann nicht einfach alle Frauen mit ›Mrs.‹ an?«

Frances runzelte die Stirn. »Vielleicht, weil ›Mrs.‹ eigentlich eine verheiratete Frau bezeichnet und mein marital status niemanden etwas angeht!?«, fragte sie kampfeslustig.

»Pah!«, rief Verena wegwerfend. »Als ob so ein Kunstwort wie ›Ms.‹ zur Gleichberechtigung beitragen würde! Ist ja lachhaft!«

»Gemma, Sie haben uns informiert, dass Sie unter Glutenunverträglichkeit leiden, richtig?«, unterbrach Barbara den Wortwechsel, bevor er zu einer handfesten Diskussion wurde. »Ich habe mit dem Küchenchef gesprochen; er hat das Menü für Sie entsprechend angepasst. Und zum Frühstück haben wir für Sie glutenfreies Brot. Nur das Gebäck, das wir nachmittags im Wintergarten anbieten, sollten Sie meiden.«

Gemma nickte nur und wandte sich sofort wieder ihrer Freundin zu. Gleich darauf ertönte Frances' tiefes, lautes und ein wenig schmutziges Lachen.

»Erzählen Sie mir mehr über dieses Haus, wenn Sie später noch Zeit haben sollten«, bat eine der anderen Frauen Barbara. Diese runzelte einen Moment lang die Stirn, bis sie dem Gesicht wieder einen Namen zuordnen konnte. »Frau Behrens, ja?«

»Das ist ein hochinteressantes Gebäude. Haben Sie Material über seine Geschichte? Ich habe mich vorhin schon ein wenig umgesehen und würde gern mehr erfahren.«

Es gab nichts, was Barbara an diesem Abend weniger wollte, als Fragen über ihr Hotel zu beantworten, aber sie setzte ein verbindliches Lächeln auf und erwiderte: »Ja, es war mein großer Traum, hier in der Gegend ein Hotel zu kaufen und selbst zu führen.« Das zumindest war die volle Wahrheit. »Ich hatte unglaubliches Glück, dieses Objekt zu finden.« Das wiederum blieb abzuwarten.

Zumindest hatte sie in diesem Moment das Glück, von der Kamerafrau Elif Aydin angesprochen zu werden, die sich vergewissern wollte, dass es eine schweinefleischfreie Dinneroption gab, und Barbara wandte sich erleichtert den essenstechnischen Fragen zu, ehe sie Sandor Keresch begrüßte, der gerade als Letzter den Raum betreten hatte. Der Mann hatte etwas Hungriges an sich, in manchen Augenblicken fast etwas Ausgezehrtes, das ihn älter aussehen ließ, als er tatsächlich war. Er war nicht besonders groß, vermittelte aber die gesammelte Kraft und Körperbeherrschung des Balletttänzers, auch wenn er, soweit sie wusste, wegen einer Verletzung seine Solokarriere schon vor einigen Jahren an den Nagel gehängt hatte. Er war in den vergangenen Wochen am Telefon und heute Morgen bei seiner Ankunft sehr freundlich gewesen – angesichts der Information über den geänderten Veranstaltungssaal, mit der sie ihn hatte empfangen müssen, war das nicht selbstverständlich gewesen –, aber sie war sich nicht sicher, ob sie ihn sympathisch fand. Vielleicht lag es nur an seinen Augen, die sie ein bisschen an Putin erinnerten.

»Wow, schon drei Männer«, bemerkte Elif, als alle am Tisch saßen und auf die Getränke warteten. »Das war bei unserem ersten Ausflug in die historische Tanzszene anders, da war der arme Markus der einzige Mann.« Leiser, aber immer noch für alle hörbar, raunte sie ihm zu: »Kein Wunder, dass du verwirrt warst.«

Die Runde lachte, und Sandor ergriff das Wort: »Es überrascht vielleicht, vor allem, wenn man sich die modernen Verfilmungen ihrer Romane ansieht, aber zu Jane Austens Zeit gab es das Problem auch schon. Hunderttausende junge Männer dienten in der Armee und in der Navy im Krieg gegen Frankreich.« Er lächelte ein schmales Lächeln. »Nur wenige waren Offiziere, die in Meryton stationiert waren und Zeit hatten, den jungen Damen die Köpfe zu verdrehen. Jane Austen klagte gelegentlich in ihren Briefen über Bälle, bei denen zu wenige Männer anwesend waren und sie mehrere Tänze aussitzen musste. Es kam gar nicht so selten vor, dass junge Frauen einfach miteinander tanzten, um nicht den ganzen Spaß zu verpassen.«

»Ist auch richtig so«, warf Gemma ein. »Nicht tanzen ist schließlich auch keine Lösung.«

»Na, darauf erhebe ich gerne mein Glas«, erwiderte der Tanzlehrer.

Später am Abend trafen zwei weitere Gäste ein: Anna Elm und Fabian Niedermeyer waren beide Mitte dreißig und stellten sich als Freunde von Sandor Keresch vor. Anstatt als Erstes ihr Gepäck auf ihr Zimmer zu bringen, folgten sie Barbara in den Salon im Erdgeschoss neben dem Speisesaal, der aussah, als ob darin eine Textilfabrik explodiert wäre. Auf den Beistelltischen standen Körbe mit Nähzeug, lange Kleider in vielen Farben waren über Sessellehnen und Sofas ausgebreitet, und überall lagen Bänder, Hüte, Handschuhe und künstliche Blumen herum. »Wird das eine Modenschau?«, fragte Barbara fasziniert.

»Sieht fast so aus«, antwortete Sandor etwas gequält. »Der Plan war, einen Nähworkshop abzuhalten, bei dem letzte Hand an die Kostüme gelegt werden kann, aber anscheinend geht es mehr darum, sich auszutauschen und über Frisuren und Kostüme zu reden.«

»Hey, Sandor!«, rief Anna Elm aus, die mitten in den Raum getreten war. »Wir haben es geschafft, Fabian hatte noch eine Nachmittagsvorstellung, aber jetzt sind wir hier. Elif, was versteckst du dich hinter deiner Kamera, komm her und erzähl mir, was du in den letzten Wochen getrieben hast.«

Barbara war einen Schritt zurückgetreten, um die Szene zu beobachten, und wurde reichlich belohnt. Ihr fiel auf, dass Sandors normalerweise eher verschlossenes Gesicht sich bei Annas Begrüßung aufhellte, während ihr Freund Fabian sich, obwohl er ein Schauspieler war, im Hintergrund hielt, als ob der Raum Annas Bühne sei und nicht seine.

Elif, an sich keineswegs schüchtern, wirkte erleichtert, als Anna sie ansprach, fast, als wäre mit ihr eine Verstärkung eingetroffen, die sie gut gebrauchen könnte.

Und Charles Sinclair stand von seinem Platz am Kamin auf, neigte den Kopf in einer seiner Nicht-ganz-Verbeugungen und schaffte es ohne ein Wort, die Blicke aller im Raum anwesenden Frauen auf sich zu ziehen, Barbaras eingeschlossen. Hätte sie nicht so viele andere Dinge im Kopf gehabt, hätte Barbara in den nächsten anderthalb Stunden eine Menge Spaß gehabt. Sie fühlte sich zurückerinnert an Faschingstage in ihrer Kindheit, wenn ihre Mutter die große Kostümkiste vom Dachboden geholt hatte, und sie zusammen mit den Nachbarskindern oder ihrem Cousin in den farbenprächtigen Stoffen gewühlt hatte. Die Stimmung ihrer Gäste war ähnlich ausgelassen, auch wenn die Kleidungsstücke, die in ihrem Salon gezeigt wurden, erheblich teurer waren als Faschingskostüme und die Machtkämpfe sehr viel subtiler ausgetragen wurden. Barbara konnte sich nicht losreißen, obwohl sie eigentlich nicht mehr gebraucht wurde.

»Ich wollte antike Lederhandschuhe kaufen«, hörte sie Frances sagen, »aber die sind alle zu klein für meine Hände.« Sie wedelte mit einem Paar langer weißer Handschuhe herum. »Jetzt habe ich welche bei Amazon bestellt.«

»Und das Kleid auch?«, fragte Karoline, die den rosafarbenen Stoff von Frances' Kleid durch die Finger gleiten ließ. »Was für ein hübscher Schnitt. Schade, dass es aus Polyester ist.«

Gemma und Frances sahen einander an und verdrehten die Augen. »Ich nehme an, Sie haben Ihr Kleid selbst genäht, Miss B.«, fragte Gemma mit einer deutlichen Spur Sarkasmus.

Karoline überhörte den Spott und nickte mit wichtigem Gesichtsausdruck: »Ja, ich habe eine hervorragende Seite mit Schnittmustern, Anleitungen und wertvollen historischen Hinweisen gefunden. Und so schön all die unterschiedlichen Farben sind, die man hier so sieht – die meisten Kleider, die die Frauen in der Epoche getragen haben, waren natürlich weiß.« Sie drehte Frances' Kleid um und lächelte. »Na, wenigstens haben die keinen Reißverschluss eingenäht. Man kann doch nicht mehr von einer angemessenen Bekleidung sprechen, wenn man die grundlegendsten historischen Gegebenheiten nicht beachtet.«

Jane, die den Ausdruck in den Augen ihrer Tochter bemerkt hatte, gesellte sich zu der Gruppe. »Leider bin ich viel zu unbegabt, um meine Kostüme selber zu nähen«, erklärte sie. »Aber wir kennen eine sehr talentierte Freundin, die unsere Kleider gemacht hat. Gemma, zeig doch mal deine Spencerjacke, die ist auch sehr hübsch und passt so gut zum Kleid.«

In die folgende Stille hinein hörte man Anna, die ein Stück entfernt stand und zu Elif bemerkte: »Reißverschlüsse mögen ja modernes Teufelszeug sein, aber für uns degenerierte Nachgeborene, die wir uns ohne die Hilfe einer Zofe anziehen müssen, haben sie den entscheidenden Vorteil, dass frau nicht mit hinten offenem Kleid auf die Suche nach jemandem gehen muss, der einem die Knöpfe zumacht.«

»Sprechen Sie da aus Erfahrung?«, fragte Charles Sinclair charmant mit einem leichten Lächeln. Barbara musste seinen Stil bewundern, einem anderen Mann hätte man so eine Frage wohl negativ ausgelegt. Anna lachte nur und erzählte gut gelaunt die Geschichte von ihrem ersten historischen Ball. Sie hatte um drei Uhr nachts eine Mittänzerin bitten müssen, ihr die Knöpfe zu öffnen, ehe sie mit einem Schal über den Schultern zu ihrem Hotel gelaufen war, nur um dann vor der verschlossenen Tür zu bemerken, dass sie ihren Zimmerschlüssel vergessen hatte. Elif und Sinclair hörten interessiert zu und lachten. Annas Freund Fabian stand mit dem Tanzmeister Sandor und dem Reporter Markus zusammen; das Gespräch drehte sich, den Satzfetzen nach zu urteilen, die Barbara aufschnappte, um Sportjournalismus, die Regeln der Regency-Zeit wie dem Verbot, auf einem Ball in Stiefeln zu erscheinen (außer im Falle von Offizieren in Uniform), und Sandors vergangene Karriere als Solotänzer. Der Schauspieler sah gelegentlich zu der anderen Gruppe hinüber, wo Sinclair gleichzeitig mit seiner Freundin Anna und Elif zu flirten schien. Es kam Barbara recht harmlos vor, aber ihr fiel auf, dass Fabian nicht der Einzige war, dessen Aufmerksamkeit die drei auf sich gezogen hatten. Karoline (die gerade mal Mitte vierzig war, aber auf Barbara eher älter wirkte) warf den beiden jüngeren Frauen verstohlene Blicke zu, und auch Jane blickte hin und wieder interessiert auf, wenn ihr Lachen durch den Raum tönte.

Offensichtlich war Barbara nicht allein mit ihren Beobachtungen, denn Gemma und Frances, die an einem der Tische mit Hauben, Schals und Bändern werkelten, waren nicht zu sehr damit beschäftigt, Handschuhe überzustreifen, Fächer auf- und zuzuklappen und Bilder mit verschiedenen historischen Frisuren zu vergleichen, um nicht zwischenzeitig kräftig lästern zu können. »Ernsthaft?!«, hörte Barbara Gemma mit einem Blick zu ihrer Mutter hinüber sagen. »Ich höre von meiner Mutter nichts anderes, als dass mein Männergeschmack ein Desaster ist und ich in spätestens zehn Jahren an der Tür eines Frauenhauses anklopfen werde, wenn ich so weitermache, und sie? Reiht sich hier in die Reihe der Verehrerinnen des ach so attraktiven Charles ein. Glaubt sie echt, dass sie eine Chance bei ihm hat?«

Barbara stand mit dem Rücken zu den beiden und beschäftigte sich vornehmlich damit, einige ausgelegte Kleidungsstücke zu bewundern, aber den beiden jungen Frauen schien es ziemlich egal zu sein, ob jemand sie hörte.

Frances schnaubte ihr verächtliches Lachen. »Jedenfalls eher als diese verknöcherte Schnepfe, Miss B.« Sie wedelte mit einem hölzernen Fächer herum – Barbara fühlte den kühlen Luftzug im Nacken – und imitierte einen oberlehrerhaften Tonfall. »›Oh, dieses Kleid haben Sie sicher bei Aldi gekauft, Miss Bennet, so werden Sie Mr. Darcy nie für sich gewinnen, aber ich trage extra weiß, damit ich aussehe wie eine Braut – nein, ich meine natürlich, weil es so historisch korrekt ist, denn davon verstehe ich was.‹ Wahrscheinlich, weil sie selbst schon so historisch ist. Stupid woman!«

Gemma lachte, unterbrach sich aber unvermittelt und rief: »Hey, Frances, lass das liegen! Was hast du gemacht?« Jetzt senkte sie doch ihre Stimme. »Meine Mutter hat mich eh schon im Visier nach dem, was das letzte Mal passiert ist. Ich kann mir nicht noch mehr Zoff mit ihr leisten.«

»Nur die Ruhe«, erwiderte Frances ungerührt. »Ich hab nichts gemacht, nur mal geschaut. Come on, ich kann die Truppe hier nicht mehr ab, gehen wir in die Bar und trinken was.« Sie hielt einen Moment inne und fügte dann herausfordernd hinzu: »Außer, du willst dich dem Sinclair-Fanclub anschließen – du hast ihn vorhin doch auch schon so angehimmelt, als er dir in die Kutsche geholfen hat.«

»Shut up«, gab Gemma zurück. »Du bist doch nur eifersüchtig.«

»Heiße ich vielleicht Miss B.?«

Und die beiden Freundinnen verließen unter lautem Lachen den Salon. Barbara stellte sich nachdenklich an den Tisch, an dem die zwei gesessen hatten. Hauben, Bänder, eine Schachtel mit Knöpfen, Pompadours, Fächer, künstliche Blumen. Was für eine eigenartige Parallelwelt hatte sie sich mit diesen Leuten ins Haus geholt, fragte sie sich.

Es war beinahe dreiundzwanzig Uhr, als Barbara den Salon verließ. Die Gruppe hatte begonnen, sich aufzulösen, ein paar waren auf dem Weg in die Bar, andere zu ihren Zimmern, und sie selbst hatte noch zu tun. Eine Stunde lang saß sie im Büro über Rechnungen, Bilanzen und Reservierungen, ehe sie aufgab. Sie konnte sich nicht konzentrieren. Aus Gewohnheit machte sie noch einmal die Runde durch das Gebäude. Es war still auf den Gängen. Hinter einer Tür hörte sie einen eingeschalteten Fernseher, aus einem anderen Zimmer Stimmen, aber nichts, worüber sich jemand am nächsten Tag beschweren würde.

Im ersten Stock hielt sie am Treppenabsatz inne und ließ den Blick automatisch nach rechts schweifen, zum Ende des verkürzten Korridors, in dem sich der Eingang zum Saal befand, den sie am Morgen abgesperrt hatte. Sie konnte nicht anders als erneut dort hinzuschauen, so wie sie als Kind nicht anders gekonnt hatte, als den Grind über einer Wunde wieder aufzukratzen, obwohl sie genau wusste, dass das nichts besser machte.

Erschrocken zog sie den Atem ein; die Tür zum Saal war offen, und auf der Schwelle stand ein Mann mit dem Rücken zu ihr, den Blick ins Innere gerichtet.

»Was machen Sie da?«, fragte sie scharf. Schärfer, als es einem Gast gegenüber angemessen war, aber es war Mitternacht, sie hatte einen langen und anstrengenden Tag hinter sich, und die Tür war abgesperrt gewesen, der Schlüssel am Brett in der Rezeption gehangen.

Der Mann auf der Türschwelle drehte sich um, und sie sah in ein Paar dunkle Augen, die dieselbe Form und Farbe hatten wie ihre eigenen. »Konrad!«, rief sie überrascht aus, und mehr fiel ihr in diesem Moment nicht ein.

Ihr Cousin trat einen Schritt zurück, zog die Tür zum Saal wieder zu und hielt ihr den Schlüssel hin.

»Ein Wasserschaden ist das nicht«, bemerkte er langsam und todernst.

Historischer Ball

Ellingen, Samstag, 30.11., 20.45

»She fainted ... einfach umgekippt«, erklärte Jane. »Gemma ... where is Gemma? Gerade war sie doch noch hier. Sie hat ... sie war draußen. Ich weiß nicht, was sie gesagt hat ... Frances, kannst du mich hören?«

Die junge Frau setzte sich auf und blinzelte mehrmals in die Gesichter der Umstehenden. »Ich bin ohnmächtig geworden«, stellte sie fest. Ihre Stimme klang etwas verwaschen, als ob sie nicht ganz bei sich wäre. »Wie eine fucking Heldin von Jane Austen. Shit, mein Kopf tut weh.«

Sandor und Fabian sahen einander an. Auf der anderen Seite der Gruppe drängten sich die beiden Reporter durch die Menge. »Was ist los?«, fragte Elif, die dankenswerterweise den Anstand hatte, die Szene nicht zu filmen; aber sie hatte ihren Fotoapparat in der Hand.

»Frances, sollen wir einen Arzt rufen?«, erkundigte Jane sich weiter, als die junge Frau keine Antwort gab.

Frances blickte auf. Ihre Augen wirkten riesig in dem blassen Gesicht. »Ja«, sagte sie langsam. Sie streckte eine Hand aus, und Fabian half ihr, wieder auf die Füße zu kommen. »Ja, ich denke, wir brauchen einen Arzt«, wiederholte sie. »Aber nicht für mich. Draußen.« Und dann ließ sie sich wieder in die Hocke sinken und stützte den Kopf in die Hände, als ob die wenigen Worte ihre Kräfte aufgebraucht hätten.

3 Karoline Behrens

Das Haus war ein Schmuckstück, und Karoline hatte längst nicht alles gesehen, was sie interessierte. Deshalb stand sie am nächsten Morgen zur selben Zeit auf wie an einem Arbeitstag, zog sich an und erkundete das Gebäude. Es war ein Barockschlösschen von kompakten Ausmaßen, das wenige Kilometer außerhalb der Stadt Ellingen in einem großzügigen, gepflegten Grundstück lag, hinter dem fast unmittelbar ein kleines Waldstück begann. Im Erdgeschoss lagen auf der einen Seite Speisesaal, Salon und Bar, im Zentrum eine Lobby mit gemütlichen Sesseln und Sofas, hinter der die Haupttreppe in die beiden oberen Stockwerke führte, auf der anderen Seite die Rezeption und die Privaträume von Barbara Hartheim. Am Hinterausgang neben dem Wintergarten führte eine schmale Treppe ebenfalls nach oben.

Aus einem der rückwärtigen Fenster konnte sie die kürzlich renovierte Backsteinscheune mit den Fachwerkbalken sehen, in der am nächsten Tag der Ball stattfinden würde. Im Rezeptionsbereich hingen Bilder von der Scheune – es war ein adäquat großer Raum, mit angemessenem Boden zum Tanzen und genug Platz für die knapp sechzig Leute, die erwartet wurden. Aber es war schon ausgesprochenes Pech, dass der barocke Tanzsaal im Haus gerade zu diesem Zeitpunkt einen Wasserschaden haben musste. Karoline hatte am vergangenen Abend versucht, einen Blick hineinzuwerfen, doch die Tür war verschlossen gewesen.

Auf dem Weg zum Frühstück kam sie an dem Korridor, der zum Saal führte, vorbei und ging noch einmal bis an sein Ende. Sie legte ihre Hand auf die geschwungene Klinke der Doppeltür und drückte sie herunter. »Na also«, murmelte sie vor sich hin, als die Tür aufschwang. Mit sich selbst zu reden war eine schlechte Angewohnheit. Sie verbrachte eindeutig zu viel Zeit allein: nicht nur zu Hause, sondern oft auch im Büro, wo die Gelegenheiten, sich mit netten Kollegen zu unterhalten, eher spärlich gesät waren.

Karoline betrat den Saal und zog die Tür halb zu. Dann ließ sie den Blick durch den Raum schweifen und sog scharf die Luft ein. Der Festsaal des *Schlosshotels* war ein harmonisch proportionierter Raum mit einer langen symmetrischen Fensterfront an der gegenüberliegenden Seite. Er wäre der perfekte Ort für einen Ball à la Jane Austen gewesen. Sie konnte es vor ihrem geistigen Auge sehen: die Damen in den langen Kleidern im Empirestil – mit korrekten Schnitten und Stoffen, nicht der seltsamen Mischung aus Faschingskostüm und Steampunk, die manche dieser jungen Frauen für eine angemessene Interpretation von »historische Kleidung« hielten. Die Männer in Kniebundhosen und bestickten Westen. Die Musiker auf der Empore neben dem Eingang. Die Lüster, die Kerzen, die schwingenden Rocksäume. Alles, was die Epoche so faszinierend und die Tänze so unwiderstehlich machte. Eine Zeit, die in diesem Saal nie wieder aufleben würde.

Die Wände waren goldgelb gewesen; man konnte die Farbe an vielen Stellen noch sehen. Dazwischen lagen graue, rohe Steinflächen, wo einst Stuckkassetten die Wände geziert hatten. Die Stuckelemente der Decke waren entfernt worden, die Zierrahmen der Fenster fehlten, der Boden war aufgerissen. Mitten im Raum lag ein großer, historischer Lüster mit einem abgebrochenen Arm und gesprungenen Kristallen. Die Steinflächen an Wänden und Decke waren wie der Negativabdruck dessen, was dort einst gewesen war – dieser Saal war nur noch ein Geist seiner selbst. Unweigerlich musste sie an ihre demenzkranke Mutter denken, und ein kalter Schauer lief ihr über den Rücken. Wie der Saal war sie eine leere Hülle, deren Anblick umso gespenstischer war, weil man genau erkennen konnte, was zerstört worden war.

Anders als eine Ruine, die einen gewissen Charme besitzt, war dieser Saal eine Verhöhnung dessen, was er einmal gewesen war. Sie trat erschüttert in den Raum hinein und ging zu einem der Fenster auf der anderen Seite, unter dem ein Haufen Holz lag. Daneben standen ein paar antike Stühle, die mit dickem Staub bedeckt und teilweise beschädigt waren. Karoline fuhr mit dem Finger über eines der Fensterbretter. Der Park draußen lag ruhig im schwachen Morgenlicht. Sie wandte sich um und wollte gerade gehen, als ihr zwischen den Holzbrettern etwas ins Auge sprang. Mit einem Stirnrunzeln bückte sie sich. »Wie eigenartig«, bemerkte sie, als sie sich mit ihrem Fund in der Hand wieder aufrichtete.

Als sie aus dem zerstörten Saal wieder in den Korridor trat, stieß sie beinahe mit einer Frau zusammen. Sie musste gerade erst angekommen sein; am Abend zuvor hatte Karoline sie jedenfalls nicht bemerkt. »Oh mein Gott, hab ich mich erschrocken!«, rief die Frau.

Karoline biss sich auf die Zunge, um diese Aussage nicht zu »bin ich erschrocken« oder »haben Sie mich erschreckt« zu korrigieren, und murmelte eine Entschuldigung. Als die junge Frau keine Anstalten machte, etwas zu sagen, und Karoline nur mit großen bernsteinfarbenen Augen ansah, fragte sie: »Sind Sie auch zum Workshop hier?«

Die Frau riss sich am Riemen und lächelte. »Ja, ich wollte ursprünglich schon gestern anreisen, aber ich bin spontan zu Freunden gefahren und deshalb erst heute angekommen. Ich habe noch überhaupt keine Ahnung vom Jane-Austen-Tanzen.«

Karoline zuckte innerlich zusammen. Noch so eine Anfängerin, die wahrscheinlich mal *Stolz und Vorurteil* mit Keira Knightley gesehen hatte und jetzt glaubte, über diese Zeit Bescheid zu wissen. Wahrscheinlich würde sie wie die Schauspielerin im

Film in einem Kleid mit dünnen Trägern anstelle von Ärmeln auftauchen und ihre Haare offen tragen. Wahrscheinlich würde sie darin auch noch gut aussehen. Obwohl die Neue gar nicht einmal so viel jünger war als sie, würde sie zweifellos alle Blicke auf sich ziehen. Manche Leute hatten einfach das Glück, immer und überall attraktiv zu wirken. Karoline war sich schmerzlich bewusst, dass sie nicht dazu zählte.

»Nun, ich hoffe sehr, dass Sandor, unser Tanzmeister, es bis morgen schafft, allen Anfängern zumindest die Grundlagen zu vermitteln«, antwortete sie steif, ehe sie sich beherrschte und höflicher hinzufügte: »Mein Name ist Karoline Behrens. Ich bin mit einigen anderen Gästen gestern schon eingetroffen. Und Sie waren wirklich noch nie bei einem historischen Tanz? Wie sind Sie dazu gekommen, sich bei diesem Ball anzumelden?« Wie es aussah, hatte Sandor bei der Werbung für seine Veranstaltung eine glückliche Hand gehabt und die zahlenden Teilnehmer für sich eingenommen. Das war etwas, worin Magda Schneider bei aller Brillanz ihrer Tanzkünste und aller historischen Korrektheit nicht besonders gut war. Karoline seufzte. Magda hätte sich mit Sandor zusammentun sollen, dachte sie. Gemeinsam hätten die zwei einen Ball auf die Beine stellen können, der gut organisiert, anziehend und historisch korrekt gewesen wäre. Stattdessen konkurrierten jetzt zwei Parteien um Tänzerinnen und Tänzer und machten sich gegenseitig das Geschäft streitig.

Ihr Gegenüber lächelte. Wenn sie nicht gerade aussah wie ein Reh im Bann der Autoscheinwerfer, wirkte sie entspannt und selbstbewusst und auf subtile Weise privilegiert. »Mein Freund ist mit der Besitzerin des Hotels verwandt. Er hat mir so viel von seiner Cousine und ihrem *Schlosshotel* erzählt, dass ich unbedingt einmal herkommen wollte. Leider hatte er an diesem Wochenende keine Zeit, sonst wäre er auch zum Ball gekommen. Ich bin Kalea, Kalea Berger.« Karoline fragte sich, was das für ein Name sein sollte. Kalea warf einen Blick auf die Tür, die noch immer halb offen stand. »Ist das – findet der Ball da drinnen statt?«, fragte sie.

Karoline verzog das Gesicht und öffnete die Tür noch einmal. »Wohl eher nicht. Schauen Sie.«

»Oh«, machte Kalea.

»Ja, allerdings ›oh‹«, erwiderte Karoline trocken.

»Das sieht furchtbar traurig aus«, sagte Kalea.

»Es ist ein Sakrileg!«, rief Karoline wütend. »Eine mutwillige Zerstörung von etwas, das um jeden Preis erhalten gehört hätte. Sie müssen das doch verstehen! Diese Dinge haben einen Wert. Schauen Sie sich die Welt um uns herum an: Autos, Straßen, Gebäude von unbeschreiblicher Hässlichkeit. Schauen Sie sich an, wie Sie herumlaufen.« Sie deutete auf Kalea Bergers teure Jeans. »Frauen in Uniformen. Alle denken, dass sie durch ihren Kleidungsstil ihre Persönlichkeit ausdrücken, aber in Wirklichkeit führt es dazu, dass alle gleich aussehen. Die Welt kann es sich nicht leisten, Orte wie diesen Saal zu verlieren. Aber hier ...«, sie streckte ihr die Hand entgegen, »schauen Sie, was ich gefunden habe.«

Sie schloss die Tür und setzte sich mit Kalea zusammen in Bewegung. Auf dem Weg in den Speisesaal erklärte sie ihr die architektonischen Besonderheiten des Schlösschens und des zerstörten Saals, ehe sie ihr umfassendes Wissen über die Tänze der Regency-Zeit mit ihr teilte. Erleichtert vernahm sie, dass Kalea sich ein Kleid für den Ball hatte schneidern lassen. Sie sah aus, als könnte sie sich so etwas leisten, dachte Karoline etwas verbittert. Manche Menschen hatten einfach alles: Aussehen, Geld, den richtigen sozialen Hintergrund. Aber wenigstens eins musste sie Kalea zugutehalten: Sie war bereit, etwas dazuzulernen, und hörte ihr aufmerksam zu, als Karoline ansetzte, einen Vortrag über die einzig korrekte Art zu halten, in der man einen Tanz im

Stil des englischen Regency abhalten durfte. »Einige der anderen Teilnehmerinnen, die du gleich beim Workshop treffen wirst, nehmen die Sache einfach nicht ernst genug«, verriet sie Kalea im Vertrauen. Wenigstens hatten sich die meisten der Frauen nach dem Frühstück umgezogen, wie sie wohlwollend bemerkte.

»Es gibt im echten Leben einfach zu wenige Gelegenheiten, im Regency-Kleid herumzulaufen«, hörte sie Anna zu der Reporterin Elif sagen, die selbst nur Jeans und T-Shirt trug. Sie befanden sich in demselben Salon, in dem sie gestern gesessen hatten. Tische und Stühle waren an die Seite geschoben worden, um Platz zum Tanzen zu schaffen. Für die fünfzehn Leute, die am Workshop teilnahmen, war der Raum groß genug. Sobald am nächsten Tag die anderen Ballbesucher eintreffen würden, brauchte es einen richtigen Saal – oder eben eine Scheune. »Ich meine«, fuhr Anna fort, »man kann das schon machen, so im Jane-Austen-Kleid rumlaufen, aber die Frage ist, ob man dann hinterher in seinem Job noch ernstgenommen wird. Also nutzen wir dieses Wochenende und lassen das kleine Mädchen in uns zum Spielen und Verkleiden raus.«

In diesem Moment betrat Charles den Raum, prächtig in Kniebundhosen, weißen Seidenstrümpfen, bestickter Weste und einem Rock, an dessen Revers eine glitzernde, diamantbesetzte Nadel steckte. Karoline musterte ihn zufrieden. Sein Ensemble war offensichtlich maßgeschneidert, ganz anders als die schlechtsitzenden Anzüge vieler Männer, die sich von ihren Frauen oder Freundinnen zu solchen Veranstaltungen überreden ließen, dann aber nur ein Minimum an Sorgfalt bei der Auswahl ihrer Kostüme zeigten. Annas helles Lachen zog seine Aufmerksamkeit auf sich, und er trat zu den beiden Frauen. »Good morning, ladies«, begrüßte er sie mit einer historisch korrekten Verbeugung – kein Diener und kein Kratzfuß, sondern ein kurzes Beugen des Rückens mit ausgestreckt hängenden Armen.

»Wir haben uns gerade gefragt, ob Sie auch ein kleines Mädchen in sich tragen, das sich gerne verkleidet«, alberte Anna.

Er lächelte. »Haben wir das nicht alle? Warum wären wir sonst hier?« Er schloss Karoline, Kalea und Verena, die ebenfalls gerade dazugekommen war, in seine Antwort mit ein, indem er sich ihnen zuwandte und den Kopf neigte. Der Mann wusste einfach, was sich gehörte. Annas Freund Fabian und Sandor hatten sich ebenfalls in Schale geworfen. Der ehemalige Balletttänzer trug Rock und Weste mit Eleganz und Grazie, aber Karoline war von seinem Aufzug dennoch nicht angetan. Ihr missfiel sein kurz geschnittenes Haar, das überhaupt nicht in die Regency-Epoche passte, die er verkörpern wollte. Abgesehen davon musste sie zugeben, dass er seine Sache recht gut machte. »Diese Country Dances muss man sich als das Speeddating der Regency-Zeit vorstellen«, erklärte er, als sie sich im Set aufstellten. »Es war die einzige Gelegenheit, bei der junge Frauen und Männer ohne Aufsicht miteinander reden konnten. Also flirtet euch durch die Reihe, und wenn ihr am Ende des Sets ankommt und aussetzen müsst, nutzt die Gelegenheit, um herauszufinden, ob euer Gegenüber sich als potenzieller Ehepartner eignet oder ob ihr beim nächsten Tanz ganz schnell den Partner wechseln müsst.«

Gemma grinste Frances an, die ihr auf der Herrenseite gegenüberstand. »Na, heiraten, wie wär's?«, fragte sie keck.

Frances machte ein nachdenkliches Gesicht. »Würde ich ja sehr gern, meine Dame, aber leider sind meine anderen beiden Frauen so eifersüchtig, dass ich ihnen das nicht zumuten kann.«

Kalea, die sich neben Karoline aufgestellt hatte, lächelte ihr Gegenüber an: Jane hatte sie aufgefordert und versprochen, sie im Notfall in die richtige Richtung zu dirigieren. »Ich fürchte, mit geistreicher Unterhaltung kann ich nicht dienen«, gestand Kalea. »Wenn ich es schaffe, mir die Figuren zu merken und niemandem auf den Rocksaum zu treten, bin ich schon froh.«

Fabian, der ihr schräg gegenüberstand, winkte ab. »Das kommt schon mit der Zeit. Hauptsache, alle haben Spaß.«

»Wir beginnen mit Cupid's Arrows aus dem Jahr 1794«, kündigte Sandor an, »ein sogenannter double minor, das heißt, immer zwei Paare tanzen die Figuren durch, Paar 1 wechselt eine Position nach unten und macht mit Paar 2 weiter. Und vergesst nicht, Amors Pfeile dabei fliegen zu lassen! Paar 1 set zueinander, dann cast down zwei Plätze, set und cast up.«

Sie tanzten »Cupid's Arrows«, »The Virgin«, »Battle of Prague« und »Jack's Maggot«, und Karolines Vergnügen daran, sich endlich wieder einmal im historischen Kleid auf dem Parkett zu bewegen, wich zusehends der Irritation darüber, dass Charles tatsächlich mit allen Frauen flirtete, denen er auf seinem Weg durch das Set begegnete, besonders mit Anna, obwohl ihr Freund doch auch da war. Nicht, dass Fabian Niedermeyer sich daran zu stören schien; er war, anders als Anna, neu beim historischen Tanz und gewann sichtlich mehr und mehr Spaß an der Sache. Aber Karoline irritierte das alles zusehends, und ihre Irritation machte sie reizbar.

»Mr. Beveridge's Maggot?«, fragte sie pikiert, als Sandor den nächsten Tanz ankündigte. »Aber der ist fast ein Jahrhundert früher entstanden, und Jane Austen hat ihn garantiert nie getanzt; er war Anfang des 19. Jahrhunderts völlig aus der Mode gekommen.«

Sie konnte sehen, wie einige der anderen Teilnehmer, allen voran Gemma und Frances, die Augen rollten und ungeduldig aufseufzten, aber Sandor ließ sich keine Verärgerung anmerken. »Das stimmt«, antwortete er gelassen. »Aber seit der BBC-Version von *Stolz und Vorurteil* 1995 ...«

»Mmm, Colin Firth im nassen Hemd«, warf Frances ein, und mehrere der Frauen kicherten.

»... seit dieser Verfilmung, in der Darcy und Elizabeth auf dem Ball in Netherfield Mr. Beveridge tanzen, kommt man an dem Tanz nicht vorbei.«

»Mal ganz abgesehen davon, dass er irre viel Spaß macht«, ergänzte Anna. Karoline warf ihr einen säuerlichen Blick zu. Von einer Frau, deren Kleid einen – zugegebenermaßen gut verborgenen – Reißverschluss hatte und die sich den ganzen Morgen in Charles' Aufmerksamkeit gesonnt hatte, war ja wohl nichts anderes zu erwarten.

»Bei Magda Schneider wird jedenfalls mehr Wert auf historische Korrektheit gelegt«, erwiderte sie an Anna gewandt. »Das müsstest du wissen, schließlich hast du dort angefangen mit dem Tanzen.«

»Wir haben alle Handys dabei, mit denen wir auf dem Ball Bilder machen, die wir dann auf Instagram oder Facebook posten«, erklärte Anna etwas ungeduldig. »Und keiner von uns ist mit der Kutsche hier angekommen ...«

»Doch, wir schon«, fiel Gemma ihr fröhlich in den Rücken.

Anna zuckte die Schultern und grinste. »Okay, okay, ein paar von uns sind stilecht mit der Kutsche eingetroffen. Aber wie auch immer, das Ganze ist doch trotzdem nur ein Spiel. Sogar dein selbst genähtes Kleid ist schließlich auf einer elektrisch betriebenen Nähmaschine entstanden, oder nicht, Karoline? Was spielt es für eine Rolle, ob alles hundertprozentig historisch korrekt ist, solange wir Spaß haben? Es geht ja nicht um Leben und Tod.«

»Darf ich bitten, Miss B.?«, fragte Charles, der offenbar fand, es sei an der Zeit, diese Diskussion zu beenden. »Will you do me the honour?« Er streckte ihr seine weiß behandschuhte Hand entgegen.

Nach der Mittagspause waren die Triple Minors geplant, Tänze, bei denen drei Paare durch die lange Reihe das Set hinuntertanzten. Für die Anfänger waren sie eine noch größere Herausforderung, weil Paar 2 und Paar 3 ständig wechselten und irgendjemand immer vergaß, wie lange man am oberen oder unteren Rand des Sets aussetzen musste. Gemma und Frances würden das dabei entstehende Chaos lieben, Anna würde sich fröhlich durchtanzen, und Karoline würde vergeblich versuchen, der ganzen Sache ein bisschen Würde zu verleihen. Trotzdem war sie besser gelaunt, als sie um kurz nach zwei aus ihrem Zimmer zurück Richtung Salon ging. Natürlich würde sie es nie zugeben, aber »Mr. Beveridge's Maggot« hatte ihr Spaß gemacht. Als sie an einem Alkoven vorbeikam, hörte sie Charles' Stimme. Im ersten Moment glaubte sie, er habe sie angesprochen, doch sein Blick war auf die winterliche Landschaft draußen gerichtet. Er hatte sein Telefon am Ohr und bemerkte sie nicht.

Karoline blieb stehen und beobachtete ihn einen Moment lang: von Kopf bis Fuß in die Kleidung einer lange vergangenen Zeit gehüllt, aber mit einem hochmodernen Smartphone in der Hand.

»Nein, ich will das Geschäftliche möglichst bald erledigen, ich bin nur ein paar Tage hier ... offensichtlich hat es keine Probleme gegeben, sonst würde ich wohl kaum anrufen ... über den Preis können wir später reden, aber ... nein, ich habe nicht die Absicht, ein Risiko einzugehen ... morgen? Da findet hier der historische Ball statt ... in einem Hotel nahe Ellingen ... Sie haben Ihr Hobby, ich habe meins ... anyway ... den genauen Zeitpunkt können wir noch festlegen, wenn ich ...« In diesem Moment wandte Charles sich um und bemerkte Karoline, die vergessen hatte weiterzugehen. Einen Augenblick lang wirkte er erschrocken, aber der Moment war so schnell wieder vorbei, dass sie sich auch getäuscht haben konnte. »Yes, very well, so machen wir es. Seien Sie vorsichtig«, beendete er das Gespräch und verstaute sein Handy in seiner Rocktasche.

»Miss B.«, lächelte er und hielt ihr den Arm hin. »Bereit für die nächste Tanzrunde?«

Zusammen gingen sie zum Salon. Karoline wollte gerade nach seinem Telefonat fragen, als er ihr zuvorkam. »Erzählen Sie mir, wie es Ihrer Mutter geht«, sagte er, während sie warteten, bis die Gruppe wieder vollständig war. Irgendwann während des Jane-Austen-Festivals in Bath im September hatten sie sich in der Hotelbar bis in die Nacht hinein unterhalten, und sie hatte ihm von der Erkrankung ihrer Mutter erzählt – warum, wusste sie heute nicht mehr so genau. Es war wohl eines jener Gespräche gewesen, die man manchmal mit Menschen führt, die man kaum kennt, wenn man sich unversehens nachts mit einem Glas Wein am selben Tresen findet. Es rührte sie ein wenig, dass er sich nach ihrer Mutter erkundigte.

»Ich werde mich um unsere neue Tänzerin kümmern«, erklärte er, als Kalea wieder in den Raum kam. »Am besten suchen Sie sich auch jemanden, der Hilfe brauchen kann, Miss B., damit die Triple Minors nicht im Chaos enden. Wir brauchen Ihre Expertise.« Er verbeugte sich vor Kalea. »Wollen wir die nächste Runde zusammen beginnen?«, fragte er. Karoline sah sich gezwungenermaßen nach einem neuen Tanzpartner um.

Zwei Stunden später setzte sie sich an einen der Tische am Rand des Salons, um etwas zu trinken und ihre Füße für ein paar Minuten auszuruhen. Sie zog ihre weißen Lederhandschuhe aus und griff nach ihrem Fächer, der neben ihrem Pompadour lag. Die historische Literatur war voll von Hinweisen auf die sogenannte Fächersprache, die in Büchern erklärt und angeblich sogar in Kursen gelehrt wurde. Eine Frau konnte auf diese Weise flirten, Desinteresse signalisieren und Rivalinnen in die Schranken weisen. Billige Exemplare wurden manchmal sogar als eine Art Spickzettel für besonders schwierige Figurenfolgen verwendet, und ab dem neunzehnten Jahrhundert gab es einfache Briséfächer aus Holz, die als Tanzkarten oder als eine Art Poesiealbum fungiert hatten. Bis ins zwanzigste Jahrhundert hinein war der Fächer der Dame ein unverzichtbares Accessoire und Statussymbol gewesen. Aber wirklich unverzichtbar fand Karoline ihren Fächer in Augenblicken wie diesem, um sich zwischen den Tänzen etwas abzukühlen. Draußen mochte ein frostiger Novembernachmittag langsam in eine frühe Dämmerung übergehen, aber hier im Raum war die Temperatur immer weiter angestiegen, je länger sie tanzten. Karoline klappte ihren Fächer auf – und stutzte. Es war ein Stofffächer mit Blumenmuster, den sie vor einigen Jahren auf einem Flohmarkt gekauft hatte – hübsch und zweckdienlich, aber in keiner Weise bemerkenswert. Nur dass jemand seit dem letzten Mal, als sie ihn geöffnet hatte, auf die Rückseite eines der Holzstäbe mit dickem schwarzen Stift eine Telefonnummer geschrieben hatte.

Historischer Ball

Ellingen, Samstag, 30.11., 20.50 Uhr

Sandor und Fabian wechselten einen Blick. Jane hatte Frances zu einem der Stühle geführt und redete leise auf sie ein. Die Ballgäste standen nutzlos herum wie Statisten, die man auf der Bühne vergessen hatte. Fabians Hand umklammerte noch immer die Duellpistole.

Durch die offene Scheunentür strömte kühle Luft und strich über die vom Tanzen erhitzten Gesichter.

»Einen Arzt«, wiederholte Sandor leise Frances' Worte. »Wofür? Für wen?«

Fabian zuckte ratlos die Schultern. »Ich versuche mal rauszufinden, was überhaupt los ist«, erwiderte er ebenfalls gedämpft. »Du solltest dich vielleicht besser um deine Gäste kümmern.« Die Worte klangen abweisend, viel zu schroff. »Ich meine, es hat keinen Sinn, wenn die alle hier herumstehen, solange wir nicht mehr wissen«, fügte er hinzu. »Vielleicht ist Frances ja auch nur betrunken und redet wirres Zeug.« Er bemerkte, dass sich die beiden Reporter neben ihn gestellt hatten.

»Wir kommen mit«, erklärte Elif und winkte ihren Kollegen zu sich heran. Sie hielt ihren Fotoapparat in der Hand. »Wir können uns draußen in der Nähe der Scheune und auf dem Weg zum Hotel umsehen. Bei der Kälte wird sich ja niemand weit entfernt haben.«

Sandor sah von Elif zu Markus und dann zu Fabian. Sein Blick verriet nicht, was in ihm vorging, aber er nickte langsam. Er wandte sich an die Anwesenden in ihren langen Kleidern und Kniebundhosen und forderte sie auf, vor der nächsten Tanzrunde noch etwas zu trinken, ehe er sie wie ein Rattenfänger im Regency-Gewand fort vom Scheuneneingang führte, fort von Jane, die sich um Frances kümmerte, fort von Fabian und den beiden Reportern.

»Gehen wir nachsehen«, murmelte Markus, holte tief Luft und trat als Erster ins Freie.

Die Fackeln, die den Weg zwischen Hotel und Scheune säumten, flackerten im Wind. Die Flammen brannten sich in ihre Netzhäute, und jenseits davon war nichts als Schwärze.

4 Kalea Berger

Barbara hatte Konrads Augen. Das war Kalea sofort aufgefallen, als die Frau sie am Vortag begrüßt hatte. »Sie sind also Konrads neue Freundin«, hatte sie gesagt und sie interessiert gemustert. »Freut mich sehr.« Mehr hatten sie zu dem Zeitpunkt nicht miteinander gesprochen, aber jetzt setzte sich Barbara beim Frühstück zu ihr an den Tisch.

Sie war fünf Jahre jünger als Konrad und einige Jahre älter als sie, wusste Kalea, und auch, dass sie bis vor Kurzem Managerin in einem großen Hotel in der Stadt gewesen war. Konrad hatte ihr erzählt, dass er seine Cousine schon immer vor den Gemeinheiten von einigen anderen Jugendlichen in dem Dorf, in dem sie beide aufgewachsen waren, in Schutz genommen hatte. Die erwachsene Barbara machte nicht den Eindruck, als ob sie noch einen Retter bräuchte. Nach allem, was Kalea gehört hatte, war sie ihren Weg zielstrebig und ohne Rücksicht auf Verluste gegangen.

»Konrad hat mir schon von Ihnen erzählt«, sagte Barbara freundlich. »Sie haben sich über die Firma Ihres Vaters kennengelernt, nicht wahr?«

Kalea spürte, wie sie sich bei dieser Frage anspannte. War es normal, eine solche Frage zu stellen, oder wollte die andere Frau sie aushorchen? Sie zwang sich, tief durchzuatmen und mit einem Lächeln zu antworten: »Ja, vergangenen Februar. Wir sind seit einem Dreivierteljahr zusammen, also bin ich gar nicht mehr so neu.«

Barbara lächelte zurück. »Natürlich nicht. Ich fürchte, bei Familienmitgliedern neigt man dazu, Beziehungen und Freundschaften im Kontext eines ganzen Lebens zu sehen, weil man sich selbst schon von Anfang an kennt. Schade, dass Konrad nicht mit Ihnen zum Ball kommen kann. Haben Sie ihn nicht für den historischen Tanz begeistern können?«

»Wir wollten schon lange einmal ein Wochenende zusammen hier im *Schlosshotel* verbringen«, antwortete Kalea ein wenig steif. »Ich habe mich einfach angemeldet, als ich von der Veranstaltung erfahren habe, ohne ihn vorher zu fragen. Er wäre gerne gekommen, aber er konnte sich nicht freinehmen.« Es war nicht Barbaras Frage gewesen, die sie gestört hatte, begriff Kalea, sondern die Tatsache, dass sie sich selbst so unsicher war. Sie wusste nicht einmal, warum sie sich zum Ball angemeldet hatte, aber sie hatte gehofft, Konrad würde mitkommen. Es war kein Problem, dass er keine Zeit hatte, schließlich hatte er ihr nicht vorher versprochen, dieses Wochenende für sie beide freizuhalten. Es war kein Problem, aber es machte sie unruhig.

»Ich denke, Sie werden trotzdem Spaß haben«, sagte Barbara. »Nach allem, was ich von den Workshops und der Gruppe bisher mitbekommen habe, sind Männer bei dieser Veranstaltung optional.«

Kalea lachte: »Das stimmt! Wobei wir im Moment noch gut aufgestellt sind. Bei dem Workshop, den die beiden Reporter vor ein paar Wochen mitgemacht haben, war Markus der einzige Mann, hat man mir erzählt.«

Kalea hatte nicht erwartet, dass ihr der historische Tanz so viel Vergnügen bereiten würde. Das hatte schon angefangen, als sie nach einem Kleid gesucht hatte. Es war eine völlig andere Art von Shopping gewesen, ein Eintauchen in eine andere Welt. Eine etwas abgefahrene Parallelwelt voller ungewöhnlicher Menschen, mit denen sie unter normalen Umständen wahrscheinlich kein Wort gewechselt hätte, unendlich weit entfernt von den Geschäftsessen und den ewigen Meetings in der Firma ihres Vaters, von der Besessenheit von Status, Verdienst und Erfolg. Die ersten Gespräche, die sie hier geführt hatte, hatten sich um Fragen gedreht, die in ihrem normalen Leben einfach nicht vorkamen: Welche Verfilmung von *Stolz und Vorurteil* sie am besten fand. Ob sie ihr Ballkleid über die Internetplattform Etsy gekauft oder selbst genäht hatte. Ob sie eher Mr. Darcy oder Mr. Knightley heiraten würde. Ob Jane Austen wohl, wenn sie heute leben würde, auch homosexuelle Paare beschreiben würde, und ob die lebenslustige Lydia Bennett immer noch negativ bewertet würde oder in einer modernen Version vielleicht die Heldin wäre. Niemand hatte groß nach ihrem Job gefragt, und bei manchen Mittanzenden hatte sie auch jetzt noch keine Ahnung, was sie im echten Leben arbeiteten. In den Kreisen, in denen sie sich normalerweise bewegte, wäre das unweigerlich das erste Thema gewesen, nicht selten gefolgt von der Frage nach dem nächsten Urlaubsziel, den Ess- oder Fitnessgewohnheiten. Danach war dann normalerweise die Hackordnung etabliert; mehr musste man über die anderen im Grunde nicht wissen. Die letzte Person, die sie vor diesem Wochenende nach ihrer Meinung über ein Buch gefragt hatte, war wahrscheinlich ihr Deutschlehrer am Gymnasium gewesen.

»Ich bin schon sehr gespannt auf den Ball«, gestand Kalea. »Ich habe gehört, ursprünglich war er nicht in der Scheune, sondern direkt im Haus geplant?«

Barbara sah sie nicht an. »Ja, wir haben einen barocken Festsaal, aber ich frage mich sowieso, ob er nicht zu klein gewesen wäre. Natürlich hätten wir dann für das Abendessen den Speisesaal unten nutzen können, aber dennoch. Ich kann mir vorstellen, dass die Scheune sich als die bessere Wahl erweisen wird.«

Sie sagte das ohne Zögern, als ob die Frage eigentlich nicht von Belang wäre. Aber Kalea erinnerte sich an das, was sie gestern früh gesehen hatte, und daran, was Karoline ihr erzählt hatte. Sie vermutete, dass die Hotelbesitzerin nicht so cool war, wie sie sich gab.

Kalea kannte dieses Gefühl. Sie hatte sich so auf dieses Wochenende gefreut, hatte sich ausgemalt, wie es sein würde, es mit Konrad hier zu verbringen. Es hatte ihm leidgetan, dass er arbeiten musste, und er hatte sie ermutigt, trotzdem hinzufahren und Spaß zu haben.

»Dann lernst du auch Barbara gleich mal kennen«, hatte er gesagt und ihr ein verschmitztes Lächeln geschenkt. »Man weiß ja nie, wozu es nützlich sein kann, Kontakte zu jemandem aus der Familie zu haben. Vor allem, wenn der Jemand ein historisches Hotel mit den schönsten Räumlichkeiten für gewisse Feiern hat.« Ihr Herz hatte bei seinen Worten einen kleinen Sprung getan, wie immer, wenn er irgendeine Andeutung über ihre mögliche gemeinsame Zukunft machte. Sie waren zwar noch kein Jahr zusammen, aber er war der erste Mann, bei dem der Gedanke an Hochzeitsglocken keine Fluchtreflexe in ihr auslöste. Bis sie Konrad kennengelernt hatte, war meist sie diejenige gewesen, die Beziehungen beendet hatte, wenn sie zu ernst wurden. Sie hatte seine Worte gehört, hatte sich ein historisches Schloss als Kulisse für eine Traumhochzeit vorgestellt und nicht widerstehen können.

Und jetzt war sie hier und hatte ihre Begeisterung für den historischen Tanz entdeckt, fühlte sich aber, sobald die Workshops nicht ihre Aufmerksamkeit beanspruchten, beunruhigt und verunsichert. Die Dinge waren aus den Fugen geraten, und sie hatte das Gefühl, sich nur mühsam auf schwankendem Grund zu halten.

Es fing schon mit der Frage an, was für eine Person Barbara Hartheim wirklich war. Sie schien ihr Hotel mit absoluter Hingabe zu führen, als eine Herzensangelegenheit. Aber wie konnte es um ihr Herz bestellt sein nach allem, was Kalea über sie gehört hatte? »Sie managen hier alles allein, nicht wahr?«, fragte sie. »Es wirkt alles extrem gut organisiert und gastfreundlich. Aber ist es nicht eine große Belastung, für alles allein verantwortlich zu sein?«

Barbara lächelte, aber Kalea merkte, dass sie einen wunden Punkt getroffen hatte. »Es war meine Entscheidung«, antwortete sie. »Ich hätte bleiben können, wo ich war; ich hatte einen sehr guten Posten, aber es gibt Wagnisse, die muss man einfach eingehen.« Um welchen Preis, fragte Kalea sich. Barbara schaute ins Leere, dann riss sie sich zusammen und sagte lächelnd: »Außerdem heißt das ja nicht, dass ich niemanden habe, auf den ich zählen kann.«

»Ich nehme an, Sie meinen Ihren ...«

»Ja«, antwortete Barbara, ehe Kalea den Satz beendet hatte. »Es geht nicht viel über die Familie; auf Konrad kann ich mich immer verlassen. Am Donnerstag ist er sogar gekommen, obwohl er eigentlich keine Zeit hatte.«

Kalea schluckte. »Konrad war hier?«

Donnerstagnacht hatte sie bei ihren Bekannten in der Nähe übernachtet; das bereits gebuchte Hotelzimmer hatte sie erst am nächsten Morgen bezogen. Und Konrad war hier gewesen? Um sie zu überraschen? Nein, das konnte nicht sein; sie hatte ihm im Zug von ihren geänderten Plänen erzählt. Er war wegen seiner Cousine gekommen.

»Sie stehen sich wohl sehr nahe?«, sagte sie und merkte, wie wenig souverän ihre Stimme klang.

Barbara zuckte die Schultern. »Früher waren wir ziemlich unzertrennlich, mehr wie Bruder und Schwester als Cousin und Cousine. Mit den Jahren ändert sich das natürlich ein bisschen. Das Leben, der Beruf und die Zeit kommen dazwischen. Aber letztlich ist das Entscheidende, dass man sich auf die Familie immer verlassen kann.«

»Mehr als auf einen Mann?«, fragte Kalea mit einem Anflug von Bosheit.

Barbara ließ sich nicht auf eine Argumentation ein. »Das ist eine völlig andere Art von Beziehung«, erwiderte sie. »Ich muss jetzt mal wieder an meine Büroarbeit, aber ich wollte mich unbedingt mit Ihnen unterhalten.«

Kalea war froh, als die Hotelbesitzerin aufstand und ging. Es gab zu viele Dinge, über die sie nachdenken musste, zu vieles, was sie beunruhigte. Jetzt kam noch die Tatsache hinzu, dass Konrad keine Zeit für sie gehabt hatte, wohl aber für seine Cousine. Sie zog ihr Handy aus der Tasche und tippte eine Nachricht an ihn. Nichts Ernstes, nur dass Barbara ihr von seinem unerwarteten Besuch erzählt hatte, und ein paar Worte über den Workshop und das Programm für den Tag. »Schade, dass ich Donnerstag noch nicht da war«, fügte sie hinzu. »Wenn ich gewusst hätte, dass du kommst, hätte ich den Besuch bei meinen Bekannten abgesagt.«

»Ist hier noch frei?«

Markus und Elif standen mit Tellern vom Frühstücksbuffet vor ihr und sahen sie fragend an. Die beiden hatten am Vortag alle Tänze mitgetanzt, wenn Elif nicht gerade die Kamera aufgestellt und gefilmt hatte. Abgesehen davon schienen beide ähnlich fasziniert von den Menschen hier zu sein wie Kalea. Vielleicht nicht von allen im selben Maße: Karoline hatte versucht, Markus in ein Gespräch zu ziehen, doch er hatte abgeblockt.

Kalea lud die beiden mit einer Handbewegung ein, sich zu setzen.

»Und, macht ihr Fortschritte mit eurem Fernsehbeitrag?«, fragte sie. Die meisten Teilnehmer des Workshops waren nach kurzer Zeit zum Du gewechselt – es schien etwas überzogen, Leute zu siezen, mit denen man regelmäßig in albernes Gelächter ausbrach, weil mal wieder eine Tanzfigur aus dem Ruder gelaufen war oder Sandor eine witzige Bemerkung über die Tänze und Sitten der Regency-Zeit beigesteuert hatte.

»Was denkst du über die Liebe?«, fragte Markus unvermittelt, während er sich Kaffee einschenkte. Kalea riss die Augen auf. Es war nicht nur ein unerwarteter Gesprächsbeginn, sondern auch ein Echo ihrer eigenen Gedanken.

Elif schüttelte den Kopf. »Markus, du bist ein super Fernsehmann, und ich liebe dich – rein platonisch natürlich –, aber manchmal bist du wirklich ein Trottel«, sagte sie zu ihm, ehe sie sich an Kalea wandte. »Guten Morgen erst mal, und sorry für meinen Kollegen. Solange der Kaffee bei ihm nicht wirkt, sollte man ihn echt kein Gespräch beginnen lassen.« Sie schnitt ein Brötchen auf und belegte es lustvoll mit Käse und Tomatenscheiben. »Wir wollen die Ballteilnehmer zu ein paar Themen befragen, die mit Jane Austen und ihrer Zeit und so zu tun haben«, erklärte sie. »Und eins davon ist natürlich die Liebe. Schließlich geht es in jedem von Jane Austens Romanen um die große Liebe.«

Markus, bei dem der Kaffee offenbar seine Wirkung entfaltete, hob den Zeigefinger – wie eine Mischung aus Ermahnung und Schülermeldung. »Ich muss dir widersprechen, Elif. Nach all unseren Recherchen im Vorfeld! Nach den vielen mühseligen Stunden, die wir vor dem Fernseher verbracht und Mr. Darcy beim Grimmig-Schauen zugesehen haben! Es geht in jedem von Jane Austens Romanen um die Ehe, nicht um die Liebe!«

»Ist das bei Jane Austen nicht dasselbe?«, fragte Kalea, wider Willen fasziniert. »Ich kenne mich nicht so gut aus, aber ist es nicht so, dass sich das Paar am Ende immer kriegt und sie unbeschreiblich glücklich werden?«

»Fast wie im wirklichen Leben«, kommentierte Markus sarkastisch. »Aber auf jeden Fall gilt das nur für die Heldin und vielleicht noch für ihre Schwester. Und selbst bei denen spielt der Stand und das Vermögen immer eine Rolle. Für die anderen geht es oft nur darum, versorgt zu sein, durch die Ehe ihren Ruf zu bewahren oder eine gute Partie zu machen. Jane Austen war da ziemlich praktisch veranlagt.«

»Oha, da hat wohl jemand gründlicher recherchiert, als er zugegeben hat. Hast du am Ende die Romane alle gelesen? Vielleicht auch noch Sekundärliteratur?«, neckte Elif ihn.

Kalea dachte nach. »Wenn das stimmt, sind Jane Austens Romane viel weniger romantisch, als die Verfilmungen einen glauben machen«, bemerkte sie. »Aber selbst wenn nur die Heldinnen in einer glücklichen Ehe landen ...«

»... ist das mehr, als man im wirklichen Leben erwarten kann«, fiel ihr Markus ins Wort.

»Er ist geschieden«, erläuterte Elif. »Man kann von ihm keine positiven Vorstellungen über die Ehe verlangen. Wenn die Heldinnen bei Jane Austen das ›vollkommene Glück‹ finden – die Bezeichnung stammt aus den Romanen selbst –, dann ist das eine Menge. Letztlich sagt Austen doch nur, dass eine Liebe nur dann wirklich eine Chance hat, wenn auch die äußeren Umstände halbwegs passen: der finanzielle, der soziale Background und so weiter.«

Kalea sah die Kamerafrau an. »Ist das nicht eine etwas armselige Vorstellung von Liebe?«, forschte sie. »Geht es nicht darum, sich vollkommen auf eine Person einzulassen und alles für sie zu tun?« Sie dachte an ihr Gespräch mit Barbara, die gesagt hatte, dass die Familie die einzige Instanz war, auf die man sich wirklich verlassen konnte. Aber die hatte sich ja offensichtlich lieber voll und ganz auf ihr Hotel eingelassen als auf eine Person, die sie liebte.

»Alles?«, fragte Markus zurück. »Da müsste man schon sehr viel Vertrauen zu der anderen Person haben. Das müsste der oder die andere erst mal verdienen, findest du nicht? Wenn du verheiratet wärst, würdest du dann sagen, dass du alles für deinen Mann tun würdest?«

Kalea dachte an Konrad, der der Einzige war, mit dem sie sich eine Ehe vorstellen konnte, und sagte: »Warum nicht? Wenn es der Richtige ist ...«

Karoline war auf dem Weg zurück zu ihrem Tisch bei ihnen stehengeblieben, um die letzten Sätze mit anzuhören. »Nun, dann stellt sich die vielleicht wichtigste Frage: Wie findet man den Richtigen?«

Elif lachte auf. »Nicht beim modernen historischen Tanz jedenfalls«, rief sie. »Das ist rein statistisch gesehen unwahrscheinlich. Wie ich gehört habe, werden wir heute Abend dreimal so viele Frauen wie Männer sein, und die meisten Männer sind mit ihren Partnerinnen da, wenn nicht sogar wegen ihrer Partnerinnen.«

Karoline lächelte schmal. »Wie Jane Austen deutlich macht, darf man sich bei der Suche nach dem Glück nicht von ungünstigen Vorbedingungen abhalten lassen«, bemerkte sie. Kalea fragte sich, ob sie dabei an Charles dachte.

Kurz bevor sie sich nach dem Frühstück im Salon für »The First of April« aufstellten, bekam Kalea endlich eine Nachricht von Konrad, der sich den ganzen gestrigen Tag über nur einmal gemeldet hatte. Sie klang wie eine Fortführung der Unterhaltung zuvor. »Bin ich froh, dass es bei deiner Veranstaltung nur so wenige Männer gibt«, schrieb er. »Sonst müsste ich eifersüchtig werden. Ich hoffe, du hast nicht vor, diesem faszinierenden Engländer zu verfallen, den du erwähnt hast. Der ist sowieso zu alt für dich!«

Gleich darauf folgte eine zweite Mitteilung: »Bitte entschuldige, dass ich meine Stippvisite am Donnerstag nicht erwähnt habe, sie war recht spontan. Du weißt, weshalb ich hinfahren musste. Aber wie auch immer: Wenn alles klappt, komme ich heute Nachmittag zu eurer englischen Teestunde; ich bin hier schneller fertig geworden als geplant. Ich habe dich vermisst! Kuss!«

Tatsächlich hatte Kalea zuvor nicht begriffen, warum Konrad am Donnerstag ins Hotel gekommen war. Nun fühlte sie sich ein wenig besser, machte sich aber Sorgen, was er zu ihr sagen würde, wenn sie ihm erzählte, was geschehen war. Sie starrte auf seine Nachricht. Konrad achtete immer auf korrekte Interpunktion und Rechtschreibung, und er benutzte nie Smileys, sodass sie nicht wissen konnte, ob er die Bemerkung über die Eifersucht ernst gemeint hatte. Der Gedanke, dass es Konrad nicht egal war, mit wem sie tanzte, gefiel ihr. Aber Charles? Er hatte ihn wahrscheinlich herausgepickt, weil sie seine Wirkung auf einige der Frauen hier erwähnt hatte. Es hätte ihm doch klar sein müssen, dass sie sich nicht für ihn interessierte. Nicht wegen seines Alters – ihr Blick wanderte zu Charles hinüber, der momentan am Ende des Sets stand und wartete, bis er und Verena wieder an der Reihe waren. »Zu alt« war sicher nicht der Gedanke, der einem bei seinem Anblick durch den Kopf ging. Ohnehin war er nicht so viel älter als Konrad, und bei dem störten die Jahre, die sie trennten, sie ja auch nicht.

Nein, das Alter war es nicht. Aber Kalea konnte seit Monaten keinen anderen sehen als Konrad, als ob alle anderen Männer bedeutungslos geworden wären. Als ob niemand außer Konrad zählte. Nein, er hatte wahrlich keinen Grund zur Eifersucht.

Und dann war da noch etwas: Charles machte sie nervös. Er hatte sie am vergangenen Morgen wie eine alte Bekannte begrüßt – offensichtlich hatte er sich an ihre kurze Begegnung im Zug erinnert. Sie wusste nicht, ob er ihr Telefonat mit angehört hatte, aber er war in ihrer Nähe gestanden und hatte sie beobachtet. Sie war sich sicher, dass er sie beobachtet hatte.

Und als er bemerkt hatte, dass die Erinnerung ihr unangenehm war, hatte er wie schon im Zug dieses wohlwollende, beruhigende

Lächeln aufgesetzt, das zu sagen schien, dass alles in Ordnung sei und sie sich keine Sorgen machen müsse, am allerwenigsten seinetwegen.

Es war dieses Lächeln, das sie beunruhigte. Er benutzte es in erster Linie den Frauen gegenüber, und sie hatte gesehen, welche Wirkung es erzielte. Sie hatte nicht das Gefühl, dass dieses Lächeln in erster Linie Herzlichkeit ausdrückte. Charles Sinclairs Lächeln war eine Waffe, mit der er die Menschen in seiner Umgebung steuerte. Was hinter der liebenswürdigen Oberfläche lag, war nicht einzuschätzen. Vielleicht ein stählerner, unbeugsamer Wille? Vielleicht nichts Schlimmeres als menschlicher und männlicher Egoismus, der die Welt gerne so gestaltete, wie er sie haben wollte? Oder die Entschlossenheit, über alles und alle die Kontrolle zu behalten?

Kalea hätte nicht sagen können, warum, aber sein Lächeln machte sie nervös.

Sie hätte den Workshop am Morgen mehr genießen können, wenn ihre Gedanken nicht von einer unruhigen Frage zur nächsten geschweift wären: Würde Konrad heute Nachmittag wirklich kommen? Dachte er tatsächlich über eine gemeinsame Zukunft mit ihr nach? Was würde er sagen, wenn sie ihm erzählte, was in den letzten Tagen vorgefallen war? Von Barbaras Beteuerung, dass Familienmitglieder sich aufeinander verlassen konnten. Von Karolines Worten im Korridor vor dem Barocksaal. Was sollte sie machen, wenn ihre schlimmsten Befürchtungen sich bewahrheiteten? Was verbarg sich hinter Charles beunruhigend beruhigendem Lächeln? Und dann ganz akut: War dieses kleine Biest Frances ihr mit Absicht auf den Saum ihres Kleides getreten?

Die junge Engländerin entschuldigte sich zwar wortreich, aber bei ihr konnte man nie so genau wissen, wann sich hinter ihrer offenen und überschwänglichen Art Bosheit verbarg.

Kalea hatte genug von ihren Gesprächen mit Gemma angehört, um zu wissen, dass der Spitzname »Miss B.« für Karoline auf ihrem Mist gewachsen war und eine Anspielung auf die unsympathische Caroline Bingley in *Stolz und Vorurteil* war, die vergeblich versucht, sich Darcy zu angeln und Elizabeth schlechtzumachen.

Sandor unterbrach »The young widow«, und Karoline ging in die Hocke, um Kaleas Rocksaum in Augenschein zu nehmen. »Sieht nicht allzu schlimm aus«, verkündete sie gleich darauf und richtete sich wieder auf. »Der Saum hängt an einer Stelle etwas herunter. Wenn du willst, kann ich das nachher in Ordnung bringen, das sollte nicht allzu lange dauern. Zum Glück hast du ein richtiges Kleid besorgt, mit dem du dich sehen lassen kannst.« Sie warf einen düsteren Blick in die Richtung von Anna und Frances. »Auf keinen Fall darf da ein Riss bleiben.«

Kalea nahm das Angebot dankend an – sie hatte keinerlei Talent mit Nadel und Faden, und außerdem wollte sie die Gelegenheit nutzen, mit der anderen Frau zu reden. Etwas an dem, was sie am Tag zuvor auf dem Weg zum Frühstück gesagt hatte, ließ ihr keine Ruhe. Eins der vielen Dinge, die sie beunruhigten, seit sie hierher aufgebrochen war ...

Als sie sich alle wieder aufstellten, um den unterbrochenen Tanz neu zu beginnen, merkten sie, dass Sandor mit seiner Aufmerksamkeit nicht bei ihnen war. Er hatte sein Handy in der Hand und starrte mit gerunzelter Stirn auf das Display. »Sandor?«, fragte Anna. »Machen wir weiter?«

Der Balletttänzer blickte auf. »Was? Ähm ja, sicher. Wo waren wir?«

»The young widow«, antwortete Fabian, und gleichzeitig fragte Anna: »Was ist los, Sandor? Schlechte Nachrichten?«

Er zwang sich zu einem Lächeln. »Keineswegs«, erwiderte er. »Durchfassen, und dann geht es los, Paar 1 und Paar 2 beginnen mit einer Mühle, und denkt diesmal alle mit, damit die neuen Paare am Anfang des Sets nicht wieder zu früh lostanzen.« Er schaltete die Musik ein, aber bevor sie loslegten, hörte Kalea noch, wie er leise zu Anna, die neben ihr stand, sagte: »Magda kommt heute Nachmittag, um sich anzuschauen, was wir hier so machen.«

Es schien eine belanglose Information zu sein – Magda gab ebenfalls Tanzworkshops und war einmal Sandors Lehrerin gewesen –, und Kalea hätte sich nichts dabei gedacht, wenn sie nicht Annas Gesichtsausdruck bei seinen Worten gesehen hätte. Was war es, das sich da auf ihrem Gesicht spiegelte? Beunruhigung? Irritation? Zorn? Einen Moment später war sie sicher, sich getäuscht zu haben. Anna lächelte und tanzte lebhaft los. »Rechte Hand!«, rief sie Kalea zu, die ihrem Kontrapartner die Hand reichte, um eine Mühle zu bilden.

Bis zum Mittagessen war der Himmel aufgeklart und die Sonne herausgekommen. »Wie gut, dann können wir später noch etwas flanieren«, grinste Anna. »Schade nur, dass das Hotel so weitab vom Schuss ist. Ich finde es immer lustig, wenn man in einer Gruppe im Regency-Kleid durch die Stadt spaziert und die Leute fragen, ob man bei einem Film mitspielt.«

Verena warf einen Blick aus dem Fenster hinaus und schauderte. »Sonnenschein hin oder her, solange es nicht zehn Grad wärmer ist, gehe ich heute Nachmittag bestimmt nicht in einem dünnen Kleid flanieren. Überhaupt frage ich mich manchmal, warum ich nicht längst in den Süden ausgewandert bin.«

Gemma öffnete kurz das Fenster und ließ kühle, klare Novemberluft in den Speisesaal. »Halb so schlimm«, erklärte sie grinsend.

Frances nickte zustimmend. »Da sind wir schon bei ganz anderen Temperaturen in T-Shirt und Minirock um die Häuser gezogen, stimmt's?«

Charles zog eine Braue hoch und wandte sich an Karoline, die neben ihm saß. »Das wundert mich nicht. Die Jugend hält der Glaube an ihre Unverwundbarkeit warm.«

Gemma sah den Engländer fast kokett von der Seite an. »Ach, und ich dachte immer, dass es am Tequila lag.« Karoline warf ihr einen säuerlichen Blick zu. Frances verdrehte die Augen. Verena schüttelte amüsiert den Kopf. »Nichts gegen Tequila«, warf sie ein, »aber mir würde da zum Warmhalten noch was ganz anderes einfallen.«

Kalea errötete und fing an zu kichern; Verena war so eine schlimme alte Frau. »Nun, ich glaube, da haben Sie heute schlechte Chancen«, meinte sie – Verena hatte niemandem das Du angeboten, und da sie die Älteste in der Gruppe war, hatte sich niemand getraut, die Sache selbst in die Hand zu nehmen. »So wie ich es verstanden habe, wird die Anzahl an Männern bei unserer Veranstaltung begrenzt sein.«

»Ist das so?«, fragte Verena süffisant zurück. Ihr Blick wanderte von Sandor, der über einem kompliziert aussehenden Diagramm mit Tanzschritten saß, über Charles, der ihn mit seinem Lächeln, das eine Waffe war, beantwortete, zu Markus, der nicht zugehört hatte und jetzt merkte, dass alle am Tisch ihn amüsiert anschauten.

»Wie wäre es, Markus«, triezte seine Kollegin ihn. »Ich glaube, du könntest jeden Moment ein unmoralisches Angebot erhalten.«

Die ganze Runde brach angesichts seines entsetzten Blicks in lautes Lachen aus. Er fing sich wieder und lachte ebenfalls. »Hm, ich fürchte, ich habe gerade etwas Dringendes zu erledigen«, sagte er und stand auf. »Wir sehen uns später beim afternoon tea.« Seine Worte hatten allen gegolten, aber Verena zwinkerte ihm zu. »Ich freue mich schon«, versprach sie mit kehliger Stimme. Markus floh, verfolgt vom Gelächter der Übrigen.

Als ob sein Abgang ein Signal gewesen wäre, begann die Gruppe, sich aufzulösen. Um halb drei war eine Teestunde im englischen Stil mit Scones und Sandwiches geplant. Im Anschluss daran war Zeit zum Flanieren und für eine weitere Kutschfahrt, diesmal stilgemäß im Kostüm, und diejenigen, die schon länger in der Szene waren und mehr als ein Kleid mitgebracht hatten, würden sich danach vor der Eröffnung des Balls möglicherweise noch einmal umziehen, andere vielleicht noch einen Power Nap einlegen, um für den Abend gewappnet zu sein. Kalea traf Karoline im Foyer, die in einer Hand ein Paar lange weiße Handschuhe, in der anderen eine Geldbörse hielt. Sie trug ein sehr schlichtes, helles Empirekleid, und Kalea wusste, dass sie es später durch ein eleganteres ersetzen würde, das sie extra für den Ball geschneidert hatte.

»Wohin des Weges?«, fragte Karoline.

Kalea lächelte angespannt. »Ich erwarte meinen Freund jeden Moment. Ich will draußen auf ihn warten. Und du?«

Karoline deutete auf Markus, der mit einer Zigarette in der Hand am Eingang stand. Die beiden Frauen gingen zu dem Reporter hinüber.

»Sie rauchen?«, erkundigte sich Karoline mit einem missbilligenden Blick.

»Miss B.«, begrüßte Markus sie mit dem Spitznamen, den sie fast alle übernommen hatten, und warf die halbgerauchte Zigarette in den Mülleimer. »Geben Sie Ihrer Freundin Verena die Schuld; sie hat mich so eingeschüchtert, dass ich nicht anders konnte.«

Karoline ließ sich zu einem Lächeln hinreißen. »Ja, diese Wirkung hat sie auf viele Leute«, bestätigte sie.

Kalea beobachtete die beiden. Markus trug noch immer Jeans und ein Hemd, Miss B. sah aus wie eine dieser harmlosen älteren Jungfern, die bei Jane Austen gelegentlich vorkommen. Aber

Kalea wusste es besser. »Hätten Sie jetzt vielleicht kurz Zeit für mich?«, fragte Karoline ihn. »Ich würde immer noch gerne etwas mit Ihnen besprechen.«

Markus' Gesicht zeigte einen Moment lang dasselbe Entsetzen wie zuvor, als Verena ihn angesehen hatte wie eine Hyäne ein besonders schmackhaftes Stück Fleisch. Vielleicht erwartete er eine Abhandlung über die Geschichte der Gavotte oder eine Kritik verschiedener Tanznotationen. Er hatte am Vortag bereits sehr höflich ihren kenntnis- und vor allem umfangreichen Informationen über verschiedene Fragen der Etikette gelauscht.

Kalea war erleichtert, als er antwortete: »Später gerne. Ich muss jetzt unbedingt noch etwas arbeiten.« Er schaute auf seine Armbanduhr, als ob das irgendetwas beweisen würde. »Später habe ich Zeit für Sie«, versprach er, ehe er ins Hotel zurückging.

Die zwei Frauen tauschen einen amüsierten Blick, weil sie beide an die Szene im Speisesaal denken mussten. »Später habe ich Zeit für Sie« war definitiv ein Satz, den er Verena besser nicht hören ließ. Doch Kaleas Belustigung war nur von kurzer Dauer. Sie sah besorgt zu, wie sich auch Miss B. wieder nach innen wandte. Einen Moment lang zögerte Kalea auf der Türschwelle und überlegte, ob sie ihr nachgehen und mit ihr reden sollte. Doch dann sah sie einen schwarzen Audi auf das Haus zukommen. Der Wagen fuhr in einem weiten Bogen auf einen Parkplatz, und Konrad stieg aus. Kalea vergaß alles andere und lief auf ihn zu.

Historischer Ball

Ellingen, Samstag, 30.11., 20.55 Uhr

Sie fanden Gemma auf dem Kiesweg zwischen Hotel und Scheune. Der helle Stoff ihres Kleides leuchtete im Licht der Fackeln. Das Spencerjäckchen, das sie darüber trug, war bei Tageslicht blau, jetzt aber nichts als ein Fleck verschwommener Dunkelheit vor der Schwärze der Nacht.

»Da!«, rief Markus und deutete nach vorn. Die Nacht war frostig, und sein Atem stand in einer kleinen Wolke vor seinem Mund.

Die Gestalt war auf den Boden gesunken, verkrümmt, und einen schrecklichen Augenblick lang regte sie sich nicht, doch dann richtete sie sich mit einem Stöhnen etwas auf, und was auch immer Elif hatte sagen wollen, sie änderte es zu: »Ist sie gestürzt? Gemma, bist du das? Can you hear me?«

Die junge Frau kam mit einer ruckartigen Bewegung auf die Knie und stützte sich auf die Hände.

Fabian reichte Elif wortlos die Duellpistole, die er noch immer hielt, und nickte Markus zu. Die zwei Männer schritten rasch auf Gemma zu und positionierten sich zu beiden Seiten, um ihr aufzuhelfen.

»Gemma, was ist passiert?«, fragte Elif drängend, erhielt aber keine Antwort. Gemmas schmale Schultern zitterten in der kalten Nachtluft. Von der Scheune her konnten sie die Stimmen vieler Menschen hören, aber keine Musik. Die Fackeln ließen geisterhafte Muster über den Kies und die niedrigen Zierhecken am Wegrand flackern. Gemmas Blick war starr auf das bläuliche Zentrum der nächsten Flamme gerichtet. »Ich bin gestolpert«, antwortete sie mit verwaschener Stimme. Fabian fragte sich, wie viel sie wohl getrunken hatte.

Fabian warf Markus einen besorgten Blick zu. »Bringen wir sie ins Warme, sie holt sich sonst noch den Tod.«

Der Reporter nickte und fragte: »Gemma, bist du verletzt?«

Gemma schüttelte benommen den Kopf und sog tief die eiskalte Novemberluft ein, dann krümmte sie sich nach vorn und würgte einen Moment, ehe sich ein Schwall von Erbrochenem über Fabians blankpolierte Stiefel ergoss.

5 Anna Elm

In Jane Austens Romanen werden nicht viele dramatische Ereignisse thematisiert. Es gibt zwei junge Frauen, die zeitweise in Lebensgefahr schweben, und der ein oder andere Skandal ereignet sich und wird, so gut es eben geht, verkraftet oder vertuscht. Zugegeben, Colonel Brandon duelliert sich mit Willoughby, der sein Mündel geschwängert und sitzen gelassen hat, aber das erfahren die Leser nur am Rande aus seiner Erzählung; eine kurze Unaufmerksamkeit, und man hat die Stelle überlesen. Die wirklichen größeren und kleineren Dramen ihrer Romane spielen sich im Hintergrund ab, während vordergründig die Fassade gewahrt bleibt und alle unglaublich zivilisiert erscheinen. Beispiele gefällig? Zwei junge Frauen unterhalten sich abseits der restlichen Gruppe, gesellen sich dann wieder zu den anderen und beteiligen sich am Gespräch. Keiner der anderen weiß zu diesem Zeitpunkt, dass Lucy Steele Eleanor von ihrer heimlichen Verlobung mit Edward erzählt hat, den auch Eleanor liebt. Oder nehmen wir einen Salon in Bath, in dem in verschiedenen Gesprächsgruppen über eine bevorstehende Hochzeit geredet wird, während ein Mann an einem Tisch sitzt und scheinbar einen Auftrag für einen neuen Rahmen einer Porträtminiatur erteilt. Niemand ahnt, dass der Mann in Wirklichkeit seine letzte Möglichkeit nutzt, der Frau, die er noch immer liebt, einen Brief zu schreiben, in dem er sich ihr erklärt. Oder nehmen wir Jane Austens Ballsäle, in denen immer mehr abläuft, als auf den ersten Blick ersichtlich ist. Da spannt ein Mann einem anderen die Verlobte aus, da sabotiert eine Mutter ihre eigenen Bemühungen, ihre Tochter vorteilhaft zu verheiraten, durch ihr unangemessenes Verhalten. Eine junge Frau lässt sich beim Tanzen auf ein Wortgefecht mit dem Mann ein, den sie verachtet und der sie gegen seinen Willen bewundert, und in dem alten Ballsaal der Krone flirtet der gutaussehende Frank Churchill mit Emma Woodhouse, um zu verbergen, dass er insgeheim mit einer anderen verlobt ist, während ihre Freundin Harriet am Rande der Tanzfläche eine öffentliche Demütigung erleidet und durch eine unerwartete ritterliche Geste wieder aufgebaut wird.

Bei Jane Austen werden Geheimnisse verraten und bewahrt, Herzen gebrochen und erobert, vorschnelle Urteile gefällt und Skandale und Ehen angebahnt, während sich Paare zum Tanz aufstellen, während die Musik spielt, während Komplimente und Bemerkungen über das Wetter gemacht oder Tassen mit Tee gefüllt und weitergereicht werden.

All das ging Anna durch den Kopf, als sie am Nachmittag den Speisesaal des Hotels betrat, der für den afternoon tea im englischen Stil gedeckt war. Sie trug nicht das einfache weiße Kleid mit dem Reißverschluss, das am Tag zuvor Karolines Missfallen erregt hatte, sondern das neueste Teil aus ihrer historischen Garderobe: ein elegantes Regency-Kleid aus weinroter Seide. Es stammte aus dem Theater; sie hatte es beim jährlichen Fundusverkauf entdeckt, und eine Kollegin von Fabian aus der Theaterschneiderei hatte es für sie angepasst. Anna war sehr zufrieden mit ihrem Aufzug, aber sie zweifelte nicht daran, dass Karoline auch daran irgendetwas auszusetzen haben würde. Wenn nicht sie, dann bestimmt Magda. Dass Sandors ehemalige Lehrerin sich entschlossen hatte, heute hier aufzukreuzen, nachdem die beiden sich in den letzten Monaten konsequent aus dem Weg gegangen waren, hätte Anna erstaunt, wenn sie nicht sicher gewesen wäre, Magdas Motivation zu kennen.

Im Speisesaal standen Fabian und Sandor bereits in ihren Kostümen bereit, um die anderen Gäste zu empfangen, und einen Augenblick lang kam Anna sich vor, als ob sie wirklich in einen Jane-Austen-Roman geraten wäre, so gut passten die beiden in ihre Kostüme und die historische Kulisse. »Ich finde, du solltest einfach immer so rumlaufen«, sagte sie zu Fabian. »So habe ich mir Edward Ferras immer vorgestellt.«

Fabian wandte sich mit hochgezogenen Brauen an Sandor. »Was meinst du, soll ich beleidigt sein, dass ich nicht mit Mr. Darcy verglichen werde?«

Der Tänzer zuckte mit den Schultern. »Das kommt darauf an, ob sie einen der anderen Männer mit Darcy vergleicht.«

Anna wollte gerade etwas über die Vorzüge und Nachteile der verschiedenen Helden bei Jane Austen sagen, als ihre Aufmerksamkeit von dem Paar abgelenkt wurde, das gerade den Raum betrat. Sie pfiff leise durch die Zähne. »Da kommt die Konkurrenz«, zog sie Fabian auf und fügte amüsiert hinzu: »Damit hatte ich jetzt nicht gerechnet.«

Der Anblick, der sich ihnen bot, war nicht nur überraschend, sondern auch ein wenig inkongruent: Elif schritt in einem hellen Regency-Kleid und mit einer Hochsteckfrisur, aus der seitlich ein paar Locken entkamen, auf sie zu. Mit einer Hand umklammerte sie eine riesige schwarze Kameratasche, in der anderen hielt sie einen Fotoapparat. Markus, der eine rote Offiziersuniform zu höfischen schwarzen Lederschuhen trug, begleitete sie. Beide sahen mehr als nur ein wenig verlegen aus. Elif strich etwas unbehaglich über ihren langen, geblümten Rock. »Ich komme mir ziemlich doof vor«, gestand sie mit einem schiefen Lächeln.

Markus zog eine Grimasse. »Was glaubst du, wie ich mich fühle?«

Anna sah die beiden amüsiert an. »Wie konnte das dann passieren?«, wollte sie wissen. Bislang hatten die zwei alle Angebote diverser Ballteilnehmer, ihnen ein Kostüm zu leihen, vehement abgelehnt. Die beiden Reporter wechselten einen säuerlichen Blick, und Sandor erklärte trocken: »Wir saßen gestern alle noch an der Bar, und irgendwie kam es dazu, dass Markus gewettet hat, sie würde sich sowieso nie trauen, im Kostüm zu erscheinen. Worauf Männer halt nach zwei, drei Bier so kommen. Und Elif war so genervt, dass sie gesagt hat, sie würde es tun, wenn er als Offizier käme. Ich hab ihm meine Uniform angeboten.«

»Was für ein Triumph für dich«, sagte Anna mit einem bedeutungsvollen Blick zu Sandor. Sie wäre ihrerseits jede Wette eingegangen, dass der Tänzer dem Alkohol mit ein paar wohlplatzierten Bemerkungen zu Hilfe gekommen war, um sicherzugehen, dass die beiden Fernsehleute in angemessener Kleidung erscheinen würden.

»Ich weiß nicht, was du meinst«, erwiderte Sandor mit betont ausdrucksloser Miene, die einen Moment später nur für eine Sekunde von einem anderen Ausdruck abgelöst wurde – einer Mischung aus Wachsamkeit, Müdigkeit und Abwehr. »Apropos Triumph …«, murmelte er, und es klang beinahe zynisch. »Hallo, Magda«, sagte er dann laut mit einem Lächeln und trat einen Schritt nach vorn auf seine ehemalige Tanzlehrerin zu, die an der Spitze der übrigen Gäste den Raum betreten hatte. »Und da kommen auch die anderen.« Er verbeugte sich tief und verkündete: »Ladies and gentlemen, it's tea time.«

Sie benahmen sich alle sehr höflich und zivilisiert, wie es sich gehörte. Teetassen wurden gefüllt, Teller mit Scones und Sandwiches herumgereicht, Bemerkungen über das Wetter gemacht und der bisherige Verlauf des Wochenendes kommentiert. Fabian sprach über seine geplante Showeinlage am Abend und erzählte Anekdoten von den Proben für sein neues Stück, aber während Jane und Verena interessiert zuhörten, fiel es Anna schwer, sich auf die Unterhaltung zu konzentrieren. Am Nachbartisch saß Sandor zwischen Magda und Karoline, und Anna schnappte immer wieder Satzfetzen ihres Gesprächs auf. Magda steuerte scheinbar harmlose Bemerkungen über den Verlauf des Wochenendes bei, über die Dekorationen, die gewählten Tänze und die Methoden, sie zu lehren, die aber alle Widerhaken hatten. Jedes Kompliment für seine Organisation und sein Programm enthielt den unausgesprochenen Subtext, dass »gut« nicht »perfekt« bedeutete, und in jeder Frage schwang ein Vorwurf mit. Und dann hörte Anna den Klang ihres eigenen Namens.

»... hat Anna ihn dazu animiert, den Ball auf eigene Faust durchzuführen.« Das war Karolines Stimme. »Ihr neuer Freund ist Schauspieler, und er macht sich beim Tanzen gar nicht schlecht für einen Anfänger.« Magda setzte zu einer Antwort an, die Anna nicht hören konnte, weil alle anderen an ihrem Tisch in diesem Moment in lautes Gelächter ausbrachen, aber sie warf einen Blick zu Sandor hinüber, der den deutlichen Appell beinhaltete, das Thema zu wechseln. Ihm schien nichts Besseres einzufallen, als sich zu erheben, zu sagen: »Entschuldigt mich, ich werde mal ein bisschen herumgehen und nach den anderen sehen«, und die beiden Frauen ihr Gespräch weiterführen zu lassen. »Natürlich, als Gastgeber musst du dich um alle Anwesenden kümmern«, erwiderte Magda, und wieder klang die harmlose Bemerkung eher nach einer Maßregelung. Als wäre er seinen Pflichten bisher nicht nachgekommen. Anna biss die Zähne zusammen. Wer auch immer Magda dazu gebracht hatte, heute hier aufzukreuzen, verdiente es, von irgendeinem fiesen Virus außer Gefecht gesetzt zu werden. Sie zwang sich dazu, ihre Aufmerksamkeit vom Nachbartisch wegzulenken; wenn sie schon nichts dagegen unternehmen konnte, wollte sie zumindest nicht hören, was Magda und Karoline als Nächstes sagen würden.

Am anderen Ende ihres Tisches saß die einzige anwesende Person abgesehen vom Hotelpersonal, die nicht historisch gewandet war. Konrad Hartheim, Cousin der Hotelbesitzerin und Kaleas Freund, war nur für den Nachmittag vorbeigekommen und hatte von Anfang an verkündet, dass er nicht lange bleiben werde. Er wirkte geschäftsmäßig und fokussiert, und obwohl er auf Kalea einging und höfliche Konversation mit den anderen am Tisch machte, erweckte er nicht den Eindruck, als ob er wirklich bei der Sache wäre. Vielleicht lag es auch daran, dass er in modernem Hemd und Anzughose wie ein Fremdkörper in ihrer bunten Truppe wirkte. Und Kalea, die bisher fröhlich bei den Tänzen mitgemacht und sich für alles interessiert hatte, wirkte neben ihm trotz ihres hübschen hellblauen Kleids auf einmal seltsam farblos. »Wir haben noch gar nicht richtig miteinander geredet«, bemerkte Konrad jetzt mit einem Stirnrunzeln. »Ich muss nachher noch mit Barbara sprechen und dann bald wieder abfahren – komm, lass uns irgendwohin gehen, wo wir ungestört sind.« Er fasste nach Kaleas Hand und stand auf. »Sie werden uns entschuldigen«, bat er mit einem plötzlichen, unerwartet charmanten Lächeln an den Rest der Tischgesellschaft gewandt. »Das ist heute meine einzige Gelegenheit, meine Freundin ein bisschen für mich zu haben.« Die beiden verließen den Raum, und Frances brach in ein schmutziges Lachen aus. »Was meinst du, gehen die direkt auf ihr Zimmer?«, fragte sie Gemma, die mit einem Grinsen antwortete: »Wir werden ja sehen, ob ihr Kleid nachher zerknittert ist …«

»Wirklich, wie alt seid ihr beide, fünfzehn?«, fragte Karoline verstimmt.

»Oh, lighten up, Miss B.«, sagte Frances halb genervt, halb aufmunternd. »Wir sind schließlich alle hier, um etwas Spaß zu haben. Und let's face it, Kalea sieht aus, als ob sie es brauchen könnte.«

»Some more tea, Miss B.?«, fragte Gemma zuckersüß, ehe Karoline etwas erwidern konnte. Die beiden jungen Frauen hatten sich um den Tee gekümmert wie die zwei braven Regency-Damen, die sie sicher nicht waren, und Gemma hielt Karoline eine frische Tasse hin, während Frances ihr das Milchkännchen reichte. Karoline zog den Teller mit Teegebäck zu sich heran, den Frances strategisch günstig zwischen sich und ihrer Freundin platziert hatte, und bediente sich.

»Sonst noch jemand mehr Tee? Charles? Markus? Magda?« Gemmas strawberryblondes Haar mit den Seitenlöckchen und ihr Teint mit den leichten Sommersprossen sorgte dafür, dass sie in ihrem Kleid im Empire-Stil aussah, als wäre sie direkt einem Jane-Austen-Roman entsprungen. Man durfte sie nur nicht reden hören, wenn man die Illusion nicht zerstören wollte.

Fabian stand auf und setzte sich zu den beiden jungen Frauen, die ihn sofort mit Beschlag belegten, und Anna nutzte die Gelegenheit, um sich zu Sandor zu gesellen, der am Rand stand und seinen Gästen zusah.

Er sah sie an und lächelte sein schmales Lächeln. »Sieht doch aus, als ob alles glatt läuft, findest du nicht?«

Anna zog die Brauen hoch. »Also alles wie geplant, ja?«

»Mehr oder weniger«, antwortete Sandor knapp. Sie wussten beide, dass das nicht stimmte, aber offenbar hatte er nicht die Absicht, mehr zu sagen. Anna legte einen Moment lang ihre Hand auf seinen Arm. »Das wird ein großartiger Ball«, versicherte sie ihm aufmunternd.

Am Tisch vor ihr saßen Magda und Karoline jetzt neben Jane, die Gemma im Auge behielt wie eine ehrbare Regency-Dame, die ihre Tochter möglichst ohne Skandal unter die Haube bringen will. »Was für ein schönes Paar ihr abgebt«, bemerkte Karoline an Anna und Sandor gewandt. »Sehr schöne Gewandung, ihr beiden. Ich hoffe, wir sehen euch heute Abend auch einmal zusammen tanzen.«

Anna lächelte durch zusammengebissene Zähne. Die Bemerkung war harmlos genug gewesen, aber sie zerrte an ihren ohnehin schon angespannten Nerven. Sie war sich allzu bewusst, dass Fabian in Hörweite saß. »Aber gewiss doch«, antwortete sie leichthin, und wie so oft, wenn sie versuchte, sich ihren Ärger nicht anmerken zu lassen, sprach sie die nächstbesten Worte aus, die ihr in den Sinn kamen: »Ich habe vor, mit allen gutsituierten Junggesellen im Saal zu tanzen.«

Genau in diesem Moment blickte Charles, der mit einer Tasse in der Hand am Fenster lehnte, zufällig auf und lächelte Anna verschwörerisch zu. Sandor runzelte finster die Stirn. Karoline versuchte, ihren Ärger zu verbergen, indem sie einen weiteren Keks vom Teller nahm. Und Fabian stand auf, kam zu ihnen herüber und sagte zu Anna: »Ich bin in unserem Zimmer.« Damit verließ er den Raum.

Sandor warf einen Blick aus dem Fenster. Der Himmel war blau; noch wartete da draußen ein klarer, kühler Winternachmittag. »Ich glaube, die Kutsche ist gleich da«, bemerkte er. »Wer noch ein bisschen im Garten flanieren oder bei der Kutschfahrt mitmachen will, sollte wahrscheinlich langsam los, solange es noch hell ist.«

Magda hatte ihr Stück Kuchen aufgegessen und wandte sich an Karoline. »Trink deinen Tee aus, Karoline, damit wir noch ein wenig an die Luft kommen. Wir können uns ja im Garten weiter unterhalten.« Anna hörte die Worte mit einem Anflug von Unbehagen. Sie hatte begonnen, fast jede Bemerkung aus Magdas Mund zu fürchten, und Karoline war ganz klar auf ihrer Seite – kein Wunder, sie waren schließlich beide Verfechter absoluter historischer Korrektheit, und wenn Magda gegen Sandor stichelte, nickte Karoline fast immer zustimmend.

Sandor warf Anna einen Blick zu, in dem sich ähnliche Überlegungen zu spiegeln schienen, aber er schlüpfte sofort wieder in die Rolle des Gastgebers, scherzte, beantwortete Fragen und begleitete Gemma und Frances ins Freie. Anna setzte sich ein paar Minuten lang zu Elif, die sich in ihrem Kleid noch immer etwas unwohl zu fühlen schien. »Alles Gewöhnungssache«, versicherte sie ihr. »Wenn du später im Set stehst und mittanzt, wirst du dich freuen, wenn du richtig angezogen bist. So macht es einfach viel mehr Spaß. Du wirst doch ein bisschen mittanzen, oder?«

»Jetzt ist es auch schon egal«, erwiderte Elif. Ihr Tonfall war missmutig, aber Anna ließ sich nicht täuschen: Elif hatte einfach zu viel Spaß am Tanzen gewonnen, um die ganze Zeit nur am Rand der Tanzfläche zu stehen und zuzuschauen. Sie begutachtete die Kamerafrau wohlwollend. »Ich wünschte, meine Haare würden hochgesteckt so gut halten wie deine«, sagte sie. »Ich muss immer nachfrisieren, sonst sehe ich nach drei Stunden aus, als ob ich ein Vogelnest auf meinem Kopf hätte. Aber wo sind deine Handschuhe?«

Elif verzog das Gesicht. »Nicht auch noch das«, klagte sie und deutete auf ihr Kleid. »Reicht es nicht, dass ich dieses *absurde Ding* angezogen habe?«

Anna grinste. »Glaub mir, du wirst es mir danken, wenn du später nicht ständig schwitzende Handflächen anfassen musst.«

Die beiden schenkten sich noch etwas Tee ein, und Anna sah sich nach übrig gebliebenen Leckereien um. Der Teller mit Keksen war leer; Frances und Karoline hatten die letzten gegessen, aber auf einer der Etageren fand sie noch zwei Stückchen Kuchen. Eines davon reichte sie Elif. »Man kann das gute Zeug ja nicht verkommen lassen«, erklärte sie. Um sie herum leerte sich der Speisesaal, und nachdem Elif ihre Kameraausrüstung zusammengepackt hatte, um draußen ein paar Aufnahmen zu machen, solange es noch hell genug war, blieb Anna allein zurück. Sie seufzte und setzte sich im Salon auf eines der breiten Fensterbretter, die einen schönen Blick auf den Garten erlaubten. Über den geschotterten Weg sah sie die Kutsche mit den beiden eleganten schwarzen Pferden vorfahren. Das Klopp-Klopp ihrer Hufe auf dem Schotter tönte durch das gekippte Fenster bis zu ihr hoch. Im Speisesaal hörte sie das Klappern von Geschirr, das von den

Tischen geräumt wurde – Anna nahm zuerst an, dass es eine Hotelangestellte war, die hier aufräumte, bis sie eine Stimme hörte, die sie erkannte. »Konrad? Willst du schon wieder weg?«, fragte Barbara.

Anna überlegte einen Augenblick lang, von ihrem Fenstersitz aufzustehen und den Raum zu verlassen, aber sie saß zu bequem.

»Ach, hier bist du, Barbara«, antwortete Konrad. »Du wolltest noch mit mir sprechen, bevor ich wegfahre?« Seine Stimme klang etwas heiser, und Anna fragte sich, ob Frances mit ihrer Vermutung richtig gelegen hatte, dass er sich mit Kalea für eine Runde Nachmittagssex in ihr Zimmer zurückgezogen hatte. Wenn ja, musste es sich um eine sehr effiziente Angelegenheit gehandelt haben; viel länger als eine halbe Stunde waren die zwei jedenfalls nicht fort gewesen. Dann dachte Anna, dass sie, wenn sie hier schon von Männern über fünfzig sprachen, definitiv eher mit Charles ins Bett gehen würde als mit Konrad, der genau das war, was Jane missbilligend »a cold fish« genannt hätte und ihre Tochter Gemma abschätzig »a dick«. Oder konnte sie ihn nur deshalb nicht leiden, weil er während des Tees so überhaupt kein Interesse für den historischen Tanz gezeigt hatte?

»Konrad, ich weiß nicht, was ich machen soll«, hörte Anna jetzt Barbara zu ihrem Cousin sagen, und plötzlich wünschte sie sich, doch woanders zu sein, weil sie keine Absicht hatte, ein Gespräch mitanzuhören, das offensichtlich nicht für ihre Ohren gedacht war, aber jetzt war es dafür zu spät.

Die etwas heisere Stimme klang jetzt beruhigend. »Mach dir keine Sorgen, Barbara.« Mehr sagte er nicht. Nur: »Mach dir keine Sorgen.« Als ob das jemals funktionieren würde! Aber zu Annas Überraschung holte die Inhaberin des Hotels tief Luft und erwiderte: »Du hast ja recht. Danke. Ich weiß, dass ich auf dich zählen kann. Komm, ich bringe dich zum Parkplatz.« Die Schritte der beiden entfernten sich, und Anna blieb erstaunt auf ihrem Fenstersitz zurück. Was in aller Welt war das gewesen? Eine weniger hilfreiche Reaktion als seine hatte es ja wohl in der Geschichte der Welt noch nie gegeben, aber die Frau war definitiv dankbar für die nichtssagende Erwiderung gewesen. War Konrad etwa ein fränkischer Mafiaboss, bei dem »mach dir keine Sorgen« bedeutete, dass demnächst irgendjemand mit den Füßen in einem Zementblock in der Rezat landen würde, oder konnte er seine Gesprächspartner hypnotisieren? Letzteres, dachte Anna trocken, würde dann vielleicht auch erklären, was Kalea an dem Mann fand.

Draußen vor dem Hotel näherte sich wieder das Klappern der Kutschpferde, die offenbar von ihrer ersten Runde um das Grundstück zurück waren. Anna malte sich die Gespräche in der Kutsche aus, die Fotos, die in den letzten Stunden entstanden waren und später während des Balls gemacht werden würden. Die obligatorischen Handschuhe waren bei so etwas immer im Weg. Sie wusste nicht, wie viele ihr selbst schon heruntergefallen oder verloren gegangen waren, weil sie noch nicht gelernt hatte, wie man gleichzeitig seine Handykamera bediente, Pompadour und ausgezogenen Handschuh beisammenhielt, den Schal über den Schultern am Rutschen hinderte und bei alledem auch noch vermied, auf den eigenen Rocksaum zu treten.

Trotz dieser kostümbedingten Erschwernisse würden Bilder entstehen. Hunderte, vielleicht Tausende. Bilder von Kostümen, von Paaren, von besten Freundinnen, der Scheune, dem Essen, den Dekorationen, von den Musikern und den Tanzenden. Viele schöne Bilder und viele, die gelöscht gehörten, aber wahrscheinlich ein langes Leben in der Cloud führen würden, Bilder von unvorteilhaften Posen, erhitzten Gesichtern, Rocksäumen, verschwommenen Gestalten, hängenden Schultern, von Paaren, die nicht zusammenpassten, von Expartnern, die nicht mehr zusammen waren; Bilder, die an Personen und Ereignisse erinnerten, die besser vergessen wären. Der digitale Müll der modernen Mediengesellschaft, so schädlich und allgegenwärtig wie Mikroplastik am Strand.

Anna schaute durch die Fensterscheibe hinaus in die Grünanlage vor dem Hotel. Das Tageslicht hatte eine bläuliche, durchsichtige Färbung angenommen; die Sonne stand tief, und nur auf den Wipfeln der Nadelbäume in der Ferne ruhten noch ein paar Sonnenstrahlen. Auf dem Kiesweg, der an der Breitseite des Hotels entlangführte, sah sie zwei Gestalten in langen Kleidern herankommen, Magda und Karoline. Die alte Balletttänzerin trug über ihrem Kleid eine grüne Spencerjacke mit hochstehendem Kragen, Karoline hatte einen Schal über die Schultern gelegt. Die beiden Frauen waren offensichtlich ins Gespräch vertieft.

Anna erhob sich, einem plötzlichen Impuls folgend, von ihrem Fenstersitz.

Sie dachte noch immer an Fotos, die besser gelöscht, an Erinnerungen, die besser vergessen wären, und lief kurz entschlossen die Treppe hinunter und durch die Eingangstür des Hotels nach draußen.

Rücksichtnahme, Verständnis und Fair Play waren schön und gut, aber niemand sollte die ganze Zeit in Angst vor einer unbedachten Bemerkung oder einer bewussten Spitze leben müssen. Dafür würde sie sorgen. Wenn Fair Play nicht weiterhalf, musste es eben ohne gehen.

Historischer Ball

Ellingen, Samstag, 30.11., 21.10 Uhr

Während er mit den anderen im Foyer herumstand, fragte sich Fabian flüchtig, was in der Scheune wohl in diesem Augenblick vor sich ging. Hatte Sandor die Ballgäste schon wieder für das nächste Set aufstellen lassen? War Anna an seiner Seite und half ihm, Ruhe und Ordnung zu schaffen? Oder standen sie noch immer alle kopflos herum und wunderten sich, was los war?

Im Foyer des Hotels war es hell und warm nach der kalten Dunkelheit draußen, und auch wenn Gemma bleich und ziemlich elend aussah, hatte die Szene ihre albtraumhafte Intensität verloren. Was vor einigen Minuten wie der Auftakt zu einer dramatisch zugespitzten Katastrophe gewirkt hatte, war jetzt wieder ein Teil des normalen Lebens – nur dass sie noch immer wie Schauspieler aussahen in ihren historischen Kleidern; Schauspieler, die jäh aus ihrer Rolle geworfen worden waren.

Gemmas Kleidersaum war feucht und verdreckt, und Fabians Stiefel stanken von Erbrochenem. Elifs Kamera und die Fleecedecke, die sie der jungen Engländerin um die Schultern gelegt hatten, waren Fremdkörper, die daran erinnerten, dass die echte Welt nicht aus zierlichen Tanzschritten und höfischen Manieren bestand.

Jemand reichte Gemma ein Glas Wasser. Die junge Frau nahm es mit einer langsamen Bewegung entgegen, als erfordere die Aktion ihre ganze Konzentration. Ihre Pupillen waren unnatürlich geweitet. Ihre rotblonden Haare hingen zerzaust in ihr blasses Gesicht.

»Gemma, how are you?«, fragte Markus sie. «Wir rufen einen Arzt, du bist bestimmt unterkühlt. Aber kannst du uns sagen, was passiert ist? Bist du gestürzt?«

In diesem Augenblick riss jemand mit Nachdruck die Eingangstür auf. Jane kam mit langen, schnellen Schritten herein, die Rocksäume mit ihren Händen hochhaltend, um nicht zu stolpern. Sie war ebenso blass wie ihre Tochter, aber auf ihren Wangen waren hektische rote Flecken zu sehen.

»Frances hat gesagt, dass du ... dass ihr ... sie hat gesagt, ihr habt ...« Sie hielt inne und rang nach Luft und Worten. Dann baute sie sich vor ihrer Tochter auf, die vor ihr zurückzuschrecken schien.

»Ich habe nichts gemacht«, sagte Gemma mit dünner Stimme. Sie sah ihre Mutter nicht an. Fabian bemerkte, wie sich Gemmas Busen mit ihrem Atem unter dem viereckigen Ausschnitt hob. Es entsprach der Mode der Regency-Zeit, dass Abendkleider tief ausgeschnitten waren, aber in diesem Moment kam ihm der Anblick unpassend vor, beinahe unanständig. Wie ein billiger Trick, um die Aufmerksamkeit auf sich zu ziehen.

Jane holte tief Atem, dann fragte sie sehr ruhig. »Wo?« Und als sie nicht sofort eine Antwort erhielt, noch einmal eindringlicher: »Gemma, wo ist sie?«

Ihre Tochter hielt den Blick auf einen Punkt vor sich auf dem Boden gerichtet wie eine züchtige junge Dame des neunzehnten Jahrhunderts.

»Im Rosengarten«, antwortete sie tonlos.

6 Elif Aydin

Sie hatte die Welt schon immer gerne durch eine Kameralinse betrachtet. Ihre Position hinter dem Stativ, hinter der Kamera gab ihr die Möglichkeit zu beobachten, ohne selbst gesehen zu werden. Allerdings hatte sie dabei noch niemals ein Regency-Kleid getragen, und das erschwerte die Angelegenheit beträchtlich. Fast noch schlimmer als die Tatsache, dass sie ständig aufpassen musste, nicht über ihren Rocksaum zu stolpern, waren die Handschuhe, die Anna ihr nach dem Tee geliehen hatte. Es war schlicht unmöglich, sie zu tragen und gleichzeitig ihre Kamera zu bedienen, auch wenn sie zumindest schön warm waren. Folglich hatte Elif die Handschuhe in der vergangenen Stunde ein Dutzend Mal aus- und wieder angezogen. Den geliehenen Fächer hatte sie nach Regency-Sitte an ihrem Kleid festgebunden, sodass wenigstens er ihr nicht ständig im Weg war. Karoline hatte ihr auch einen Pompadour angeboten, aber Elif hatte dankend abgelehnt. Sie hatte eine Kameratasche zu tragen; das musste reichen. Und als ob all diese Unbequemlichkeiten nicht reichten, hatte Elif auch noch feststellen müssen, dass es im historischen Kleid selbst hinter der Kamera unmöglich war, eine quasi unsichtbare Beobachterin zu sein. Die Leute – egal, ob selbst im Stil der Jane-Austen-Zeit angezogen oder nicht – sahen sie an. Regency-Kleid, Handschuhe und Hochsteckfrisur erregten Aufmerksamkeit. Elif, die wie viele Frauen ihres Alters eine Art Uniform aus Jeans, Shirt und Jacke adaptiert hatte, fühlte sich ungewohnt sichtbar.

Selbst Markus, dem die rote Offiziersuniform unerwartet gut stand (nicht dass sie ihm das gesagt hätte), hatte sie angestarrt, als sie sich vor dem Nachmittagstee im Foyer getroffen hatten.

»Bitte sag, dass ich ein Bild von dir machen darf«, hatte Markus gebeten, bevor sie in den Speisesaal gegangen waren. »Das glauben die mir im Studio ja sonst nie ... Elif im Kleid ... Außerdem ist es ein so herrlich anachronistischer Anblick mit deiner Kameratasche.« Sie hatte es ihm mit einem etwas genervten Augenrollen gestattet. Immerhin hatte er gefragt. Elif war sich sicher, dass sie mit ihrer Kamera auch auf den Handybildern etlicher anderer Leute zu sehen sein würde. Egal, schließlich nahm sie auch alles auf, was ihr vor die Linse kam, eine bunte Mischung aus interessantem und irrelevantem Bildmaterial. Sie würde wahrscheinlich neunzig Prozent davon wieder löschen, aber im Moment faszinierten die vielen flüchtigen Eindrücke sie. Die Kutsche, die mit offenem Verdeck an ihr vorbeifuhr; das Klappern der Hufe, das Wippen der Pferdeköpfe, im Inneren Jane und Gemma zusammen mit Frances, Charles und Verena. Alle winkten Elif zu, als sie sie bemerkten. Das Gelände um das Hotel: rechts vom Eingang ein Parkplatz, auf dem vor einem Audi Konrad und Barbara standen und sich unterhielten. Links lag der schön gestaltete, barocke kleine Park mit sorgfältig geschnittenen Hecken und einem Rosengarten, der jetzt im November kahl und nichtssagend aussah, aber im Sommer ein wunderschöner Anblick sein musste. Elif hatte ihn bereits durchschritten und war sich trotz ihrer modernen Kamera einen Moment lang wie eine Jane-Austen-Heldin vorgekommen. Schade, dass es nicht Juni war – Elif konnte sich gut vorstellen, wie Liebespaare gemeinsam über die Kieswege schritten oder sich auf einer der Bänke niederließen, um sich zu unterhalten. Einige dieser Sitzgelegenheiten standen abgeschieden in kleinen Nischen – das wäre dann wohl eher etwas für die ungezügelten Helden aus *Bridgerton*, hatte Elif überlegt, denn die sittsamen jungen Frauen bei Jane Austen hätten ja wohl gewusst, dass sie sich nicht mit einem Mann in eine derart kompromittierende Situation begeben durften.

Sie hatte ein paar Aufnahmen vom Garten, dem Brunnen und den barocken Statuen gemacht, aber unter dem bleiernen

Novemberhimmel und mit kahlen, blütenlosen Zweigen im Bild würde das wohl nicht viel zur Atmosphäre beitragen; anders als die Menschen, die jetzt die Zeit zwischen Teestunde und der Eröffnung des Balls nutzten, um sich noch ein wenig die Füße zu vertreten. Sandor war kurz herausgekommen und lehnte sich gegen den Türstock des Hoteleingangs, ein Handy am Ohr. Elif richtete die Kamera auf ihn und fing den Moment ein – den Stein des Türstocks, die blank polierten schwarzen Schuhe des Tänzers, die weißen Strümpfe unter dem Bund seiner Hose, das moderne Gerät in seiner Hand. Barbara kam vom Parkplatz zurück zum Haus gelaufen und stolperte beinahe über Sandors ausgestreckte Beine. Beide entschuldigten sich überschwänglich, ehe sie gemeinsam hineingingen. Auf dem Kiesweg kam jetzt die Kutsche wieder angefahren und hielt vor dem Hotel. Jane und ihre Tochter stiegen aus, die Röcke vorsichtig gerafft, um nicht auf ihren Kleidersaum zu treten. Verena folgte den beiden mit gerümpfter Nase. »Pferdekutschen! Warum konnten wir keine Ausfahrt in einem Rolls Royce unternehmen? Jetzt muss ich den Gestank dieser Viecher von mir abwaschen.« Sie marschierte schnurstracks ins Haus. Gemma schnaubte ein wenig damenhaftes Lachen. »Ich denke, ich weiß, was der für eine Laus über die Leber gelaufen ist«, bemerkte sie zu Frances. »Wir gehen noch ein paar Schritte«, sagte sie zu ihrer Mutter und zog mit ihrer Freundin von dannen. Jane seufzte und folgte Verena nach innen.

Hinter dem Hotel lag die Eventscheune, in der der Ball stattfinden würde. Lange würde es nicht mehr dauern, bis die ersten auswärtigen Gäste einträfen, die nicht hier im Hotel abgestiegen waren. Eine Reihe von Fackeln würde ihnen den Weg weisen, sobald es dunkel geworden war. Elif erwartete, dass es spektakulär und sehr romantisch aussehen würde. Aber momentan war nicht mehr viel los hier draußen. Die meisten Gäste trieb es langsam zurück ins Haus, um sich umzuziehen, ihr Make-up aufzufrischen oder sich einfach noch etwas zu unterhalten. Die Luft hier draußen war inzwischen schon eher kalt als frisch, und mittlerweile brach auch die Dämmerung herein. Bald würden weitere Filmaufnahmen nicht mehr viel bringen. Elif packte gerade ihre Kamera zusammen, als sie Kalea in Begleitung von Charles den Kiesweg entlangkommen sah. Der Engländer legte der jungen Frau gerade einen breiten Schal um die Schultern und bot ihr galant seinen Arm. Die Kamerafrau wartete, bis die beiden herangekommen waren, um mit ihnen zusammen ins Haus zu gehen. Sie sah, wie Charles den Kopf zu Kalea neigte, während er etwas zu ihr sagte, und wie sie zu ihm aufsah, als sie antwortete. Die Geste wirkte seltsam vertraut, fast intim, obwohl Elif sich sicher war, dass sie nichts anderes am Werk sah als Charles' eigentümlichen Charme, dem sich keine der Frauen in der Gruppe ganz entziehen konnte.

»Ms. Aydin«, sprach Charles, als die beiden herangekommen waren, sie mit einem Lächeln an. »Aren't you cold? Kommen Sie mit ins Haus, oder müssen Sie noch mehr Fotos nehmen?«

Elif musste lachen. »Machen«, verbesserte sie. »Im Englischen ›nimmt‹ man Fotos, im Deutschen ›macht‹ man sie. Manchmal bin ich sehr froh, dass ich Deutsch nicht als Fremdsprache lernen musste.«

Sie wollte sich einreden, dass sie lediglich seinen Akzent drollig fand, aber als Charles ihr wortlos das Stativ abnahm, weil sie mit der Kameratasche genug zu tun hatte, musste Elif sich eingestehen, dass auch sie gegen seine altmodische Höflichkeit nicht komplett immun war.

Sobald Charles sich mit einem freundlichen Nicken von den beiden Frauen entfernt hatte, wandte sich Elif zu Kalea um. »Vor diesem Mann muss frau sich in Acht nehmen«, bemerkte sie amüsiert.

Aber Kalea blickte Charles mit einem eigenartigen Ausdruck in den Augen nach, und dann sagte sie so undramatisch, als ob sie übers Wetter reden würde: »Dieser Mann macht mir Angst.« Bevor Elif sie fragen konnte, was sie meinte, hatte Kalea fröstelnd ihren Schal enger um die schmalen Schultern geschlungen und war die Treppe hinauf verschwunden.

Historischer Ball

Ellingen, Samstag, 30.11., 21.15 Uhr

Fabian war der Erste, der sich bewegt hatte. Während die anderen noch wie angewurzelt um Gemma gestanden waren, hatte er auf seinen stinkenden, beschmutzten Stiefeln kehrt gemacht und war zum Ausgang geeilt. Als er gerade die Tür aufzog, hörte er hinter sich jemanden – es musste der Reporter sein – seinen Namen rufen, gefolgt von einem Fluch und schnellen Schritten. Fabian achtete nicht darauf, er eilte hinaus, stolperte die Stufe vor der Tür hinunter und blinzelte einen Moment lang in der plötzlichen Dunkelheit, bis bei seiner nächsten Bewegung die Außenbeleuchtung anging und ihn blendete.

Hinter sich hörte er wieder Markus, aber er achtete nicht darauf. Sein Herz hämmerte in seiner Brust. Die scheinbare Rückkehr zur Normalität, die banale Erklärung, das Gefühl der Antiklimax, all das war mit Gemmas Antwort zerrissen worden. Jetzt war alles denkbar, alles war möglich, bis hin zur Tragödie.

Der Kies knirschte trocken unter seinen Sohlen, als er sich nach links zum Garten wandte. Der geisterhafte Schein der Außenbeleuchtung wurde mit jedem Schritt schwächer; vor ihm lagen Hecken und Wege in tiefem Dunkel. Fabian wurde langsamer. Es war unmöglich, die Schatten mit den Augen zu durchdringen. Als er über eine niedrige Randhecke stolperte, ruderte er mit den Armen, um das Gleichgewicht nicht zu verlieren, und kam rasch atmend zum Stehen. Was hatte er sich gedacht? Was machte er hier, wie ein Verrückter durch die Nacht rennend?

Hinter ihm leuchtete der Schein einer Lampe auf. »Fabian?«

Es war Markus, der sein Handy in der Hand hielt und damit leuchtete. »Was sollte das denn?«, fragte der Reporter, halb wütend, halb erleichtert. »Bist du verrückt? Du hättest dir den Hals brechen können!«

Fabian schüttelte den Kopf, nicht um zu widersprechen, sondern um klarer denken zu können. »Ja«, antwortete er, weil ihm nichts anderes einfiel. »Du hast recht.« Sein Blick versuchte, die Schatten des Gartens zu durchdringen. »Wir brauchen Licht«, stellte er fest. Aber er hatte nicht einmal sein Handy bei sich. Natürlich nicht. Er war zu einem Duell angetreten, nicht zu einer nächtlichen Suche nach ...

Er schluckte.

Und dann näherten sich ihnen wieder Schritte, aber diesmal kamen sie aus der Dunkelheit vor ihnen.

7 Fabian Niedermeyer

Die dekorierte, festlich beleuchtete Eventscheune hinter dem Hotel hatte etwas von der blanken, bunten Unwirklichkeit eines traditionellen Bühnenbilds. Breite dunkle Holzbalken trugen die hohe Decke; einige davon waren mit Efeuranken umschlungen worden, die den rustikalen Charakter des Ortes noch betonten. Ein barocker Prachtsaal war es nicht, aber die Kerzen an den Wänden, die raffinierte indirekte Beleuchtung und die immergrünen Zweige, mit denen die weiß betuchten Tische am anderen Ende des Raumes geschmückt waren, schufen eine Kulisse, in der die historisch gekleideten Gäste wie Statisten in einem sich langsam entfaltenden Theaterstück wirkten.

Fabian kannte sich aus mit Theaterstücken, und während er die Tänzerinnen und Tänzer betrachtete, die in einer großen Promenade hereinzogen, sich am Kopfende der Tanzfläche trennten, um in einem komplizierten Muster wieder nach unten zu schreiten, fragte er sich, ob es eine Komödie oder eine Tragödie war, die an diesem Abend gespielt wurde.

Immerhin hatte Fabian seinen Teil dazu beigetragen, dass das Ganze nicht zu einer Slapsticknummer wurde, indem er sich von der Promenade ferngehalten hatte. Die meisten Tänze, die an diesem Abend auf dem Programm standen, beherrschte er mittlerweile gut genug, um ohne größere Schnitzer durchzukommen, aber die unterschiedlichen geometrischen Figuren der Eingangsnummer überließ er gerne denen, die wussten, was sie taten.

Und während er am Rand der Tanzfläche stand, die behandschuhten Hände hinter den Rockschößen verschränkt, den Hals von einem steifen Kragen umschlossen, kam es ihm vor, als ob die Schreitenden vor ihm Statisten wären, die darauf warteten, dass die eigentlichen Protagonisten auftraten und die Handlung begann. Nur was für eine?

Es tut mir leid, ich muss es ihm erzählen.

Die Worte hallten in seinem Gedächtnis nach, rollten in seinem Kopf herum wie Kiesel. Er biss die Zähne zusammen und konzentrierte sich auf das Finale der großen Promenade. Sandor stand jetzt mit Anna zusammen am Kopf der beiden Reihen, die sich gebildet hatten, und wandte sich an die Anwesenden. »Willkommen zu unserem Winterball im Regency-Stil«, sagte er laut. »Welcome everybody. The first dance is Knole Park«.

Er stellte sich zu den drei Musikern auf die erhöhte Plattform, um den Tanz anzuleiten. Anna, die jetzt allein am Anfang der Reihe stand, winkte Fabian zu sich. »Genug gestanden, junger Mann«, grinste sie ihn an. »Jetzt wird getanzt.«

Ich muss es ihm erzählen, tönte es als Echo durch Fabians Kopf.

Er stellte sich seiner Freundin gegenüber auf. Die Musiker spielten den ersten lang gezogenen Akkord, und er verbeugte sich, wie er es gelernt hatte. Anna legte ihre rechte Hand über die linke Handfläche und knickste. Sie sah ihn an, während sie nach unten ging, und senkte sittsam den Blick, als sie sich wieder aufrichtete, wie es sich zu Jane Austens Zeiten gehört hatte. Sie hatten das während des Workshops so oft durchgeführt: Blickkontakt beim Knicks, Wegsehen beim Erheben. Anna hatte über diese Vorstellung von guten Manieren jedes Mal lachen müssen. Bildete er es sich nur ein, dass sie diesmal seinem Blick bewusst auswich, als ob sie sich wirklich scheute, ihn anzusehen?

Wir hätten ihm das nicht verschweigen dürfen, dröhnte es ihm mit der Musik durch den Kopf. *Jetzt wird er wer weiß was denken.*

Sie tanzten das erste Set zusammen, und Fabian streckte die Hände nach seinen Mittänzern und Mittänzerinnen aus, damit sie im Kreis herumwirbeln konnten, wandte sich nach außen, um den Platz zu wechseln, grüßte mit einem Set seine Partnerin oder die Dame daneben, drehte sich mit Anna im Kreis, fasste in einer Kette nach der Hand seiner Partnerin und dann nach der nächsten Frau im Set. Er hatte noch nie so fehlerfrei getanzt, obwohl er noch nie so wenig bei der Sache gewesen war. Die lebhaften »Country-Dance«-Melodien schienen alle denselben Refrain zu haben: *Ich muss es ihm erzählen.* Und egal, welchen Tanz Sandor als Nächstes ankündigte, jeder hatte den Titel: *Was hast du mir verschwiegen?*

»Komm, holen wir uns etwas zu trinken«, schlug Anna vor, als das erste Set zu Ende war. Zusammen mit anderen erhitzten Tänzern, die offensichtlich denselben Plan hatten, bewegten sie sich auf die Bar im hinteren Teil der Scheune zu. Die meisten Damen hatten ihre Fächer hervorgeholt und wedelten sich Luft zu, Handschuhe wurden ausgezogen, und der Grad an Förmlichkeit hatte seit der großen Promenade zu Beginn merklich abgenommen. Fabian vermutete, dass das zu Jane Austens Zeit auch nicht viel anders gewesen war. Anna entdeckte an einem der Tische, die im hinteren Raum der Scheune aufgestellt waren, Gemma und Frances, die sich lebhaft unterhielten, und winkte ihnen zu, ehe sie sich zu einer Gruppe Bekannter setzte, die erst zur Eröffnung des Balls gekommen war. Fabian blieb mit einem Glas Bier in der Hand etwas abseits stehen; ihm war nicht danach, sich an dem Gespräch zu beteiligen.

»Und, was denkst du?«

Fabian wandte sich zur Seite, als er Sandors Stimme neben sich hörte. Sein Freund sah nicht ihn an, sondern blickte mit dem wachsamen Gesichtsausdruck in die Runde, den er immer annahm, wenn er sichergehen wollte, dass alles unter Kontrolle war. Sandor ließ sich nicht anmerken, wie nervös er war, aber Fabian wusste, wie wichtig es für seinen Ruf war, dass der Ball ein

Erfolg wurde. Er zwang sich zu einem aufmunternden Nicken. »Scheint doch alles gut zu laufen«, bemerkte er. »Die Leute haben Spaß, bislang hat noch niemand versehentlich ein ganzes Set gesprengt, und auf dem Parkett ausgerutscht ist auch noch keiner.«

Sandor verzog den Mund. »Na, hoffentlich bleibt das so. Ich habe den gesamten Tanzboden vorhin noch mal gepudert, damit es keine Unfälle gibt. Einen verstauchten Knöchel möchte ich heute nicht sehen müssen.«

»Außer vielleicht, wenn der Knöchel Magda gehören würde?«, schlug Fabian vor.

Sandor zog eine Augenbraue hoch. »Ja, aber das wäre verdammt schwer so zu organisieren, dass es keiner merkt.«

Fabian lächelte in sein Bier, und einen Moment lang war es genauso wie immer zwischen ihnen. Dann sagte Sandor: »Anna hat mir angeboten, mir Magda heute Abend vom Hals zu halten, aber ich glaube, es ist besser, wenn sie Spaß am Tanzen hat und gelegentlich auf die Anfänger achtet.«

In diesem Moment drehte sich Anna, als hätte sie ihren Namen gehört, zu den beiden um. Sie lächelte und winkte kurz, ehe sie sich wieder ihren Gesprächspartnern zuwandte.

»Manchmal habe ich das Gefühl, dass du mittlerweile besser mit Anna befreundet bist als mit mir«, sagte Fabian, und er war froh, dass sein Tonfall leicht klang, viel leichter, als er sich fühlte.

Sandor lächelte jedenfalls sein charakteristisches halbes Lächeln. »Na, solange sie mit mir nicht besser befreundet ist als mit dir«, gab er amüsiert zurück. Dann wurde er auf einmal ernst. »Anna hat mir sehr geholfen. Es gibt Dinge, die kann man nicht jedem erzählen.«

Wir müssen es ihm erzählen, hallte es in Fabians Kopf nach. Er war kein argwöhnischer Mensch und auch nicht übermäßig eifersüchtig. Es hatte ihn nie gestört, dass Anna zu ihren Freunden auch eine Reihe Männer in ihrem Alter zählte, und er war sogar froh gewesen, dass sie Sandor ganz selbstverständlich mit in ihren Freundeskreis aufgenommen hatte.

Aber dieser Nachmittag hatte seine Gelassenheit zerschmettert. Er wünschte sich, er hätte das Gespräch der beiden nicht gehört. Wenn er nur nicht gerade im falschen Moment ins Haus zurückgekehrt wäre. Sandor war in einer etwas abgeschiedenen Ecke des Foyers gesessen, und Fabian hätte ihn vielleicht gar nicht bemerkt, wenn Anna nicht just in dem Moment auf ihn zugelaufen wäre. Und Anna hätte wohl nicht gesagt, was sie dann gesagt hatte, wenn sie bemerkt hätte, dass Fabian in Hörweite auf den Treppenstufen ins Obergeschoss gestanden hatte: »Es tut mir leid, Sandor, aber ich muss es ihm erzählen«, hatte sie gesagt. »Wir hätten ihm das nicht verschweigen dürfen. Jetzt wird er wer weiß was denken.«

Und nun hatte er die Worte im Kopf und dachte wer weiß was, und Anna hatte nicht mit ihm gesprochen, sie hatte ihm nichts erzählt. Hatte nichts erklärt von dem, was sie zu Sandor gesagt hatte und wie alles zusammenhing.

Fabian wandte sich an seinen Freund. »Manchmal ist es besser, wenn man die Dinge ausspricht«, sagte er unverwandt.

Sandor, dessen Blick auf den Gästen an der Bar ruhte, zuckte die Schultern. »Ja, na ja, du weißt, dass ich darin nicht sehr gut bin.« Dann richtete er sich auf und atmete tief durch. »Nächste Runde«, verkündete er. »Ich gehe besser zurück zur Tanzfläche und lasse die Musiker aufspielen.« Er fischte eine silberne Taschenuhr aus seiner Westentasche und warf einen Blick darauf. »Halb acht ... ich denke, in einer Stunde sollten wir loslegen. Ich gebe dir rechtzeitig vorher Bescheid.«

Fabian blieb allein mit seinem halb getrunkenen Bier zurück und fragte sich, ob er und Sandor gerade über zwei völlig unterschiedliche Dinge gesprochen hatten.

Nach zwei Tänzen mit Jane fand sich Fabian am Rand der Tanzfläche neben Elif wieder, die ebenfalls das Set verlassen hatte, um wieder zu ihrer Kamera zurückzukehren.

»Und, keine Lust auf Triple Minors?«, fragte er sie grinsend, während er zusah, wie sich eine neue Reihe für »The young widow« formierte. »Three hands down«, tönte Sandors Stimme über das Parkett, und die Paare bildeten die nötigen Dreiergruppen. Die Kamerafrau schüttelte den Kopf. Sie hatte ihre Handschuhe ausgezogen, um die Kamera bedienen zu können. »Unser Beitrag filmt sich schließlich nicht von selbst«, antwortete sie. »Und du? Schon genug geschwitzt, oder ist dir die Freundin abhandengekommen?«

Fabian zuckte unwillkürlich zusammen, erwiderte aber leichthin: »Die hat mich für eine Bekannte vom Jane-Austen-Festival sitzen lassen. Außerdem ist es doch interessant, die ganze Sache mal vom Rand aus zu betrachten.«

»Hm«, stimmte Elif zu, während sie etwas an ihrer Kamera einstellte. »Das ganze Leben ist eine Bühne, was?« Sie schaute kurz zu ihm hinüber. »Aber solltest du als Schauspieler dann nicht mitten im Geschehen sein, anstatt hier herumzustehen?«

Fabian lächelte. »Wer sagt denn, dass das Geschehen nicht gerade hier stattfindet?«, gab er zurück. »Schließlich sind wir doch alle davon überzeugt, dass sich das ganze Universum um uns selbst dreht, oder nicht?«

»Manche mehr als andere«, erwiderte Elif trocken.

In diesem Moment verstummte die Musik, und Sandors Stimme ertönte. »Ladies and gentlemen, ich habe eine Frage der Ehre zu klären.« Er trat vom Podest herunter aufs Parkett und schritt an einigen der Tänzer vorbei direkt auf Fabian zu.

Elif zog fragend eine Braue hoch.

Fabian trat einen Schritt vor. »Sir«, erklärte er mit seiner besten Bühnenstimme. »Ich weiß wirklich nicht, was Sie mir vorwerfen.« Das entsprach vollkommen der Wahrheit, denn sie hatten ihren Text im Vorfeld nicht abgesprochen.

Sandor baute sich dramatisch vor ihm auf und deutete auf die Kamerafrau. »Sie haben meine Schwester kompromittiert, Sir. Sie haben sich vom Tanz entfernt, um sie zu umgarnen.« Er zwinkerte Elif verschwörerisch zu, ehe er sich wieder an Fabian wandte. »Ich verlange, dass Sie umgehend um die Hand der Dame anhalten.«

»Unmöglich!«, rief Elif, die die Situation offensichtlich genoss, heftig, während sie in gespielter Nervosität die Handschuhe in ihren Händen drehte. »Mein Herz gehört einem anderen.«

Fabian musste ihre Spontaneität bewundern und sich das Lachen verbeißen, wandte sich aber dann mit todernstem Gesicht an Sandor: »Sie sehen, mein Herr, die Dame hat nicht das geringste Interesse an mir. Ich muss Ihre Forderung zurückweisen.«

Sandors Gesicht drückte eine Kälte aus, die Fabian frösteln ließ, obwohl die Situation nur gespielt war. »Dann fordere ich Genugtuung, Sir, die Sie mir nicht verweigern werden, wenn Sie ein Ehrenmann sind.«

Die umstehenden Gäste, die zunächst etwas verwundert gewesen waren, hatten mittlerweile begriffen, dass sie Zeugen einer Showeinlage wurden, und lachten oder zückten ihre Mobiltelefone, um die Szene zu dokumentieren.

Und Fabian dachte sich, während er in das harte Gesicht seines Freundes blickte, dass sie die Rollen vertauscht hatten. Sollte nicht er derjenige sein, der Genugtuung forderte? Oder zumindest eine Erklärung?

Laut erwiderte er: »Wie Sie wünschen, Sir. Lassen Sie die Schatulle bringen!«

Elif war wieder hinter ihrer Linse abgetaucht und fing die Szene ein, die sich vor ihr entfaltete: die gespannt zuschauenden Umstehenden in ihren Regency-Kleidern, Kniebundhosen und

Westen, die Musiker auf der Empore, die beiden Männer, einer in historischer Tanzgewandung mit zierlichen schwarzen Schuhen, der andere im roten Rock eines Offiziers mit glänzenden Stiefeln, die festlich dekorierte Scheune, die wie eine Bühnenkulisse wirkte.

Der Schauspieler öffnete die Schatulle. Der Lichtschein fiel auf den Lauf der beiden Pistolen.

Mit behandschuhten Fingern umschloss er den Griff der einen Waffe, bevor er einen Schritt zurücktrat. Die zweite Duellpistole glänzte auf, als Sandor sie in die Höhe hob.

Er spürte die Spannung in den Schultern des anderen Mannes, als sie einen Moment Rücken an Rücken standen.

»Los«, sagte eine Stimme, und er setzte sich in Bewegung, zählte die Schritte, sah die hohen, blank polierten Stiefelschäfte sich heben und senken.

»Umdrehen«, ertönte die Stimme erneut.

Der Schauspieler wandte sich langsam um. Blickte über die Distanz in das unbewegte Gesicht seines Freundes – seines Gegners.

»Eins, zwei ...«, zählte die Stimme.

Der Schauspieler hob die Pistole und zielte sorgfältig.

»Drei!«

Ein lauter Knall ertönte. Und dann schrie plötzlich eine Frau.

»Na großartig, jetzt stiehlt mir irgendeine blöde Kuh die Show«, dachte der Schauspieler im Fallen, bevor er auf dem Boden auftraf.

Historischer Ball

Ellingen, Samstag, 30.11., 21.20 Uhr

Fabian erstarrte. »Wer ist da?« Die Schritte auf dem Kies wurden langsamer. Markus hob sein Handy, um in die Dunkelheit vor ihnen zu leuchten. Dann hörten sie eine Männerstimme fragen: »Sind ... Sind Sie ... von der Tanzgruppe?«

Dass der Fremde kein historisches Gewand trug, war das Erste, was Fabian auffiel.

Die drei Männer standen einen Moment lang schweigend im Schein der Handylampe. Es war die Art von Schweigen, die entsteht, wenn so viele Fragen und Gedanken im Raum stehen, dass sie sich gegenseitig blockieren.

»Sie müssen mitkommen«, sagte der Fremde plötzlich brüsk. »Da hinten, im Garten ...« Er drehte sich um, und Markus stellte sich neben ihn. »Zeigen Sie uns – was ist passiert?«

Der Kies knirschte unter ihren Füßen. Die kahlen Hecken sahen gespenstisch aus. »Keine Ahnung«, antwortete der Mann, während er sich suchend umsah, um vom Hauptweg abzubiegen und ein wenig nach links zu gehen. »Ich habe sie nur gefunden. Hier lang.«

Sie passierten einen steinernen Brunnen mit einer Statue in der Mitte. Hinter ihnen kamen jetzt noch weitere Lichtkegel heran – die anderen aus dem Foyer waren ihnen gefolgt.

Der Mann deutete mit dem Finger auf die Hecke vor ihnen. »Da.«

Die Bank stand etwas zurückgesetzt zwischen einigen hohen Büschen. Im Sommer musste es ein lieblicher Platz sein: abgeschieden, überschattet von Blättern oder Blüten, ein stiller Ort für Verliebte oder Ruhesuchende mit einem guten Buch. In einer kalten, dunklen Novembernacht hatte der Ort nichts Romantisches an sich.

»Markus, was ist los?« Elif lief die letzten paar Schritte auf ihren Kollegen zu, spähte an ihm vorbei und rannte direkt zu der Bank. Markus und Fabian folgten ihr. Die Gestalt war auf der Bank zusammengesunken. Auf den ersten Blick hätte man meinen können, dass sie nur ohnmächtig geworden war. Ihr Rock war ein heller Fleck vor dem dunklen Holz.

Ihr muss kalt sein, war Fabians unmittelbarer Gedanke, als er ihre bloßen Arme sah. Sie trug keinen Mantel. Was hatte sie hier draußen zu suchen gehabt?

»Wir müssen die Polizei verständigen«, erklärte Elif, die vor der Bank auf dem Boden kniete und den Puls fühlte.

»Was ist mit einem Arzt?«, fragte Barbara hektisch, die ebenfalls dazugekommen war. Elif stand langsam auf. »Ich glaube nicht, dass ein Arzt ihr noch helfen kann«, antwortete sie todernst.

Jane drängte sich an Elif vorbei und sah auf die reglose Gestalt hinunter. Der Moment brannte sich in Fabians Hirn. Das dunkle Holz der Bank. Ein helles Kleid. Kahle Zweige dahinter. Kies und Erde unter der Bank, ein Damenschuh mit einer historischen Schuhrose, die bei Tageslicht rot gewesen wäre, in der Nacht aber schwarz wirkte. Ein Handschuh, der auf den Boden unter der Bank gefallen war. Eine menschliche Gestalt, die sich nicht regte. Janes starres Gesicht. Ihr Atem stand als helle Wolke vor ihrem Gesicht, als sie sich an die anderen wandte. »Es ist Miss B.«, verkündete sie tonlos.

Zweiter Teil

Grand Chain

Mehr als zwei Paare (sonst handelt es sich nämlich nicht um eine *große* Kette) stehen im Kreis, sehen ihren Partner an und führen eine Kette aus, indem jeder abwechselnd mit der Rechten, dann mit der Linken den Platz mit der jeweils nächsten sich ihm gegenüber befindlichen Person tauscht.

Sofern niemand unter einer Rechts-Links-Schwäche leidet, alle in die richtige Richtung tanzen und keiner aus dem Takt kommt, steht am Ende der »Grand Chain« wieder jeder am ursprünglichen Platz.

Was aber, wenn eine Person vorzeitig aus dem Set ausgeschieden ist?

Hinterlässt sie eine Lücke?

Verdächtigungen, Anschuldigungen und Beweisstücke wechseln die Hände.

Wer gerät aus dem Takt?

Wer stolpert über seine eigenen Füße oder die des benachbarten Tänzers?

Und tanzen überhaupt alle zur selben Musik?

1

Die nächste Stunde war ein Durcheinander von Stimmen und Eindrücken, von Menschen, die entweder hektisch hin- und herliefen oder stumm und schockiert herumstanden.

Die Stille und Dunkelheit im Rosengarten waren zerbrochen. Zuerst waren es Handys gewesen, deren Lichtpunkte chaotisch durcheinandertanzten, dann kam ein tragbarer Scheinwerfer hinzu. Elifs Stimme überkreuzte sich mit der von Markus, von Barbara, Fabian und Jane. Weder Lampen noch Stimmen trugen irgendetwas dazu bei, Licht ins Dunkel zu bringen: Was zum Henker war hier passiert?

Elifs Beteuerung, Karoline sei ganz offensichtlich tot, hatte nichts daran geändert, dass die Polizei am Telefon darauf bestanden hatte, dass sie so lange Wiederbelebungsversuche unternahmen, bis der Notarzt eintraf, und Markus hatte sich bereiterklärt, es mit Herzdruckmassage zu versuchen, nicht weil er glaubte, dass das etwas bringen würde, sondern weil er das ungute Gefühl hatte, es würde ihm sonst später keine Ruhe lassen.

Bevor sie Karoline vorsichtig von der Bank auf den kalten Boden legten, hielt Elif ihren Kollegen und Fabian zurück und nahm ihre Kamera in die Hand. Mehrere Blitze durchschnitten die Nacht, als sie Karolines Position auf der Bank, ihr Gesicht und die Umgebung fotografierte.

Irgendjemand im Hintergrund sog scharf die Luft ein und begann zu protestieren, aber Elif ließ sich nicht stören. »Die Aufnahmen sind für die Polizei«, erklärte sie ruhig, nachdem sie fertig war. Und daraufhin schnappten noch mehr Leute jäh nach Atem, als ihnen bewusst wurde, dass sie es hier mit einem verdächtigen Todesfall zu tun hatten, dass die Polizei kommen und Fragen stellen und vielleicht Vorwürfe machen würde. »Aber …

aber sie sieht ganz normal aus«, stammelte Barbara, die bisher nicht durch Idiotie aufgefallen war.

Elif warf ihr einen harten Blick zu. »Abgesehen davon, dass sie tot ist, meinen Sie?«

Dann tat es ihr leid, so scharf geworden zu sein. Aber war denn außer ihr niemandem aufgefallen, wie seltsam es war, dass Karoline an einem Novemberabend in einem Kleid mit kurzen Ärmeln und ohne Mantel oder Schal auf einer Bank im abgelegenen Rosengarten gesessen hatte? Um einundzwanzig Uhr, bei Temperaturen um fünf Grad? Was war an dieser Situation normal?

Es dauerte nicht lange, bis Stimmen und weitere Lichter die Ankunft der Polizei und des Notarztes ankündigten, aber Elif kam es vor, als seien Stunden vergangen. Der leitende Polizeibeamte, ein grimmig dreinblickender Mann mittleren Alters, fragte, was vorgefallen sei. Die Ärztin schob Markus ohne ein weiteres Wort zur Seite und beugte sich über Karoline.

Die Stimmen überschlugen und überlagerten sich. Elif nahm nur Satzfetzen und einzelne Wörter wahr. Ein uniformierter Beamter machte Notizen und nahm Personalien auf. Die Ärztin blickte zu dem Kommissar auf und schüttelte leicht den Kopf. Die beiden berieten sich ein paar Minuten lang im Flüsterton. Elif fröstelte in der kalten Nachtluft.

»Sie können ins Haus gehen«, sagte der Beamte plötzlich. »Wir haben Ihre Aussagen aufgenommen. Da Sie ja alle im Hotel bleiben, wissen wir, wo wir Sie finden können, wenn wir weitere Fragen haben.«

»Was ist mit den Gästen in der Scheune?«, fragte Barbara.

»Unsere Leute sind schon dort«, antwortete der Kommissar knapp. »Personalien aufnehmen und die Gäste befragen. Vielleicht weiß jemand von den dort Anwesenden mehr.« Er wechselte einen Blick mit einer Polizistin in Uniform. »Geben Sie der Leitstelle durch, was wir bis jetzt wissen.« Elif bemerkte erst, dass sie auf die Knöpfe der Uniformjacke gestarrt hatte, als sich die Frau wegbewegte.

Auf einmal stand Markus neben ihr. »Gott sei Dank«, stieß er leise, aber heftig hervor. »So etwas will ich nie wieder machen müssen.« Es dauerte eine Sekunde, bis Elif begriff, wovon er sprach: Er hatte gerade mehrere Minuten mit dem sinnlosen Versuch verbracht, eine Tote auf der kalten Erde eines kahlen nächtlichen Gartens wiederzubeleben. Kein Wunder, dass er fertig war. Sie griff, ohne nachzudenken, nach seiner Hand und drückte sie.

In diesem Moment drehte sich die Ärztin zu ihnen um. »Sie hatten recht, da ist nichts mehr zu machen«, sagte sie. Das Licht des Scheinwerfers neben der Bank lag harsch auf ihrem Gesicht, und Elif sah, wie ihr Blick erst zu Markus' Gesicht wanderte, und dann nach unten zu seiner Hand, die noch immer in Elifs lag.

Ihre und Markus' Stimme überschnitten sich.

»Sieh mal an, Markus«, sagte die Ärztin.

»Simone …«, sagte Markus schwach. »Fuck.«

Elif und Markus standen ein Stück entfernt von der erleuchteten Stelle, um die sich Polizisten und Ärztin scharten, im Schatten. Die anderen waren bereits zum Foyer zurückgekehrt.

Die Szene eben hatte Elif für den Moment von dem Unglücksfall abgelenkt. Sie fragte sich, ob es angemessen war, in einem solchen Augenblick amüsiert zu sein, aber was sollte sie machen? Sie brannte vor Neugier. »Ich weiß, dass deine Exfrau Sarah heißt«, sagte sie. »Also, wer war das gerade?«

Markus' Gesicht lag im Schatten, doch sie konnte sehen, wie sein Mund schmal wurde. »Simone Lenk-Heinbauer.« Er sprach den Namen wie einen Fluch aus. »Sie ist Sarahs beste Freundin. Wir waren mal alle drei befreundet, aber das ist jetzt natürlich vorbei …«

Er klang so bitter, dass Elif überrascht die Augen aufriss. »Bitte sag mir, dass sie nicht der Scheidungsgrund war.«

»W-was?«, stammelte Markus entsetzt. »Um Gottes willen, nein. Was für eine grauenvolle Vorstellung.« Er schüttelte den Kopf. »Nein, sie redet nur seit der Scheidung nicht mehr mit mir. Und obwohl es Sarah völlig egal ist, was ich tue, kannst du sicher sein, dass Simone ihr noch heute erzählen wird, dass sie mich händchenhaltend mit einer anderen Frau gesehen hat.«

Elif zog die Augenbrauen hoch. »Na, nach dieser Definition von Händchenhalten könnte man genauso gut sagen, du hättest was mit einer alten Frau im Rosengarten gehabt.«

»Elif!«, stieß Markus schockiert hervor. »Ich wusste nicht, dass du so pietätlos sein kannst.« Dann wurde er unvermittelt ernst. »Aber sag mal, ist dir aufgefallen ...«

»... dass hier was nicht stimmt?«, fiel sie ihm ins Wort. »Ja. Was hat Karoline um die Zeit ohne Mantel hier draußen zu suchen? Noch dazu so weit weg von der Scheune?«

Ihr Kollege sah sich nach den Polizisten bei der Parkbank um und zog Elif ein Stück weiter, um nicht gehört zu werden – reichlich spät, wenn man bedachte, dass er gerade über die diensthabende Ärztin hergezogen war. »Nicht nur das«, sagte er leise. »Gut, dass du Bilder gemacht hast. Die Frage ist ja nicht nur, was Karoline im Rosengarten wollte, die Frage ist: Woran ist sie gestorben?«

Etwas, das Elif seit dem Moment, in dem sie die Tote auf der Bank zuerst gesehen hatte, im Magen lag, schien sich plötzlich herauskämpfen zu wollen. Sie versuchte, die Übelkeit niederzuringen. »Was hast du bemerkt?«, fragte sie. Wenn es etwas zu bemerken gab, hatte niemand von ihnen eine bessere Gelegenheit gehabt als Markus, der den Körper aus nächster Nähe gesehen hatte.

Markus schauderte. »Ich bin mir nicht sicher«, gestand er. »Vielleicht täusche ich mich. Aber sie war kalt – richtig kalt.

Und«, er zögerte einen Moment, »ich glaube, ich habe noch etwas gesehen. Nichts, was sofort aufgefallen wäre, in der Dunkelheit und aus der Entfernung. Aber aus der Nähe habe ich es gesehen. Sie hatte ... da waren leichte Verfärbungen an ihrer Kehle. Es sah nicht normal aus.«

Keiner von ihnen sprach aus, was sie beide dachten, aber das Wort schien fast sichtbar zwischen ihnen zu stehen: Verfärbungen, Druckstellen, Würgemale. Mord.

Elif schluckte. »Du denkst ...«

Er nickte grimmig. »Du doch auch. Warum hättest du sonst die Lei..., warum hättest du sie sonst fotografieren wollen?«

Sie standen da wie auf einer Insel – irgendwo zwischen der Aktivität um die Tote herum, der Gruppe, die jetzt schon im Foyer versammelt sein würde, und den vielen Gästen in der Scheune, was immer dort jetzt vor sich ging; standen da im Dunkeln, allein mit einem Verdacht, einem Wissen, das ihnen in den Ohren zu dröhnen schien.

»Hast du der Ärztin was davon gesagt?«, wollte Elif wissen. Sein Blick sprach Bände. »Wie denn? Glaubst du, die hätte mich zu Wort kommen lassen? Der Kommissar war auch nicht sonderlich interessiert. Und ich bin ja kein Experte. Vielleicht habe ich mich ja auch getäuscht.« Er zuckte die Schultern. »Simone ist eine intelligente Frau, die wird schon selbst draufgekommen sein.«

Die Aktivität der Polizeibeamten hinter ihnen schien ihm recht zu geben. Zumindest kamen und gingen dort weitere Leute, und die Beamten machten noch keine Anstalten, den Ort des Geschehens zu verlassen.

»Und was jetzt?«, fragte Elif fröstelnd. Sie war ohne Jacke oder Mantel aus der Scheune gelaufen, genauso wie Karoline. Sagte ihnen das etwas darüber, was Karolines Absicht gewesen war? Sie konnte nicht erwartet haben, sich lange im Freien aufzuhalten, nicht bei diesen Temperaturen. Markus zog seinen roten Offiziersrock aus und legte ihn ihr über die Schultern. »Gehen wir zu den anderen«, schlug er vor.

Trotz der ernsten Situation musste Elif plötzlich kichern, vielleicht war eine Spur Hysterie dabei. »Die historischen Kleider und das ganze Drumherum färben langsam auf dich ab«, behauptete sie. »Deine schäbige Lederjacke hättest du mir nie im Leben so galant angeboten.«

»Oh, fuck!«, stieß Markus heftig hervor, zum zweiten Mal innerhalb von wenigen Minuten.

»Wie bitte?«, konnte Elif nur herausbringen – eine erstaunlich Jane-Austen-taugliche Erwiderung angesichts seiner befremdlichen Überreaktion auf ihre Bemerkung.

»Nicht du«, antwortete ihr Kollege mit einer Handbewegung, als wollte er etwas fortwischen. »Du hast mich nur erinnert – moderne Kleidung ... oh, verdammt!«

»Markus! *Was?*«

In der Dunkelheit sah sie das Weiße in seinen Augen, als er sich zu ihr wandte. »Der Fremde, Elif. Der Typ im Rosengarten, der Miss B. gefunden hat. Der Kerl in moderner Kleidung. Wann hast du ihn das letzte Mal gesehen?«

Es brauchte keine Antwort. Elif hatte ihn überhaupt nicht zu Gesicht bekommen. Der Mann war verschwunden, sobald sie die Tote auf der Bank gesehen hatten. Und in dem Chaos der vergangenen Stunde hatten sie ihn beide vollkommen vergessen.

»Fuck«, stimmte Elif ihm zu.

Die Szene, die sich ihnen im Foyer bot, war beinahe surreal. Harsches elektrisches Licht erhellte den Raum. Gesichter, die bis vor Kurzem erhitzt gewesen waren vom Tanz (oder vom Alkohol), wirkten jetzt fahl und erschrocken. Fabian hatte seine beschmutzten Stiefel und seinen Offiziersrock ausgezogen und saß in Hemd und Hose nach vorn gebeugt, als ob er meditierte. Die Regency-Kleider hingen an den Frauen herab wie vergessene Gegenstände; nichts war übrig von der Aufregung, mit der sie sich Stunden zuvor im Spiegel betrachtet, von der Begeisterung, mit der sie sich bei der großen Promenade präsentiert hatten. Einige blickten stumm auf ihre Handys oder tippten Nachrichten, andere saßen reglos da, als ob sie auf etwas warteten. Charles stand am Fenster und starrte in die Dunkelheit hinaus.

Gleich nach Elif und Markus kam Sandor zusammen mit Anna herein. Fabian blickte auf, und Anna setzte sich neben ihn. »Das war es mit dem Ball«, sagte sie zu ihm, aber laut genug, dass die anderen sie auch hören konnten. »Es hätte ja sowieso niemand weitertanzen wollen nach so einem Unglück, aber die Polizisten haben Fragen gestellt und Personalien aufgenommen. Niemand scheint zu wissen, warum Karoline da draußen war, und keiner wusste von einer Vorerkrankung oder etwas in der Art.«

Sandor nickte. »Ich glaube sowieso nicht, dass jemand außerhalb unserer Gruppe hier im Hotel sie näher kannte«, erklärte er ruhig, aber mit einem harten Zug um den Mund. Verständlich, dachte Elif. Viel schlechtere Publicity als einen Todesfall konnte es für ihn kaum geben. Elif stellte sich vor, wie sie Sandors Gesicht in diesem Moment fotografierte: *Klick. Sandor Keresch. Beherrscht, aber unter Spannung. Karolines Tod – ein Problem, vielleicht sogar eine Katastrophe?* Im Geist speicherte sie das Bild mitsamt ihrer gedanklichen Notiz ab. Nein, dachte sie, Sandor konnte von Karolines Tod nicht profitieren. Außer es wäre das kleinere von zwei Übeln, aber ihre Vorstellungskraft reichte nicht aus, sich ein Szenario zu überlegen, in dem er sie hätte tot sehen wollen. Und er war die sichtbarste Gestalt im Festsaal gewesen, von der ersten Minute des Balls an. Wenn es eine Person gab, bei der klar war, dass sie die Scheune nicht verlassen hatte, dann war er es.

Überhaupt – was tat sie da eigentlich? Es war absurd. Sicher hatte sich Markus getäuscht … Wie lächerlich war die Vorstellung, dass jemand aus ihrer Gruppe Karoline ermordet haben könnte?! Sie hatten sich da offensichtlich beide in etwas hineingesteigert nach dem Schock im Rosengarten.

Das Verhalten der zwei Polizisten, die kurz darauf ins Foyer kamen, war wie eine Bestätigung ihrer Überlegungen. Sie waren ernst und professionell, aber die Szene hatte nichts von einem Fernsehkrimi. Keine Verdächtigungen, keine Informationen über das absolut Notwendige hinaus und erst recht kein Kriminalbeamter, der mit Grabesstimme verkündete: »Karoline Behrens ist ermordet worden.«

Wobei Polizeibeamte im wirklichen Leben wahrscheinlich ohnehin nicht so redeten. Insofern bewies das gar nichts, musste sich Elif eingestehen. Allerdings waren die Beamten noch nicht fort, was wiederum darauf hinzudeuten schien, dass es sich nicht einfach nur um einen tragischen Unglücksfall handelte.

»Hat irgendjemand von Ihnen die Tote besser gekannt?«, fragte der Kommissar. »Wissen Sie, wer ihre nächsten Verwandten waren?«

Charles, der noch immer am Fenster stand, drehte sich bei diesen Worten um. »Ihre Mutter … sie leidet unter Demenz. Ich glaube, sie lebt mittlerweile in einem care home.«

Ein betretenes Schweigen folgte seinen Worten, als ob alle Anwesenden ihre Interaktionen mit Karoline angesichts dieser Information noch einmal Revue passieren ließen. »Das wusste ich nicht«, murmelte Frances, die etwas abseits saß und niemanden ansah, betroffen. Es war nicht klar, ob sie noch etwas hinzufügen wollte, denn bei ihren Worten war Jane, die mit ihrer Tochter auf einem der kleinen Sofas gesessen hatte, aufgestanden und in die Mitte des Raums getreten. Sie sah Frances direkt in die Augen, und plötzlich war die Realität wieder fort, und sie alle waren

Zeugen einer Szene wie aus einem historischen Film: die strawberryblonden Locken, die sich aus ihrer Hochsteckfrisur gelöst hatten, die weißen Handschuhe, die sie noch immer trug, der lange Rock, der von der Schnürung unter ihrer Brust fast bis zum Boden reichte, und das präzise Englisch, das man nicht einmal besonders gut beherrschen musste, um zu verstehen, was sie sagte. »Nein, du wusstest nichts, und du hast auch nicht gedacht. Du denkst nie, und du ziehst Gemma jedes Mal mit rein. Ihr benehmt euch, als ob alles ein Spaß wäre, als ob man nichts ernst nehmen muss. Das ist alles dein schlechter Einfluss.« Ihr Blick war unerbittlich, als sie sich mit einer ruckartigen Bewegung von Frances wegdrehte. »Keep away from my daughter«, schloss sie kalt. Dann ging sie zurück zu Gemma, die zusammengesunken auf ihrem Platz saß. »Gemma, we are going to bed«, erklärte sie und bedeutete ihrer Tochter, ihr zu folgen. Die beiden Frauen gingen durch den Rezeptionsbereich zum linken Flügel des Hotels, in dem sich die hintere Treppe befand, und fast alle Anwesenden starrten ihnen halb fasziniert, halb betreten hinterher, bis sie außer Sicht waren. Dann stand auch Frances langsam auf und verschwand ohne ein Wort durch die Tür zu den Zimmern im Erdgeschoss.

Der weniger grimmige der beiden Polizeibeamten räusperte sich. »Es war ein aufwühlender Abend für Sie alle. Ich kann verstehen, dass Sie Zeit brauchen, um das Geschehene zu verarbeiten. Wir gehen davon aus, dass wir hier vor Ort noch ein bisschen brauchen werden. Wenn Ihnen noch etwas einfällt, was Sie uns bisher nicht mitgeteilt haben, melden Sie sich bitte bei uns. Auch wenn Ihnen morgen noch etwas einfällt.«

Markus versuchte, Fabians Blick zu erhaschen, doch er hatte die Hände auf die Oberarme gestützt und starrte auf den Boden, ohne etwas zu sehen. Er sah Elif an, die unschlüssig und zweifelnd im Raum stand.

Kurz entschlossen folgte Markus dem zweiten Polizisten nach draußen. »Entschuldigen Sie …«, sagte er zu dem Beamten, der sich überrascht umdrehte und seine Offiziersjacke mit den breiten Litzen an der Brust und dem goldenen Kragen musterte, als sei er jedes Mal wieder erstaunt über die seltsam verkleideten Gestalten, mit denen er an diesem Abend zu tun bekommen hatte. »Sie haben noch neue Informationen für uns?«, wollte der Polizist wissen.«

»Ich weiß nicht, ob Herr Niedermeyer es schon erwähnt hat«, antwortete Markus. »Aber ich fürchte, dass er es in dem Chaos vorhin auch vergessen haben könnte. Auf jeden Fall …«

Der Polizeibeamte seufzte. Er hatte es wahrscheinlich immerzu mit Leuten zu tun, die Dinge vergaßen oder glaubten, sich an etwas zu erinnern, das sie gar nicht gesehen hatten. »Gehen wir kurz vor die Tür«, schlug er vor. Markus war froh, dass es nicht der schlechtgelaunte Kommissar war, mit dem er vorhin geredet hatte. »Ich muss eine rauchen.«

Keiner der beiden bemerkte die Gestalt, die nach ihnen aus dem Foyer gekommen war und im Schutz der Dunkelheit stehen blieb und zuhörte, während Markus dem Polizisten von dem Mann im Rosengarten berichtete.

Barbara kehrte den Gästen, die noch immer im Foyer versammelt waren, den Rücken und schloss die Tür ihres Büros hinter sich. Sie hatte das Gefühl gehabt, keine Luft mehr zu bekommen zwischen den Frauen und Männern in ihren prächtigen Kostümen und Frisuren. Sie waren nicht laut, aber schon seit Tagen schienen sie alles zu beherrschen, zu viel Raum einzunehmen mit ihren Gesprächen über Romane und Tanzschritte, ihren Konflikten und ihrem Gelächter, ihren bunten Stoffen, der Musik, die aus dem Salon gedrungen war, ihren neugierigen Fragen und Blicken, die vor nichts haltgemacht hatten, auch nicht vor Barbaras Problem.

Sie wünschte, sie hätte sich ferngehalten von ihren Tänzen, den üppigen Kostümen und den Geheimnissen, die sie nicht kannte und nicht kennen wollte, die aber fast greifbar um sie herumwaberten.

Sie wünschte, sie hätte Sandors Anfrage, einen Ball in ihrem Barocksaal abzuhalten, abgelehnt. Sie wünschte mit erstaunlicher Inbrunst, Karoline hätte nie einen Fuß in ihr Hotel gesetzt.

2

Elif hatte sich auf Janes verwaisten Platz gesetzt. Was für eine absurde Situation. Sie hatte den Tag in Jeans und Pullover und mit einer Kamera in der Hand begonnen. Jetzt trug sie ein helles, geblümtes Kleid mit hoher Taille, dessen Rock in langen Bahnen um ihre Beine fiel, und neben ihr lagen ein Handschuh und eine Duellpistole mit Messingbeschlägen. Sie strich über den hölzernen Griff der Waffe. Wenn man von den sogenannten Ehrenmorden absah, gehorchte ein Duell der Logik eines Ehrbegriffs, der in der modernen Gesellschaft so nicht mehr existierte. Niemand, der bei rechtem Verstand war, tötete heutzutage jemanden um der Ehre willen. Wobei es für einen Menschen, der bei rechtem Verstand war, ja wohl überhaupt keinen akzeptablen Grund geben konnte, jemandem das Leben zu nehmen. Und was für eine Veranlassung könnte irgendwer gehabt haben, ausgerechnet Karoline … Nein, der Gedanke war noch absurder als die Pistole neben ihr. Wenn jemand Miss B. ein Glas Wein übers Kleid gekippt hätte, das hätte sie ganz gut nachvollziehen können; ein- oder zweimal hatte sie selbst den Impuls verspürt, die Frau kräftig gegen das Schienbein zu treten. Aber ihren Tod zu wollen? Entschlossen stand Elif auf und legte die Duellpistole auf den niedrigen Tisch vor sich. Sollten Fabian oder Sandor sie nehmen und einpacken – sie wollte das Ding nicht mehr bei sich haben. Der Anblick ließ in ihr zu viele ungesunde Gedanken auftauchen. Schließlich war es schlimm genug, dass Karoline während des Balls gestorben war, ohne dass man gleich an Mord und Totschlag denken musste.

Kalea, die bislang stumm dagesessen war, sah auf, warf einen Blick auf die Pistole und schauderte.

Verena setzte sich sehr gerade hin. »Um Himmels Willen, packt bloß das Ding weg«, rief sie. »Da kriegt man ja Zustände.«

Fabian stand auf und nahm die Pistole. »Die Schatulle ist noch in der Scheune. Ich bringe sie besser auf mein Zimmer.«

Charles, der fort gewesen und gerade wieder zurückgekommen war, bemerkte die unbehaglichen Blicke der anderen und sagte: »Es ist eine Nachbildung, for God's sake. Sie kann keinen Schaden anrichten, weder hier noch im Hotelzimmer.« Ein oder zwei Leute lachten, als ob die Worte ihre Anspannung gebrochen hätten, aber Charles' Stimme hatte nicht ganz ihre übliche beruhigende Wirkung, vielleicht weil der Engländer selbst ungewohnt abwesend schien. Er stellte sich wieder ans Fenster, mit dem Rücken zum Licht und den anderen.

In diesem Moment hörten sie im Rezeptionsbereich Stimmen, dann kamen rasche Schritte durch den offenen Korridor in ihre Richtung.

»Konrad!«, rief Kalea überrascht aus, als sie ihren Freund sah. Elif stockte einen Moment lang der Atem, als sie seine moderne Kleidung sah – den Anzug, den er schon am Nachmittag getragen hatte, darüber ein modischer Mantel. Der Gedanke an den Mann im Rosengarten schoss ihr durch den Kopf, aber das war Unsinn. Wenn es sich bei dem Fremden um Konrad gehandelt hätte, hätte Markus ihn sicher erkannt. Oder vielleicht nicht? Es war dunkel gewesen im Rosengarten, die Begegnung kurz – und wer konnte sagen, ob Markus den Geschäftsmann beim Nachmittagstee überhaupt beachtet hatte?

»Wann bist du zurückgekommen?« Kalea hatte wortlos im Foyer gesessen, wie betäubt von den Ereignissen, aber jetzt kam wieder Leben in sie. Sie lief auf ihn zu, als ob sie nichts lieber wollte, als für immer in seiner Umarmung zu verschwinden. Konrad fing sie auf, als sie in ihrer Eile über ihr langes Kleid stolperte. Er hielt sie an den Armen fest und sah sie fast grimmig an. »Warum hast du mir nichts gesagt?«, fragte er heftig. »Barbara hat mich angerufen, dass ihr einen Unglücksfall hattet. Aber kein Wort von dir?«

Ruhiger fuhr er fort: »Ich habe mir Sorgen gemacht. Ich wäre eher gekommen, wenn du mich nur angerufen hättest. Komm.« Er legte Kalea den Arm um die Schultern, steuerte sie zurück zu ihrem Platz und hielt sie fest in einer starken Umarmung.

»Junge Liebe«, bemerkte Verena halblaut. Elif war über den sardonischen Unterton in ihrer Stimme nicht erstaunt; die ältere Frau hatte sich von Anfang an als unverbesserliche Zynikerin präsentiert. Was Elif jedoch überraschte, war der Blick, mit dem Anna von ihrem Sessel aus Konrad bedachte: Ihr Gesicht drückte tiefe Abneigung aus.

Plötzlich wünschte sich Elif, sie würden alle aufstehen und gehen. Sie musste an Partys denken, bei denen am Ende keiner mehr Spaß hatte, aber alle zu lethargisch waren, um aufzubrechen. Als ob sie auf ein Signal warteten, das es ihnen erlauben würde, endlich aufzustehen. Wie gerufen trat plötzlich eine der Hausangestellten in ihre Mitte. Sie trug eine große Wasserkaraffe, die sie auf einem der Tische abstellte. »Frau Hartheim lässt fragen, ob Sie vielleicht noch länger hier sein werden.« Sie deutete auf die Karaffe und setzte hinzu: »Die Bar ist heute Abend geschlossen, aber ich bringe Ihnen gerne auch noch etwas anderes zu trinken.«

Konrad bat um einen schwarzen Kaffee, und Verena bestellte ungeniert einen Gin Tonic. »Gibt es Neuigkeiten?«, fragte sie, als die Hausangestellte zurückkam und ihr das Glas reichte.

»Ja, sind die Polizisten noch da?«, wollte Charles wissen. »Und ... Miss B.? Haben sie sie schon fortgebracht?«

»Weiß man schon, was Karoline hatte? War es ein Herzinfarkt? Unterkühlung?« Verena gab sich so taff wie immer, aber Elif bemerkte, dass ihre Hände zitterten, als sie ihren Drink entgegennahm. Die alte Frau war nicht so abgebrüht, wie sie schien. Elif erinnerte sich daran, dass sie von allen Anwesenden am ehesten mit Karoline befreundet gewesen war.

Die Hotelangestellte schaute sich um, wie um sich zu vergewissern, dass ihre Chefin nicht in der Nähe war. Plötzlich wirkte sie sehr jung. »Die haben sich ewig im Rosengarten aufgehalten«, berichtete sie. »Jetzt sind sie abgezogen. Sie haben die Leiche abtransportiert, und ich habe gehört, dass es eine Autopsie geben wird.« Sie zögerte, aber da alle Anwesenden ihr an den Lippen hingen, fuhr sie mit verschwörerisch gesenkter Stimme fort: »Und es heißt, dass die Polizei nach jemandem sucht.« Sie machte noch eine Pause, wie um die Spannung zu erhöhen, dann verkündete sie: »Nach einem Fremden. Niemand ist mehr sicher, solange der frei herumläuft. Denn das steht fest: Jemand hat sie getötet!« Nachdem sie ihre Sensationsgeschichte an den Mann gebracht hatte, verließ die Hausangestellte das Foyer, während die Gäste einander schockiert ansahen.

Elif lief ein Schauer über den Rücken. Normalerweise hätte sie gedacht, dass die junge Frau nur Gerüchte weitergegeben hatte, eine besonders schauerliche Geschichte, um sich wichtig zu machen. Aber ihre Worte passten nur allzu gut zu dem, was sie bereits befürchtete.

»Glaubst du wirklich, dass da draußen ein Mörder herumläuft?« Kalea war weiß im Gesicht. »Unsinn«, widersprach Konrad. »Man kann doch einem Hausmädchen in einem Hotel nichts glauben, solche Leute würden alles Mögliche sagen, um sich interessant zu machen.«

Annas Blick, der sich bei diesen Worten wieder auf ihn richtete, war von Abneigung zu blankem Hass übergegangen, und auch Elif musste angesichts seiner Wortwahl die Zähne zusammenbeißen. »Nein«, unterbrach er Kalea, die ihm etwas zuflüsterte. »Selbst wenn jemand Offizielles in Anwesenheit einer Hotelangestellten etwas Relevantes gesagt hätte, was sehr unwahrscheinlich ist, ist der bloße Gedanke absurd. Du hast die Frau doch gesehen. Wer würde der etwas antun wollen? Sie war doch viel zu unbedeutend, um sich irgendwelche Feinde gemacht zu haben.«

Charles, der immer noch aus dem Fenster gestarrt hatte, wandte sich um. »Ich denke, Sie sollten das zurücknehmen«, sagte er eisig. »It's extremely inappropiate. Karoline Behrens ist tot, wie können Sie sagen, dass das nichts bedeutet?«

Konrad erwiderte seinen Blick kühl. »Ja, sie ist tot. Wir sind lebendig. Meine Freundin sitzt neben mir und ist völlig aufgelöst, weil ein Zimmermädchen sich mit Gerüchten und wilden Behauptungen wichtigmacht, und ich bin hier, um sie zu beruhigen. Entschuldigen Sie, wenn mir die Belange der Lebenden im Moment wichtiger sind als die politisch korrekte Wortwahl.«

Charles starrte ihn einen Moment ungläubig an, dann machte er auf dem Absatz kehrt und schritt entschlossen Richtung Treppe. Elif sah ihm nach, bis er im oberen Stockwerk verschwunden war. Als ob sein Abgang den Bann gebrochen hätte, standen Anna und Verena ebenfalls auf. »Ich gehe ins Bett. Gute Nacht.«

»Ich werde versuchen, etwas zu schlafen. Vielleicht ist das alles ja nur ein schlechter Traum.«

Konrad und Kalea blieben auf dem Sofa sitzen, noch immer eng umschlungen. Kalea sah aus, als ob sie sich nie wieder bewegen wollte.

Elif raffte ihre Röcke, um nicht über einen der niedrigen Hocker zu stolpern, und ging in Richtung Hintereingang. Sie wollte nichts lieber, als endlich dieses furchtbare Kleid ausziehen und in ihre bequemsten Jeans schlüpfen, aber ihr war eingefallen, dass ihre Kamera immer noch in der Scheune auf ihrem Stativ stand, und ihre Tasche am Rand lag. Beides wollte sie lieber nicht über Nacht dort lassen.

Die Fackeln, die den Weg zwischen dem hinteren Ausgang des Hotels und der Scheune erhellt hatten, waren heruntergebrannt. Die ein oder andere flackerte noch schwach in der Nachtluft.

»Elif?« Markus kam hinter ihr her. Er musste draußen gewesen sein. Sie war froh, ihn zu sehen. Sie gingen gemeinsam zur Scheune, in der noch immer Licht brannte.

»Niemand mehr da?«, fragte Elif. Es war still in dem festlich geschmückten Raum. Auf einigen Tischen neben der Tanzfläche zeugten halb leere Gläser von einem hastigen Aufbruch, das Podium der Musiker war verwaist. »Waren die Polizisten nicht hier drin?«

»Nur um die Leute zu befragen und Personalien aufzunehmen«, antwortete Markus. »Der griesgrämige Typ schien nicht der Meinung zu sein, dass hier irgendwas Wichtiges zu finden sein könnte. Und ich glaube, nachdem ich dem anderen Beamten von dem Mann im Rosengarten erzählt hatte, haben die sich mehr für draußen als für drinnen interessiert. Was suchst du eigentlich hier?«

Elif deutete auf ihre Kamera, die auf dem Stativ wartete. Sie stieß erleichtert die Luft aus. Nicht auszudenken, wenn sie gestohlen worden wäre. »Das Ding ist wertvoll, ich lasse es nicht gern aus den Augen«, erklärte sie. »Außerdem will ich das ganze Material mal durchsehen, wer weiß, was die Kamera alles eingefangen hat.«

»Ich dachte, du hättest sie den Polizisten gegeben, damit sie deine Bilder von der Toten anschauen können«, wunderte sich Markus.

»Meinen Fotoapparat«, sagte sie geduldig, »aber nicht die Kamera. Da sind nur Aufnahmen vom Ball und vom Rest des Tages drauf.« Was sie nicht erwähnt hatte, war, dass sie die Fotos, die sie mit ihrer Spiegelreflexkamera gemacht hatte, mit ihrer Keenai-App direkt auf ihr Smartphone geladen hatte. Es war eine fast automatische Handlung gewesen, aber jetzt war sie froh, dass sie noch Zugang zu ihren Aufnahmen hatte. Wer konnte sagen, wann sie ihre Kamera wiederbekommen würde?

»Hat deine Freundin Simone noch irgendwas zu dir gesagt?«, fragte sie, während sie ihre Kamera vom Stativ abschraubte. Markus schnaubte nur.

»Konrad Hartheim ist wieder aufgetaucht«, sagte Elif unvermittelt. »Zumindest sagt er, dass er *zurück*gekommen ist.« Sie wandte sich zu Markus um, der gerade die Seiten der Scheune abschritt und sich dabei aufmerksam umsah. Ihr Kollege blieb stehen und sah sie mit gerunzelter Stirn an. »Hm«, murmelte er. Dann schüttelte er den Kopf – offensichtlich war ihm klar, welche Frage sie ihm stellen wollte. »Also, der Typ im Rosengarten war er nicht.«

»Du bist dir sicher?«

»Ziemlich«, meinte er und ging jetzt an den verlassenen Tischen vorbei, als suche er etwas. »Andere Frage, das ist mir erst vorhin gekommen: Wann hast du Miss B. eigentlich zuletzt gesehen? Wann hat sie die Scheune verlassen? Ich kann mich überhaupt nicht erinnern, sie beim Tanzen gesehen zu haben.«

Elif hatte ihr Stativ zusammengeklappt und trug jetzt alles zu ihrer Kameratasche hinüber. Parfum, Blumenduft und Schweißgeruch hingen schal in der Luft. »Keine Ahnung«, erwiderte sie und versuchte, sich darauf zu besinnen. Ein Grund mehr, ihr Filmmaterial anzuschauen. Worauf sie selbst nicht geachtet hatte, ihre Kamera hatte es sicherlich eingefangen.

»Oh, hier hat jemand seinen Pompadour vergessen«, rief Markus plötzlich. Das runde, bestickte Täschchen war unter einen Stuhl gerollt und offensichtlich übersehen worden, als alle Gäste die Scheune verließen. »Ob der jemandem von unserer Gruppe gehört?«

Elif schulterte ihre schwere Tasche. »Wir können ja fragen, ansonsten geben wir ihn an der Rezeption ab.« Sie musterte ihn. »Wie süß«, witzelte sie. »Ein Offizier mit Pompadour! Ich hätte nicht gedacht, dass du der Typ für eine Männerhandtasche bist.«

»Ha, ha«, machte er gelangweilt. »Wenn du denkst, ich brauche Lippenstift, Puder ...«, er zog das Band des Beutels auf und spähte hinein, »... Tampons und ... oh.« Sein leichter Tonfall war wie weggewischt. Er öffnete das Täschchen weiter und spähte hinein. Aus einer kleinen Metalldose nahm er einen Gegenstand in die Hand, den sie nicht sehen konnte. »Shit«, murmelte er.

»Was?«

Er winkte sie zu sich heran und hielt ihr die Dose vor die Nase. Elif schaute gehorsam hinein, zuckte dann aber die Schultern. »Was?«, wiederholte sie verständnislos.

Ihr Kollege sah sie ungläubig an. »Kann es sein, dass du arg behütet aufgewachsen bist, Elif? Irgendwer hat hier heute Abend Ecstasy konsumiert. Und dass in diesem unbeschrifteten Glasfläschchen Riechsalz für die elegante Dame ist, halte ich angesichts dieser kleinen bunten Pillen auch für unwahrscheinlich.«

Charles stand in seinem Hotelzimmer und starrte auf das nichtssagende Bild, das über seinem Bett hing, ohne es zu sehen. Wie konnte es sein, dass die Dinge in den letzten paar Stunden derartig entgleist waren? Ein historischer Ball, der abgebrochen werden musste, ohnmächtige Frauen, Polizeipräsenz statt dem geplanten historischen Souper, Verwerfungen und Vorwürfe unter Freunden, ein Fremder im Rosengarten ... und Karoline – tot.

Langsam zog er sich den großen, antiken goldenen Siegelring vom Finger, streifte die weißen Lederhandschuhe von den Händen und entfernte die brillantbesetzte Spange von seinem kunstvoll geknoteten Halstuch.

Er strich bedauernd über die beiden Schmuckstücke, ehe er sie vorsichtig in ein Tuch schlug und in einer kleinen Schatulle verbarg.

Eins war vollkommen klar: Keiner seiner Pläne war jetzt noch durchführbar. Das Risiko, weiterzumachen, als ob nichts geschehen wäre, war viel zu groß. Bloody Miss B., dachte er wütend, was hatte sie da losgetreten? Was hatte sie sich dabei gedacht? Dann fiel ihm ein, dass sie sie auf einer Bank im winterlich kahlen Rosengarten gefunden hatten, und ihn fröstelte. Poor Miss B., dachte er. Poor, stupid woman. Niemand verdiente es, allein in der Kälte zu sterben.

Langsam zog er den Gehrock aus und warf das teure Kleidungsstück achtlos über eine Stuhllehne. Nein, seine Pläne konnte er vergessen. Aber es gab noch eins zu tun, ehe er seinen Koffer sorgfältig wieder packen und nach Hause zurückkehren konnte. Charles nahm das Handy aus der Tasche, die seine Schneiderin in seine Weste eingenäht hatte, und wählte die Nummer seines deutschen Kontakts.

»For heaven's sake, was haben Sie getan?«, fragte er ohne einen Gruß, sobald der Mann das Gespräch annahm.

3

Elif schlief nicht. Sie saß in ihrem Hotelzimmer, über ihren Laptop gebeugt, bis ihre Schultern steif waren und ihr Rücken zu schmerzen begann. Sie ging ihr Film- und Bildmaterial auf der Suche nach einem Hinweis durch.

Wenigstens hatte sie sich endlich in ihre Pyjamahose und den uralten, ausgebeulten und entschieden unansehnlichen Hoodie hüllen können – ihre Lieblingskleidung für eine lange Session am Computer, wenn niemand sie sehen konnte.

Sie hatte Markus bitten müssen, ihr die Knöpfe hinten an ihrem Kleid zu öffnen. Lieber wäre es ihr gewesen, Anna zu fragen, aber dazu hätte sie an die Tür von ihrem und Fabians gemeinsamen Zimmer klopfen müssen, und was immer die beiden gerade tun mochten – Sex haben, streiten, sich anschweigen oder betrinken –, sie wollte nichts davon wissen. Die Fullertons und Frances waren nach ihrem Abgang aus dem Hotelfoyer ebenso wenig infrage gekommen, also war nur Markus geblieben.

Er hatte gegrinst. »Historisch korrekte Knöpfe, stelle ich fest. Hübsch, aber unpraktisch, wenn man keine Zofe hat.«

Sie hatte die Augenbrauen hochgezogen. »Ich habe das Kleid von Karoline geliehen«, hatte sie geantwortet. »Was erwartest du, einen Klettverschluss?«

Später in ihrem Zimmer war sie aus dem Kleid gestiegen und hatte es vorsichtig aufgehängt, und erst dann war ihr richtig bewusst geworden, dass die Frau, der es gehört hatte, tot war und in diesem Moment wahrscheinlich gerade in einer Leichenhalle aufgebahrt lag. Sie betrachtete den Saum, der an einer Stelle herunterhing, den Fächer, der an einem Band befestigt war, und die leichten Schweißflecke unter den Armen. Schwer zu glauben, dass sie den Anfang des Abends noch tanzend verbracht hatte. Die Eröffnung des Balls, die prächtige Parade, die Musik und das Gelächter schienen sehr lange her zu sein, kaum mehr als eine ferne Erinnerung. Seitdem war so viel passiert, und die meiste Zeit hatte sie gefröstelt – vor Kälte oder Anspannung und zuletzt aus Müdigkeit. Der Gedanke brachte sie wieder zurück zu Karoline, wie sie sie ohne Mantel und Schal draußen auf der Bank entdeckt hatten, und ihre ursprüngliche Überzeugung, dass sie es nicht einfach nur mit einem Herzinfarkt oder einem Schlaganfall oder etwas dergleichen zu tun hatten, stellte sich wieder ein.

Als Erstes schaute sie sich die Fotos, die sie von der Toten gemacht hatte, genau an, vergrößerte Details und brütete darüber, bis sie sich sicher war, dass Markus recht hatte: Da waren Verfärbungen an ihrem Hals, keine offenen Wunden und keine Würgemale, wie man sie in Krimis sah, aber sichtbare Zeichen, die dort nicht sein sollten bei jemandem, der einfach nur auf einer Bank saß und vielleicht plötzlich einen Herzinfarkt erlitt. Elif googelte sich durch verschiedene Suchbegriffe und rechtsmedizinische Seiten. Nein, sicher konnte man sich nicht sein, aber es wäre eine Erklärung: Man stelle sich vor, jemanden zu ersticken, mit einem Kissen oder dergleichen, ihm die Luft zum Atmen zu nehmen, bis die Person sich nicht mehr wehrt. Und dann, wenn man gerade den Gegenstand vom Gesicht entfernt, atmet die vermeintliche Tote plötzlich tief ein, und man bekommt es mit der Angst zu tun, verfällt in Panik, weil man nicht weiß oder vergessen hat, dass diese Schnappatmung eine automatische Reaktion des bereits toten Körpers ist und nichts zu bedeuten hat, und umschlingt die Kehle des anderen mit den Händen, mit einer Schnur oder einem Band und drückt oder zieht zu, bis sich wirklich nichts mehr regt, und dann lässt man los und stolpert fort oder spaziert scheinbar unbeteiligt von dannen und … hm … lässt ein Kissen im Rosengarten zwischen den Büschen zurück? Steckt die Schnur oder das Band ein? Versteckt die Utensilien irgendwo, wo man hofft, dass sie nicht gefunden werden?

Völlig überzeugend fand Elif ihre Überlegungen noch nicht, aber doch zu stichhaltig, um das Ganze als Hirngespinst abzutun. Ihre Fotos waren zu wenig detailliert, um erkennen zu können, ob Karoline Petechien, die stecknadelkopfgroßen Zeichen innerer Blutungen, aufwies. Zweifellos würde die Autopsie das alles klären, also warum saß sie hier und versuchte, Antworten zu finden? Sie konnte nichts mit Gewissheit sagen, hatte nur jede Menge Zweifel.

Sie schrieb Markus eine Nachricht, dass sie jetzt die Aufnahmen vom Ball anschauen würde, und zwei Minuten später klopfte er an ihre Tür. Er trug wieder Jeans und Sweatshirt. »Okay, wenn ich mich anschließe?« Sie lud ihn mit einer Handbewegung ein, sich den zweiten Stuhl zu schnappen. Er ging zur Minibar. »Bier?«, fragte er. Sie warf ihm einen etwas verärgerten Blick zu. »Wasser. Ich trinke keinen Alkohol.«

»Sorry, hab ich nicht drangedacht.« Er reichte ihr eine Wasserflasche, die sie ungeöffnet neben sich abstellte. »Kaffee könnte ich jetzt eher brauchen«, bemerkte sie, um ihren Worten von zuvor die Schärfe zu nehmen. Sie erzählte ihm kurz, was sie bisher recherchiert hatte, und er hörte zu, ohne sie zu unterbrechen.

»Und du denkst immer noch ...?« Elif wusste nicht, was sie sich wünschen sollte: dass Markus den Kopf schüttelte und erklärte, alles sei Unsinn, er habe noch einmal darüber nachgedacht, Miss B. könne nicht umgebracht worden sein, oder dass er ihr zustimmte.

»Ich denke immer noch«, antwortete er langsam. »Nicht nur wegen der Male an ihrer Kehle. Da ist noch etwas, was ich dir noch nicht erzählt habe – ehrlich gesagt, hatte ich es selbst vergessen. Aber Miss B. kam gestern nach dem Workshop zu mir und sagte, sie wolle mir etwas mitteilen.«

»Dir? Warum?«

Er zuckte die Schultern. »Weil ich Journalist bin, denke ich. Kommen die Leute nicht manchmal zu dir und wollen dir Sachen erzählen, über die du eine Dokumentation machen sollst?«

»Was meinst du, warum ich Kamerafrau geworden bin?«, gab sie zurück. »Ich verstecke mich hinter meiner Linse, wenn jemand was von mir will.« Das brachte Markus zum Lachen, aber sie stieß ihn mit dem Ellenbogen an. »Viel wichtiger ist: Was wollte sie dir erzählen?«

»Keine Ahnung«, gestand er. »Gestern hatte ich keine Zeit und habe ihr gesagt, sie solle mich später noch einmal ansprechen. Das hat sie auch gemacht, heute Mittag, gleich nach dem Essen.«

»Und?«, fragte Elif ungeduldig.

Er wand sich verlegen. »Ich hab gedacht, sie wollte mir irgendwas über die richtige Art, sich in der Regency-Zeit die Schuhe zu binden, oder sonst was für langweilige Sachen erzählen ...«

Elif starrte ihn ungläubig an. »Du hast sie wieder abgewimmelt?«

»Komm schon, was hättest du getan? Dir einen Vortrag über all die historischen Ungenauigkeiten des Tages angehört und daraus eine Enthüllungsstory gemacht?« Er verzog leicht gequält das Gesicht. »Jetzt frage ich mich, ob sie nicht doch über etwas anderes reden wollte.«

»Etwas, das so bedeutsam war, dafür umgebracht zu werden?«

»Schauen wir uns an, was du vom Ball hast«, schlug Markus nach kurzer Pause vor. Sie saßen zwei Stunden zusammen und gingen Fotos und Filmmaterial durch, bis ihre Augen vom langen Starren auf den Bildschirm und vor Müdigkeit brannten. Markus schüttelte angesichts einer Szene, in der er tanzend zu sehen war, den Kopf. »Ich kann nicht glauben, dass ich das mitgemacht habe«, bekannte er. Sie mussten gelegentlich lachen, wenn Elif versehentlich jemanden eingefangen hatte, der eine

Figur vergessen hatte und verzweifelt hinter den Mittänzern herlief, um sich doch noch an der richtigen Stelle in der Mühle einzuordnen, oder wenn sie eine Tänzerin oder einen Tänzer in einem besonders unvorteilhaften Moment erwischt hatte. Elif ertappte sich völlig unerwartet bei dem Wunsch, der Ball wäre wie geplant weitergegangen, sodass sie sich erneut in ein Set hätte einreihen und tanzen können, bis ihr die Füße wehgetan hätten. So fremd und albern es war, sich in zweihundert Jahre alte Mode und Manieren zu hüllen, hatte es doch Spaß gemacht – bis zu dem Moment, in dem Fabian und Sandor ihre nicht funktionsfähigen Pistolen abgefeuert hatten und Frances ohnmächtig geworden war. Fabians roter Offiziersrock und seine Hand, die die Pistole umklammerte, waren das letzte, was Elif gefilmt hatte. Zwei Stunden hatten sie mit dem Filmmaterial vom Ball verbracht und nichts, aber auch gar nichts Ungewöhnliches oder gar Verdächtiges entdeckt – bis auf die Tatsache, dass Karoline nicht ein einziges Mal in den Aufnahmen vorkam.

Am Nachmittag! Karoline hatte das Hotel am Nachmittag nach der Teerunde verlassen und war im Park spazieren gegangen. Er hatte sie gesehen, sie war mit Magda unterwegs gewesen. War sie womöglich gar nicht mehr zurückgekehrt? Hatte sie die Scheune überhaupt nicht betreten?

Markus lief nachdenklich den Korridor in Richtung seines Zimmers im zweiten Stock entlang. Er hatte Elif das Versprechen abgenommen, es für diese Nacht gut sein zu lassen und das Filmmaterial vom Nachmittag, das nun der nächste logische Schritt war, erst morgen zu sichten, aber er erwartete nicht, dass sie sich daran halten würde. »Ja, ja, geh du auch ins Bett«, hatte sie abwesend geantwortet, aber ihre Augen hatten den manischen Glanz gehabt, den er aus dem Studio kannte, wenn jemand sich gerade in eine Story, einen Artikel oder die Fertigstellung eines Beitrags verbissen hatte und nicht aufhören konnte.

Und nun war er auf dem Weg ins Bett und versucht, selbst noch einmal hinauszugehen, zurück zum Rosengarten, und sich die Bank und die Umgebung noch einmal genau anzusehen. Wenn sich ihr Verdacht bestätigte, würde die Polizei bald wieder zurück sein und exakt dasselbe tun, und sie würden es gewiss nicht begrüßen, wenn er jetzt dort herumschnüffelte. Letztlich war es aber der Gedanke, dass es dort genauso dunkel und mindestens ebenso kalt sein würde wie vor einigen Stunden, der ihn davon abhielt. Stattdessen nahm er die Treppe ins Erdgeschoss und hielt auf den Speisesaal zu, in dem sie ihren Nachmittagstee abgehalten hatten. Die Tür war abgeschlossen, aber er kam durch den Salon nebenan trotzdem hinein. Die Tische waren für das Frühstück am Morgen gedeckt, auf dem langen Sideboard standen schon Teller und Schüsseln für das Buffet bereit. Markus blickte sich um und entdeckte, was er halb erwartet hatte: Auf einem Beistelltisch hatten die Hausangestellten ein paar Gegenstände abgelegt, die beim Nachmittagstee von den Gästen zurückgelassen worden waren: einen weißen Damenhandschuh aus Polyester (sicher nicht aus Karolines Besitz), ein Visitenkartenetui – als er es öffnete, sah er Konrad Hartheims Namen und steckte eine Karte in seine Tasche –, einen einfachen Holzfächer, der aufgrund einer kaputten Strebe ein trauriges Bild bot, eine Haarklammer und einen Kugelschreiber (aus Plastik! Greta Thunberg hätte missbilligend den Kopf geschüttelt). Über einer Stuhllehne hing einer der breiten Schals, die einige der Frauen statt einer Spencerjacke über ihrem Kleid getragen hatten, um sich zu wärmen. Markus strich über die Falten des Stoffes, der weich durch seine Finger glitt. Er war aus einem angenehmen, fließenden Material und sah teuer aus. Zu Zeiten von Jane Austen hatten die Kaufleute und Offiziere, die in Indien stationiert waren, ihren Müttern, Schwestern oder Ehefrauen solche Schals mitgebracht und sie so zu begehrten Accessoires gemacht. Kein Wunder, wenn man an die zugigen Häuser ohne Zentralheizung dachte, in denen die Menschen gewohnt hatten. Markus ließ den Stoff los und verließ den Speisesaal wieder durch den Salon. Es war sehr spät, und plötzlich hatte er das Gefühl, dass ihm gleich die Augen zufallen würden. Im Haus war es still; er vermutete, dass außer ihm (und vielleicht Elif, die immer noch über ihrem Filmmaterial brüten mochte) alle im Bett waren. Doch dann sah er, dass im Büro hinter der Rezeption noch Licht brannte. Neugierig machte er einen Bogen in die Richtung, um zu sehen, wer um diese Zeit noch arbeitete, und war überrascht, Konrad durch die Tür kommen zu sehen, der offenbar beim Klang seiner Schritte ebenfalls beschlossen hatte, nachzuschauen, wer sich hier noch herumtrieb.

»Ah, Sie sind das«, sagte der andere freundlich. Markus musterte ihn kurz, um sich zu vergewissern, dass er recht gehabt hatte: Der Mann im Rosengarten war nicht Konrad gewesen. »Sie sind der Reporter, der einen Beitrag über das Hotel macht, oder?«

»Eigentlich mehr über den Ball«, berichtigte er. »Markus Wieland.« Mehr aus Höflichkeit fügte er hinzu: »Aber es ist ein sehr schönes Haus – ein ehemaliges Schloss, wenn ich mich nicht täusche? Ist das Hotel ein Familienunternehmen?«

Konrad löschte das Licht im Büro und kam hinter dem Tresen der Rezeption hervor. »Nicht direkt«, antwortete er. »Meine Cousine hat sich mit dem Haus hier einen Traum erfüllt. Sie hat Geld von unserem Großvater geerbt. Ich helfe ihr nur gelegentlich aus, wenn sie in Schwierigkeiten ist. Einen Drink?«

Markus wollte eigentlich nichts anderes, als sich ins Bett fallen zu lassen, aber irgendein archaisches Männlichkeitsgen verstand die Frage als eine Herausforderung, der er sich nicht entziehen konnte, also erwiderte er: »Danke, ich nehme ein Bier.«

Sie setzten sich auf zwei Sessel, die sich in der Hotellobby gegenüberstanden, Konrad mit einem Cognac, den er aus einem abgeschlossenen Schrank geholt hatte, Markus mit einer Flasche aus dem Getränkekühlschrank neben dem Tresen.

Auch im Foyer waren noch Spuren der Gruppe zu sehen, die hier zuvor gesessen hatte, schockiert von den Ereignissen des Abends: ein Stofftaschentuch, einige benutzte Gläser, ein Paar Handschuhe, eine leere Handyhülle aus besticktem Stoff, wahrscheinlich dazu gedacht, das moderne Gerät während des Balls stilecht zu verbergen.

Konrad hatte seinen schweifenden Blick durch den Raum bemerkt. »Interessieren Sie sich für Architektur?«, fragte er. »Ein Haus wie dieses bedeutet natürlich ein ständiges Tauziehen mit dem Denkmalschutz. Ich frage mich manchmal, ob meine Cousine sich mit dem Hotel hier nicht ein bisschen zu viel vorgenommen hat. Aber sie liebt dieses alte Gebäude. Wahrscheinlich hat sie sich deshalb so gefreut, als die Anfrage für diesen Ball kam; living history und so weiter. Haben Sie sich von Barbara schon den barocken Festsaal im ersten Stock zeigen lassen?«

Markus blickte überrascht von seiner Bierflasche auf. »Den Saal? Ich dachte, der ist von einem Wasserschaden betroffen? Soweit ich weiß, war der Ball ursprünglich dort geplant.«

Konrad zuckte die Schultern. »Hindert Sie ja nicht daran, mal einen Blick hineinzuwerfen; er ist nicht mehr abgesperrt«, meinte er. »Ich werde erst mal in der Gegend bleiben – schlimme Sache, das mit diesem Todesfall. Meine Cousine steht deswegen ziemlich unter Druck. Nicht gut fürs Geschäft, so ein Unglück, auch wenn niemand was dafür kann. Und meine Freundin ... sie ist ziemlich dünnhäutig, ich glaube, dieser Abend hat sie sehr mitgenommen. Deshalb habe ich meine Termine für die nächsten beiden Tage abgesagt. Familie und Freunde gehen vor!«

Markus war vor lauter Müdigkeit, Wärme und Bier tiefer in seinen Sessel gesunken und hatte die letzten Worte nur noch wie aus weiter Ferne gehört. »Ja, sicher, da haben Sie recht«, erwiderte er gähnend. »Entschuldigen Sie mich bitte, ich glaube, ich sollte ins Bett gehen. Es war ein langer Abend. Nett, Sie kennengelernt zu haben.«

Markus war gerade im zweiten Stock angelangt, als er laute Stimmen hörte.

»Ich kann nicht glauben, dass ihr mir das verschwiegen habt!«

»Das ist *genau* der Grund, warum wir dir nichts erzählt haben!«

Dann schlug eine Tür in der Nähe zu. Im nächsten Moment wurde er beinahe über den Haufen gerannt und konnte sich nur aufrecht halten, indem er die andere Person am Arm packte, um nicht das Gleichgewicht zu verlieren.

Sandor starrte ihn mit wildem Blick an. »Schläft denn niemand in diesem ganzen verdammten Hotel?«, fragte er heftig. Er atmete einmal tief ein und schien sich unvermittelt wieder im Griff zu haben. »Weißt du, wo Anna ist? Sie ist vorhin weggegangen, und wir können sie nicht finden.«

Verena hüllte sich fröstelnd in ihre Winterjacke, während sie die Tür zur Eventscheune leise hinter sich zuzog und mit leeren Händen wieder in die nächtliche Dunkelheit trat. Sie fühlte die Spannung in ihren Schultern, und ihr Magen war ein schwerer Klumpen der Enttäuschung. Wo war das verdammte Ding geblieben? Sie hätte schwören können, dass es hier irgendwo war. Zugegeben, es war chaotisch gewesen in der Eventscheune, nachdem der Ball unterbrochen worden war. Vielleicht hatte jemand nach der falschen Jacke, einem falschen Paar Handschuhe, einer falschen Tasche gegriffen und seinen Fehler erst später bemerkt. Aber sie war sich eigentlich sicher, dass sie es gesehen hatte, vergessen unter einem Stuhl oder Tisch. Sie hätte es finden müssen. Was, wenn es in die falschen Hände geraten war? Unter anderen Umständen hätte es sie kaltgelassen. Niemand würde allzu genau hinschauen, schließlich war das alles harmlos, solange … ja, solange es niemandem schadete. Aber diese bequeme Überzeugung war in dem Moment zerschmettert worden, in dem jemand – sie konnte sich nicht einmal erinnern, wer es gewesen war, nur an die Verwirrung und das Entsetzen, die darauf gefolgt waren – gesagt hatte: »Karoline ist tot.«

Ja, sie war tot, und Verena stand in der Kälte der Novembernacht vor der verlassenen Scheune und hatte den einen Gegenstand nicht gefunden, der vielleicht hätte sicherstellen können, dass nicht noch mehr passieren würde.

4

Als es an ihrer Zimmertür klopfte, erwartete Elif, dass Markus noch einmal vor ihrer Tür stand. Sie hatte seinen Beteuerungen, er werde ins Bett gehen, nicht allzu viel Glauben geschenkt, dafür war ihm sichtlich zu viel im Kopf herumgegangen.

So war sie nicht wenig überrascht, als sie stattdessen Anna auf der Türschwelle stehen sah. »Sorry, ich habe gehört, dass bei dir noch der Fernseher ...«, sie unterbrach sich und warf einen Blick auf den schwarzen TV-Bildschirm und dann auf den eingeschalteten Laptop, »... dass du noch wach bist. Kann ich kurz reinkommen?«

Elif stoppte die Wiedergabe ihrer Aufnahmen, über denen sie gesessen hatte, und klappte den Laptop zu. »Sicher. Was ist denn los?«

Anna setzte sich auf den Stuhl, den Markus zuvor verlassen hatte. »Glaubst du, da ist was dran an dem, was die Hausangestellte vorhin gesagt hat? Dass Miss B. nicht auf natürliche Weise gestorben ist?«, fragte sie.

Elif zuckte die Schultern. »Warum fragst du mich?«

»Wahrscheinlich, weil du wach bist«, antwortete Anna, »und nicht Fabian. Ich musste mal kurz raus aus unserem Zimmer.« Sie spielte mit einer der Locken, die aus ihrer mittlerweile ziemlich aufgelösten Hochsteckfrisur fielen.

»Du hast dich ja noch nicht mal umgezogen«, stellte Elif erstaunt fest: Unter einem warmen Wollpullover trug Anna noch immer ihr rotes Regency-Kleid.

»Ja, nein, Fabian und ich haben noch geredet. Und dann ... Verdammt noch mal, heute ist jemand gestorben, das ist doch wohl nicht der richtige Zeitpunkt, um plötzlich existenzielle Fragen über die Beziehung zu stellen!«, brach es plötzlich aus ihr hervor. »Hab ich ihm auch gesagt, und dann bin ich gegangen. Na ja, und jetzt wusste ich nicht, wohin. Unten im Erdgeschoss ist dieser furchtbare Typ, Hartheim, da stellen sich mir die Zehennägel auf, wenn ich den nur sehe.«

Klick. Elif malte sich aus, wie sie Anna in diesem Moment knipste: *Anna Elm nach einem Streit mit ihrem Freund, wütend, ratlos, noch mal wütend. Was treibt sie um?*

»Abgesehen davon, dass er der Prototyp eines alten weißen Mannes ist, was hast du gegen ihn?«, erkundigte sich Elif interessiert. Anna hatte den Geschäftsmann schon voller Abneigung betrachtet, bevor er sich mit seinen Worten allgemein unbeliebt gemacht hatte.

Die andere Frau schlang die Arme um ihren Oberkörper, als ob sie frieren würde. »Ich weiß nicht«, sagte sie langsam. »Findest du nicht, dass er ein bisschen ... Die Art, wie er mit Kalea geredet hat, als ob sie ein Kind wäre ... Bei den beiden stimmt doch was nicht! Seit er aufgetaucht ist, ist sie völlig anders als vorher.«

Elif zog mit einem Seufzer die Knie an und machte es sich in ihrem Sessel bequem. Sie hatte das Gefühl, als würden ihr jeden Moment die Augen zufallen. Sie hörte mit einem Ohr zu, während Anna weiterredete, und steuerte gelegentlich eine Bemerkung bei, bis sie Anna plötzlich sagen hörte: »Es war ja nicht nur die Hausangestellte. Verena war auch der Meinung, dass irgendwas nicht stimmt. Und sie kannte Miss B. wahrscheinlich am besten.«

»Du konntest sie nicht leiden, oder?«, fragte Elif. »Karoline, meine ich.«

Anna schaute aus dem Fenster in die Dunkelheit hinaus. »Sie konnte ein bisschen nerven«, bemerkte sie. »Ich glaube, sie war an sich ganz in Ordnung. Sie hatte halt diese Obsession mit der historischen Korrektheit. Und die Neigung, über Dinge zu reden, die sie nichts angingen. Aber ich glaube, da war keine

Bosheit dahinter, anders als …« Sie brach abrupt ab. »Wer?«, wollte Elif wissen.

Anna zuckte die Schultern. »Das spielt jetzt auch keine Rolle mehr. Ich sollte gehen. Danke für die Gesellschaft«, sagte sie, während sie sich erhob. »Du willst bestimmt endlich ins Bett. Ich hoffe mal, dass Fabian sich mittlerweile beruhigt hat.« An der Tür wandte sie sich noch einmal um. »Nein, ich kann mir nicht vorstellen, dass jemand Miss B. etwas Böses wollte. Außer sie wusste etwas, was niemand wissen durfte.«

»Aber was?«, fragte Elif sachte.

Die Freundin des Schauspielers sah sie aus hellen, müden Augen an. »Ich würde Verena fragen. Oder vielleicht Charles.«

Sobald die andere Frau den Raum verlassen hatte, stand Elif leise von ihrem Sessel auf und ging zur Tür. Sie öffnete sie einen Spalt weit und sah Annas Gestalt nach, die sich den Korridor entlang entfernte. Aber statt die Haupttreppe in den zweiten Stock hinauf zu ihrem Zimmer zu nehmen, ging Anna den Gang weiter, bis sie um eine Ecke verschwand und nicht mehr zu sehen war.

Elif trat so leise wie möglich aus ihrem Zimmer und folgte ihr. Sie blieb ein Stück hinter ihr und lugte aus dem Schatten um die Ecke. Anna war vor einer Tür stehen geblieben und streckte langsam die Hand aus, um zu klopfen. »Sandor?«, fragte sie leise. »Bist du noch wach?«

Elif war mittlerweile so müde, dass ihre Augen brannten, aber als sie sich umwandte, um endlich ins Bett zu gehen, sah sie neben sich eine Gestalt aus dem Schatten treten.

»Menschen im Hotel«, bemerkte Magda gelassen. »Da gibt es immer was zu erleben, finden Sie nicht?«

Die ehemalige Balletttänzerin trug einen seidenen Morgenrock und hatte ihre grauen Haare zu einem lockeren Knoten im Nacken zusammengeschlungen. Sie trat einen weiteren Schritt nach vorn, sodass Anna, die immer noch vor Sandors Tür stand, sie sehen konnte. »Ich glaube, du hast das falsche Zimmer erwischt«, sagte sie süffisant im Ton einer strengen Lehrerin, die es endlich geschafft hat, eine Schülerin auf frischer Tat zu erwischen.

Anna fuhr beim Klang ihrer Stimme herum. Einen Moment lang sah sie ertappt aus, dann verschränkte sie die Arme vor der Brust und sah die ältere Frau mit sorgfältig neutralem Gesichtsausdruck an. »Magda. Ich wusste nicht, dass du dich hier eingemietet hast.«

»Sandor scheint nicht in seinem Zimmer zu sein«, bemerkte Magda. Ihr Blick schweifte über Annas Wollpullover und den langen Rock ihres Kleides. »Oder er will nicht mit dir reden. Ist ja auch eine ungewöhnliche Zeit für ein Gespräch unter ... Freunden.«

Elif spürte den Impuls, Anna zu Hilfe zu kommen, doch etwas hielt sie davon ab. Später redete sie sich ein, dass es schiere Erschöpfung gewesen war, aber in Wahrheit war es wohl eher die Neugier, zu erfahren, was Anna von Sandor gewollt hatte und was die beiden Frauen für ein Problem miteinander hatten. Also stand sie da, eine stumme Beobachterin der Szene, die sich vor Sandors Zimmertür abspielte.

Magda betrachtete Anna kühl. »Wenn du uns *gesagt* hättest, dass du deinem neuen Freund nicht von dir und Sandor erzählt hast, wäre das alles nicht so weit gekommen. Ich hätte mich da nicht eingemischt, geht mich ja schließlich auch nichts an. Ich wusste nur nicht, dass es ein *Geheimnis* war.«

»Es war kein Geheimnis«, sag Anna wütend zurück. »Es war nur etwas, worüber wir nicht gesprochen hatten. Und es *geht* dich nichts an.«

Magdas Lächeln hatte jetzt etwas Gnadenloses. »Ich wäre nie darauf gekommen, dass Fabian nicht Bescheid wissen könnte, wenn man bedenkt, wie du ständig mit Sandor zusammengesteckt hast. Ich hatte mich schon gewundert, warum dein Freund das Ganze gar so gelassen aufgenommen hat.«

Anna starrte sie feindselig an. »Du weißt genau, warum ich heute die ganze Zeit mit Sandor *zusammengesteckt* bin«, erwiderte sie. »Weil ich wollte, dass sein Ball ein Erfolg wird. Und weil ich wollte, dass er dir nicht allein ausgesetzt ist. Überhaupt, was machst du hier in diesem Korridor? Ich war vorhin bei Elif« – sie warf der Kamerafrau einen vorwurfsvollen Blick zu, »also hast du dich hier wahrscheinlich schon vorher herumgedrückt. Wolltest du Sandor wieder einmal einen heimlichen Besuch abstatten, nur damit er nicht vergisst, was er dir alles schuldet?« Sie atmete schwer. Ihre Hochsteckfrisur glich mittlerweile eher dem besagten Vogelnest, außer wirren Haarsträhnen, die ihr ins Gesicht hingen, war nicht mehr viel davon übrig.

Magda war blass, ihr Mund ein schmaler Strich, aber sie stand weiterhin aufrecht und präsent wie eine Frau, die jederzeit bereit ist, auf die Bühne zu treten, selbst wenn es sich dabei um einen schwach beleuchteten Hotelflur handelte.

»Ich habe keine Ahnung, was Sandor dir über seine Zeit als mein Schüler erzählt hat«, sagte sie kalt. »Aber du weißt genauso gut wie er, dass eine Ballettausbildung nichts für zarte Gemüter ist. Ich habe ihn gelehrt, was er wissen und können musste. Wenn er gemeint hat, sich bei dir ausweinen zu müssen, schön und gut.« Was war das in ihrem Blick? Bosheit? »Ich bin sicher, du hast ihn getröstet.«

Nein, entschied Elif, mehr als das, es war etwas, das Hass erschreckend nahekam.

»Bevor du dich seiner ... angenommen hast, wusste Sandor das auch«, fuhr sie fort. »Er hat weitergemacht, ohne sich zu bemitleiden, weil die Welt nun einmal kein Zuckerschlecken ist. Und er wäre nie auf den Gedanken gekommen, seinen eigenen Ball zu planen, nur um mich für irgendwelche eingebildeten Kränkungen zu bestrafen. Wir hätten zusammenarbeiten können, und es wäre besser für uns alle gewesen.«

»Ich hätte mir denken können, dass das dein Problem ist«, sagte Anna langsam, als Magda Luft holte. »Du wolltest ihn bloß auf deiner Seite haben, weil du ihn als Konkurrenten fürchtest – und nicht zu Unrecht.« Einen Augenblick lang schien es, als hätte Anna gewonnen oder zumindest einen Teilsieg errungen, aber Magda zog scheinbar ungerührt die dünnen, sorgfältig gefärbten Augenbrauen hoch. »Da wir gerade von Konkurrenten sprechen – wie hätte Fabian es wohl aufgenommen? Ist das der Grund, warum du heute Nachmittag im Park mit Karoline allein sprechen wolltest? Damit sie nicht versehentlich dein Geheimnis verrät?«

Anna machte den Mund auf, um etwas zu sagen, aber sie konnte offenbar keine Worte finden, und dann sprach Magda schon weiter, und es lag etwas Harsches, Unerbittliches in ihrer Stimme: »Und jetzt ist sie tot und kann niemandem mehr etwas verraten.«

»Das ist absurd«, begann Anna. »Du weißt genau, dass das ...« Sie stockte, sah erst Magda, dann die noch immer geschlossene Tür halb wütend, halb hilflos an, machte kehrt und lief davon.

»Anna«, rief Elif ihr hinterher, aber sie antwortete nicht, sondern lief zur hinteren Treppe, und als sie sie erreicht hatte, stieg sie nicht in den zweiten Stock hinauf, wo ihr Zimmer lag, sondern eilte nach unten, auf den Speisesaal und die Hintertür des Hotels zu.

»Anna!«, rief Elif noch einmal halbherzig.

Ehe die beiden im Korridor zurückgebliebenen Frauen Zeit hatten, etwas zu sagen oder sich von der Stelle zu bewegen, polterten schnelle Schritte die Haupttreppe herab, und gleich darauf kam Sandor in Sicht, der bei ihrem Anblick abrupt stehen blieb.

Einen Moment lang sagte niemand etwas. Dann sah Magda den Tänzer mit einem kleinen Lächeln an. »Sie ist nach unten gegangen«, teilte sie ihm mit. Freundlich, fast liebevoll. Sandor starrte sie an, warf Elif einen Blick zu und ließ den Kopf in die Hände sinken. »A fenébe! Verdammt!«, murmelte er leise, aber mit Nachdruck, ehe er zu seinem Zimmer ging und die Tür fest hinter sich schloss. Elif hörte noch, wie er den Schlüssel im Schloss herumdrehte. Und während sie noch versuchte, die Ereignisse der letzten Minuten wenigstens im Ansatz einzuordnen, war auch Magda durch eine Tür in der Nähe verschwunden, und Elif stand allein im Korridor im ersten Stock.

Fabian hörte Annas rasche Schritte auf der Hintertreppe, aber sie bewegten sich nicht in seine Richtung, dorthin, wo er auf einer der Stufen hockte, die hinauf in den zweiten Stock führten. Ihre Schritte entfernten sich nach unten. Weg von ihm. Aber auch weg von Sandors Zimmertür, die sich gerade geschlossen hatte. Weg von Magda und ihren Worten, die in seinem Kopf nachhallten. »Jetzt ist sie tot und kann niemandem mehr etwas verraten.«

Aber er wusste schon, was sie ihm verschwiegen hatten. Anna hatte sich geweigert, mit ihm zu reden, doch Sandor hatte es ihm schließlich erzählt. Karolines Tod hätte keinen Unterschied gemacht. Sein Herz raste. Natürlich war es für ihn, Anna und Sandor vollkommen egal, ob Karoline Behrens am Leben war oder nicht, was sie gewusst haben mochte und hätte erzählen können. Sie hatte nichts mit ihm und Anna zu tun. Nichts.

Was hätte sie wissen, was hätte sie verraten können, das er jetzt nicht schon wusste?

Fabians rasendes Herz stolperte eine beängstigende Antwort heraus.

Aber Anna war weggegangen. Weg von ihm, ja, aber auch weg von Sandors Tür. Magdas Worte, seine eigenen Befürchtungen, sie waren bedeutungslos. Anna würde sich beruhigen und dann zurückkommen. Natürlich war sie nach dieser Szene eben zu aufgebracht, um in ihr gemeinsames Zimmer zurückzukehren. Aber sie würde. In ein paar Minuten oder in einer Stunde.

Fabian stand langsam auf, wandte sich um und stieg die hintere Treppe wieder hinauf in den zweiten Stock. Er würde auf sie warten, und wenn sie zurückkam, würde er wissen, dass seine Befürchtungen grundlos waren. Er musste nur warten. Sie würde zurückkommen. Sie musste. Die Alternative war undenkbar.

5

»Hat Sandor dir etwas erzählt – oder Fabian?«

Elif schwankte vor Müdigkeit, als sie durch die Tür trat, die Markus für sie geöffnet hatte, aber ihre Gedanken rasten zu sehr, als dass sie einfach in ihr Zimmer hätte zurückgehen können. Also hatte sie ihren Kollegen aufgesucht, der erwartungsgemäß ebenfalls noch immer nicht zu Bett gegangen war. Seine geliehene Uniform hing über einer Stuhllehne, der Inhalt seiner Reisetasche schien im ganzen Raum verstreut zu sein, und die Kühlschranktür stand offen. Elif ging hinüber und stupste sie mit dem Fuß an, um sie zu schließen. Dann nahm sie das Wasserglas von der Stuhlfläche und stellte es demonstrativ auf den Tisch, ehe sie sich setzte.

Markus ließ sich auf die Bettkante sinken. »Lass mich mal notieren, was wir bislang erfahren haben.« Im Gegensatz zu der Unordnung in seinem Zimmer war seine Arbeitsweise methodisch und organisiert, wenn auch erstaunlich analog. Elif betrachtete die beiden Din-A4-Blätter mit ihren Tabellen und den Markierungen in unterschiedlichen Farben.

»Also«, begann er langsam und fuhr sich mit der Hand über die müden Augen. »Ich habe kurz mit Sandor gesprochen und dann mit Fabian, nachdem die beiden ihren Wortwechsel hatten. Wenn ich es richtig verstanden habe, sind Anna und Sandor vor ein paar Jahren einmal für kurze Zeit zusammen gewesen.«

»Und warum macht das Fabian jetzt plötzlich was aus?«, fragte Elif. »Die drei haben sich doch bisher super verstanden.«

»Tja, das lag wohl daran, dass Anna und Sandor ihm bis heute nichts davon erzählt hatten.«

Elif stieß mit einem Zischen die Luft aus. Das erklärte den Streit natürlich, aber es passte überhaupt nicht zu dem positiven

Eindruck, den sie von der jungen Frau hatte. »Du meinst, die beiden haben ihn jahrelang angelogen?«

Markus lächelte matt über ihren empörten Tonfall. »Ah, die alte Frage, ob eine Unterlassung auch eine Lüge ist.«

»Ja, ist sie«, bekräftigte Elif. »Oder würdest du sagen, wenn ein Mann eine Affäre hat, ist es kein Betrug, solange seine Frau ihn nicht danach fragt?«

»Lügen und betrügen ist nicht immer dasselbe. Okay, okay, aber das tut hier ohnehin nichts zur Sache. Anna hat doch bei Magdas Workshop zu uns gesagt, Sandor wäre mit Fabian befreundet, und dass sie ihn daher kennt. Und Fabian hat heute erzählt, dass er und Sandor sich vor zwei Jahren auf einem Filmdreh kennengelernt haben und seither befreundet sind. Scheint mir also so, als ob Anna und Sandor da schon nicht mehr zusammen waren.«

»Ich warte immer noch auf die Pointe«, unterbrach Elif.

»Die Pointe? Wenn Fabian seiner Freundin seinen neuen besten Kumpel vorstellt, und die beiden sagen: ›Ach ja, wir kennen uns schon, wir haben schon mal was miteinander gehabt‹, könnte es mit der einen oder der anderen Beziehung ganz schnell vorbei sein. Wahrscheinlich haben sie am Anfang einfach nichts davon gesagt, und je länger das Ganze gedauert hat, umso unmöglicher ist es geworden, es im Nachhinein zu erzählen.«

Elif warf ihm einen Blick zu, den er interpretierte als: »Hätte mir denken können, dass du Verständnis für solcherlei lahme Ausreden hast, und woran ist deine Ehe eigentlich genau zerbrochen?« Dann zog sie die Stirn in Falten, presste zwei Finger gegen ihre Nasenwurzel und dachte nach. »Das alles wissen wir aber nicht. Hat Sandor zu dir gesagt, dass das mit Anna eine Beziehung war, die schon länger vorbei ist? Was Magda vorhin angedeutet hat, klang ganz anders.«

Markus zuckte die Schultern. »Das hat Sandor zu mir gesagt. Und warum sollte er mich anlügen? Fabian gegenüber könnte ich es noch verstehen, aber zu mir hätte er ja überhaupt nichts sagen müssen. Abgesehen davon geht uns die ganze Sache ohnehin nichts weiter an.«

»Nein?«, fragte Elif zurück. »Wenn Anna und Sandor hinter Fabians Rücken eine Affäre hatten, wäre das ein brisantes Geheimnis. Und eins, über das Karoline und Magda offenbar Bescheid wussten. Und wie Magda vorhin sagte, ist Karoline jetzt tot.«

Markus starrte sie an. »Das kann nicht dein Ernst sein, Elif. Du kannst nicht denken, dass Anna Miss B. getötet hat, um ihre Beziehung zu retten.«

Elif hatte tatsächlich nicht so weit gedacht; ein Teil von ihr wollte ohnehin lieber glauben, dass es sich um einen tragischen, aber natürlichen Todesfall handelte. Doch wenn dem nicht so war? Musste man dann nicht alles in Betracht ziehen, was im Bereich des Möglichen lag? »Anna war auf jeden Fall am Nachmittag im Park.«

»Aber am Nachmittag waren fast alle im Garten«, wandte Markus ein. »Und wir wissen nicht, wann Miss B. umge... wann sie gestorben ist.«

Seine Kollegin verzog grimmig den Mund. »Karoline ist auf keiner einzigen Aufnahme vom Ball zu sehen. Auf keiner. Ich kann mich nicht erinnern, sie gesehen zu haben, und du auch nicht. Und sie war nur in ihrem dünnen Kleid im Rosengarten und eiskalt, als wir sie gefunden haben. Ich würde mit dir wetten, dass sie die Scheune überhaupt nicht betreten hat, sondern von ihrem Spaziergang am Nachmittag nie zurückgekommen ist. Und wenn das stimmt, ist jeder, der im Garten war, potenziell verdächtig.«

»Wer *war* denn alles draußen?«, fragte Markus und deutete auf eine freie Stelle auf seinem Blatt.

»Die Fullertons. Karoline und Magda. Anna.« Elif runzelte die Stirn. »Wobei ich mich nicht erinnern kann, ob ich sie wirklich gesehen habe. Wir müssen mein Material noch genauer durchgehen, ich bin vorhin nicht mehr so weit gekommen. Da waren aber nicht nur Leute von unserer Gruppe. Konrad und Barbara standen irgendwann am Parkplatz. Da war auch sicher noch jemand vom Hotel, die Angestellten sind ja zum Teil zwischen Hauptgebäude und Scheune hin- und hergelaufen, um alles vorzubereiten. Und natürlich der mysteriöse Mann aus dem Rosengarten.«

»Ja, der Mann aus dem Rosengarten«, wiederholte Markus langsam. »Aber wenn das jemand vom Hotel war, warum ist er dann einfach verschwunden? Zumindest hätte er sich später noch mal melden können. Und das ließe sich leicht herausfinden, Fabian und ich würden den Typen ja wohl wiedererkennen, denke ich. Hast du Fabian eigentlich am Nachmittag auch gesehen?«

»Hm ...«, überlegte Elif, »... keine Ahnung. Charles war draußen, fällt mir jetzt wieder ein, und Kalea auch. Verena war bei der Kutschfahrt dabei, aber die kommt ja wohl eher nicht infrage.«

»Warum nicht?« Als seine Kollegin ihn stirnrunzelnd ansah, fügte er hinzu: »Wer kommt denn infrage? Ich meine, wenn Miss B. umgebracht wurde, wer hätte denn einen Grund dafür?«

»Jemand, der nicht wollte, dass sie etwas verriet, was sie wusste«, wiederholte Elif, was Anna zuvor gesagt hatte. »Also zum Beispiel Anna, die nicht wollte, dass Fabian von der Sache mit Sandor erfährt ...«

»... was spektakulär schiefgegangen ist«, wandte Markus ein. Er schüttelte den Kopf. »Ich kann mir das nicht vorstellen. Lassen wir mal die Tatsache beiseite, dass es exzessiv erscheint, jemanden zu töten, um diese Art von Geheimnis zu bewahren – Menschen haben ja in Extremsituationen schon aus unzulänglicheren Gründen gemordet –, aber außer Miss B. wusste auch Magda von der Angelegenheit, und Miss B. war ja schon seit Tagen hier. Warum hätte Anna erst jetzt versuchen sollen, etwas zu unternehmen?«

»Sie könnte es erst heute herausgefunden haben«, vermutete Elif. »Aber das müsste dann auch auf Magda zutreffen, sonst ist es nicht logisch, da hast du recht.«

»Was ist überhaupt mit Magda? Irgendwas stimmt mit der Frau doch nicht, oder?«

Elif griff nach Markus' halbleerem Wasserglas und trank einen Schluck. »Du meinst, abgesehen davon, dass sie ein Arschloch ist?« Sie hielt inne und starrte nachdenklich auf den Rand des Glases in ihrer Hand. »Klingt komisch«, sinnierte sie. »Kann man überhaupt sagen, dass eine Frau ein Arschloch ist?«

Markus verdrehte die Augen. »Soll vorkommen, Elif. Natürlich sind die meisten Arschlöcher alte weiße Männer wie ich, aber es wäre schon ziemlich sexistisch, zu behaupten, dass eine Frau nicht auch eins sein kann. Aber Magda ... was hatte sie im Korridor zu suchen? Was stimmt mit der Frau nicht?«

Elif hatte sich das auch gefragt. »Auf dem ersten Workshop war das noch nicht so krass«, überlegte sie. »Erst hier, wo Sandor auch dabei ist. Wenn du mich fragst, ist Magda eifersüchtig auf Anna, deshalb kann sie sie nicht leiden.«

»Eifersüchtig? Wie meinst du das? Ich vermute, du denkst nicht an eine romantische Beziehung zwischen ihr und Sandor?«

Elifs Mundwinkel zuckten. »Das würde ich mir jedenfalls nicht sehr romantisch vorstellen«, erwiderte sie. »Und nein, das denke ich nicht. Ausgeschlossen ist es natürlich nicht, auch wenn sie so viel älter ist als er, aber ich denke eher, dass sie auf Annas Einfluss eifersüchtig ist.«

»Habe ich das richtig verstanden?«, fragte Markus. »Sandor war früher Magdas Schüler, und sie hat ihn am Anfang seiner Ballettkarriere unterstützt. Und er hat als Balletttänzer gearbeitet, bis er vor ein paar Jahren nach einer Verletzung ausgestiegen ist; und seither unterrichtet er Tanz?« Als Elif nickte, fuhr er fort: »Und wer hat mit dem historischen Tanz angefangen?«

Sie zog die Beine an und legte den Kopf auf die Knie. »Ja, das könnte einer der Gründe sein, warum sie Anna so hasst«, erklärte sie. »So wie ich es verstanden habe, hat Anna einen ihrer Kurse mitgemacht und war begeistert vom historischen Tanz, aber nicht so sehr von Magdas Art, ihre Veranstaltungen und Kurse zu gestalten. Und als sie Sandor kennengelernt hat …«

»… oder wieder kennengelernt hat …«, fiel Markus ein.

»Na, jedenfalls hat sie ihn dazu ermutigt, sich selbst mit dem historischen Tanz zu beschäftigen und sich deswegen mit Magda in Verbindung zu setzen. Die beiden wollten wohl zuerst zusammenarbeiten, und Magda hatte große Pläne für gemeinsame Veranstaltungen. Aber dann hat sich Sandor da rausgezogen und beschlossen, lieber sein eigenes Ding zu machen.«

»Und Anna war schuld«, schloss Markus. »Oder zumindest sieht Magda es so. Ja, das erklärt einiges.«

»Aber nicht Karolines Tod«, gähnte Elif.

»Nein, für den haben wir keine Erklärung«, stimmte Markus ernüchtert zu. »Wir wissen nur, wer die Gelegenheit dazu gehabt hätte, nämlich alle, die am Nachmittag im Park unterwegs waren, und das war der größte Teil der Gruppe. Wir wissen nicht, wer die Mittel dazu gehabt hat, und was die Person mit der ›Tatwaffe‹ gemacht hat.«

»Wir wissen, dass Karoline nicht bei allen Leuten beliebt war und es ein paar Konflikte gab, aber das ist normalerweise kein ausreichendes Motiv, um jemanden umzubringen. Wir vermuten, dass Miss B. etwas gewusst haben könnte, was sie in Gefahr gebracht hat, aber das ist Spekulation. Habe ich was übersehen?«

Ihr Kollege überlegte. »Höchstens eins: Wir denken darüber nach, wer einen Grund gehabt haben könnte, *Karoline* zu töten. Vielleicht hat es aber auch gar nicht mit ihr persönlich zu tun, und sie war lediglich diejenige, die sich gerade anbot, weil sie allein war.«

»Du denkst an jemanden, der einfach nur töten wollte?«, fragte Elif. Der Gedanke bereitete ihr Übelkeit.

Markus schüttelte den Kopf. »Ich meine keinen Triebtäter oder Serienmörder, falls das dein Gedanke war. Ich meine eher: Was, wenn jemand durch ihren Tod ein bestimmtes Ziel erreichen wollte? Durch das Chaos, das ein solches Ereignis hervorruft. Durch den Skandal, der dabei entsteht.«

Elif schlang die Arme um ihre Schultern. »Und das ist dann besser als ein Triebtäter? Ich finde, das ist genauso krank«, erklärte sie und stand auf. Egal wie viele offene Fragen sie ungelöst ließen: Sie musste endlich ins Bett.

Markus nickte grimmig. »Ich glaube, wenn Miss B. wirklich umgebracht worden ist, dann werden wir feststellen, dass die Person, die das getan hat, ziemlich krank ist.« Er seufzte. »Und mit diesem erheiternden Gedanken sage ich ›Gute Nacht‹ und werfe dich hinaus, wenn du nicht riskieren willst, dass ich dir in Kürze etwas vorschnarche.«

»Du schnarchst?«, fragte Elif mit einem müden Lächeln. »Kein Wunder, dass deine Frau sich hat scheiden lassen. Schlaf gut. Ich hoffe bloß, dass mich jetzt niemand mehr weckt, sonst gibt es noch einen Mord.«

Als seine Kollegin gegangen war, erwog Markus einen Moment lang, sich einfach mit Kleidern ins Bett zu legen, raffte sich aber doch noch dazu auf, ins Bad zu gehen.

Als Markus zurück ins Zimmer kam, löschte er das Licht, stand noch kurz am Fenster und starrte hinaus, ehe er mit einem entschlossenen Ruck die Vorhänge zuzog und sich ins Bett legte.

Deshalb sah er den Lichtkegel der Taschenlampe nicht, der wenige Minuten später vor dem Hotel aufleuchtete und sich langsam in Richtung Rosengarten bewegte.

Kalea träumte. Sie hatte nicht erwartet, einschlafen zu können, nicht nach den Ereignissen der letzten Stunden, aber dann hatte sie sich ins Bett gelegt, und nach kurzer Zeit waren ihre Gedanken weich und konturlos geworden, während die Bilder scharf und klar an ihr vorbeizogen. Sie stand im Büro ihres Vaters, der ihr wortlos eine Glasflasche reichte. Als sie sie öffnete, war der Raum plötzlich voller staubbedeckter Spinnweben. Hastig streckte sie die Hände aus, um die Netze wieder einzufangen, aber nun schwamm auf einmal ein Schwarm kleiner silberner Fische durch die Luft über dem Schreibtisch. Einige Dutzend blieben dicht beieinander, um den in Plastik verpackten Lachs nicht zu verlieren, den sie durch die Luft transportierten. »Wie absurd«, dachte ein Teil von Kalea, der noch nicht völlig schlief. »So einen Quatsch will ich nicht weiterträumen.«

»Zu spät«, antwortete ihr Vater, der jetzt mit ihr über den Parkplatz vor dem Hotel lief. »Zeig mir das Gebäude; wenn ich es für euch als Hochzeitsgeschenk kaufen soll, müssen wir den Vertrag noch vor dem Abendessen fertig machen. Aber erst musst du die Flasche finden, die ich verloren habe. Sie darf auf keinen Fall in die falschen Hände geraten.« Kalea sah ihn an und bemerkte, dass ihr Vater sich in Konrad verwandelt hatte, der einen Zylinder und weiße Handschuhe trug. »Was ist das?«, fragte er mit einem Stirnrunzeln, als sie am Eingang angekommen waren, und deutete mit seinem Gehstock die Stufen hinab.

Kalea zuckte die Schultern. »Das ist nur Miss B.«, antwortete sie und machte einen großen Schritt über den offenen Sarg auf der Türschwelle. »Die gehört zum Haus. Das steht so im Kaufvertrag.« Einen Augenblick lang zögerte sie und fragte sich, in welches Zimmer sie Karoline stellen würden, und ob dann noch genug Platz war, damit ihre Eltern und Konrads Cousine ebenfalls dort wohnen konnten, aber ihr Vater war schon vorangegangen. Kalea wollte ihm gerade folgen, als sie Charles auf der Treppe stehen sah. Der Engländer blickte mit einem freundlichen Lächeln auf sie herunter. »Kommen Sie, Kalea«, sagte er mit seiner beruhigenden Stimme und bot ihr höflich seinen Arm, »der Ball wird gleich beginnen.«

Und Kalea fuhr mit einem Schreckensschrei aus dem Schlaf.

6

Markus hätte nicht gedacht, dass sein schlafendes Hirn in der vergangenen Nacht zu irgendwelchen Leistungen fähig gewesen sein könnte, aber als er am Morgen erwachte, hatte es offenbar ohne sein Zutun zwei Dinge beschlossen: Er würde Konrads Vorschlag aufnehmen, sich den Barocksaal anzuschauen, und er würde seinen Widerwillen überwinden und Simone Lenk-Hainbauer anrufen, in der Hoffnung, etwas über Karolines Todesursache zu erfahren.

Dass es etwas zu erfahren gab, wurde ihm unangenehm klar, als er im ersten Stock aus dem Fenster blickte und sah, dass wieder ein Streifenwagen der Polizei vorgefahren war.

Dass ein Blick in den barocken Festsaal des Gebäudes in dieser Sache wertvolle Informationen beitragen würde, erwartete er nicht, aber immerhin war er eigentlich vor Ort, um einen Beitrag über einen historischen Ball in einem historischen Gebäude zu machen, und bislang hatten sie sich hauptsächlich mit den Menschen, Kostümen und Tänzen, aber kaum mit dem Setting beschäftigt. Freilich bestand die Möglichkeit, dass Elif ihm bereits voraus war und längst Filmaufnahmen vom gesamten Haus gemacht hatte; das war ihr zuzutrauen.

»Das hätte ich Ihnen sagen können, dass die zurückkommen würden.«

Markus wandte sich abrupt um. Verena hatte sich neben ihn gestellt und starrte mit grimmiger Befriedigung aus dem Fenster.

»Wer, die Polizisten?«, fragte er.

Die ältere Frau verdrehte die Augen: »Nein, die Schmetterlinge. *Natürlich* die Polizisten, Schlauberger. Ich sage Ihnen, nichts an Karolines Tod ist normal.«

Es widerstrebte ihm, aber Markus hatte das Gefühl, dass Verena ihn ohnehin für ziemlich beschränkt hielt und mehr preisgeben würde, wenn sie sich ihm überlegen fühlen konnte. Deshalb – und weil ihm auf die Schnelle nichts Klügeres einfiel – sagte er: »Ich habe diese Gerüchte gestern schon gehört. Aber es ist doch sehr unwahrscheinlich, dass jemand Miss B. etwas antun wollte. Sie kam mir völlig harmlos vor.«

Verenas Mundwinkel zuckten grimmig. »Unterschätzen Sie niemals eine Frau, die allen völlig harmlos vorkommt«, erwiderte sie. »Keine Frau ist völlig harmlos, das sollten Sie wissen. Sie sind doch geschieden, oder?«

Markus ballte die Hände. »Nichts an meiner Exfrau war harmlos«, antwortete er schroff. »Auch wenn sie sehr gut darin war, sich als Opfer zu inszenieren. Hm ...«, murmelte er, als ihm klar wurde, dass er Verenas Behauptung gerade untermauert hatte, »wollen Sie damit sagen, dass Karoline eine gefährliche Frau war, die sich viele Feinde gemacht hat, die ihr nach dem Leben trachteten?«

Verena blickte missmutig aus dem Fenster. »Nein«, erwiderte sie dann. »Ich habe bloß gemeint, dass Sie eine Frau nicht unterschätzen sollten, nur weil sie harmlos wirkt. Außerdem muss man unter Umständen überhaupt nichts Besonderes getan haben, um ermordet zu werden, manchmal reicht es ja schon, dass man etwas weiß, was man nicht wissen sollte – oder dass jemand denkt, man wüsste etwas.«

»Dann stellt sich die Frage: Wer ist der Jemand?«, sagte Markus. Er sah Verena absichtlich nicht an, sondern blickte wie sie auf den Platz vor dem Hotel hinaus, weil er glaubte, dass sie dann eher antworten würde. Die Luft draußen war grau von feinem Nebeldunst; an den kahlen Zweigen der Bäume hingen Tropfen. Die Welt sah so müde aus, wie Markus sich fühlte.

»Auf jeden Fall ein Mann, darauf können Sie Gift nehmen«, erklärte Verena kategorisch. »Und ich sage Ihnen noch was: Hier im Haus ist kein Mann, der nicht irgendein Geheimnis hat, von dem niemand etwas erfahren soll, am allerwenigsten eine ›völlig harmlose‹ Frau. Fragen Sie doch mal Charles, was der hier in Deutschland wirklich vorhat. Oder …«

Was sie noch hatte hinzufügen wollen, sollte Markus nie erfahren, denn in diesem Moment nahte Barbara mit einem der Polizisten vom Abend zuvor – Braun? Brehm? – und blieb vor ihnen stehen.

»Guten Morgen, Herr Wieland«, begrüßte die Hotelbesitzerin ihn höflich wie immer. »Sie kennen Kommissar Werner schon.«

»Es wird nicht lange dauern«, übernahm der Beamte. Werner! Wie in aller Welt war er auf Brehm gekommen? »Ich möchte nur noch einmal kurz über den Abend gestern sprechen, insbesondere, was im Rosengarten vorgefallen ist.«

Barbara begleitete Verena zur Treppe, während Markus seine Aussage vom Vorabend wiederholte und einige zusätzliche Fragen beantwortete. »Und Sie haben keine Ahnung, wer der Mann im Rosengarten war?«, vergewisserte Werner sich. Markus schüttelte den Kopf. »Ich denke, ich würde ihn wiedererkennen.« Er zögerte einen Moment, dann fragte er: »Wenn Sie mehr über den Mann wissen wollen, heißt das, dass wir es hier mit einem verdächtigen Todesfall zu tun haben?«

Der andere sah ihn ausdruckslos an. »Sie sind von der Presse, nicht wahr? Auf der Suche nach einer heißen Story?« Sie mussten beide in ähnlichem Alter sein, und möglicherweise war es pure Einbildung, aber Markus hätte darauf gewettet, dass auch Werner eine unerfreuliche Scheidung hinter sich hatte. Oder vielleicht hatte er einfach nur nicht gut geschlafen in den letzten ein, zwei Jahren.

»Auf der Suche nach der Wahrheit«, entgegnete Markus mit Nachdruck. Es stimmte, aber in diesem Moment hörten sich seine Worte sogar für ihn selbst hohl und leer an. Seufzend zuckte er die Schultern. »Hören Sie, wenn Sie Informationen haben, die Sie weitergeben können, ist mir das natürlich auch als Reporter willkommen. Die Presse wird ohnehin versuchen, da ranzukommen, wenn es eine Story gibt. Aber ich habe drei Tage in derselben Gesellschaft wie Karoline Behrens verbracht. Ich habe versucht, sie wiederzubeleben, als sie tot war. Ich habe auch ein persönliches Interesse an der Aufklärung dieses Falles.«

»Ich melde mich wieder, wenn wir noch Fragen haben sollten«, sagte Werner nur, ohne weiter darauf einzugehen.

Definitiv eine hässliche Scheidung, entschied Markus, während er dem sich entfernenden Polizeibeamten nachblickte.

Markus hätte das »Vorher«-Bild einer »Vorher-Nachher«-Werbung für Kaffee sein können, als er den Speisesaal betrat. Elif hatte allerdings nicht vor, ihm das zu sagen, sie war sicher, dass sie selbst nicht besser aussah. Und sie war nicht die Einzige. Elif hatte die anderen beobachtet, die bislang am Frühstücksbuffet aufgetaucht waren. Charles wirkte in einem Paar normaler Hosen und einem Pullunder seltsam reduziert und älter als zuvor, war aber zuvorkommend wie immer und ließ sich seine Gefühle nicht ansehen. Er hatte Jane, die ohne Gemma erschienen war, Tee gebracht und ein paar höfliche Worte mit ihr gewechselt. Die Engländerin war blasser als sonst und sah aus, als habe auch sie nicht genug geschlafen. Kurz darauf kam Frances herein und setzte sich so weit entfernt von ihr wie möglich. Sie versuchte, so unbekümmert zu scheinen wie immer, umklammerte aber ihre Teetasse mit der Inbrunst eines Menschen, der dringend Halt sucht. Kalea trat zusammen mit Konrad durch die Tür, der sie zu einem Tisch am Fenster steuerte und versprach, ihr erst einmal etwas zu trinken zu bringen. Elif musste an Annas Worte vergangene Nacht denken, dass Kalea seit dem Eintreffen ihres Freundes verändert sei. Tatsächlich sah sie an diesem Morgen nicht gerade souverän aus, aber wer tat das schon nach dieser Nacht? Außer Konrad natürlich, der nicht der Typ schien, sich durch irgendetwas erschüttern zu lassen. Er brachte zwei Gläser Orangensaft an ihren Tisch, und bemerkte dann die am Vortag vergessenen Dinge. »Kalea, ist das nicht dein Schal, den ich dir neulich geschenkt habe?«, fragte er und hielt das teuer wirkende indische Tuch in die Höhe, ehe er sich zum Tisch zurückwandte und ein silbernes Etui einsteckte, das offenbar ihm gehörte. »Wir haben gestern Nachmittag ja wirklich alles liegen gelassen«, bemerkte er kopfschüttelnd, als er sich zu seiner Freundin setzte. Er sprach nicht besonders laut, aber er hatte eine dieser Stimmen, die durch den Raum trugen und daran gewöhnt waren, gehört zu werden. Frances blickte bei seinen Worten auf, und zum ersten Mal an diesem Morgen war etwas von ihrer üblichen respektlosen Persönlichkeit zu sehen, als ihr Mundwinkel amüsiert zuckte. Sie sagte aber nichts, vielleicht weil Gemma nicht neben ihr saß, an die sie ihre sardonischen Bemerkungen gewöhnlich richtete. Charles hatte bei Konrads Worten ebenfalls zu dem Paar hinübergeschaut, und Elif hatte den Eindruck, dass Kalea seinem Blick auswich. »May I?«, fragte Charles und streckte die Hand nach dem Schal aus. Er ließ den weichen Stoff durch die Hand gleiten, ehe er ihn Kalea gab, die den Schal hastig in ihrem Schoß zusammendrückte. »Exzellente Qualität«, bemerkte er freundlich. »Es könnte fast ein historisches oder antikes Stück sein.« Kalea sah aus, als ob sie jeden Moment in Ohnmacht fallen würde. *Klick,* dachte Elif und bannte im Geist ihren Gesichtsausdruck auf die Kamera. *Kalea Berger. Verstört und ängstlich. Warum?*

Konrad hatte die kurze Szene mit zunehmend finsterer Miene betrachtet und baute sich jetzt so vor Charles auf, dass dieser zurückweichen musste, wenn er keine Konfrontation riskieren wollte. »Ich glaube nicht, dass das der richtige Moment für Small Talk ist«, sagte er kalt. »Es war ein sehr traumatisierender Abend gestern.« Nicht für ihn, das machte sein Tonfall deutlich. *Klick,* dachte Elif. *Konrad Hartheim. Kalter Ärger, ein Mann, der seinen Besitz verteidigt.* Natürlich, korrigierte sie sich sofort, war Kalea seine Freundin, nicht sein Besitz. Aber die Worte blieben in ihren Gedanken haften.

Charles lächelte höflich und verbeugte sich leicht. »Sie haben völlig recht, wir sind heute ohne Zweifel alle nicht at our best.« *Klick,* dachte Elif. *Charles Sinclair. Liebenswürdig, zuvorkommend, charmant.* Zumindest vordergründig. Aber was war da noch in seinem Gesichtsausdruck? Da war etwas unter der Oberfläche, das sie bisher nicht an ihm bemerkt hatte. *Brittle,* steuerte ihr Hirn unerwartet einen englischen Ausdruck bei. *Spröde, brüchig.*

Und was in aller Welt ging da zwischen ihm und Kalea vor? Hatte es etwas mit Karolines Tod zu tun? Sie hatte keine Zeit, darüber nachzudenken, denn gleich darauf fand sich Verena zum Frühstück ein, die Charles sofort mit Beschlag belegte, und wenig später tauchte auch Markus mit seinem zerknitterten »Habe fast nicht geschlafen und mich auch nicht rasiert«-Gesicht auf. Aber so müde er aussah, so wach war der Blick, den er ihr zuwarf. Offenbar hatte er Neuigkeiten. Sie schenkte ihm einen Kaffee ein und bedeutete ihm, sich zu ihr an den Tisch zu setzen. Mit der Tasse in der Hand beobachtete er Verena und Charles, die sich angeregt unterhielten. »Das ist eigenartig«, murmelte er, und als Elif ihn fragend ansah, fuhr er fort: »Was für eine Art von Gespräch, würdest du sagen, läuft zwischen den beiden gerade ab? Streit? Flirt? Verschwörungen?«

Sie runzelte die Stirn. »Nichts davon, denke ich. Sieht mir nach einer gewöhnlichen Unterhaltung unter Freunden oder guten Bekannten aus.«

»Hm ...« Markus setzte sich nachdenklich. »Hier gehen komische Dinge vor sich. Verena verdächtigt Charles dunkler Geheimnisse, dennoch sitzt sie hier und redet mit ihm wie mit einem guten Freund.«

Elif runzelte die Stirn. »Was für Geheimnisse?« Markus zuckte die Schultern. »Das hat sie nicht gesagt.«

»Hast du gesehen, dass die Polizisten wieder da sind?«, fragte Elif. Er nickte nur. Sie wussten beide, was das bedeutete: Die Ermittlungen gingen weiter, weil es etwas zu ermitteln gab.

»Warst du schon im Barocksaal?« Markus sprach so leise, dass niemand im Speisesaal sie hören konnte.

»Was? Nein«, erwiderte Elif etwas verwirrt von dem plötzlichen Themenwechsel. »Ich dachte, der hat einen Wasserschaden.«

»Ja, das sollten wir alle glauben!«, sagte Markus, ehe er sich noch weiter nach vorn beugte. »Der Saal ist zerstört, Elif«, erklärte er. »Das war mal ein historisches Schmuckstück und jetzt ist es ein Trümmerhaufen.«

»Okay, warte«, sagte Elif kopfschüttelnd. »Ich gehe jetzt erst mal zum Buffet, mit leerem Magen kann ich nicht denken.« Während sie sich Brot, Aufstriche und ein Croissant auf den Teller lud, blickte sie sich unter den Anwesenden um. Verena hatte sich zu der neu hinzugekommenen Magda gesellt, der man die kurze Nacht trotz ihres Alters weniger ansah als den meisten anderen. Charles saß mit ausgestreckten Beinen allein an einem Tisch und trank nachdenklich seinen English-Breakfast-Tee.

»Sandor, Anna und Fabian haben sich bislang noch nicht blicken lassen«, bemerkte Elif zu ihrem Kollegen, als sie an ihren Tisch zurückkehrte.

Markus riss sich ein Stück von ihrem Croissant ab und schob es sich in den Mund. »Nach allem, was letzte Nacht vorgefallen ist, haben die wahrscheinlich nicht den Nerv, zusammen beim Frühstück zu sitzen. Gemma ist auch nicht hier.«

»Okay, eins nach dem anderen«, winkte Elif ab. »Was meinst du damit, dass der Saal zerstört ist?«

»Genau das. Schau ihn dir selbst an, alles, was daran historisch interessant und wertvoll war, ist kaputt. Ich bin vorhin daran vorbeigekommen, fand die Tür nicht verschlossen vor und habe mir die Sache angesehen.« Er fragte sich, ob die Hotelinhaberin den Saal unverschlossen gelassen hatte oder ob Konrad ihn aufgesperrt hatte, nachdem er ihm in der Nacht zuvor den Tipp gegeben hatte. Warum hatte er das getan?

Elif dachte nach. Die ganze Sache schien ihr ausgesprochen mysteriös. Barbara hatte behauptet, der Ball könne wegen eines Wasserschadens nicht im Saal stattfinden. Das war aber offensichtlich gelogen. »Ich kapiere es nicht«, gestand sie. »Erstens: Warum sollte jemand einen historischen Saal zerstören? Zweitens: wer? Abgesehen von islamistischen Rebellen natürlich, aber die sind doch wohl noch nicht bis ins fränkische Seenland vorgedrungen, oder?«

Ihr schwacher Versuch, witzig zu sein, hatte keinerlei Wirkung auf ihren Kollegen, der ihr Croissant mittlerweile aufgegessen hatte. »Das ›Warum‹ ist einfach – oder zumindest wäre es das, wenn die Umstände anders wären. Hast du mal in einem denkmalgeschützten Haus gewohnt?«

Elif schüttelte den Kopf.

»Ich bin in einem aufgewachsen«, erklärte Markus. »Es war ein sehr schönes Haus, aber man durfte es nicht einmal in derselben Farbe neu anstreichen ohne denkmalschutzrechtliche Genehmigung. Viele Besitzer von denkmalgeschützten Gebäuden hassen nichts auf der Welt so sehr wie die entsprechenden Behörden. Und es gibt immer wieder Leute, die einfach so drauflosrenovieren oder -bauen in der Hoffnung, dass niemand so genau hinschaut und sie damit durchkommen.« Er zog sein Handy aus der Hosentasche und tippte. »Und manchmal gibt es einen Skandal, wenn ein denkmalgeschütztes Gebäude ganz zerstört wird. Ah ja, hier zum Beispiel«, sagte er und hielt ihr den Bildschirm entgegen. »2017 wurde in München innerhalb von wenigen Minuten ein Handwerkerhaus abgerissen, das eigentlich saniert werden sollte. Der Baggerfahrer machte sich aus dem Staub.«

Elif hob die Hand, um ihn zum Schweigen zu bringen, und überflog den Artikel. »Okay, kapiere. Das Motiv ist Geld, die Verantwortlichen wollten in diesem Fall anstelle des Uhrenhäuschens ein großes Wohngebäude hochziehen ...« Sie ging zurück zum Suchergebnis, um festzustellen, ob es neuere Entwicklungen über den Fall gab. »Hm, Wiederaufbauverfügung der Stadt ... der Baggerfahrer sprach von einem Versehen? ... Stadt unterliegt vor Gericht ... Rechtsstreit geht in die nächste Runde ...« Sie zog eine Braue hoch und sah ihren Kollegen an. »Wie in aller Welt kann man ein Gebäude versehentlich abreißen?«

»Tja«, Markus kippte den Rest seines Kaffees runter, »das ist die Frage, nicht wahr?«

Elif hielt noch immer sein Smartphone und recherchierte weiter. »Aber jetzt hör mal, das ergibt doch in diesem Fall überhaupt keinen Sinn. Hier steht auch, dass Verstöße gegen den Denkmalschutz sehr, sehr teuer werden können, und ...« Sie verstummte, als Barbara in die Nähe ihres Tisches kam, und warf einen Blick auf ihren noch immer halbvollen Teller. »Besprechen wir das woanders«, schlug sie vor. »Außer du willst, dass wir hier weiter Leute beobachten?«

»Eine moderne Miss Marple auf der Pirsch. Kamerafrau und Filmreporter ermitteln undercover im Denkmalschutzmilieu ...« Markus lächelte schief. »Ich glaube, du überschätzt unsere Fähigkeiten als Detektive«, erklärte er und stand auf. »Gehen wir in mein Zimmer.« Seine letzten Worte waren zufällig in eine allgemeine Gesprächspause gefallen, mit dem Resultat, dass fast jeder im Saal die beiden jetzt entweder belustigt oder überrascht ansah. Frances stieß einen leisen Pfiff aus, der bewies, dass sie wieder weitgehend sie selbst war, und Verena zwinkerte Markus verschwörerisch zu, als sie an ihrem Tisch vorbeikamen.

»Vielen Dank dafür«, zischte Elif ihm zu, aber sobald sie das Foyer erreicht hatten, blieb sie wie angewurzelt stehen.

»Was ist?«, wollte Markus wissen.

Ihr war bei Verenas Anblick etwas eingefallen. Etwas, das am Nachmittag im Garten geschehen war. Wenn sie sich nur richtig erinnerte. Wenn sie die Hinweise nur auch mit ihrer Kamera aufgenommen hatte. »Wir gehen zu mir«, verkündete sie entschlossen.

Markus hatte darauf bestanden, seine Aufzeichnungen aus seinem Zimmer zu holen, und während er unterwegs war, öffnete Elif ihren Laptop und ihre Filmaufnahmen vom Nachmittag, die sie noch nicht gründlich gesichtet hatte. Die sie auch jetzt nicht gründlich sichten würde, weil sie nach einem bestimmten Detail suchte. Kaleas unverständliche Reaktion auf Charles' banale Worte hatte sie erinnert. Ja, hier war es. Nachdem sich die Teegesellschaft am Nachmittag zerstreut hatte, waren fast alle nach draußen gegangen. Zu Beginn war es so warm gewesen, wie es an einem bedeckten Novembertag werden konnte; es war nicht unangenehm gewesen, ein bisschen Luft zu schnappen und sich zu bewegen. Und die Kutsche, die sie am Donnerstag vom Ellinger Bahnsteig zum Hotel gebracht hatte, war erneut vorgefahren und hatte die kostümierten Gäste zu einer Ausfahrt eingeladen. Es war ein schöner Anblick gewesen: glänzende Pferde, ein livrierter Kutscher, die hohen Wagenräder und die Gäste in Regency-Kleidung. Genau die Art Bilder, die sie für ihren Fernsehbeitrag im Kopf hatte. Natürlich hatte sie drauflosgefilmt. Die ersten Aufnahmen von der Kutschfahrt gaben Elif einen unerwarteten Stich. Da saßen Gemma und Frances nebeneinander, beste Freundinnen, und selbst ohne Ton glaubte sie,

Frances' unbändiges Gelächter hören zu können. Jane strahlte Charles an, der ihr gegenübersaß und ein Handy von ihr entgegennahm, um ein Bild von den drei Engländerinnen zu machen. Verena, die neben Charles saß, lachte und machte die anderen auf Elif aufmerksam, woraufhin alle fünf in die Kamera winkten. Kein Streit, keine Verdächtigungen und vor allem keine Tote auf einer Parkbank. Und doch musste, was auch immer zu Karolines Tod geführt hatte, zu diesem Zeitpunkt längst in Gang gesetzt gewesen sein. Und es war nicht auszuschließen, dass jemand von diesen fünf scheinbar sorglosen Menschen daran beteiligt war. Elif hatte die Rückkehr der Kutsche nicht so ausgiebig gefilmt wie am Anfang, aber sie hatte den Moment eingefangen, in dem sie wieder vor dem Haus vorgefahren war. Und da war es: die neue Sitzverteilung. Jane, die sich zuvor mit den beiden jungen Frauen auf die rückwärts blickende Bank gequetscht hatte, saß nun neben Verena, Gemma und Frances ihnen gegenüber. Warum hatte Charles die Kutsche unterwegs verlassen?

Und wie lange konnte es eigentlich dauern, ein paar Blätter mit Notizen aus einem Zimmer einen Stock höher zu holen?

Magda verließ den Speisesaal nach zu vielen Tassen Kaffee. Sie mochte das Gefühl nicht, aufgebläht von so viel Flüssigkeit zu sein, aber sie hatte gewartet und beobachtet und sich nachschenken lassen, wann immer eine der Hotelangestellten gefragt hatte, ob sie noch Kaffee wollte. Sandor war nicht aufgetaucht, und sie rechnete auch nicht damit, dass er jetzt noch kommen würde. Er war schon unter normalen Umständen kein großer Frühstücksliebhaber, und heute waren die Umstände alles andere als normal.

Sie fragte sich, was er Anna alles erzählt hatte. Wie jämmerlich es war, sich bei einer Frau auszuheulen. Wie jämmerlich, dass es ihr etwas ausmachte. Aber sie hatte ihn unterrichtet und aufgebaut und ihm den Weg geebnet. Ohne sie hätte er es als Tänzer niemals geschafft. Natürlich war es hart gewesen, aber für wen in ihrer Branche war es das nicht? Dass er die Solokarriere vor einigen Jahren an den Nagel gehängt hatte, hatte ihr einen Stich versetzt, aber die meisten Balletttänzer hörten irgendwann auf, weil ihr Körper die Strapazen nicht mehr mitmachen wollte. Trotzdem. Ohne sie wäre er nichts, oder noch schlimmer, vielleicht ein Büroangestellter oder etwas ähnlich Erbärmliches. Wie Karoline Behrens, die in ihrer Behörde fast eingegangen war. Verwaltung. Genehmigungen. Bürokratie.

Es tat ihr beinahe leid um Karoline. Nicht dass sie tot war, sondern dass sie sich für ein solches Leben entschieden hatte. Sie hätte das Zeug dazu gehabt, jemand anderes zu sein. Der Tanz hätte für sie nicht nur ein Hobby sein können, ein Gegengewicht, um ihren Job und ihr unsäglich ödes Privatleben ertragen zu können. Aber Karoline hatte sich damit abgefunden, eine Frau zu werden, die niemand ernst nahm, die pedantisch über historische Korrektheit redete, aber nichts dazu tat, irgendetwas zu bewirken. Eine Frau, die niemand vermisste.

Allerdings hatte sie durch ihren Tod vielleicht mehr in Bewegung gebracht als jemals in ihrem Leben. Möglicherweise eine Beziehung zerstört. Eine Freundschaft zerbrechen lassen. Eine Unternehmung zum Scheitern gebracht, die besser nie begonnen worden wäre. Magda fragte sich, ob Sandor wohl jemals wieder einen historischen Ball organisieren würde. Oder würden ihn die Ereignisse endlich doch auf seinen verdienten Platz zurückverweisen? An ihrer Seite. Unter ihrer Leitung.

7

Markus war gerade dabei, sein Zimmer mit den Aufzeichnungen in der Hand zu verlassen, als sein Handy klingelte.

Er warf einen Blick auf das Display – seine Exfrau rief zwar nicht mehr oft an, aber er hatte sich angewöhnt, kein Telefonat anzunehmen, ohne vorher die Anruferkennung zu checken.

»Simone Lenk-Hainbauer.« Er starrte einen Moment lang wie blind auf den Namen; sein erster Impuls war, sie wegzudrücken, doch dann ließ er beinahe das Handy fallen, als er sich beeilte ranzugehen. Was spielte es für eine Rolle, was sie von ihm wollte? Sie hatte ihm definitiv etwas zu sagen, wenn er sie denn dazu bringen konnte zu reden. Markus holte tief Luft und bereitete sich darauf vor, jede erdenkliche Möglichkeit moralischer Erpressung einzusetzen, die ihm einfiel, um sein Ziel zu erreichen.

»Wo in aller Welt bist du gewesen?«, fragte Elif, als er in ihr Zimmer stürmte, den Pompadour in der Hand, den er am Vorabend in der Scheune gefunden hatte.

»Ich hab meine Seele verkauft«, erwiderte er knapp. Er sah ein wenig bleich aus. Elif öffnete den Mund, um etwas zu sagen, klappte ihn aber wieder zu, und ihr Blick fiel auf den Stoffbeutel. Ihr wurde heiß. Sie hatte den Fund und Markus' Worte darüber fast vergessen, aber jetzt fühlte sie einen Widerwillen, diesen Gegenstand mit seinem Inhalt in ihrem Zimmer zu wissen. »Sollten wir das nicht … müssten wir das nicht bei der Polizei abgeben? Warum hast du das hierhergebracht?« In einem schwachen Versuch zu scherzen, fragte sie: »Du hast hoffentlich nicht vor, das Zeug zu verticken, und sagst darum, dass du deine Seele verkauft hast?«

Markus setzte sich auf die Tischkante neben ihrem Laptop und warf den Pompadour neben sich. »Ich habe mit der Ärztin von gestern telefoniert. Simone.«

»Der Freundin deiner Exfrau? Ich dachte, ihr redet nicht mehr miteinander.«

»Ich habe von ihr erfahren, was die Autopsie ergeben hat.«

Elif sah ihn aus großen Augen an, hin- und hergerissen zwischen Bewunderung und Sorge. Ihr war klar, dass sie beide sich mit dieser Art der Informationsbeschaffung auf sehr dünnem Eis bewegten. »Wie hast du sie denn dazu gebracht?«

Markus' Mund wurde zu einer schmalen Linie. Es dauerte, bis er antwortete. »Sie hat in Sarahs Auftrag angerufen. Angeblich besteht der Plan schon länger, aber wenn du mich fragst, hat es mit gestern zu tun. Sarah will mich zu einer Aussprache treffen, damit wir die schlechten Gefühle seit der Scheidung hinter uns lassen und unbeschwert in unsere jeweilige Zukunft voranschreiten können.«

»Reizend«, kommentierte Elif schwach.

Ihr Kollege verzog das Gesicht. »Ich habe versprochen, mich darauf einzulassen, wenn sie mir von ihren Ergebnissen über Miss B. berichtet.«

»Und?« Elif hatte das Gefühl, dass es zu Markus' Exfrau nichts Konstruktives zu sagen gab, und lenkte das Gespräch auf eine strikt sachliche Ebene.

»Wir lagen mit unseren Vermutungen nicht so weit daneben«, erklärte er. »Tatsächlich geht sie davon aus, dass der zweite Teil ziemlich genauso abgelaufen ist, wie du gestern ausgeführt hast: Jemand hat Karoline, als sie auf der Bank im Rosengarten saß, mit einem weichen Gegenstand zu ersticken begonnen und sie am Ende noch gedrosselt – nicht mit einer Schnur oder einem Draht, sondern mit einem breiteren Gegenstand; deshalb waren die Spuren recht schwach.«

»Wann?«

Markus lächelte matt. »Auch da hast du recht gehabt. Sie wollte sich zwar nicht genauer festlegen – oder vielleicht wollte sie mir auch nicht zu viele Informationen geben –, aber zu dem Zeitpunkt, als wir sie gefunden haben, war Karoline schon mehrere Stunden tot. Das passt zu unserer Erkenntnis, dass sie auf den Bildern vom Ball überhaupt nicht auftaucht und sich auch niemand daran erinnern kann, sie gesehen zu haben. Während wir in der Scheune getanzt haben, war sie bereits nicht mehr am Leben. Der Todeszeitpunkt muss zwischen fünfzehn und achtzehn Uhr liegen. Ich kann nicht glauben, dass niemandem von uns aufgefallen ist, dass Miss B. nicht in der Scheune aufgetaucht ist!«

Elif ließ sich das Gehörte durch den Kopf gehen. »Das mit dem Ersticken erscheint mir ziemlich ... schwierig«, sagte sie. »Müsste sie sich nicht heftig gewehrt haben? Selbst wenn sie überrascht wurde, und der Täter ...« – sie brach ab, denn nun waren ihre Vermutungen Realität geworden: Es gab einen Täter oder eine Täterin. Jemand hatte Karoline das Undenkbare angetan. Aber wie? »Selbst wenn sie den Täter gekannt und ihm vertraut haben sollte, man lässt sich doch nicht einfach so erwürgen, erdrosseln oder ersticken, meine ich.«

Markus nickte grimmig. »Stimmt auch«, sagte er. »Simone wollte mir keine Details nennen – vielleicht kann ich das noch aus ihr rauskriegen –, aber Karoline stand unter Drogeneinfluss, als sie starb.«

»Drogen? Karoline Behrens?« Elif fiel fast die Kinnlade runter.

»Wohl nichts allzu Krasses«, fuhr Markus fort. »Und auch keine großen Mengen. Aber zu dem Zeitpunkt, als der Täter – oder die Täterin – sie angegriffen hat, könnte sie leicht weggetreten gewesen sein – je nachdem, ob ihr Körper an die Substanz gewöhnt war oder nicht. Falls sie nicht gewohnheitsmäßig Suchtmittel zu sich nahm, dürfte das Zeug auf sie stärker gewirkt haben als auf andere. Gut möglich, dass sie sich deshalb überhaupt erst auf die Bank gesetzt hat.«

Elifs Blick richtete sich auf den Pompadour. »Du meinst, sie hat diese Ecstasy-Pillen genommen?«, fragte sie.

»Möglich. Wir müssten das Teil der Polizei übergeben, damit sie das mit Sicherheit herausfinden könnten.«

»›Müssten‹ und ›könnten‹«, wiederholte Elif langsam. »Gibt es irgendeinen Grund, warum wir das nicht sofort tun?«

»Ich würde lieber erst feststellen, ob sie das Zeug selbst genommen hat oder es ihr verabreicht wurde. Und wenn ja, ob es dieselbe Person war, die sie umgebracht hat.«

»Okay, lass mich meine Frage noch mal anders formulieren«, entgegnete Elif: »Gibt es irgendeinen *vernünftigen, nicht wahnsinnigen* Grund, die Polizei nicht sofort zu informieren?«

»Wahrscheinlich nicht«, antwortete er mit einem entwaffnenden Lächeln. »Aber nachdem ich für diese Informationen schon meine Seele verkauft habe, kommt es auch nicht mehr drauf an. Und vielleicht können wir ...« Er zögerte einen Moment lang, plötzlich wieder ernst. »Elif, wenn wir mal darüber nachdenken, welche Möglichkeiten es gibt, was haben wir dann für Hinweise? Version eins: Das hier ist Karolines Pompadour, und sie hat selbst Drogen besessen und konsumiert ...«

»Unwahrscheinlich«, erklärte Elif.

»Na ja, ich hätte jetzt auch gesagt, dass sie nicht der Typ dafür war. Aber nur weil sie über vierzig war und aussah, als ob sie sich noch nie im Leben auch nur betrunken hätte, heißt das nicht, dass der Eindruck nicht vielleicht trügt.«

»Das meinte ich nicht.« Elif ärgerte sich über seine Worte. Immerhin war sie selbst fünfunddreißig und betrank sich auch nie. Als ob ein Vollrausch die Voraussetzung dafür war, ein interessanter Mensch zu sein! »Aber wenn Karoline die Scheune gar nicht mehr betreten hat, kann es kaum ihr Pompadour sein.«

»Good point«, sagte Markus, der nicht so weit gedacht hatte. »Version zwei: Beutel und Inhalt gehören einem anderen Gast. Und jemand hat Miss B. mit oder ohne ihr Wissen Drogen verabreicht. Wen würdest du am ehesten verdächtigen?«

Er hob den Pompadour in die Höhe. Eine historische Damenhandtasche. Also von einer der Frauen auf dem Ball, oder ...

»Er muss jemandem von der Gruppe gehören, die schon vorher im Hotel war. Die anderen Gäste sind viel zu spät eingetroffen, um infrage zu kommen«, überlegte Elif. Sie dachte an die Szene im Foyer am vergangenen Abend, an Janes wütende Beschuldigungen. Und dann kam ihr zum ersten Mal die Abfolge der Ereignisse ab dem unterbrochenen Duell in den Sinn. Jane hatte geschrien, nachdem Frances ohnmächtig geworden war, aber was war dem vorausgegangen? Frances hatte gewusst, dass Gemma irgendwo draußen war, und bislang hatte sie angenommen, dass das der Grund für den Schrei und die Ohnmacht gewesen war. Aber das konnte nicht stimmen, oder? Denn Jane war, nachdem sie mit Frances gesprochen hatte, ins Foyer gekommen. Sie hatte ihre Tochter gefragt, wo sie sei, und darauf hatte Gemma »im Rosengarten« geantwortet.

»Scheiße«, murmelte sie. »Meinst du, *Gemma* war in Wirklichkeit diejenige, die Miss B. gefunden hat? Und dann hat sie es Frances in der Scheune gesagt und ist wieder hinausgestürzt?« In Panik vielleicht, oder weil sie selbst unter Drogeneinfluss stand? Und was hatte sie draußen gewollt?

»Gut möglich. Und wenn das so ist und wir jetzt mit diesem Beutel zur Polizei gehen«, sagte Markus langsam, »dann sind Gemma und Frances wahrscheinlich dran.«

Elif sah ihn hart an. »Wenn die zwei dafür verantwortlich sind, dass Miss B. tot ist, dann verdienen sie es auch nicht besser«, antwortete sie verärgert. Aber sie verstand, warum Markus zögerte. Wenn der Pompadour einer der beiden jungen Engländerinnen gehörte, sie aber nichts mit Karolines Tod zu tun hatten, dann wäre es vielleicht nicht nötig, sie in die Sache mit hineinzuziehen. Wenn sie die Drogen nur für den Eigengebrauch hatten ... andererseits ...

»Drogenbesitz ist kein Kavaliersdelikt, Markus«, erinnerte sie ihren Kollegen. »Hat der Kommissar Gemma und Frances gestern eigentlich gar nicht befragt?«

Markus schüttelte den Kopf. »Nicht, dass ich wüsste. Ich glaube, Jane hat durchblicken lassen, dass die beiden einen schrecklichen Schock erlitten hätten und mit niemandem reden könnten. Vielleicht holen sie das heute nach. Obwohl ich das Gefühl habe, dass die Polizisten sich mehr auf den Mann im Rosengarten konzentrieren.«

»Der müsste nach dem Mord aber ziemlich lange in der Nähe des Tatorts herumgelungert haben«, wandte Elif ein. »Das scheint mir nicht gerade die heißeste Spur zu sein.« Sie überlegte eine Weile, dann nahm sie Markus den Pompadour aus der Hand und verstaute ihn in ihrer Kameratasche. »Wenn wir schon versuchen, selbst etwas herauszufinden, sollten wir den erst mal nicht offen rumtragen«, erklärte sie und stand auf. »Also schön, lass uns ein paar Leute befragen. Mit wem fangen wir an?«

Während sie ihre Zimmertür hinter sich absperrte, fragte Elif sich, ob sie dabei waren, eine monumentale Dummheit zu begehen.

Sie hatten sich überlegt, Gemma zu suchen und mit ihr zu sprechen, doch Elif blieb an der Haupttreppe, die in den zweiten Stock führte, stehen und warf einen Blick in den kurzen Korridor, an dessen Ende der barocke Festsaal lag; der Saal, der laut Markus zerstört worden war. Ein weiteres Rätsel, für das sie noch keine Lösung hatten. Stand der Saal mit Karolines Tod in Verbindung? Elif wollte sich gerade abwenden, als die Tür zum Saal sich öffnete, und Barbara und Konrad auf den Gang hinaustraten. Die beiden waren in eine ernste Unterhaltung vertieft, verstummten jedoch, sobald sie die beiden Reporter bemerkten. Barbara warf den beiden einen resignierten Blick zu, ging aber wortlos an ihnen vorbei; Konrad blieb an der offenen Tür stehen und schien zu erwarten, dass sie näher kamen.

Elif wollte mit eigenen Augen sehen, wovon Markus gesprochen hatte, und ging zur Tür. Ihr Kollege folgte ihr und blieb neben Konrad stehen, während sie in den Raum trat. Mit einem Ohr folgte sie dem Gespräch der beiden Männer.

»Wie wird es jetzt mit dem Saal hier weitergehen?«, fragte Markus.

Der Boden unter Elifs Füßen war rau; von dem Parkett, das hier zweifellos einmal verlegt gewesen war, war nichts mehr übrig außer einem kleinen Haufen Holz.

»Ja. Das ist eine üble Sache«, sagte Hartheim. »Mit den Denkmalschutzbehörden ist nicht zu spaßen. Das wird meiner Cousine eine Menge Ärger einbringen. Ich habe ihr geraten, sich möglichst rasch einen sehr kompetenten Anwalt zu nehmen, um den finanziellen Schaden so gering wie möglich zu halten.«

Der Geruch von Staub und altem Holz hing in der kühlen Luft des Saals.

»Es ist aber doch auch ein enormer ideeller Verlust«, hörte Elif Markus sagen. Ihr fiel auf, dass seine Stimme den etwas abwesenden Klang angenommen hatte, den sie mittlerweile von ihm kannte, wenn er gleichzeitig redete und intensiv nachdachte. »Sie hatten gesagt, dass Ihre Cousine dieses historische Gebäude liebt. Dieser Saal muss wunderschön gewesen sein.« Man konnte es immer noch sehen: die Proportionen, die Abdrücke der Kassetten an Wänden und Decken. »Wenn Frau Hartheim dieses Hotel mit dem Saal gekauft hat, weil sie historische Gebäude liebt, dann ... warum?«

Elif schaute durch die rahmenlosen Fenster hinaus, aber sie konnte Konrads Schulterzucken beinahe sehen. »Man kann etwas lieben, das einen kaputtmacht«, erwiderte er kühl. »So ein Haus frisst Kapital, und meine Cousine hat jede Menge Enthusiasmus für das, was sie tut; sie hat Erfahrung mit der Organisation eines Hotelbetriebs und kann gut mit Menschen, aber sie hat nicht die unternehmerischen Fähigkeiten, die sie bräuchte, um dieses Projekt zu einem finanziellen Erfolg zu machen.«

Elif sah den zerstörten, leeren Saal vor sich, überlagert von der erleuchteten, einladenden Eventscheune, wie sie die Ballgäste am Vorabend empfangen hatte. Bisher hatte alles so gut organisiert gewirkt. Das Haus hatte den Eindruck vermittelt, als ob hier alles in Ordnung wäre. Es war schwer vorstellbar, dass die freundliche, kompetente Inhaberin so wenig erfolgreich wirtschaften sollte. Aber natürlich kannte sich Elif mit dem Gastgewerbe nicht einmal ansatzweise aus, und wer konnte schon sagen, wie es hinter den Kulissen eines scheinbar reibungslos laufenden Betriebs wirklich aussah? Sie wandte sich um und trat zurück auf den Korridor zu den beiden Männern.

»Ich verstehe«, sagte Markus langsam. »Trotzdem, was für einen Vorteil könnte es bringen, ihn zu zerstören?«

Elif war sich nicht sicher, ob Markus es bemerkte, aber Konrads kurzes Lächeln drückte Verachtung aus – als ob die Frage von grenzenloser Naivität zeugte. »Was glauben Sie, was man aus einem solchen Raum in einem Hotel wie diesem alles machen kann, wenn man nur die Fesseln des Denkmalsschutzes loswerden könnte?« Er wandte sich um und bemerkte seine Freundin, die gerade die Treppe heraufgekommen war und jetzt zögernd auf ihn zukam. »Ah, Kalea, komm her!« Er legte ihr den Arm um die Schultern und zog sie zu sich heran. »Ich habe mich gerade mit Barbara besprochen, aber jetzt habe ich Zeit für dich. Ich habe mir gedacht, wir fahren weg, gehen irgendwo schön essen und kommen erst am Nachmittag zurück. Du musst unbedingt raus aus dieser Atmosphäre hier, das alles tut dir nicht gut. Du bist zu blass. Das alles hat dich zu sehr mitgenommen.«

Tatsächlich war Kalea blass, was der elegante schwarze Kaschmirpullover noch betonte. Ihre bernsteinfarbenen Augen wirkten viel zu groß für ihr Gesicht. Elif musste an den Blick denken, mit dem sie Charles angesehen hatte: als ob sie jeden Moment in Ohnmacht fallen würde. Da war eine Geschichte dahinter, die sie unbedingt herausfinden wollte. Allerdings nicht, solange Hartheim in der Nähe war und über seine Freundin wachte wie eine Glucke. Elif fragte sich, ob sie diese Art von Fürsorge eines Mannes begrüßen oder sich darüber ärgern würde. Kalea schien es jedenfalls nichts auszumachen; sie sah mit seinem Arm um ihre Schultern zum ersten Mal an diesem Tag ruhig aus. Als ob sie da wäre, wo sie hingehörte. Konrad bemerkte Kaleas Blick zur Tür des Saals und nickte. »Wir haben uns gerade über diese schlimme Sache hier unterhalten – die Zerstörung«, fügte er schnell hinzu, als Kalea zusammenzuckte. »Nicht über den Unglücksfall mit dieser Frau.« Er schien zu merken, dass er seine Freundin auf den falschen Gedanken gebracht hatte, und beeilte sich, das Thema zu wechseln. »Ich habe Barbara gesagt, dass ich ihr natürlich helfen werde, diese ganze Sache hier durchzustehen. Wirklich, ich weiß nicht, was sie sich gedacht hat, aber jetzt geht es darum, in die Zukunft zu schauen ... Sie wollte zuerst nicht, dass jemand den Saal so sieht, wie er jetzt ist, aber ich bin der Meinung, dass man so etwas ohnehin nicht verbergen kann.« Er sah Kalea an. »Du selbst bist ja am Freitag schon hier drin gewesen und hast gesehen, dass eine Restaurierung im ursprünglichen Stil eigentlich gar nicht mehr möglich ist. Wer, sagtest du, hat dir den Saal in seinem momentanen Zustand gezeigt?«

Wenn er gehofft hatte, dass sein Redeschwall Kalea beruhigen würde, hatte er sich getäuscht. Sie schien weiter in sich zusammenzusacken, als sie leise antwortete: »Die arme Miss B. Sie war vollkommen entsetzt über den Zustand des Raums. Sie hat gesagt, das wäre ein Sakrileg.«

Hartheim verzog leicht den Mund. »Ein Sakrileg! Manche Frauen werden immer gleich so dramatisch.« Er lächelte Markus zu, als erwarte er von ihm, der gleichen Meinung zu sein. »Ich verabschiede mich fürs Erste«, verkündete er. »Kalea, hol deine Sachen, und dann nichts wie raus hier, damit du auf andere Gedanken kommst.«

Die beiden liefen, noch immer eng umschlungen, zur Treppe. Elif und Markus blieben neben der offenen Tür zum Saal stehen.

»In diesem Haus passieren zu viele Dinge gleichzeitig«, bemerkte Elif. Dann zuckte sie die Schultern. »Trotzdem, kümmern wir uns um die Sache mit den ...« Sie blickte sich um, um sicherzugehen, dass niemand sich in Hörweite befand, konnte sich aber dennoch nicht dazu durchringen, laut von Drogen zu reden, und hielt stattdessen die Kameratasche hoch, in der sich der Beutel befand. »Mit dem Zeug da drinnen. Gemma muss etwas wissen, und wenn es nur so ist, dass sie in Wirklichkeit die Erste war, die Miss B. gefunden hat. Von dem, was hier passiert ist« – sie deutete auf die Tür und den zerstörten Saal dahinter – »sollten wir uns im Moment nicht ablenken lassen.«

Ihr Kollege legte die Hand auf die Klinke, um die Tür zu schließen, zögerte aber. »*Wenn* es eine Ablenkung ist ...«, murmelte er. »Kalea hat gesagt, dass Miss B. entsetzt war, nachdem sie den Saal gesehen hatte!«

Elif runzelte die Stirn. »Ja, aber sie war offensichtlich nicht die Einzige. Du glaubst doch nicht, dass Barbara sie umgebracht hat, nur weil sie einen Blick auf diesen Raum erhascht hat, oder?«

»Nein, das nicht«, gab Markus zu. »Aber komisch kommt es mir doch vor. Es war sicher kein Zufall, dass Karoline sich für das Gebäude und den Raum interessiert hat.«

»Na ja, natürlich nicht, sie war besessen von allem, was historisch war, das wissen wir. Ich glaube, das war der Grund, warum sie mir eines ihrer Kleider geliehen hat. Sie konnte den Gedanken nicht ertragen, dass ich vielleicht in Annas Ersatzkleid mit Reißverschluss auf dem Ball auftauchen könnte. Ich muss zugeben, sie kannte sich aus mit diesen Dingen, auch wenn sie mir mehr über ihre Näharbeiten erzählt hat, als ich wissen wollte.«

»Ja, sie kannte sich aus«, bestätigte Markus. »Aber nicht nur mit historischer Kleidung. Weißt du, was sie von Beruf war?«

»Ich dachte, sie war irgendwo in der Verwaltung tätig«, antwortete Elif. »Es klang ziemlich langweilig. Sie hat zwischendurch mal erwähnt, dass der historische Tanz für sie ein Gegenprogramm zu ihrem schnöden Büroleben war. War sie nicht irgendwo in Unterfranken im Stadtentwicklungsamt oder so beschäftigt?«

Markus nickte. »Es muss sehr viel Verwaltungskram gewesen sein«, sagte er. »Wahrscheinlich war es langweilig, und natürlich auch nicht die für Ellingen zuständige Behörde, aber sie hätte mit ihrem Hintergrund sehr wohl eine Bedrohung sein können. Sie war Architektin im Fachbereich Denkmalschutz.«

»Aber ...« Elif fielen gleich mehrere Einwände ein, doch Markus hob warnend die Hand und bedeutete ihr, leise zu sein. Jetzt hörte sie ebenfalls eine laute Stimme und Schritte, die die Treppe herunterkamen. »... den ganzen Abend über in der Scheune ...«

Es dauerte einen Moment, dann erkannte Elif Fabians Stimme, gefolgt von der eines fremden Mannes, die etwas fragte, was sie nicht verstehen konnte. Fabian antwortete in lautem Tonfall, der verriet, wie aufgewühlt er war. »Am Nachmittag? Ich verstehe nicht, warum Sie das wissen wollen ...« Die Schritte waren jetzt sehr nahe, aber die beiden Reporter standen im Schatten, den die Treppe warf.

»Die Polizisten«, hauchte Markus, der jetzt die Stimme von Werner identifiziert hatte.

»Wie gesagt, es gab einen Nachmittagstee im englischen Stil.« Fabian sprach immer noch laut, aber er schien sich jetzt wieder im Griff zu haben. Es war die Stimme eines Schauspielers, der genau kalkuliert, was er wie sagen muss, um die erwünschte Wirkung zu erzielen. »Da waren alle Gäste dabei, ebenso wie zeitweise die Hotelinhaberin und Herr Hartheim, der ein Verwandter von ihr ist.«

»Und nach dem Tee?« Die drei Männer, Fabian und zwei Polizisten, hatten jetzt den Treppenabsatz erreicht. Sie waren offensichtlich auf dem Weg ins Erdgeschoss. Keiner der drei nahm die geringste Notiz von Markus und Elif.

»Sind die meisten ein bisschen draußen spazieren gewesen«, hörten sie Fabian sagen. »Meine Freundin und ich waren aber die ganze Zeit in unserem Zimmer; wir hatten noch einiges vorzubereiten.«

»Dann wissen Sie nicht, wer sich zwischen dem Tee und dem Ball alles draußen aufgehalten hat?« Die Stimmen entfernten sich.

Markus und Elif sahen einander an. Es gab nicht den geringsten Grund, Fabian zu verdächtigen. Soviel sie wussten, hatte er mit Karoline nichts zu tun gehabt. Er tauchte auch in Elifs Filmaufnahmen von draußen gar nicht auf. Möglicherweise war er tatsächlich in seinem Zimmer gewesen, aber ...

»Wir *wissen,* dass Anna nachmittags in den Park hinausgegangen ist«, murmelte Elif.

Wenn Fabian nichts zu verbergen hatte, warum hatte er dann der Polizei gegenüber gelogen?

Konrad hatte früh in seinem Erwachsenenleben festgestellt, dass Raucherpausen eine ideale Möglichkeit waren, sich für ein paar Minuten aus einer Situation herauszunehmen und die Maske des Geschäftsmanns, des Liebhabers, des Freundes oder Familienangehö-

rigen abzunehmen. Was machte es, dass er überhaupt nicht rauchte? Auch jetzt zündete er vor dem Restaurant, in das er Kalea zu einem frühen Mittagessen ausgeführt hatte, eine Zigarette an, die dafür sorgen sollte, dass ihn wenigstens ein leichter Rauchgeruch umgeben würde, wenn er wieder zurückkam, während er seinen Ärger abkühlte. Frauen! Sie machten ihn wütend. Warum musste er sich ständig mit ihren Befindlichkeiten herumschlagen? Barbara mit ihren Problemen, die ihn eigentlich überhaupt nicht interessierten. Was ging ihn ihr bevorstehender Konflikt mit dem Denkmalschutz an? Was gingen ihn ihre finanziellen Schwierigkeiten an? Und doch musste er sich mit ihr auseinandersetzen, ihr Dinge erklären, sie beraten und in die richtige Richtung lenken. Weil Familien nun einmal zusammenhielten, und die Hartheims ganz besonders; das war so Gesetz, und dem konnte er sich nicht entziehen. Und dann die tote Karoline Behrens, die von einem Sakrileg gesprochen und Staub aufgewirbelt hatte, und das alles, um sich wichtig zu machen. Selbst tot ging sie ihm noch auf die Nerven, weil alle wegen dieser Sache vollkommen aufgelöst waren. Weil Kalea völlig fertig war und er sich jetzt um sie kümmern musste. Verdammt, Kalea hatte eine Lösung sein sollen – Tochter eines gutsituierten Unternehmers, eine Frau mit Beziehungen, eine attraktive Begleiterin, eine großartige Gastgeberin, ein Schlüssel zum Erfolg. Sie sollte kein Teil des Problems sein. Einen Moment lang hatte er erwogen, sie einfach im Hotel zurückzulassen und einen dringenden geschäftlichen Termin vorzutäuschen, nur um etwas Ruhe vor ihr und diesen ganzen hysterischen Frauen zu haben.

Aber Konrad hatte zu viel investiert in diese Beziehung, um sie jetzt einfach aufzugeben. Und es war ja nicht so, als ob er Kalea nicht mochte, wenn sie normal und nicht gerade ein Problem war. Nein, auf absehbare Zeit saßen sie beide in einem Boot, und er hatte nicht vor, auf die attraktivste Frau seit Jahren zu verzichten, solange dieses Boot in die richtige Richtung fuhr.

Er ließ die ungerauchte Zigarette auf den Boden fallen und drückte sie mit der Schuhspitze aus; dann kehrte er in den Gastraum zurück und küsste Kalea auf die Stirn. »Mach dir keine Gedanken, es wird alles gut werden.«

Ja, dachte er zufrieden, er hatte recht. Natürlich würde alles gut werden. Kalea hatte bei seinen Worten seine Hand ergriffen und hielt sie fest, als ob sie sie nie mehr loslassen würde. Ihr Blick drückte grenzenlose Zuneigung aus. Es war der Blick einer Frau, die alles für ihn geben würde. Genau so, wie er es haben wollte.

8

Als Elif und Markus wieder im zweiten Stock angekommen waren, fiel ihnen ein, dass ihr Plan, mit Gemma zu sprechen, möglicherweise an ihrer Mutter scheitern würde. »Jane war vorhin noch beim Frühstück, aber wenn sie jetzt wieder hier ist, wird sie vielleicht verhindern wollen, dass wir Gemma sehen«, überlegte Elif. Plötzlich grinste sie. »Okay, wir teilen uns auf. Du klopfst an und verlangst nach Jane, und ich mache mich dann an Gemma ran. Sollte die Mutter noch nicht wieder im Zimmer sein, fängst du sie ab und hältst sie mir ein paar Minuten vom Hals.«

Sie sollten nie herausfinden, ob das ein guter Plan gewesen wäre, denn während sie noch dastanden, flog die Zimmertür auf und knallte gegen die Wand.

»Well, fuck you! Seriously, fuck you! I'm done!« Gemma stürmte auf den Gang hinaus. Elif erhaschte nur einen Blick auf ihre wilden, erdbeerblonden Haare, ihr gerötetes Gesicht und einen überdimensionalen grauen Pullover, ehe die junge Frau an ihr vorbei war und mit erstaunlich lauten Schritten die Treppe hinunterpolterte. Elif griff nach ihrer Kameratasche und setzte ihr nach. Markus entschied, dass es auf jedem Fall sinnvoll war, ein paar Worte mit Jane zu wechseln, und trat einen Schritt nach vorn.

Doch die Frau, die blass und mit geballten Fäusten vor ihm in der Tür stand, war nicht Jane.

»Frances«, sagte er, als habe er geplant, sie hier zu finden. »Ich denke, wir sollten reden.«

Elif holte Gemma ein Stockwerk tiefer ein, aber nur weil die junge Engländerin sich plötzlich auf der letzten Stufe vor dem Treppenabsatz niedersinken ließ, als ob die wütende Energie, die sie gerade noch vorwärtsgetrieben hatte, jäh in sich zusammengefallen wäre. Sie sah wie ein Häufchen Elend aus, die Arme in den viel zu weiten Ärmeln um die Beine geschlungen, den Kopf auf den Knien. Elif setzte sich kurzerhand neben sie und hielt ihr ein Taschentuch hin. »Schlechter Tag?«, fragte sie leichthin.

Gemma blickte sie aus rotgeränderten Augen an. »You have no idea«, antwortete sie mit erstickter Stimme. Sie sah wirklich erbärmlich aus, aber Elif dachte an Karoline, die unter Drogeneinfluss ihrem Angreifer keine Gegenwehr hatte entgegenbringen können, und verhärtete ihr Herz. »Schlimmer Kater?«, fragte sie kühl weiter. »Oder war es vielleicht nicht der Alkohol, sondern etwas anderes?« Sie öffnete ihre Kameratasche und nahm langsam den Pompadour heraus. »Ich muss gestehen, dass ich mich mit Drogen wirklich überhaupt nicht auskenne«, fuhr sie fort, »aber ich bin ziemlich sicher, dass die Polizei Interesse an dem Inhalt hier haben würde.« Gemma sog scharf die Luft ein, als sie den Pompadour erkannte.

»Damit die Polizei Interesse zeigt, müssten Sie schon mehr in der Hand haben«, erklärte plötzlich eine neue Stimme. »Glauben Sie mir, ich habe heute mit denen gesprochen. Die interessieren sich für nichts, was nicht direkt nackt unter ihren Augen herumtanzt.« Verena streckte die Hand nach dem Pompadour aus. »Deshalb also habe ich das Ding vergeblich gesucht.«

Frances zum Reden zu bringen war kein Problem gewesen. Sobald sie einmal angefangen hatte, schien sie nicht mehr aufhören zu können. Markus hatte sie behutsam zurück in Gemmas Zimmer dirigiert, damit nicht jeder, der zufällig den Gang entlangkam, hören konnte, was sie sagte.

Es dauerte, bis Markus aus dem Redeschwall, der in einem wilden Gemisch aus Deutsch und Englisch aus ihr herausbrach, wirklich schlau wurde. Aber eins war vom ersten Moment an klar: Frances war wütend. So wütend, wie man nur auf jemanden sein kann, der einem viel bedeutet, einen aber tief enttäuscht hat. »Wir waren seit unserer Schulzeit befreundet. Wir haben alles zusammen gemacht. Und jetzt das! Kein Wort, not a bloody text von Gemma. Wir haben schon so tief in der Scheiße gesessen, das kann ich gar nicht sagen, und trotzdem haben wir immer zusammengehalten. Und plötzlich soll alles meine Schuld sein? The bloody woman ...« – Markus begriff erst nach einer Sekunde, dass sie von Jane sprach – »... diese verdammte Frau gibt mir an allem die Schuld. Als ob Gemma der große Unschuldsengel wäre und ich sie to the dark side leiten würde. Frances, die Schlange im Garten Eden. Und jetzt fängt Gemma genauso an. Als ob ich schuld wäre! Sie hat genug von mir, dabei war sie es doch! Das ist alles ihre Schuld!«

Markus ließ sie reden, und dann, als sie aus schierer Atemnot verstummte, um Luft zu holen, fragte er sehr ruhig: »Was hat Gemma getan?«

Verena streckte die Hand nach dem Pompadour aus, aber Elif brachte ihn rasch aus ihrer Reichweite. »Was zum Teufel haben Sie getan?«, brach es aus ihr heraus.

Die alte Frau lachte harsch auf. »Ich? Fragen Sie diese Madam hier und ihre Freundin Frances. Diese beiden haben den anderen Gästen Pillen angeboten. Aber fragen Sie vor allem den Kopf dieses Drogenrings. Fragen Sie ihn, was Karoline über ihn herausgefunden hat, und dann verstehen Sie vielleicht, warum Karoline tot ist.«

Elif starrte die alte Frau verständnislos an. Sie schien nicht die Einzige zu sein, die nicht mehr durchblickte. »Was für ein Kopf?«, fragte Gemma verwirrt.

»Tu bloß nicht so«, gab Verena wütend zurück. »Ich habe euch im Zug hierher beobachtet. Ihr habt alle drei dieses Zeug nach

Deutschland geschmuggelt. Diese ganzen Bemerkungen darüber, dass die Zollbeamten sowieso nicht genau hinschauen, was in euren Koffern ist. Ich wusste schon von dem Moment an, dass bei euch dreien was nicht stimmt.«

Elif umklammerte den Pompadour, weil sie das Gefühl hatte, sich an irgendetwas festhalten zu müssen. Sprach sie von Jane? Hatten die drei Frauen gemeinsame Sache gemacht?

»Und diese Telefonate mit Geschäftsfreunden hier in Deutschland«, sagte die ältere Frau jetzt wütend. »Das Ganze stinkt doch zum Himmel. Aber Karoline war dermaßen verblendet, dass sie gedacht hat, er hätte was für sie übrig. Und jetzt ist sie tot, weil sie absolut keine Menschenkenntnis hatte, und erst recht keine Männerkenntnis.«

»Sie sprechen von Charles«, stellte Elif fest.

»Natürlich!«, gab Verena zurück. »Er hat hier einen Kontakt in Deutschland. Karoline hat eines seiner Geschäftsgespräche mit angehört. Dann ist ihr klargeworden, dass bei ihm etwas faul ist. Aber sie hat trotzdem geglaubt, dass er harmlos ist. Und das war fatal, nicht wahr?« Jetzt sah sie Gemma an. »Weil niemand von euren Geschäften erfahren durfte. Wer von euch war es? Hast du ihr Drogen verabreicht, damit sie hilflos war und nicht mehr reden konnte? Ist sie deswegen gestorben?«

Gemma sah aus, als ob sie gerade dabei wäre, in ihrem übergroßen Pullover zu ertrinken. »Was? Ich hab nichts gemacht. It's not my fault.« Ihre Stimme klang klein und dünn. Dann schloss sie einen Moment lang die Augen, und als sie sie wieder öffnete, schien sie einen Entschluss gefasst zu haben. »Ich habe nichts davon gewusst«, sagte sie. »Er muss es gewesen sein, er hat das ... das Geschäftliche geregelt. Wir hatten das Zeug nur in unseren Koffern. Ich hatte nichts damit zu tun.«

In diesem Moment kamen einige Leute die Treppe herunter, und Gemma nutzte die Gelegenheit, aufzuspringen und sich ihnen anzuschließen. Elif blieb fürs Erste nichts anderes übrig, als sich ebenfalls von ihrer Treppenstufe zu erheben und sie gehen zu lassen. Sie wandte sich an Verena, die noch immer vor ihr stand. »Ich glaube, Sie lesen zu viele Krimis«, erklärte sie, so ruhig sie konnte. »Das ist doch eine fantastische Geschichte, die Sie sich da ausgedacht haben.«

Die ältere Frau deutete auf den Pompadour, den Elif immer noch umklammert hielt. »Wenn das so ist, frage ich mich, warum Sie sich die Mühe gemacht haben, Gemma aufzusuchen. Glauben Sie ernsthaft immer noch, dass Karoline auf dieser Bank einfach einen Herzstillstand gehabt hat?« Sie drehte sich um und ging davon.

Elif starrte ihr hinterher, ohne sie wirklich zu sehen. Nein, das glaubte sie nicht. Sie wusste es besser.

Sie setzten sich wieder in Elifs Zimmer zusammen, das sich langsam wie ein Büro bei ihnen im Sender anfühlte. In den letzten achtzehn Stunden war hier jedenfalls definitiv mehr gearbeitet als geschlafen worden. Nur hingen im Sender normalerweise keine Regency-Kleider herum.

»Also, Verena ist überzeugt, dass Charles, Gemma und Frances gemeinsam Drogen ins Land geschmuggelt haben, um sie hier an einen Kontaktmann von Charles zu verkaufen. Karoline hat das angeblich herausgefunden, Charles wiederum hat herausgefunden, dass sie das herausgefunden hatte, und um die Operation nicht zu gefährden, musste Karoline aus dem Weg geräumt werden.« Elif fühlte ihren Magen knurren. Das Frühstück schien ewig her, obwohl es in Wirklichkeit erst kurz nach halb elf war. Sie gab Markus die Schuld, weil er ihr Croissant gegessen hatte. Vielleicht lag es auch an den Ereignissen des Morgens, dass sie schon wieder Hunger hatte. »Du bist nicht überzeugt, oder?«, fragte sie, als sie ihren Kollegen die Stirn runzeln sah.

Er spielte mit den Bändern des Pompadours, der auf dem Tisch lag. »Hm. Es passt nicht zu dem, was Frances gesagt hat. Sie hat behauptet, dass Gemma sich einen Spaß erlauben wollte und Miss B. deshalb ein paar Tropfen Liquid Ecstasy in den Tee gekippt hat. Weil sie so steif und missbilligend war und sie wollte, dass sie sich mal locker macht. Dass es Gemmas Idee war, nicht ihre, aber dass Gemma jetzt so tut, als wäre Frances an allem schuld. Von Charles und irgendwelchen Geschäften hat sie kein Wort gesagt.«

»Könnte auch daran liegen, dass sie möglichst wenig von diesen Geschäften verraten wollte«, wandte Elif ein.

Markus stand auf und ging zum Fenster. »Ich kann mir nicht vorstellen, dass Frances so strategisch gedacht hat. Es ist alles aus ihr herausgebrochen. Ich würde sagen, sie war viel zu wütend, um nicht authentisch zu sein. Aber gut, abgesehen davon: Das war Verenas Theorie. Was denkst du?«

Elif trommelte mit den Fingern auf den Schreibtisch. »Ich denke«, sagte sie dann langsam, »dass wir uns Charles genauer anschauen sollten.«

»Also glaubst du, dass er der Kopf eines Drogenrings ist, der hier in Deutschland Geschäfte machen wollte?«

Am klaren winterlichen Himmel war der Kondensstreifen eines Flugzeugs zu sehen. Elif dachte über Reportagen zum Thema Drogen nach, die sie gesehen hatte. Sie kannte sich auf dem Gebiet nicht aus, aber nach allem, was Markus über die Pillen gesagt hatte, die sie gefunden hatten, kam ihr Frances' Version viel wahrscheinlicher vor.

»Hätte es irgendeinen Sinn, Drogen im großen Stil von England nach Deutschland zu schmuggeln, um sie hier zu verkaufen?«, fragte sie. »Mal ganz abgesehen von dem Risiko, aber was für Substanzen gibt es in England und hier nicht? Wäre das überhaupt ein vernünftiges Geschäftsmodell?«

»Na ja, als meine Mutter zu mir gesagt hat, ich soll doch bitte was Vernünftiges machen, hatte sie wahrscheinlich keine Karriere als Drogenschmuggler im Sinn«, witzelte Markus. »Ganz ehrlich, ich habe keine Ahnung, da müssten wir recherchieren. Vielleicht gibt es einen Markt, von dem wir nichts wissen. Aber es kommt mir doch sehr viel wahrscheinlicher vor, dass zwei ziemlich verantwortungslose junge Frauen ein paar bunte Pillen in ihrem Gepäck verstecken, um auf dem Ball eine gute Zeit zu haben, als dass dem Ganzen ein großer krimineller Plan zugrunde liegt.«

»Und doch ist es kriminell, einer Person ohne ihr Wissen Drogen einzuflößen. Davon, die Person dann zu erwürgen, mal ganz zu schweigen.« Ihr Magen knurrte schon wieder, und sie begann, in ihrer Handtasche zu kramen in der Hoffnung, dort noch einen vergessenen Riegel zu finden. »*Jemand* hat Karoline getötet, das sollten wir nicht vergessen, wenn wir uns gegenseitig versichern, dass alle unsere Verdächtigen nicht kriminell genug wirken, um so etwas zu tun.«

»Wer sind die Verdächtigen?«, wollte Markus wissen. »Ich habe das Gefühl, langsam den Überblick zu verlieren. Wie du gesagt hast, hier gehen zu viele Dinge vor.« Er setzte sich neben Elif und zog seine unvermeidlichen Notizen zu sich. »Stift?«

Sie drückte ihm einen Bleistift in die Hand.

»Danke. Also, Anna wollte nicht, dass Fabian von der Sache mit Sandor erfährt, die angeblich schon lange vorbei ist, aber vielleicht auch eine aktuelle heimliche Affäre sein könnte, von der Miss B. wusste.«

»Und Anna war im Park, hätte also rein zeitlich die Gelegenheit gehabt«, fügte Elif hinzu. »Auch wenn Fabian behauptet hat, sie sei die ganze Zeit mit ihm im Zimmer gewesen. Warum hat er das gesagt, wenn es nicht stimmt? Ihn hat doch ohnehin niemand verdächtigt. Oder wissen wir nur noch nicht genug über ihn?«

Markus hatte Zeit gehabt, über die Frage nachzudenken und erläuterte seine Theorie. Wenn Fabian keinen Grund hatte zu lügen, weil niemand von einer Verbindung zwischen ihm und Karoline wusste und er zum Tatzeitpunkt auch gar nicht im Park gewesen war, gab es seiner Meinung nach nur eine Erklärung: »Er hat für Anna gelogen, nicht für sich.«

»Nach allem, was sie ihm angetan hat; nach all den Lügen?« Elif sah Markus fragend an. Er lächelte grimmig und zitierte Hartheims Worte vom Morgen: »›Man kann etwas lieben, das einen kaputt macht.‹ Wahrscheinlich will er sie einfach trotzdem schützen, selbst wenn sie ihn angelogen hat.«

Elif überdachte seine Worte. Ihr wurde kalt. »Das ergibt nur Sinn, wenn er es für möglich hält, dass Anna Karoline umgebracht haben könnte.« Sie verzog das Gesicht. Sie mochte Anna. »Mir gefallen meine eigenen Schlussfolgerungen nicht«, bemerkte sie verstimmt.

»Fabian werden seine Schlussfolgerungen auch nicht gefallen haben. Aber ich denke, wie die Dinge liegen, müssen wir Anna als mögliche Verdächtige aufnehmen. Wen noch?«

»Jane Fullerton«, schlug Elif vor. »Sie und Karoline waren beide an Charles interessiert. Vielleicht haben wir es mit einem ganz banalen Eifersuchtsdrama zu tun. Wobei in dem Fall auch alle anderen Frauen infrage kämen, die sich Hoffnungen auf unseren distinguierten Junggesellen gemacht haben.«

»Ein bisschen melodramatisch«, kommentierte Markus grinsend.

Elif zuckte mit den Schultern. »Wenn statt Miss B. Anna umgekommen wäre, würde ich Magda verdächtigen«, sagte sie. »Die Frau hat so was an sich, da denke ich sofort an eine Bühnentragödie. Aber mit Karoline schien sie gut auszukommen; die beiden lagen ja auf derselben Wellenlänge mit ihrer historischen Korrektheit.«

»Was ist mit Barbara?«

Elif schüttelte den Kopf. »Das ergibt einfach keinen Sinn, Markus. Selbst wenn Miss B. mit dem Denkmalschutz zu tun hatte und die Zerstörung des Saals das Hotel finanziell ruinieren könnte, würde es ja nichts bringen, sie auszuschalten. Es wissen doch jetzt schon mehrere Personen, dass der Saal kaputt ist; die müsste sie ja alle aus dem Weg räumen. Und der Denkmalschutz würde früher oder später trotzdem davon erfahren. Außerdem dürfte Barbara auf jeden Fall die Letzte sein, die von einem Mord in ihrem eigenen Betrieb profitiert.«

»Okay, dann vielleicht ihr Cousin?«

Elif starrte ihren Kollegen an. »Wie kommst du jetzt auf den?«

»Ach, das war nur ein Gedankengang. Wir haben doch darüber gesprochen, dass jemand von Karolines Tod profitieren könnte, weil sich dadurch ein Ziel erreichen lässt. Ich weiß, Hartheim scheint seine Cousine sehr zu unterstützen, aber was, wenn das alles nur Show ist? Dann könnte der Mord in Verbindung mit den Schwierigkeiten wegen des Saals Barbara das Genick brechen.«

Sie sah ihn immer noch an. »Ja, aber wie *kommst* du darauf? Gibt es irgendwelche Anhaltspunkte, dass er seine Cousine in Schwierigkeiten bringen will?«

Wenn er es sich recht überlegte, fiel ihm nichts ein. Jedenfalls nichts, was über einen vagen Eindruck hinausging. »Es war er, der mir den Gedanken in den Kopf gesetzt hat, den Saal anzuschauen, als ob er mich mit Absicht auf die Sache stoßen wollte.«

»Hm, er ist ein komischer Typ, da geb ich dir recht«, stimmte Elif zu. »Aber wir haben keinen Beweis, dass er zum Tatzeitpunkt in der Nähe war. Er ist nach dem Tee mit Barbara zum Parkplatz und kurz darauf weggefahren. Er könnte natürlich wiedergekommen sein, aber ...«

»... es ist nicht sehr überzeugend«, beendete Markus den Satz. »Ja, das stimmt. Dann also ... Gemma? Wenn sie Miss B. Drogen eingeflößt hat, könnte sie sie später auch noch erstickt haben – oder vielleicht hielt sie sie für tot und wollte von den Drogen ablenken.« Elif musste sehr skeptisch geschaut haben, denn er fügte hinzu: »Ich halte es auch nicht für wahrscheinlich, ich versuche nur, nichts zu übersehen. Außerdem sollten wir nicht vergessen, dass wir Grund zu der Vermutung haben, dass Gemma die Erste war, die die Leiche gefunden hat.«

Elif stand auf. Sie war nicht dazu gekommen, Gemma danach zu fragen, hatte tatsächlich angesichts von Verenas unerwartetem Auftauchen nicht mehr daran gedacht und ärgerte sich jetzt über sich selbst. »Ich lass was zu essen aufs Zimmer kommen«, sagte sie schroff und ging zum Haustelefon, wobei sie das Regency-Kleid vom Bügel fegte, das Karoline ihr für den Ball geliehen hatte.

»Whoa, Vorsicht«, rief Markus und bückte sich, um es wieder aufzuheben. »Ich wusste nicht, dass du *so* hungrig bist. Bestell mir einen Kaffee mit, ja?« Nachdem sie ihr Gespräch beendet hatte, wandte er sich wieder an sie. »Und Charles?«

Sie setzte sich auf die Kante des Tischs und ließ die Beine baumeln. »Ich weiß nicht, was ich von Verenas Behauptungen halten soll«, gestand sie. »Aber sie war überzeugt davon, dass Karoline etwas über Charles herausgefunden hatte. Und was immer das war, ich denke, wir sollten das auch wissen.«

In diesem Moment klopfte es an der Zimmertür, und Elif nahm ein Sandwich und zwei Tassen Kaffee entgegen. »Gott sei Dank«, murmelte sie inbrünstig mit einem Blick auf das Essen. »Leg das Kleid lieber aufs Bett«, sagte sie zu Markus, während sie eine Tasse neben ihn auf den Tisch stellte. »Ich weiß nicht, was ich damit machen soll, ich kann es Miss B. ja nicht zurückgeben, aber auf jeden Fall sollten wir versuchen, Kaffeeflecken darauf zu vermeiden.«

»Elif?«, fragte Markus, der das Kleid noch im Arm gehabt und es dann wie geheißen auf ihr Bett gelegt hatte, mit eigenartiger

Stimme. Sie war bereits mit ihrem Sandwich beschäftigt und blickte nicht auf. »Hm?«

»Den Fächer«, fragte er. »Hattest du den auch von Miss B. geliehen?«

Jetzt schaute sie hoch. Er hatte den Fächer, den sie am Kleid befestigt hatte, von seinem Band abgenommen und aufgeklappt. »Was ist damit?«

»Jemand hat hier eine Telefonnummer auf einer der Streben notiert. Und wenn du das nicht gemacht hast, dann war es wahrscheinlich Miss B.«

Es war nicht leicht, in einem Moment wie diesem nicht an Fügung oder Schicksal zu glauben, auch wenn sie beide sich bemühten, auf dem Teppich zu bleiben beziehungsweise ihre wilderen Ideen zumindest mit distanzierter Ironie zu garnieren, als ob sie selbst nicht daran glaubten. »Vielleicht hat sie nur mit einem der anderen Gäste Nummern ausgetauscht und hatte keinen Zettel dabei«, begann Elif vorsichtig.

»Oder jemand hat ihr seine Nummer hinterlassen«, spekulierte Markus. »Fächer anstatt Bierfilz?«

»Aber wer sollte das gewesen sein? Die Leute, die hier am Workshop teilgenommen haben, sind alle auf Sandors Mailing-Liste – die Adressen der anderen sind in CC gesetzt. Sofern nicht jemand aus Datenschutzgründen nicht auf die Liste wollte, müssten zumindest die E-Mail-Adressen alle bekannt sein«, fuhr Elif fort. Dann sah sie Markus an. »Wenn es jemand vom Hotel oder von außerhalb war, würde es mehr Sinn ergeben, sich eine Nummer zu notieren.«

»Jemand wie der Fremde im Rosengarten?«, fragte Markus.

»Denkst du, Karoline könnte mit ihm dort verabredet gewesen sein?«

»Warum da draußen? Wenn ich mich mit jemandem an einem Novemberabend verabrede, würde ich dazu ins Haus gehen.«

»Außer es soll niemand wissen«, wandte Elif ein.

»Du meinst, vielleicht wollte sie ihm heimlich im Dunkeln Tanzschritte beibringen?«, schmunzelte Markus.

Elif musste lachen. »Ehrlich gesagt, ich kann das vor mir sehen«, gestand sie, noch immer kichernd. »Es würde zumindest zu ihr passen.«

»Nun, es gibt eine Möglichkeit, es herauszufinden«, meinte Markus und griff nach seinem Handy. Mit der anderen Hand hielt er den Fächer, um die Nummer eintippen zu können.

Elif sah ihm gespannt zu, während er wählte und sich dann unwillkürlich gerader hinsetzte, als das Gespräch angenommen wurde. Es dauerte nur ein paar Sekunden, dann drückte Markus hastig auf die End-Taste und schob das Telefon auf dem Tisch von sich weg, als ob er Angst hätte, dass es beißen könnte.

»Was?«, verlangte Elif.

Markus schaute sie nicht an. »Das war eine Sex-Hotline«, murmelte er mit rotem Kopf.

Anna beschloss, dass es Zeit war, sich wie eine Erwachsene zu benehmen und mit Fabian zu sprechen. Sie war am Abend zuvor nach ihrem Streit aus ihrem gemeinsamen Zimmer gelaufen und nicht zurückgekommen, nachdem sie im ersten Stock auf Magda getroffen war. Die Anspielungen. Die Sticheleien. Und Sandor, mit dem sie hätte sprechen müssen, war nicht in seinem Zimmer gewesen. Sie hatte nicht gewusst, was sie tun sollte, hatte nur weggewollt.

Aber sie konnte ihrem Freund ja nicht ewig ausweichen. Irgendwann würde sie mit ihm reden müssen. Alles erklären.

Wie konnte sie das, ohne ihm Dinge zu verraten, die besser unausgesprochen blieben?

Aber die Sache auszusitzen war viel zu lange ihre Strategie gewesen, und man sah ja, wohin sie das geführt hatte.

Das alles, dachte sie erbittert zum hundertsten Mal, wäre nicht passiert, wenn Magda sich einfach von ihnen ferngehalten hätte. Wenn sie akzeptiert hätte, dass Sandor nicht mehr mit ihr zusammenarbeiten wollte und für sie kein Platz mehr an seiner Seite war. Warum hatte sie zum Ball kommen müssen? Warum hatte sie es nicht einfach gut sein lassen?

Aber Anna kannte die Antwort darauf. Zu gern hätte sie Magda die alleinige Schuld an allem gegeben, was in den letzten vierundzwanzig Stunden passiert war.

Aber Ehrlichkeit zwang sie zuzugeben, dass sie verantwortlich war. Wenn sie Fabian schon früher alles erzählt oder wenigstens gestern rechtzeitig mit ihm gesprochen hätte, wären die Dinge nicht mit so unaufhaltsamer Konsequenz schiefgelaufen. Wie die Dinge lagen, hatte sie jede Menge Porzellan zerschlagen.

Und Karoline war tot.

Wie konnte sie nach alledem mit Fabian über ihre Beziehung und die Zukunft – oder schlimmer, die Vergangenheit – sprechen? Seufzend stand sie auf und machte sich auf den Weg zur hinteren Treppe, auf der meist weniger los war.

Sie hatte gerade ihren Fuß auf die erste Stufe gesetzt, als ihr Magda von oben entgegenkam. Die ältere Frau sagte nichts, aber ihr Blick wanderte von Annas ungekämmten Haaren zu dem langen, weinroten Regency-Kleid, über dem sie einen Pullover trug. Ihre Augen weiteten sich einen Moment lang bei diesem eindeutigen Hinweis darauf, dass Anna die Nacht nicht in ihrem und Fabians gemeinsamen Zimmer verbracht hatte.

Einen Moment später wich die Überraschung in Magdas Blick der Spekulation, aber Anna konnte sich nicht mehr darüber aufregen. Sollte die alte Balletttänzerin denken, was sie wollte. Was konnte sie jetzt noch kaputtmachen, was nicht ohnehin schon zerbrochen war?

Dritter Teil

Straight hey for four

Vier Tänzer stehen in einer Reihe, wobei sich jeweils zwei anschauen. Die beiden Tänzer in der Mitte stehen Rücken an Rücken und blicken nach außen. Die Tanzenden wechseln oben und unten mit der rechten Schulter aneinander vorbei und passieren dann die nächste Person mit der linken Schulter. An den Enden der Linie wenden sie sich um. Insgesamt beschreiben sie eine Art doppelter Acht, bei der jeder Tänzer am Ende wieder auf seinem Platz steht.

Es wird empfohlen, diese Figur zu beherrschen, wenn man nicht möchte, dass es dabei zu einem heillosen Durcheinander kommt.

Beim »Hey for four« aus dem Tritt zu kommen kann sehr lustig sein.

Oder tödlich.

1

»Es war nicht klug, hierherzukommen.«

Sie zwang sich dazu, sich langsam aufzurichten, obwohl ihr Herz wie verrückt pochte; sich langsam umzudrehen und nicht wegzuschauen, als ob sie keine Angst hätte.

In ihrem Rücken spürte sie die Kante des Tisches und darunter die Schublade, auf der ihre Hände lagen. Ihre Handflächen waren schweißnass.

Sie musterte die Gestalt, die auf der Türschwelle stand und ihr den Weg nach draußen versperrte. Gewalt, erinnerte sie sich, war keine Strategie, sondern in den meisten Fällen pure Verzweiflung. Außerdem war sie eine Sackgasse, weil sie Beweise schaffte, die niemand übersehen konnte. Sie versuchte, sich mit diesem Gedanken zu trösten, sich zu überzeugen, dass ihr keine wirkliche Gefahr drohte, aber als ihr Gegenüber die Tür langsam und mit Bedacht schloss, wusste Elif, dass sie in der Falle saß.

Markus stand am geöffneten Fenster und sah hinaus, nicht auf den Park vor dem Hotel, sondern auf das Stück Rasen und den Saum des nahen Wäldchens hinter dem Haus. Er atmete die kühle Luft ein und fasste einen Entschluss.

»Okay, das war's, Elif«, sagte er und drehte sich zu seiner Kollegin um. »Es reicht. Man sieht ja, wohin es führt, wenn wir uns einbilden, wir könnten irgendetwas aufklären.« Er deutete auf den Fächer mit der Telefonnummer, der auf dem Tisch lag. »Wir sind Reporter, keine Ermittler. Wir sind nicht einmal investigative Journalisten. Wir machen Fernsehbeiträge über abstruse Hobbys, kleine Brauereien und fränkische Freizeitführer. Überlassen wir Miss B. und die Umstände ihres Todes den Experten.«

»Sagt der Mann, der fünf Seiten Notizen gemacht und gerade eine Liste mit Verdächtigen erstellt hat«, bemerkte Elif mit hochgezogenen Brauen.

Er runzelte die Stirn und trat vom Fenster weg, um seine Aufzeichnungen in die Hand zu nehmen. »Hm, meinst du, wir sollten den Polizisten weitergeben, was wir an Informationen gesammelt haben?«

Elif überlegte und schüttelte dann den Kopf. »Das ist doch nichts Konkretes. Das sind Beobachtungen und Überlegungen und zufällig mitangehörte Gespräche. Und wir wissen nicht, ob irgendwas davon wirklich mit Karolines Tod zusammenhängt. Die Experten sind vor Ort. Die werden schon wissen, was sie tun.«

»Was ist mit dem Pompadour und seinem Inhalt?«, wollte Markus wissen.

»Verdammt«, murmelte Elif. Die beiden sahen sich an. Dass sie es hier mit etwas Konkretem zu tun hatten, stand außer Frage. Und da Karoline unter Drogen gestanden hatte, als sie starb, war klar, dass sie zumindest ein potenzielles Beweisstück in den Händen hielten. »Den *müssen* wir den Polizisten aushändigen.« Egal welche Konsequenzen das für Gemma und Frances haben mochte.

»Ja«, stimmte Markus langsam zu, aber er schien nicht sehr glücklich dabei.

»Was ist?«

Er verzog das Gesicht. »Könnte etwas schwierig sein zu erklären, warum wir darüber Bescheid wissen, dass Miss B. Drogen im Blut hatte; das ist eine Information, die wir eigentlich nicht haben sollten.«

»Na großartig, Markus! Du hast uns das alles eingebrockt! Zuerst mal hast du damit angefangen, dass an ihrem Tod etwas Verdächtiges ist. Du hast es nicht lassen können, in der Scheune vergessene Gegenstände mitzunehmen und darin herumzukramen. Du hast eine Ärztin dazu gebracht, dir interne Informationen zu verraten. Und jetzt kommst du mir mit ›Wir haben von nichts eine Ahnung und sollten lieber die Finger davon lassen.‹« Elif war sich nicht sicher, ob sie so wütend war, weil Markus sie in die Sache mit hineingezogen hatte, oder weil er jetzt kalte Füße bekam, aber wütend war sie. Sie packte ihre Kameratasche und eine Jacke und stand auf. »Weißt du was? Das ist dein Problem. Kümmere du dich darum.« Sie legte den Pompadour mit Nachdruck auf den Tisch und stürmte zur Tür hinaus. Eine Sekunde später fiel ihr ein, dass das ihr Zimmer war, in dem sie Markus zurückgelassen hatte, und dass sie ihn auch einfach hätte hinauswerfen können, aber eigentlich wollte sie sich jetzt sowieso lieber bewegen als herumzusitzen. Sie polterte über die Treppe auf die Lobby und den Ausgang zu.

Markus hatte Elif noch nie so verärgert gesehen, aber er konnte es ihr nicht verdenken. Natürlich hätte er sie daran erinnern können, dass sie auch nicht ganz unschuldig an der Situation war, aber im Wesentlichen musste er ihr recht geben. Wie war er auf den Gedanken gekommen, hier Detektiv zu spielen und Dinge herausfinden zu wollen, statt die Profis ihre Arbeit machen zu lassen?

Er verdrehte wieder einmal abwesend die Bänder des Pompadours. Die Antwort war einfach: Die Profis machten ihre Arbeit langsam, während sich hier im Hotel viele Dinge in kurzer Zeit ereignet hatten. Sie hatten am Tatort Spuren gesucht und Leute befragt. Aber es würde dauern, das alles auszuwerten, während sie beide, er und Elif, unmittelbar vor Ort waren. Und selbst wenn davon auszugehen war, dass Werner am Ende die richtige Person verhaften würde – würde er auch herausfinden, was hier sonst noch alles vor sich gegangen war? Würde er der Sache mit dem

Barocksaal nachgehen und herausfinden, ob Charles sich illegaler Geschäfte schuldig gemacht hatte oder was Magdas Bösartigkeit antrieb oder ob Gemma Miss B. wirklich Drogen eingeflößt hatte? Wahrscheinlich nicht. Zumindest nicht, wenn es nicht direkt mit dem Todesfall zusammenhing. Aber all das waren Fragen, die Markus' Interesse geweckt hatten und auf die er eine Antwort wollte. Selbst ein wahrscheinlich unbedeutendes Rätsel wie die Frage, wer auf Karolines Fächer die Telefonnummer einer Sex-Hotline gekritzelt hatte, wüsste er gerne gelöst.

Markus merkte, dass seine Überlegungen sich verselbstständigt hatten. Was war sein Gedanke gewesen? Ach ja, die Profis ihre Arbeit machen lassen. Ein Gedanke, von dem er ein winziges bisschen abgewichen war. Er wusste immer noch nicht, was er in Sachen Pompadour tun sollte, beschloss aber, die Entscheidung darüber zu verschieben. In der Zwischenzeit würde er seine bisherigen Aufzeichnungen sichten – über die historische Tanzszene, nicht über den Mord, mahnte er sich – und ein Konzept für ihren Fernsehbeitrag entwickeln. Er würde Johannes informieren, aber bis er andere Anweisungen hatte, würden sie wie ursprünglich geplant vorgehen. Tänze des frühen neunzehnten Jahrhunderts, Kostüme, Jane-Austen-Fans, historische Gebäude ... missachtete Denkmalschutzauflagen. Markus seufzte. Es war fast unmöglich, nicht zu den Themen zurückzukehren, die sie in den letzten vierundzwanzig Stunden beschäftigt hatten. Worüber hatte Karoline mit ihm reden wollen? Er wünschte sich, er hätte sich die Zeit genommen, ihr zuzuhören. Vielleicht wäre das alles dann nicht passiert. Allerdings konnte man sich nicht sicher sein, dachte Markus, während er sich auf Elifs Bett setzte, das erheblich bequemer aussah als der Stuhl. Vielleicht hatte die Frau ja auch Zugang zu mehreren Geheimnissen gehabt. Verena hatte ihm geraten, sie nicht zu unterschätzen. Ja, natürlich, zogen die Gedanken jetzt schnell und seltsam zwingend an ihm vorbei.

Miss B. war die Betreiberin einer Sex-Hotline und hatte über alle Männer in der Gruppe pikante Informationen, die nicht ans Licht kommen durften. Daher hatte sie auch das Geld für die ganzen historisch korrekten Kleider hergehabt. Es erklärte auch, warum sie unbedingt mit ihm hatte sprechen wollen: Gegen ihn hatte sie noch nichts in der Hand gehabt. Die Menschen und Ereignisse, mit denen sie in den letzten Tagen zu tun gehabt hatten, zogen an seinem inneren Auge vorbei, und plötzlich ergab alles Sinn. Er brauchte nur noch den Fächer, um alles aufzuschreiben und Professor Werner zu geben, der das geheime Rezept besaß. Markus wunderte sich, warum er und Elif nicht sofort darauf gekommen waren, wie alles zusammenhing – zumindest bis zu dem Moment, in dem ihm klar wurde, dass er eingenickt war, und die Augen wieder öffnete. Er lehnte in ziemlich unbequemer Haltung mit dem Rücken gegen das Fußteil von Elifs Bett. »Mist, verdammter«, murmelte er. Es war eine so schöne Theorie gewesen, auch wenn ihre Stringenz und Eleganz in wachem Zustand deutlich litten.

Zum Glück war Elif noch nicht zurückgekommen, überlegte er, während er sich aufrappelte und auf die Uhr schaute. Es war nicht viel mehr als eine Viertelstunde vergangen, seit er allein zurückgeblieben war. Zeit, etwas zu tun, ehe er den Rest des Tages einfach verpennte. Nicht dass die Vorstellung nicht verlockend gewesen wäre, nach der kurzen Nachtruhe, die er genossen hatte. Aber wenn er noch einmal einschlafen und wirres Zeug träumen sollte, würde er es zumindest in seinem eigenen Bett tun. Markus raffte seine Unterlagen zusammen und ging zur Tür. Da er nicht wusste, wann Elif zurückkommen würde, nahm er ihren Schlüssel vom Tisch, sperrte das Zimmer ab und ging zur Rezeption hinunter, um ihn dort für sie zu hinterlassen. Er mochte den Bereich hinter der Empfangstheke, in dem ganz altmodisch nicht nur ein Schlüsselbrett mit den Zimmernummern hing, sondern für jeden Raum daneben noch ein kleines Fach vorgesehen war, als ob Menschen heutzutage noch lange genug im Hotel wohnten, um Briefe zu erhalten – schrieb jemand heutzutage eigentlich noch Briefe? Die Angestellten schienen die Fächer aber für Belege der jeweiligen Gäste zu nutzen. Markus war gerade dabei, Elifs Schlüssel auf dem Tresen abzulegen, als Barbara aus ihrem Büro kam und ihm den Schlüssel mit ihrem üblichen höflichen Lächeln abnahm, das aber aufgesetzt wirkte. Auch sie sah aus, als ob sie nicht genug geschlafen hätte. Markus fiel ein, dass er noch mit ihr hatte reden wollen. Dann erinnerte er sich daran, dass er beschlossen hatte, sich nicht mehr um Dinge zu kümmern, die ihn nichts angingen.

Die Hotelinhaberin hängte Elifs Schlüssel ans Schlüsselbrett und fragte dann plötzlich: »Möchten Sie Ihr Portemonnaie wieder haben, Herr Wieland? Das liegt noch in Ihrem Fach.« Markus tastete automatisch nach seiner Hosentasche, wo er es gewöhnlich aufbewahrte, und fand sie leer. »Oh«, erwiderte er, »das muss ich verloren haben.«

»Kommt vor«, antwortete sie, während sie in eines der Fächer in der dritten Reihe langte und das Portemonnaie herausholte. »Vor allem bei Männern, die ihre Sachen in der Hosentasche transportieren.« Plötzlich klang sie beinahe amüsiert, und Markus, dem zum ersten Mal auffiel, dass Barbara Hartheim eigentlich eine ganz charmante Frau war, wenn sie einmal nicht unter Strom stand, lächelte schief, als er den Geldbeutel entgegennahm. »Ja, meine Exfrau ist fast wahnsinnig geworden, wenn ich das gemacht habe, aber im Ernst, was hätte ich denn tun sollen? Mir eine Männerhandtasche anschaffen?« Klasse, Markus, dachte er dann, während er den Geldbeutel in die Hosentasche schob. Wenn das ein Flirtversuch gewesen sein sollte, war es ein jämmerlicher. Ähnlich genial, wie sabbernd auf Elifs Bett einzunicken, nur dass die wenigstens nicht dabei gewesen war.

Arbeit, ermahnte er sich. Arbeit und Finger weg von allem, was ihn nichts anging.

»Sagen Sie, Frau Hartheim, haben Sie vielleicht einen Moment Zeit?«, hörte er sich selbst fragen. »Vielleicht können Sie mir erklären, was es mit dem Festsaal auf sich hat?«

Ihr Gesichtsausdruck war eine eigentümliche Mischung aus Resignation und Trotz. »Sie werden mir nicht glauben, wenn ich Ihnen erzähle, was passiert ist«, prophezeite sie. »Aber von mir aus. Kommen Sie mit in mein Büro.«

Es war schön und gut, wütend aus dem Haus zu laufen. Elif hatte es während ihrer an sich weitgehend undramatischen Teenagerzeit nach einem Streit mit ihrer Mutter ein paarmal getan. Und wie damals stand sie auch jetzt nach fünf Minuten draußen und fragte sich, was als Nächstes kam. Selbst vor zwanzig Jahren war ihr klargewesen, dass sie nicht ewig draußen bleiben konnte, und mit über dreißig wusste sie auch, dass sie nicht einmal auf Dauer wütend bleiben würde. Das Grundproblem war heute wie damals das gleiche: Wie kommt man von türenknallendem Aus-dem-Haus-Stürmen zu halbwegs friedlichem Sich-gemeinsam-an-einen-Tisch-Setzen, ohne entweder beleidigte Unreife zu demonstrieren oder kampflos klein beizugeben?

Elif beschloss, dasselbe zu tun wie am vergangenen Nachmittag, schulterte ihre Tasche mit der Spiegelreflexkamera und begann, eine Runde über das Grundstück zu laufen.

Sie ignorierte den Parkplatz und den Weg zur Straße, und ihre Füße trugen sie nach links zum Park und auf den Rosengarten zu, in dem ihre Gedanken schon seit dem gestrigen Abend weilten. Sie kam nicht bis zur Bank in der Nische, auf der sie Miss B. gefunden hatten; sie hatte es auch nicht erwartet. Der Weg dorthin war mit einem Absperrband versehen, und ein junger uniformierter Polizeibeamter stand in der Nähe. Er schien sich zu langweilen, und Elif versuchte, ihn in ein Gespräch zu verwickeln. Er verriet ihr, dass der Fremde im Rosengarten bislang nicht identifiziert worden war, die Polizisten aber entschlossen waren, ihn zu finden. Von den Hotelangestellten war es keiner gewesen; sie waren ohne Ergebnis befragt worden.

»Wissen Sie, ich bin Fotografin«, erzählte sie ihm mit einem dümmlichen Lächeln. »Ich war gestern unter denen, die die Leiche gefunden haben, und habe der Polizei Bilder vom Tatort zur Verfügung gestellt. Es ist doch ein Tatort, oder? Im Hotel gehen die wildesten Gerüchte um.« Sollte er sie ruhig für etwas dämlich halten; vielleicht konnte sie auf diese Weise etwas erfahren.

»Sie sollten nicht alles glauben, was behauptet wird«, erwiderte er. Dann senkte er die Stimme. »Aber es ist wahr, dass diese historischen Tänzer nicht so harmlos sind, wie sie tun. Oh nein, auch die Tote nicht. Auf diesem Ball wurden Drogen konsumiert.«

Elif riss die Augen in gespielter Überraschung auf. »Dann ist sie an einer Überdosis gestorben?«, fragte sie.

Der junge Beamte schüttelte den Kopf. »Oh, nein, nein. Gestorben ist sie an was anderem. Wir wissen nur noch nicht, was die Tatwaffe war. Aber das werden wir schon noch herausfinden.«

Das war zumindest eine Information, die Elif interessierte. Sie wehrte die Versuche des Mannes, sie zu einem Date in der kommenden Woche zu bewegen, ab, wandte sich vom Rosengarten fort und folgte einem schmalen Pfad links um das Haus herum, wo der kurzgehaltene Rasen in einiger Entfernung in den Wald überging. Im Sommer, so hatte sie es auf der Website des Hotels gesehen, konnte man dort auf Sonnenliegen faulenzen; jetzt war die Wiese leer und wenig einladend. Elif fragte sich, ob vielleicht das Wäldchen die Tatwaffe verbarg. Es war nicht weit, und irgendwo musste der Täter oder die Täterin sie ja gelassen haben. Okay, wenn es eine Schnur oder ein Gürtel gewesen war, hätte die Person den Gegenstand einfach wieder mitnehmen können.

Aber einen Gürtel konnte man niemandem auf Mund und Nase drücken, jedenfalls nicht mit dem gewünschten Erfolg, und ein Kissen wiederum war nichts, was man unauffällig mit sich herumtragen konnte. Weiter links befand sich zwischen Hotel und Wald die Eventscheune, die von der Polizei als uninteressant eingestuft worden war.

Allerdings wussten sie auch nichts von dem Pompadour mit den bunten Pillen, der dort vergessen unter einem Tisch gelegen hatte, bis Markus ihn aufgehoben hatte.

In der Scheune fand sie Sandor, der die extravaganteren Dekorationen entfernte, während einige Mitarbeiter des Hotels die Bar aufräumten. Er lächelte sein knappes, nie ganz offen wirkendes Lächeln, als er Elif sah.

»Ein Jammer, dass das alles vorbei ist, ehe es richtig begonnen hat«, bemerkte sie mit einem Blick durch den Raum.

Der Tänzer zog eine Grimasse. »Desaster trifft es wohl eher …«, erwiderte er und legte ein Poster mit dem Motiv eines Paares aus der Regency-Zeit in eine Schachtel. »Das war mein erster Ball, und ich fürchte, dass es auch der letzte gewesen sein könnte. Zahlende Gäste nehmen es einem übel, wenn man sie nach nicht einmal drei Stunden nach Hause schickt, von der Tragödie, die hier passiert ist, gar nicht zu reden.«

»Kann ich helfen?«, fragte Elif und sah sich um, ob es etwas Sinnvolles zu tun gab.

»Du könntest die Kerzenhalter auf den Tischen einsammeln«, schlug er vor. »Die habe ich mitgebracht.«

Ein paar Minuten lang arbeiteten sie schweigend. »Wo ist Fabian?«, fragte Elif nach einer Weile.

Sandor sah einen Moment lang aus, als ob er nicht antworten würde, dann zuckte er die Schultern. »Ich habe ihn heute noch nicht gesehen. Ich fürchte, er ist nicht gut auf mich zu sprechen.«

Elif zögerte. »Und Anna?«

Er heftete einen Blick auf sie, der so viel Kälte ausstrahlte, dass sie beinahe zurückgewichen wäre, aber sie raffte ihre Willenskraft zusammen und starrte unverwandt zurück.

»Ist es zu viel verlangt, sich nicht in die Privatangelegenheiten anderer einzumischen?«, sagte er schroff, aber die Tatsache, dass er es als Frage formulierte, zeugte von Kapitulation – zumindest bis zu einem gewissen Grad.

Elif antwortete mit einer Gegenfrage: »Was ist wirklich Privatsache, wenn jemand ermordet worden ist?«

Sandor sog zischend die Luft ein. »Ist es wahr?«

Elif zog die Schultern hoch. »Ich weiß nicht, ob es Mord war«, erklärte sie nach kurzem Nachdenken darüber, wie viel sie preisgeben sollte. »Das ist eine Frage für die Gerichte. Aber jemand ist verantwortlich für Karolines Tod. Vielleicht mehr als eine Person.« Ihre Gedanken waren bei Gemma, die möglicherweise Teil eines Drogenrings war oder aus einem fahrlässigen Impuls heraus dafür gesorgt hatte, dass Miss B. sich nicht hatte wehren können, als sie erstickt wurde. Sie sah den Tänzer nicht an, als sie weitersprach, beobachtete ihn aber aus den Augenwinkeln. »Und Magda und Anna haben Andeutungen gemacht.«

»*Andeutungen*«, brach es bitter aus ihm heraus. »Erzähl mir nicht, dass dein Freund Markus dir nicht verraten hat, was ich ihm gestern erzählt habe, egal, wie *privat* es war. Was für *Andeutungen* habt ihr noch gebraucht?«

Jetzt war Elif an der Reihe, ihn frostig anzusehen. »Ja, Markus hat etwas davon gesagt, dass du und Anna einmal zusammen wart und Fabian nichts davon erzählt habt. Aber wir haben eine Menge anderer *Andeutungen* gehört, die uns zu denken gegeben haben.«

»Ich vermute, Magda hat *angedeutet,* dass es sich nicht um eine frühere Beziehung, sondern um eine aktuelle Affäre hinter Fabians Rücken handeln würde?!« Sandors Stimme klang wütend, aber Elif merkte, dass seine Hände ein wenig zitterten, während er die Kiste mit den Kerzenhaltern zur Seite stellte.

Elif schlug in der Hoffnung, etwas Relevantes zu erfahren, sowohl Vorsicht als auch Rücksicht in den Wind, und sagte kühl: »Das, und die Tatsache, dass Karoline darüber Bescheid wusste und jetzt tot ist.«

»Das ist absurd«, erklärte Sandor tonlos.

»Vielleicht«, gab Elif zu. Sie erwähnte nicht, dass Fabian für Anna gelogen hatte. Das hätte verraten, dass Miss B. schon am Nachmittag gestorben war, und diese Information war noch nicht öffentlich gemacht worden. »Aber Anna hat gestern Nacht an deiner Zimmertür geklopft, nachdem sie zu mir gesagt hatte, sie würde zurück zu Fabian gehen.«

Er verschränkte die Arme, als ob er sich schützen wollte, und schwieg. Sein Kiefermuskel arbeitete, als er die Zähne fest aufeinanderpresste.

»Wie auch immer«, fuhr Elif fort. »Magda war nicht die Einzige, die *Andeutungen* gemacht hat. Und sie hat ebenfalls in der Nähe deines Zimmers gewartet. Anna warf ihr vor, dass Magda ... wie waren ihre Worte gewesen? ... dich daran erinnern wollte, was du ihr schuldig bist. Und Magda hat behauptet, du hättest dich bei Anna wegen ihr ›ausgeweint‹. Das hat uns auch zu denken gegeben.« Es waren recht dunkle Gedanken gewesen, und Elif fragte sich, ob Markus recht gehabt hatte mit seiner Behauptung, sie sei sehr behütet aufgewachsen. Natürlich wusste sie, dass es sehr viele schreckliche Dinge auf der Welt gab, aber ein Teil von ihr glaubte zuversichtlich, dass die Welt viel weniger *Game of Thrones* war, als die Nachrichten einen manchmal glauben ließen. Sie wandte ihm ihr Gesicht zu, sodass sie Sandor direkt ansehen konnte. Die kurzen Haare, das beinahe hagere Gesicht, das ihn älter wirken ließ, als er war; der schmale Mund, der selbst dann wenig preisgab, wenn er lächelte. Sie fragte sich, was seine Geschichte war. »Was glaubt Magda, was du ihr schuldig bist?«

Elif wollte noch mehr wissen: Was Sandor Anna über Magda erzählt hatte, und was für eine Art von Beziehung die beiden geführt hatten, und warum die beiden Frauen einander nicht leiden konnten, aber ehe sie etwas davon aussprechen konnte, antwortete Sandor, und seine Antwort war so unerwartet, dass ihr die Fragen im Hals stecken blieben.

»Ich schulde ihr alles«, erklärte Sandor schlicht. »Magda hat mich gerettet.«

Seine Worte brachten eine Flut neuer Fragen hervor, doch auch die konnte Elif nicht stellen, ehe Sandor weitersprach – sehr ruhig, wie einer, der etwas nicht allzu Wichtiges sagt: »Aber wenn sie denkt, dass ich sie verraten habe, könnte ich mir vorstellen, dass sie mich vernichten will.«

Barbara hatte halb recht gehabt: Markus fand ihre Geschichte tatsächlich schwer zu glauben. Aber er war Reporter und gewohnt, sich unterschiedliche und manchmal unwahrscheinliche Aussagen erst einmal anzuhören.

»Ich weiß nicht, was passiert ist«, erklärte sie, als sie beide in ihrem Büro saßen. Der Schreibtisch zwischen ihnen war voller Papiere und Ablagen, aber makellos sauber und ordentlich. Die Hotelbesitzerin hatte eine Karaffe Wasser und zwei Gläser auf einem Tablett bereitgestellt, aber Markus vergaß, sich etwas einzuschenken.

»Was meinen Sie, Sie wissen nicht, was passiert ist?«, fragte er. »Der Festsaal ist zerstört worden. Stand er nicht unter Denkmalschutz?« Er stellte die Frage nur, um sie zum Reden zu bringen; Konrad hatte bereits gesagt, dass das ganze Gebäude unter Denkmalschutz stand.

Barbara rollte die Augen. »Ja, danke. Der Teil ist mir auch klar.

Das ist die Tatsache, die mir seit Tagen den Schlaf raubt, und ja, natürlich ist es ein denkmalgeschützter Saal. Was ich nicht weiß, ist, wie es dazu gekommen ist.«

»Sie wollen sagen, dass Sie die Entkernung des Saals nicht in Auftrag gegeben haben?«, vergewisserte Markus sich. Er war stolz darauf, dass sein Tonfall sachlich war und keinen ironischen Unglauben ausdrückte, so sehr er ihn auch empfand.

Sie warf ihm einen verärgerten Blick zu. »Ich habe Ihnen gesagt, dass Sie mir nicht glauben würden«, sagte sie. Offenbar war sein Tonfall weniger überzeugend, als er gedacht hatte. »Aber ja, genau das will ich sagen. Wir hatten Handwerker einer Baufirma hier, mit der ich seit Jahren zusammenarbeite, um die Eventscheune zu renovieren. Zehn Tage, bevor Herr Keresch für den Ball angereist ist, kamen die Handwerker, um ein paar letzte Arbeiten in der Scheune zu erledigen. An dem Wochenende musste ich kurzfristig verreisen, weil wir einen Trauerfall in der Verwandtschaft hatten. Das Hotel war ein paar Tage geschlossen. Als ich zurückkam, fand ich den Saal so vor, wie Sie ihn gesehen haben.«

Ja, dachte Markus, wirklich schwer zu glauben. Und doch ... »Hatten Ihre Handwerker Zugang zum Hauptgebäude und zum Saal?«, fragte er.

Ihr Mundwinkel zuckte bitter. »Sie hätten die Möglichkeit gehabt, aber die Firma hat mir glaubhaft versichert, dass niemand von ihnen verantwortlich ist, und dass sie auch gar nicht die nötigen Mittel vor Ort gehabt hätten. Wie Sie vielleicht gesehen haben, sind große Teile der Ornamente nicht nur heruntergeschlagen, sondern auch entfernt worden.«

»Das ergibt keinen Sinn«, wandte Markus ein.

»Erzählen Sie mir nicht, dass es keinen Sinn ergibt«, schoss Barbara zurück. »Ich versuche seit Tagen, der Sache auf den Grund zu gehen, aber ohne Erfolg.«

»Kann es sich um ein Missverständnis gehandelt haben?«, erkundigte sich Markus. Er dachte an den Baggerfahrer, der das historische Handwerkerhaus in München dem Erdboden gleichgemacht und behauptet hatte, es habe sich um ein Versehen gehandelt. »Dass die Handwerker aus irgendeinem Grund *dachten,* der Saal solle entkernt werden?« Es war ein entschieden unwahrscheinliches Szenario, aber Markus konnte sich zumindest vorstellen, dass die Firma in dem Fall jede Verantwortung von sich weisen würde. Aber natürlich war es sehr viel wahrscheinlicher, dass Barbara die Zerstörung des Saals selbst beschlossen hatte, um vielleicht etwas Neues daraus zu machen oder eine extrem teure historisch korrekte Renovierung zu vermeiden.

»Ich kann mir nicht vorstellen, dass jemand den Auftrag, eine Scheune außerhalb des Hauptgebäudes fertigzustellen, missversteht als ›Bitte gehen Sie ins Hotel und zerstören Sie den Festsaal im ersten Stock‹«, sagte die Inhaberin trocken.

Markus seinerseits konnte sich nicht vorstellen, dass eine intelligente Frau wie sie glauben würde, vor Gericht mit einer derart haarsträubenden Geschichte durchzukommen. Was für andere Möglichkeiten gab es?

»Dann muss jemand anderes den Auftrag gegeben haben«, erklärte Markus.

Sie schüttelte den Kopf. »Ich wüsste nicht, wer, Herr Wieland.«

Er zuckte mit den Schultern. »Jemand, der meint, es wäre so besser für Ihr Hotel, aber überzeugt ist, dass Sie nie zustimmen würden, den Saal zu demolieren. Jemand, der Ihnen schaden will, indem er Ihnen Ärger mit dem Denkmalschutz bereitet. Jemand, der die Ornamente aus dem Saal stehlen und sich daran bereichern wollte. Jemand, der während Ihrer Abwesenheit zufällig in dem Saal stand und ausprobieren wollte, wie es sich anfühlt, Stuck von den Wänden zu schlagen. Wenn Sie niemandem den

Auftrag erteilt haben, das zu tun, und wenn Ihre Arbeiter ehrlich sind und es nicht waren, dann muss es jemand anderes gewesen sein, und diese Person muss einen Grund gehabt haben.« Markus stand auf. »Denken Sie darüber nach«, riet er ihr, »vielleicht fällt Ihnen etwas ein, was Ihnen weiterhilft.«

Als er ihr Büro verließ, fragte er sich, ob er womöglich gerade einer Frau, die versucht hatte, den Denkmalschutz zu umgehen, Ideen in den Kopf gesetzt hatte, wie sie sich den Konsequenzen ihres Handelns entziehen konnte.

2

Sandors Worte hallten in ihrem Kopf nach, während Elif nachdenklich den Weg zurückging, den sie gekommen war, vorbei am Rosengarten, an sorgfältig geschnittenen Hecken und verloren herumstehenden Statuen. Magda hatte erwiesenermaßen am vergangenen Nachmittag zusammen mit Karoline das Haus verlassen. Die beiden Frauen hatten sich gut verstanden, das war offensichtlich gewesen. Aber schloss das Magda als Täterin aus? Sie musste eine der letzten Personen gewesen sein, die Miss B. lebend gesehen hatten. Was, wenn es Magda gar nicht um Karoline persönlich gegangen war, sondern sie lediglich die Gelegenheit genutzt hatte, Sandor in Schwierigkeiten zu bringen oder sich an ihm zu rächen? Hatte die Polizei Magda schon befragt? Wann, wenn überhaupt, hatte Anna mit Karoline gesprochen? Wann hatte Karoline sich auf die Bank im Rosengarten gesetzt, vielleicht unerklärlich müde unter dem Einfluss der Drogen? Elif seufzte. Vielleicht hatte Markus recht gehabt, und sie sollten die Angelegenheit einfach sein lassen. Was konnten sie beide mit ihren Spekulationen und begrenzten Mitteln erreichen?

Als sie in der Nähe des Eingangs angekommen war und Charles über den Hauptweg schlendern sah, wechselte sie die Richtung und hielt auf ihn zu. Begrenzte Mittel hin oder her, sie würde sich nicht die Gelegenheit entgehen lassen, dem Engländer auf den Zahn zu fühlen.

»Ms. Aydin«, grüßte er sie mit seiner üblichen Höflichkeit. »How are you? Ich nutze die Zeit vor dem Mittagessen, um ein wenig frische Luft zu schnappen. Möchten Sie mich begleiten?«

Die beiden gingen die Hotelauffahrt entlang und bogen auf der Höhe des Parkplatzes auf einen breiten Feldweg ab. In einiger Entfernung konnten sie einen Kirchturm und einige Gebäude der Stadt Ellingen sehen. Während Elif noch überlegte, was sie als Erstes fragen sollte, deutete Charles in die Richtung und sagte. »Miss B. hatte den Plan, morgen dort hinzufahren und das Deutschherrenschloss zu besuchen, gemeinsam mit mir, Jane und den young ladies. Wir haben bislang noch nichts von der Umgebung gesehen.«

»Ellingen ist wirklich hübsch«, sagte Elif, die mit schmucken Kleinstädten wie dieser früher wenig hatte anfangen können, mittlerweile aber so oft mit ihrer Kamera in fränkischen Orten unterwegs gewesen war, dass sich eine gewisse Verbundenheit eingestellt hatte. Sie zögerte. »Werden Sie trotzdem hingehen?« Es war eine ebenso gute Methode, zu dem Thema, das sie interessierte, hinzuführen, wie jede andere.

Er antwortete nicht, sondern ging eine Weile schweigend neben ihr her. »Sie haben Karoline gestern mit den anderen gefunden«, sagte er dann. »Ist es wahr, was sie sich erzählen? Dass jemand sie getötet hat?«

Elif hätte Antworten vorgezogen, aber ein Gespräch war eben keine Einbahnstraße, und wenn sie etwas wissen wollte, würde sie auch etwas dafür geben müssen. Wenn auch idealerweise nichts, was nicht ohnehin schon mehr oder weniger bekannt war.

»Sieht so aus«, erwiderte sie. »Die Polizisten sind offenbar auf der Suche nach Spuren, und sie haben mehrere Leute nach den Ereignissen gestern befragt. Es muss sie jemand angegriffen haben, als sie sich im Rosengarten auf einer Bank ausruhte.«

»This is a worrying thought«, sagte Charles sehr ruhig.

Elif fand den Gedanken auch beunruhigend, aber sie wunderte sich ein wenig über seine Reaktion; dass er nicht als Erstes geäußert hatte, wie unvorstellbar es war, dass ausgerechnet Miss B. zum Opfer eines Gewaltverbrechens geworden war. »Ich habe gehört«, fuhr sie mit Bedacht fort, »dass Karoline vielleicht etwas gewusst hat, was sie nicht wissen sollte.«

»Wer hat das gesagt?«, fragte Charles so scharf, dass Elif zum zweiten Mal in dieser Stunde beinahe vor der Reaktion eines Mannes zurückschreckte. Sie ermahnte sich, so etwas nicht zur Gewohnheit werden zu lassen. Aber sie sah etwas Beunruhigendes in seinen Augen – eine bedrohliche Intensität. Doch er hatte sich sofort wieder in der Gewalt. »Please forgive me«, entschuldigte er sich. »Es ist ein sehr bedrückender Tag nach allem, was gestern geschehen ist.«

»Sie haben sie vom Jane-Austen-Festival in Bath gekannt, nicht wahr?«, versuchte Elif es mit einem Umweg. »Waren Sie gut bekannt?«

Er zuckte die Schultern. »Nicht gut. Aber wir hatten uns an einem Abend länger unterhalten. Sie hat mir von ihrer Mutter erzählt, die unter Alzheimer's disease leidet.« Sie gingen schweigend weiter, beide in Gedanken versunken, dann sagte er: »Ich mochte Miss B. Sie hat eine schwierige Situation mit sehr viel Würde getragen.« Seine Worte waren so schlicht, dass Elif überzeugt war, dass sie aufrichtig waren. (»Behütet aufgewachsen, was?«, fragte Markus in ihren Gedanken spöttisch, und Elif erwiderte ebenso in Gedanken: »Ich sagte, dass seine Worte aufrichtig waren. Das heißt nicht, dass ich von seiner Unschuld überzeugt bin.«) Ob Karoline sich wohl gefreut hätte, ihn das sagen zu hören? Wahrscheinlich nur teilweise. Jemanden zu mögen war eine Sache, aber Miss B. schien etwas weitergehende Hoffnungen gehegt zu haben, die nicht durch ein »Ich mochte sie« abgedeckt wurden. Vielleicht hatte Karoline ihm ihre Liebe gestanden und ihn angefleht, sie zu heiraten und in sein Cottage in England mitzunehmen, und er hatte sie deshalb vor lauter Schreck umgebracht?

»Sie lächeln?«, unterbrach er ihren inneren Film. »Warum?«

Das konnte sie ihm natürlich nicht sagen, deshalb bemerkte sie: »Frances und Gemma scheint sie eher auf die Nerven gegangen zu sein.«

Er winkte ab. »Those girls«, sagte er wegwerfend. »Wer so jung ist wie die beiden, hat keine Zeit, Geduld zu haben mit den Schwächen von anderen.«

»Keine Geduld ist eine Sache«, entgegnete sie. »Aber ich hatte den Eindruck, dass Gemma und Frances aktiv gegen sie gestichelt haben.«

»Gestichelt?«, fragte Charles, dem der Begriff offenbar nicht geläufig war.

Elif dachte an die Telefonnummer auf dem geblümten Fächer, an die pointierten Bemerkungen, die die zwei immer wieder gemacht hatten – und an den Pompadour mit den bunten Pillen darin. »Würden Sie es den beiden zutrauen, Miss B. einen Streich gespielt zu haben – a practical joke?« Wenn man Drogen denn als bloßen Streich abtun konnte, aber konkreter wollte sie nicht werden.

»Ich zweifle, dass Gemma und Frances sich die Mühe gemacht hätten, etwas Komplexes – wie sagt man? – auszuhecken.« Er verzog den Mund zu einem etwas herablassenden Lächeln. »Vielleicht, wenn es eine spontane Gelegenheit gewesen wäre, die keine Mühe erfordert hätte …«

Von diesem Moment an hielt Elif es für ausgeschlossen, dass Charles und die beiden Frauen gemeinsame Sache gemacht hatten. Was nicht gemeinsame Sachen betraf, war sie sich weniger sicher. Aber Verenas vermuteter Drogenring existierte definitiv nur in ihrer Fantasie. Und weil sie davon überzeugt war, riskierte Elif, eine Information weiterzugeben, die die Polizei den Gästen wohl noch nicht verraten hatte. »Es gibt das Gerücht, dass jemand aus England etwas Illegales nach Deutschland geschmuggelt hat, um hier damit zu handeln.« Sie dachte an den Inhalt des Pompadours, aber ein weiteres Mal verhinderte die Reaktion ihres Gegenübers, dass sie weiterredete. Sein Gesicht wurde steinern und vollkommen ausdruckslos. »Wer hat das gesagt?«, fragte er wie schon zuvor, aber diesmal war nichts Heftiges oder Scharfes in seiner Stimme, nur eine furchtbare Konzentration. Elif erinnerte sich daran, was Kalea über ihn gesagt hatte, und einen Augenblick lang verstand sie, was sie gemeint hatte. Um nichts in der Welt hätte sie in diesem Moment Verenas Namen genannt.

»Und Sie denken, dass Miss B. das herausgefunden hat und deshalb umgebracht worden ist?«, fragte er auf einmal wieder vollkommen ruhig. »Es kommt mir unwahrscheinlich vor, dass jemand das Risiko auf sich nehmen würde. Um was für Werte kann es denn gehen, dass jemand dafür morden würde?«

Elif zuckte die Schultern. »Teure Drogen?«, schlug sie vor.

Charles brach in Gelächter aus. »You can't be serious. Niemand schmuggelt Drogen im großen Stil von Britain nach Deutschland.« Er sah sie mit seinem charmanten Lächeln an, das auf einmal zurück war. »Sie wissen nicht viel über Drogen, stimmt's?«

»Sie vielleicht?«, fragte Elif prompt zurück.

Er war wieder ernst, als er antwortete. »Genug, um die Finger davon zu lassen. Was denken Sie, wollen wir zurückgehen?«

Sie kehrten um und gingen wieder auf den Parkplatz zu, als Elifs Handy wegen einer eingehenden Nachricht pingte. »Entschuldigen Sie«, sagte sie, während sie es aus ihrer Tasche holte. Es war Markus. »Spannendes Gespräch mit Barbara in Sachen Festsaal gehabt«, las sie. »Erzähl dir später mehr.«

Sie schrieb zurück: »Dachte, wir überlassen die Ermittlungen den Profis? Gehe gerade mit Charles spazieren.«

Die Antwort kam prompt. »Spazieren, Miss Marple? Und ihr habt bestimmt nur über das Wetter geredet.«

»Hmpf«, brummte Elif und zerbrach sich den Kopf über eine schlagfertige Replik.

»Ihr Freund?«, fragte Charles.

Sie lächelte schief. »Schlimmer, mein Kollege.«

»Wir sollten mit Anna reden«, schrieb sie ihm rasch, ehe sie das Handy wieder in die Tasche steckte. Anna, die vielleicht mehr über Magda wusste, die vielleicht im Park mit Karoline gesprochen hatte, die entweder etwas zu sagen oder etwas zu verbergen hatte – wie auch Charles.

»Sie sind gestern gar nicht mit den anderen in der Kutsche zurückgekommen«, bemerkte sie, ihrem Gedankengang folgend. Der Engländer sah sie einen Moment lang verständnislos an. »Mit der Kutsche?«, wiederholte er stirnrunzelnd. »Ach so, ja. Sie meinen am Nachmittag? Ja, wir mussten kurz anhalten, und ich hatte ein Telefongespräch zu führen, deshalb bin ich ausgestiegen.«

Elif dachte an Verenas Worte, laut denen Karoline ein Gespräch von Charles mit angehört hatte. Führte er die Art Telefonat, die nicht für fremde Ohren bestimmt war? Vielleicht war er aber auch zu höflich, um andere Leute mit seinem Handy zu tyrannisieren. »Haben Sie Miss B. eigentlich gesehen, bevor Sie wieder ins Haus gegangen sind?«, fragte Elif. Charles warf ihr einen prüfenden Blick zu, nickte aber. »Ja, sie war im Park. Wir haben ein paar Worte gewechselt. Sie schien ein wenig ... Sie hat nicht viel gesagt, ich glaube, sie wollte allein sein.«

Noch einer, der Karoline im entscheidenden Zeitraum gesehen hatte! Einen Moment lang fragte Elif sich, ob sie alle vielleicht unrecht hatten und der Täter doch erst später am Abend erschienen war. Wie konnte jemand Miss B. umgebracht haben, während im Park so viele Leute unterwegs waren? Aber es ergab keinen Sinn. Karoline war nicht in der Scheune gewesen. Und wie wahrscheinlich war es, dass sich die Rechtsmedizin täuschte?

Elif und Charles gingen langsam über die Auffahrt auf das Schlösschen zu.

»Ich begreife einfach nicht, was Miss B. um diese Zeit draußen im Rosengarten wollte«, sagte er schließlich unvermittelt. »Es war dunkel, es war kalt, und wenn sie einfach Luft schnappen wollte, warum dann so weit entfernt von der Scheune? Warum an einem Ort, wo um die Zeit sonst niemand war?« Versuchte er, etwas aus Elif herauszubekommen? Wusste er, dass sehr wohl jemand um diese Zeit im Rosengarten gewesen und danach spurlos verschwunden war?

»Vielleicht hielt sich der mysteriöse Drogendealer dort auf?«, schlug sie leichthin vor. Charles taxierte sie mit einem eigenartigen, prüfenden Blick. »Ich dachte, wir hätten uns darauf geeinigt, dass es keinen Dealer gab«, antwortete er, und sie fragte sich, ob es ihrer überreizten Fantasie zuzuschreiben war, dass die Bemerkung in ihren Ohren wie eine Warnung klang. Um das allzu laute Schweigen, das seinen Worten folgte, zu brechen, fuhr sie fort: »Aber Sie haben recht. Es ist seltsam, dass sie nachts ohne Mantel oder Jacke ins Freie gegangen sein soll. Sie kann nicht erwartet haben, lange draußen zu bleiben, dazu war es zu kalt.«

Charles blieb abrupt im Hoteleingang stehen. »Sie trug nichts über ihrem Kleid? Keinen Schal, keine Spencerjacke?«

Elif fand seine Reaktion etwas überzogen, auch wenn sie sich zuerst ja selbst gewundert hatte. Aber seine Stimme klang so schockiert, als hätte sie etwas Undenkbares gesagt. »Nur ihr Kleid«, bestätigte sie. »Sonst nichts, nicht einmal Handschuhe – wobei die vielleicht in ihrer Tasche waren, das weiß ich nicht. Warum fragen Sie?«

Charles blickte an ihr vorbei, fast als versuche er, vor seinem geistigen Auge etwas zu sehen. Dann zuckte er mit den Schultern. »It's just not like Miss B.«, antwortete er. »Sie hätte gedacht, dass ihr Kostüm unvollständig ist. Eine Regency-Dame würde unter normalen Umständen so das Haus nicht verlassen. Sie muss es sehr eilig gehabt haben oder extrem aufgewühlt gewesen sein.«

Elif blieb noch kurz an der Schwelle stehen, nachdem er hineingegangen war. Seine Worte hatten ihr zu denken gegeben.

»Wir sollten mit Anna reden«, hatte Elif geschrieben, als hätte das Gespräch in ihrem Zimmer nie stattgefunden. Dabei meinte Markus es ernst damit, sich nicht mehr einmischen zu wollen. Die Sache mit dem Barocksaal, das war etwas anderes. Hier ging es um etwas, das ihn als Journalisten interessieren durfte. Wenn Barbara einen historisch wertvollen Saal hatte zerstören lassen, war das ein kleiner Skandal. Wenn sie die Wahrheit gesagt hatte und die Zerstörung nicht veranlasst hatte, war es ebenfalls ein Skandal – und ein rätselhafter noch dazu. Er fühlte sich vollkommen berechtigt, dem nachzugehen und alles herauszufinden, was er konnte. Aber in einer Mordermittlung herumzustapfen – sie hätten nie damit anfangen sollen.

Er hatte sich mit einem Tee aus dem Samowar in den Wintergarten gesetzt, der auf die Wiese hinterm Haus blickte, um über Barbaras Geschichte nachzudenken. Irgendwie musste sich ja wohl herausfinden lassen, ob sie gelogen hatte oder nicht. Er hatte sich von ihr den Namen der Firma nennen lassen, die die Arbeiten an der Scheune ausgeführt hatten. Das war die Stelle, an der er beginnen wollte.

Er hatte allerdings nicht damit gerechnet, dass Elif ihn so schnell aufspüren würde. »Hier steckst du also«, sagte sie. »Ich wollte gerade zum Mittagessen.« Anstatt wieder zu gehen und ihn in Ruhe denken zu lassen, setzte sie sich auf einen der tiefen Sessel ihm gegenüber. »Also, was hat es mit dem Saal auf sich?«

Er berichtete ihr von seinem Gespräch mit Barbara. Dann ließ er sich von ihr erzählen, was sie von Sandor und Charles erfahren hatte. »Aber, Elif«, sagte er, nachdem sie geendet hatte, »lassen wir die Finger davon.« Als sie protestieren wollte, legte er ihr leicht die Hand auf den Arm. »Ich meine es ernst. Selbst wenn wir mit so etwas nicht die Ermittlungen der Polizei behindern – was sehr leicht passieren könnte: Jemand hat Karoline umgebracht. Jemand, der wahrscheinlich unter demselben Dach schläft wie wir. Jemand, der genug zu verlieren hatte, um die Frau zu ersticken. Ich denke nicht, dass wir dieser Person in die Quere kommen sollten.«

»Gehen wir in den Speisesaal«, schlug Elif vor.

Markus fragte sich, ob das bedeutete, dass sie ihm zustimmte, oder ob sie seine Argumente einfach ignorierte. Bei seiner Exfrau wäre zweiteres der Fall gewesen; bei Elif war es möglich, dass sie einfach nur Hunger hatte und lieber beim Essen weiterreden wollte.

Tatsächlich dirigierte sie ihn zu einem Tisch, der etwas abseits stand und sich für ein ungestörtes Gespräch eignete. Als sie allerdings wenige Minuten später Anna zu sich heranwinkte und sich gleich danach mit einem vorgetäuschten Telefonat entschuldigte, wurde ihm klar, dass das ungestörte Gespräch in ihrer Vorstellung zwischen ihm und Anna stattfinden sollte. Geschickt eingefädelt, das musste er zugeben, aber sie war jetzt nicht da und konnte ihn folglich nicht davon abhalten, die Unterhaltung auf unbedeutenden Small Talk zu begrenzen.

»Ich glaube, Fabian hasst mich«, brach es aus Anna heraus, sobald die Kellnerin, die die Suppe gebracht hatte, wieder außer Hörweite war.

So viel zum Small Talk, dachte Markus. Offensichtlich hatte Anna das Skript nicht gelesen. Sie trug einen langen Rock, allerdings keinen historischen, und eine schmal geschnittene Jacke. Ihre Haare hatte sie zu einem lockeren Knoten aufgesteckt. Sie sah aus wie eine Frau, die geweint hat, aber nicht will, dass man es ihr ansieht. Sie sah nicht aus wie eine Frau, die imstande war, einen Menschen umzubringen, aber das traf auf alle anderen Personen im Speisesaal ebenfalls zu.

»Was ist passiert?«, fragte Markus. Es war die offenste aller Fragestellungen, und eine, bei der wirklich alles herauskommen konnte. Wenn er versucht hätte, von jemandem Informationen zu bekommen und in Sachen Karoline zu ermitteln – was er nicht tat! –, hätte er mit genau dieser Frage begonnen.

»Er will nicht mit mir reden«, antwortete sie. Ihr Blick drückte verletzte Ratlosigkeit aus. »Oh, nicht, dass er nicht mit mir spricht«, präzisierte sie. »Aber gestern hat er mich gedrängt, ihm alles zu erklären, und jetzt will er nichts mehr wissen.«

»Über dich und Sandor?«, erkundigte Markus sich und nahm seinen Löffel in die Hand. Die Suppe vor ihm duftete verführerisch, doch es kam ihm unpassend vor, jetzt mit dem Essen zu beginnen.

»Hm. Ich hatte ihm nicht gesagt, dass ich Sandor schon kannte, ehe er ihn kennengelernt hat. Vor unserer Zeit«, fügte sie rasch hinzu. Sie nahm ein Stück Baguette aus dem Korb auf ihrem Tisch und begann, es zu zerbröseln.

»Du hast ihn gekannt?«, wiederholte Markus. »Oder wart ihr zusammen?«

Um Annas Mund zuckte ein schiefes Lächeln. »Rückblickend würde ich sagen, es war eher so etwas wie eine sehr intime Selbsthilfegruppe.«

»So habe ich das noch nie jemanden nennen hören«, antwortete Markus unwillkürlich amüsiert und tauchte jetzt doch den Löffel in die Suppe. »Gab es denn regelmäßige Therapiesitzungen?«

Einen Moment später bereute er die Bemerkung, die ihn wahrscheinlich ohne Umweg in die Kategorie sexistischer alter weißer Männer katapultiert hatte, aber zu seiner Überraschung musste Anna lachen. Etwas von ihrer Spannung schien von ihr abgefallen zu sein, und sie blickte in ihren Suppenteller, als ob sie ihn gerade erst bemerkte. »Das sieht gut aus«, bemerkte sie leicht überrascht und nahm einen Löffel. »Jedenfalls«, fuhr sie nach einer Weile fort, »haben Sandor und ich über sehr viele Dinge geredet, die ... die man nicht jedem erzählen kann. Und vor allem, die man nicht weitererzählen kann. Aber das alles konnte ich Fabian nicht gut erklären, schon gar nicht, nachdem er mir Sandor als seinen interessanten neuen Bekannten vorgestellt hatte, den er ganz offensichtlich bewunderte. Wir haben uns nicht abgesprochen, Fabian die Wahrheit zu verschweigen, wir wussten bloß nicht, was wir sagen sollten.« Sie sprach jetzt mit Nachdruck, als ob sie ihn um jeden Preis von der Wahrheit ihrer Worte überzeugen wollte. Es war zweifellos die Erklärung, die eigentlich für Fabian gedacht war, der sie aber nicht hören wollte.

»Und Magda hat das alles gewusst?«, wollte Markus wissen.

»Alles?« Anna schauderte. »Nein, zum Glück nicht.«

Markus zögerte einen Moment, aber wenn die Antworten zu ihm kamen, ohne dass er sie an seinen Tisch gebeten hatte, dann würde er sie entsprechend höflich behandeln und nicht einfach ignorieren. »Magda ist mir ein Rätsel«, gestand er. »Sie hat gesagt, Sandor hätte sich bei dir ausgeweint ... aber zu Elif hat er gesagt, Magda hätte ihn gerettet.«

Anna umklammerte ihren Löffel so fest, dass Markus fürchtete, er werde sich in ihrem Griff verbiegen. »Ja, Sandor wollte nie ein Wort gegen sie hören. Sie hat ihn als Jungen aus seiner Familie herausgeholt, die ihn beinahe kaputtgemacht hätte. Ein Teil von ihm liebt sie über alles, weil sie sich um ihn gekümmert hat, als es sonst niemand tat. Sie hat ihn unterrichtet, an ihn geglaubt und ihm den Weg bereitet.«

»Aber?«, fragte er behutsam nach, als sie verstummte.

Er hatte das Gefühl, dass sie darüber nachdachte, was – oder wie viel – sie ihm erzählen wollte. Dann zuckte sie plötzlich die Schultern. »Sie ist eine Perfektionistin und außerdem ein Kontrollfreak«, sagte sie. »Vielleicht muss das sogar so sein und man kommt sonst im professionellen Ballett nicht weit, aber es hinterlässt Spuren. Und vor allem muss man jemanden auch mal seinen eigenen Weg gehen lassen, und damit hat sich Magda schwergetan.« Das alles passte zu dem, was er von der Balletttänzerin bisher gesehen hatte.

Es erklärte nicht, was Sandor am Schluss über Magda gesagt hatte, und das war es, was Markus eigentlich gerne verstanden hätte. Nicht wegen des Mordfalls, setzte er in Gedanken rasch hinzu, sondern aus reiner Neugier.

»Wie auch immer, natürlich hat die Sache mit Sandor nicht lange gehalten«, fuhr sie etwas zu energisch fort. Markus fragte sich, ob es ein Versuch war, das Thema zu wechseln. »Sich vor einem anderen völlig zu entblößen, das funktioniert in einer Beziehung nicht auf Dauer – ausziehen, ja, aber will man wirklich mit jemandem zusammen sein, der alles über einen weiß? Sandor habe ich damals alles erzählt, und das war richtig, aber Fabian? Das war Ballast, den ich lieber nicht weiter mitschleppen wollte.«

Markus wollte dieses Gespräch plötzlich nicht mehr weiterführen. Wenn in diesem Moment sein Handy geklingelt hätte, wäre er dankbar gewesen, aber natürlich tat es nichts dergleichen. Dafür kam ihm die Kellnerin zu Hilfe, die die Suppenteller abtrug und das Hauptgericht brachte. Er nahm die Gabel in die Hand und begann zu essen, ohne Anna anzusehen.

Sie tat es ihm gleich, aber er konnte ihren Blick auf sich spüren – abschätzend und verstehend. »Bist du jemals in einer Beziehung gewesen, in der …«

»Ja«, antwortete er heiser. Er musste den Rest der Frage nicht hören, um zu wissen, was sie hatte sagen wollen. Jetzt war er an der Reihe, seine Hände viel zu fest um die Gabel zu schließen.

»Ja«, wiederholte Anna voll von grimmigem Verständnis, »man kann jemanden lieben, der einen kaputtmacht.« Die Worte waren ein Echo von etwas, das er heute schon einmal gehört hatte: Konrad hatte es über die Liebe seiner Cousine zu dem historischen Gebäude gesagt, in dem sie sich gerade befanden.

»Ich kam gerade aus so einer Beziehung, als ich Sandor kennenlernte.«

»Magda hat gesagt, du wolltest gestern mit Karoline reden«, sagte Markus schroff, nur um etwas zu sagen, das nichts mit toxischen Beziehungen zu tun hatte. »Was wolltest du von ihr?«

Anna sah ihn mit schiefgelegtem Kopf an, nachdenklich, überlegend. »Ja, das hat Magda gesagt, nicht wahr?«

»Stimmt es denn nicht?«, fragte Markus.

Pause. Er hatte den Eindruck, als ob Anna in Gedanken verschiedene mögliche Antworten durchging. »Doch, ich wollte mit Karoline reden«, sagte sie dann langsam. »Sie war diejenige, die sich erinnern konnte, dass Sandor und ich zusammen waren.« Noch eine Pause. »Ich wollte sie bitten, nichts darüber zu sagen, bevor ich mit Fabian gesprochen hatte. Mir war klar, dass ich ihm alles sagen musste. Miss B. war nicht wirklich bösartig, aber sie hat die ganze Zeit geredet, und ich dachte mir, wenn ich ihr die Sache erkläre, würde sie es verstehen.«

»Und hat sie?«, fragte Markus.

Anna zögerte.

Bis zu diesem Moment hätte Markus blind geschworen, dass sie die Wahrheit sagte, und ebenso, dass sie nichts mit Karolines Tod zu tun hatte. Aber ihr Zögern hallte wie ein Warnschuss durch seinen Kopf.

»Ich habe doch nicht mit ihr darüber gesprochen«, sagte sie. »Es wäre so schlecht zu erklären gewesen, und dann kam ich mir blöd vor, es zu versuchen. Ich bin mit ihr umgekehrt, und wir sind wieder ins Hotel zurückgegangen.«

Die Lüge war nicht nur sinnlos, sie war kontraproduktiv, wenn Anna diejenige war, die Karoline umgebracht hatte. Was wiederum die Frage aufwarf, warum sie gelogen hatte.

3

Einen Schlüssel vom Schlüsselbrett an der augenblicklich unbemannten Rezeption zu nehmen war weder höflich noch legal, vor allem wenn es der Schlüssel zu einem fremden Zimmer war. Natürlich wusste Elif das. Aber die Gelegenheit war einfach zu günstig, und sie würde nicht lange brauchen. Ein Blick würde genügen, um Gewissheit zu haben, und dann konnte sie den Schlüssel zurückbringen.

Denn auch wenn sie das Warum noch nicht völlig begriff, wusste sie jetzt, welches Beweisstück sie alle vergeblich gesucht hatten. Und wo es zu finden war.

»Bitte, Markus, sag mir, dass du dieses *Ding* der Polizei gibst, sobald sie wieder auftauchen!«

Das »Ding« war der Pompadour, dessen Anwesenheit im Safe ihres Kleiderschranks Elif zusehends nervös machte. Nach dem Mittagessen war die Sonne herausgekommen, aber die beiden hatten sich einmal mehr in Elifs Zimmer verschanzt, um sich zu besprechen. Nicht für lange allerdings, denn Markus hatte Pläne.

»Lass uns noch einmal versuchen, mit Gemma zu reden. Irgendwo, wo Verena nicht reinplatzen und Gemma nicht einfach weglaufen kann.«

»Okay, aber wenn das nichts bringt, trage ich den Pillenbeutel selbst zu Kommissar Werner, wenn du es nicht tust«, kündigte Elif an.

Markus versprach, dass sie das Beweismittel danach nicht länger zurückhalten würden, aber er war überzeugt davon, dass es das Richtige war, Gemma noch eine letzte Chance zum Reden zu geben. »Und ich denke, wir sollten Frances auch dazuholen.«

»Na viel Glück damit nach dem Krach, den die zwei heute Morgen hatten«, sagte sie trocken. Markus grinste: »Du hast mich vorhin in ein Gespräch mit Anna manipuliert. Ich habe volles Vertrauen in deine Fähigkeiten.«

Am Ende war es einfacher, als sie erwartet hatten. Gemma, die offensichtlich ihrer Mutter entkommen wollte, hatte sich in eine Decke gewickelt und auf die Wiese hinterm Haus gesetzt. Als Frances, die wohl dieselbe Idee gehabt hatte, aus der Hintertür trat, war es zu spät, einander auszuweichen, weil sich Markus und Elif auf die beiden stürzten und ihnen den Rückweg abschnitten: mission accomplished.

Markus hielt sich nicht mit Vorreden auf, sondern hob den Pompadour in die Höhe und sagte kühl: »Meine Kollegin ist fest entschlossen, diesen Beutel noch heute der Polizei zu übergeben. Ich würde vorschlagen, wenn ihr noch etwas zu sagen habt, dann sagt es jetzt. Gemma, hast du Karoline Drogen in den Tee gekippt? Und erzähl mir nicht, dass Charles dafür verantwortlich war, denn wir wissen, dass das nicht stimmt.« Elif war milde beeindruckt von Markus' »Bad-Cop«-Inszenierung. Aber seine Idee, die beiden jungen Frauen zusammen zu befragen, erwies sich als wahre Inspiration.

Gemma warf ihrer Freundin einen zutiefst verletzten Blick zu. »That's what you told them? Dass ich ihr von dem liquid gegeben habe? Mit Absicht? Ich dachte, wir wären Freundinnen.«

»Nicht, wenn du schuld bist, dass ...« Aber Frances schreckte offensichtlich davor zurück, auszusprechen, was ihr durch den Kopf ging, und Gemma war totenblass geworden. »Ich hab das nicht gewollt«, flüsterte sie.

Keine der beiden sagte mehr, obwohl Markus seine Drohung von zuvor wiederholte, umgehend zur Polizei zu gehen. Elif glaubte auf einmal zu verstehen, warum sie so viel Angst hatten. Eine Menge Gerüchte über Karolines Tod machten seit dem vergangenen Abend die Runde, aber das hieß nicht, dass jemand wirklich wusste, was vorgefallen war.

»Was auch immer ihr gemacht habt«, mischte sich Elif deshalb ungeduldig ein, »ihr seid nicht für ihren Tod verantwortlich.«

Frances starrte sie zweifelnd an.

»Ja«, bestätigte Elif sardonisch. »Karoline ist nicht an den Drogen gestorben, die ihr ihr gegeben habt. Wenn nicht jemand an dieser Bank vorbeigekommen wäre und sie erstickt hätte, wäre sie noch am Leben. Also raus damit, was habt ihr gemacht?«

Aber Gemma war nicht imstande zu antworten. Sobald sie begriffen hatte, was Elif gesagt hatte, begann sie, hysterisch zu schluchzen. Frances beobachtete sie peinlich berührt, offenbar hin- und hergerissen zwischen Mitgefühl und Ärger. Elif und Markus wechselten einen Blick. Ja, das waren definitiv Tränen der Erleichterung. Sie gaben der aufgelösten jungen Frau ein paar Minuten, dann forderten sie sie auf zu reden. Frances reichte ihrer Freundin ein Taschentuch. »Wir haben nur herumgealbert«, sagte sie, während Gemma sich schnäuzte. »Wir haben uns überlegt, Miss B. ein paar Tropfen vom liquid ecstasy in ihren afternoon tea zu tun, weil sie immer so uptight war. Aber wir hätten das nie gemacht, nicht ohne ihr Wissen.«

»Das ist alles schön und gut, aber Miss B. *hatte* Spuren von Drogen im Blut«, sagte Elif unerbittlich, »und ihr *habt* Drogen in diesem Beutel. Wie erklärt ihr das?«

»Das Zeug da drin« – Frances deutete auf den Pompadour – »das war für die Party, den Ball, meine ich. Es macht mehr Spaß, wenn man ein bisschen high ist. Und es gibt immer ein paar Leute, die mitmachen.« Sie warf Elif einen fast verschwörerischen Blick zu. »Komm, du hast doch, als du jung warst, sicher auch mal in der Disco auf der Toilette was geschnupft. Das macht doch jeder.«

Markus stieß ein Lachen aus, das er wenig erfolgreich als Husten zu tarnen versuchte. Elif warf der jungen Engländerin den kältesten Blick zu, der ihr zur Verfügung stand. »Da redest du mit der Falschen, wenn du denkst, dass ich irgendwelches Verständnis für den Konsum illegaler Drogen habe«, erwiderte sie frostig. »Und nein, ich habe nie in der Disco auf der Toilette was geschnupft. Wenn das alles ist, was ihr zu sagen habt – Markus, gibst du mir bitte Gemmas Pompadour?«

»Das war es nicht«, flüsterte Gemma, die endlich ihre Stimme gefunden hatte. Lauter fuhr sie fort: »Ich weiß, dass das nicht legal ist. Sie müssen es nicht gut finden. Aber es stimmt, dass wir niemandem schaden wollen. Das meiste von dem Zeug ist für uns, und der Rest ist für Freunde, die mit uns feiern. Aber Miss B. ...«, sie stockte, räusperte sich und zupfte einen kurzen Grashalm ab. »Es waren die Kekse«, sagte sie. »Es war keine Absicht. Wir haben sie mit zum afternoon tea gebracht. Ihr habt vielleicht gehört, dass ich eine Glutenunverträglichkeit habe, deshalb bringe ich oft mein eigenes Gebäck mit.«

Elif erinnerte sich vage daran, dass Barbara zum Frühstück für Gemma spezielles Brot hatte bringen lassen, und noch vager an einen Teller mit nicht sonderlich lecker aussehenden Keksen auf einem der Tische. »Drogenkekse?«, fragte sie, und wieder hörte sie Markus angesichts ihrer Wortkreation neben sich lachen.

»Ja«, antwortete Gemma. »Sie waren nur für uns gedacht, aber Miss B. had a sweet tooth; sie liebte Süßes, und wir haben es erst nicht bemerkt, dass sie unseren Teller gestohlen hat. Ich weiß nicht, wie viele davon sie gegessen hat.«

Elif rollte die Augen. Sie hatte sehr wenig Verständnis für diese beiden verwöhnten und gedankenlosen jungen Frauen. »Ja, ihr habt das alles nicht gewollt«, sagte sie. »Aber wenn man schon Haschkekse zu einer historischen Teestunde mitbringt, sollte man wenigstens aufpassen, dass sie nicht in die falschen Hände geraten!« Sie entfernte sich ein Stück von den anderen, um sich wieder zu beruhigen. Markus wandte sich an Gemma. »Wie ging es weiter?«, fragte er. »Ich vermute, ihr habt Karoline nicht erzählt, was sie da zu sich genommen hat?«

Frances schüttelte den Kopf. »Sie ist plötzlich mit Magda weggegangen. Wir hatten gar keine Zeit, etwas zu unternehmen ... und das Zeug war harmlos, wirklich.«

»Für jemanden, der daran gewöhnt war«, sagte Markus streng. »Was bei Miss B. nicht der Fall war«, vermutete er, aber das musste sie nicht wissen. »Und du hast selbst gesagt, dass ihr nicht wisst, wie viele sie gegessen hat.«

»Deshalb habe ich mir dann ja auch Sorgen gemacht«, meldete sich Gemma wieder zu Wort. »Ich dachte, es würde schon alles in Ordnung sein, aber dann war Miss B. nicht in der Scheune. Das sah ihr nicht ähnlich. Sie liebte das Tanzen. Ich ... wir waren nicht ... wir hatten selbst zu viel Spaß, um ...« – Markus interpretierte das als: Wir waren selbst zu high – »... das gleich zu bemerken. Aber irgendwann ist mir aufgefallen, dass sie fehlte.«

Sie hatte Frances gesagt, dass sie sich nach Miss B. umsehen würde, und hatte die Scheune verlassen. »Warum bist du in den Rosengarten gegangen?«, fragte Elif unvermittelt. »Woher hast du gewusst, dass sie nicht im Haus war?«

Gemma zog ihre Decke um die Schultern, als ob die bloße Erinnerung an den Abend sie frösteln ließe. »Ich wusste es nicht«, antwortete sie. »Ich wollte über den Weg zum Hotel gehen und dort nach ihr fragen. Aber dann ...«

Elif bemühte sich um Geduld, aber als Gemma keine Anstalten machte, weiterzureden, sagte sie: »Ich werde hier alt. Was dann?«

»Ich habe was im Rosengarten gehört.« Gemma warf Elif von unten einen Blick zu, wie um abzuschätzen, ob ihre Worte richtig ankamen. »Ich habe eine Gestalt gesehen. Darum bin ich dort hingegangen, in die Richtung. Und dann ...« Ihre Erklärung brach ab, als ihr klar wurde, dass ihre Geschichte nicht so gut zusammenhing, wie sie gedacht hatte.

»Markus, den Pompadour bitte.«

»Nein, wirklich, ich bin zum Rosengarten gegangen ...«

»... weil du an der Scheune ein Geräusch gehört hast.« Elif deutete nach links zur Scheune und dann in die andere Richtung, in der der Garten zum größten Teil hinter der Ecke des Gebäudes verborgen lag. »Na klar.«

»Just tell her, Gemma!«, forderte Frances ihre Freundin auf, die sie zweifelnd ansah und dann nickte.

»Ich bin aus der Scheune gegangen«, erzählte sie. »Es war dunkel und kalt. Von drinnen kam Musik, und die Lichter haben herausgeschienen. Und direkt nach mir ist jemand anderes herausgekommen. Ich dachte, er wollte nur etwas Luft schnappen, aber er ist auf- und abgegangen und dann ein Stück Richtung Park gelaufen. Er hat auf sein mobile phone geschaut, als ob er auf jemanden wartete, der noch nicht da war. Ich glaube nicht, dass er mich bemerkt hat, er ist dann wieder reingegangen, aber ich ...«

Alle vier sahen sich an, und zum ersten Mal schienen sie sich alle zu verstehen. Natürlich war Gemma in Richtung Park und Rosengarten gelaufen. Vielleicht hätten Elif und Markus es genauso gemacht.

»Der Mann vor der Scheune?«, fragte Markus. »Wer war es?« Er hatte einen Verdacht, aber es ging nicht an, Gemma einen Namen in den Mund zu legen.

»Charles«, antwortete sie, wie er erwartet hatte. »Ich wollte herausfinden, was er im Sinn hatte. Ich dachte, er hätte vielleicht ein geheimes Date oder so was.«

Ihre Sorge um Karoline konnte so groß nicht gewesen sein, wenn sie sich von so etwas hatte ablenken lassen, dachte Elif irritiert. Vergiss die Anti-Drogen-Kampagnen auf den öffentlichen Bussen in der Stadt, man brauchte sich nur Gemma und Frances anzuschauen, um zu wissen, warum man besser die Finger von dem Zeug lassen sollte. Gemma war also nicht dem erleuchteten Weg zwischen Scheune und Hintereingang gefolgt, sondern war an der Rückseite des Hotels entlanggelaufen, bis der Weg sich gabelte. Und dort hatte sie den Mann auf dem Fahrrad gesehen. Er war nicht die Auffahrt entlanggekommen, sondern musste einen Feldweg genommen haben, und ein gutes Stück vom Haus entfernt war er abgestiegen und hatte sein Rad an einer dunklen Stelle gegen einen Baum gelehnt. Er stand wartend herum, und sie hatte sich gedacht, dass er auf Charles warten würde. Warum sie in den Rosengarten gegangen war, konnte sie nicht mehr so genau sagen: »I was feeling a bit woozy at the time«, gestand sie. Angst hatte sie nicht gehabt, war gar nicht auf die Idee gekommen. »Dann war ich im Rosengarten, und da habe ich Miss B. gefunden.« Sie schluckte. »Ich glaube, ich habe geschrien«, fuhr sie fort. Natürlich hatte sie geglaubt, dass die Kekse schuld an ihrem Tod waren. Der Rest ihrer Erinnerungen war lückenhaft, aber Markus und Elif konnten sich das wenige, was sie nicht selbst gesehen hatte, erschließen: Wie Gemma völlig aufgelöst zu Frances in die Scheune gelaufen und ihr zugeflüstert hatte, dass Miss B. tot war. Wie sie ebenso kopflos wieder ins Freie gerannt war, wo Fabian, Markus und Elif sie dann gefunden hatten. Der Mann mit dem Fahrrad musste ihren Schrei gehört haben und nach Gemma in den Rosengarten gelaufen sein. Dort hatte er die Tote gesehen und war danach Fabian und Markus begegnet. Und in dem sich anschließenden Chaos war er im Dunkeln verschwunden, hatte sein Fahrrad genommen und das Gelände verlassen, bevor die anderen sich wieder an ihn erinnerten.

»Wo hatte der Mann das Fahrrad abgestellt?«, wollte Markus wissen. »Can you show us?« Gemma nickte und stand auf. Sie folgten ihr den Weg entlang bis zu der Gabelung, an der sie stehenblieb und auf eine Hecke in einiger Entfernung deutete. »Ich glaube, da habe ich ihn auftauchen sehen«, sagte sie langsam. »Neben der Hecke. Und dann ist er mit dem Rad zu einem von diesen Bäumen dort.«

Markus ging in die angezeigte Richtung los, aber Elif erwartete nicht, dass er wirklich Spuren von einem für kurze Zeit dort abgestellten Fahrrad finden würde. Sie schätzte ihren Kollegen, aber er war ein Stadtmensch, kein Waldläufer. Während er also seinen inneren Pfadfinder von der Leine ließ, wandte sie sich an Gemma.

»Ich weiß, dass du gestern nicht ganz ...«, sie suchte nach einer weniger krassen Formulierung als »nicht ganz zurechnungsfähig«, fand aber keine und fuhr fort: »Trotz der Pillen, die du intus hattest, eine Frage: Hältst du es für möglich, dass der Mann mit dem Fahrrad Miss B. umgebracht haben könnte, bevor du sie gefunden hast?«

Gemma schüttelte den Kopf. »Jedenfalls nicht direkt davor. Er ist von dem Feld dort gekommen, und er stand bei seinem Fahrrad herum, als ich zum Rosengarten ging. Natürlich könnte er schon vorher da gewesen und zurückgekommen sein, aber ...«

Sie beendete den Satz nicht, doch Elif war klar, was sie meinte. Wenn der Fremde Karoline umgebracht hätte – und das mehrere Stunden zuvor –, warum war er dann nicht nur zurückgekommen, sondern hatte Fabian und Markus gezeigt, wo die Tote zu finden war, nur um dann wieder zu verschwinden?

»Na, Sherlock, was gefunden?«, fragte Elif ihren Kollegen, der von seiner Inspektion der Bäume zurückkam. Er zuckte mit den Schultern. »Nein, aber es wäre blöd gewesen, nicht wenigstens nachzuschauen. Stell dir vor, der Typ hätte im Dunkeln sein Handy verloren, und wir würden es nicht finden, nur weil wir es gar nicht erst versucht haben.«

Eine Weile standen sie alle vier da, dann deutete Frances auf den Pompadour in Markus' Händen. »Was passiert jetzt als Nächstes?«

Er wechselte einen Blick mit seiner Kollegin, um festzustellen, ob sie etwas sagen wollte, dann sah er Gemma ernst an.

»Wir können das der Polizei nicht einfach verschweigen. Karoline ist nicht wegen dieser Kekse gestorben, aber wer weiß, was gewesen wäre, wenn sie sie nicht gegessen hätte.« Die Engländerin nickte bedrückt. Sie tat ihm ein bisschen leid. Die Episode mit den Keksen wäre unter anderen Umständen wahrscheinlich folgenlos geblieben. »Hört zu.« Er fragte sich, ob er das Richtige tat. »Wenn ihr zur Polizei geht und ihnen von den Haschkeksen erzählt – und das wird euch genug Ärger einbringen –, dann ist es vielleicht nicht nötig, ihnen den Inhalt dieses Pompadours auch noch zu zeigen.« Es war eine arg halbseidene Argumentation als Grundlage für so eine Entscheidung, aber er war bereit, notfalls die Konsequenzen zu tragen. »Wir behalten das Ding so lange, bis ihr dem Kriminalbeamten gestanden habt, was ihr getan habt. Danach gebe ich es euch zurück. Und ihr spült das Zeug in der Toilette runter oder was auch immer, und verabschiedet euch von dem ganzen Scheiß. Ihr seht ja, wozu so was führen kann.«

Elif sog scharf die Luft ein, sagte aber nichts, bis Gemma und Frances ein feierliches Versprechen abgegeben hatten. »Du willst ihnen das Ding doch wohl hoffentlich nicht samt Inhalt zurückgeben«, protestierte sie dann, während sie zusammen Richtung Hintereingang gingen.

Markus sah sie unbewegt an. »Es ist besser, wenn sie die Chance haben, das Zeug freiwillig zu vernichten.« Das von dem Mann, der sich wegen ihrer behüteten Jugend über sie lustig gemacht hatte. »Und du glaubst wirklich, das werden sie tun?«

Er zuckte die Schultern, während er ihr die Tür aufhielt. »Vielleicht. Ich könnte mir vorstellen, dass das hier ein Weckruf für die beiden wird, wenn sie sich erst mal richtig klar darüber geworden sind, was sie angerichtet haben.«

Elif lag eine Erwiderung auf der Zunge; was sie tatsächlich sagte, war: »Was ist denn da los?«

Die Stimmen kamen aus dem Wintergarten. Vielmehr war eine Stimme zu hören, eine laute, aufgebrachte Frauenstimme.

»Nein, ich will nicht. Lassen Sie mich! Sie verfolgen mich schon die ganze Zeit. Lassen Sie mich!« Elif sah Skinny Jeans und lange Haare, dann war Kalea an ihr vorbei.

Die beiden Kollegen wechselten einen Blick. Elif lief der jungen Frau hinterher, während Markus mit schnellen Schritten in den Wintergarten eilte.

Er blieb abrupt stehen, weil er auf den ersten Blick niemanden sah, einen Moment nur, der aber lang genug war, um Erinnerungen an mysteriöse Geschichten über unlösbare Rätsel zu wecken: der verschlossene Raum, der plötzlich leer ist, die Geisterstimme, die unerklärliche Erscheinung.

Dann beanspruchte die Vernunft wieder ihr Recht, und Markus wandte den Blick von der Mitte des Zimmers, wo er Kaleas Gesprächspartner vermutet hatte, zur Seite, wo er eine Bewegung wahrnahm, und sah Charles, der sich aus einem Sessel erhob. Er ließ die Lehne nicht los, als brauche er den Halt, aber seine Stimme klang ruhig, als er Markus ansah.

»I'm a bit worried about Ms. Berger«, bemerkte er.

Kalea war wie blind aus dem Wintergarten gestürzt, hatte das Foyer durchquert und rannte nun die Treppe hinauf. Elif folgte ihr, den Kopf voller Fragen, hinter denen eine unbestimmte Angst steckte. Einen verrückten Augenblick lang war sie froh, dass es nicht nachts voller seltsamer Geräusche und Schatten in den Ecken war. Denn es reichte, dass ihr auf einmal klar wurde, was sie ja schon gewusst hatte: dass etwas Gefährliches in diesem Haus war. Geheimnisse. Bedrohungen. Mord.

Am oberen Treppenabsatz rannte Kalea beinahe Anna um, die überrascht ihren Namen ausrief und ihren Arm ergriff. Das gab Elif Zeit aufzuschließen, und Kalea machte keine Anstalten mehr, weiter zu flüchten. Sie sah die beiden anderen Frauen mit aufgerissenen, gehetzten Augen an. Ihr Atem ging schnell und klang fast wie ein Schluchzen, obwohl sie nicht weinte.

Anna und Elif wechselten einen besorgten Blick, dann bugsierten sie die aufgelöste Frau in Elifs Zimmer. »Setz dich hierhin. Ganz ruhig. Was ist passiert?«

Anna hielt sie an der Schulter fest, während Elif ein Glas Wasser füllte.

»Kannst du uns sagen, was passiert ist?«, fragte Elif. »Brauchst du einen Arzt – oder sollen wir die Polizei rufen? Hat er … dich angegriffen?«

Anna drehte sich alarmiert zu ihr um. »Angegriffen? Von wem redest du?«

»Es war Sinclair«, sagte Kalea leise. »Im Garten – im Wintergarten.«

»Sie machen sich Sorgen um sie«, wiederholte Markus tonlos.

Charles sah ihn an und schien erst jetzt wirklich zu registrieren, wie prekär seine Position war – das Echo von Kaleas Worten hing anklagend im Raum.

»Listen«, sagte der Engländer mit geradezu aufreizender Gelassenheit. »Ich habe nichts getan. Ich wollte nur Konversation machen …«

»Was zum Teufel haben Sie zu ihr gesagt?«, unterbrach Markus ihn verärgert. Jetzt wurde Charles doch ein wenig blass. Er schloss einen Moment lag die Augen, ehe er zu sprechen begann, und es ärgerte Markus, dass er selbst jetzt noch die Ruhe bewahrte. Abgesehen von der Hand, die fest auf der Sessellehne lag, zeigte er keine Nervosität. Markus fragte sich, was es zu bedeuten hatte, dass der Mann sich so gut im Griff hatte.

»Hören Sie, ich kann Ihnen nicht sagen, warum sie so reagiert hat. Sie kam hier herein und setzte sich dorthin …«, er deutete auf eines der Sofas in der Mitte des Raumes. »Sie war allein und hatte nur ihr Handy dabei, auf das sie ein paar Mal schaute. Sie saß einfach da, deshalb habe ich sie angesprochen. Es war nichts als Small Talk – nach dem ... nach gestern wollte ich nicht über etwas Ernsthaftes sprechen.«

Markus beobachtete ihn und wusste nicht, was er denken sollte. Er sah einen hochgewachsenen, distinguierten, beredten älteren Gentleman – so klischeehaft es klang, das war das Wort, das ihm einfiel; und das nicht nur, weil er ihn in Kniebundhosen und Gehrock auf der Tanzfläche gesehen hatte. Seine Haare waren fast weiß, aber dass die Assoziationen der meisten Frauen nicht »freundlicher Großvater«, sondern »attraktiver Mann im besten Alter« waren, hatte er in den vergangenen Tagen live miterleben können. Aber da war noch etwas anderes. Diese Gelassenheit unter Druck, der allzu geflissentlich eingesetzte Charme. Trotz seiner vordergründigen Offenheit gab der Mann nicht viel von sich preis. Was hinter dem Lächeln und den verbindlichen Worten lag – er konnte es nicht einschätzen.

Vielleicht war das, was man sah, die Wahrheit.

Vielleicht verbarg das, was man sah, die Wahrheit.

»Sie müssen etwas gesagt haben, was sie so in Aufruhr versetzt hat«, beharrte Markus. Oder getan. Was für Charles sprach, war die Tatsache, dass er gerade aus dem Sessel aufgestanden war, als Markus hereinkam, während Kalea mitten im Raum gestanden haben musste. Vielleicht auch die Tatsache, dass die Tür weit offen war. »Sie hat behauptet, Sie hätten sie verfolgt. Warum sollte sie so etwas sagen?«

Charles ließ die Lehne los und richtete sich auf. Sein Blick war kühl, als er sehr beherrscht erwiderte: »I have no idea. Es scheint mir, als ob ... Ms. Berger seems a bit unbalanced, a bit hysterical. Alles, was ich Ihnen sagen kann, ist, dass ich ihr keinen Grund für diese Art von Reaktion gegeben habe.«

Markus war hin- und hergerissen. Einerseits hatte er Charles bislang nicht anders als höflich und völlig korrekt im Umgang erlebt, andererseits schien es ihm zu einfach, Kaleas Reaktion als Hysterie abzutun. Elif hatte ihm von Kaleas Reaktion auf Charles' Worte beim Frühstück erzählt. Sie fühlte sich in seiner Gegenwart offensichtlich unwohl. Aber Elif hatte auch gesagt, dass sie Kaleas Reaktion nicht nachvollziehen konnte.

»Kommen Sie«, sagte Charles plötzlich verbindlich, und von der Kälte eben war nichts mehr zu bemerken. Er ging um den Sessel herum und setzte sich wieder, den Oberkörper nach vorn gebeugt, die Arme auf den Knien, in der Pose eines Menschen, der sich seinem Gesprächspartner ganz zuwendet. »Ich kann sehen, dass Sie mir nicht glauben. Es war eine eigenartige Situation. Wollen Sie sich nicht setzen, und ich sage Ihnen, was gesprochen wurde, soweit ich mich erinnern kann? Es war kein langes Gespräch.«

Der Vorschlag war vernünftig, und Markus ließ sich auf dem gegenüberliegenden Sitz nieder, aber als er Charles ansah, blickte er noch mehr als zuvor in das Gesicht eines Menschen, der sich nicht in die Karten schauen ließ.

Er dachte an Gemmas Worte und ihren Verdacht, dass der Mann im Rosengarten Charles' ominöser Kontaktmann gewesen war, aber er beschloss, diese Angelegenheit jetzt nicht zu thematisieren. Nicht, solange er so wenig einschätzen konnte, zu welcher Art von Reaktion Charles fähig war, wenn er sich in die Ecke gedrängt fühlte.

4

»Sollen wir die Polizei verständigen?«, fragte Elif noch einmal.

Kalea wischte mit der Hand das Kondenswasser von ihrem Glas, ehe sie es mit unnötiger Präzision auf dem Tisch abstellte.

»Die Polizei?«, wiederholte sie mit einem unwillkürlichen Schaudern. Sie schüttelte den Kopf.

»Aber Charles …«, beharrte Anna. »Was hat er getan? Ich kann es nicht glauben, er schien immer so … ich hätte nie gedacht, dass er … was hat er getan?«

Drei Frauen, und im Raum stand die große Angst vor männlicher Gewalt und die Frage, welche Form diese Gewalt annehmen konnte, angenommen *hatte*.

»Nichts«, antwortete Kalea auf einmal.

»Was meinst du mit nichts?«, fragte Elif ungläubig. »Was hat er gesagt?«

Kalea spielte unruhig mit einer Haarsträhne. »Es tut mir leid, dass ich so einen Aufruhr verursacht habe«, sagte sie. »Ich weiß, dass ich in dem Moment unbedingt wegwollte von ihm, aber – es stimmt, er hat nichts gemacht. Er wollte sich nur unterhalten.«

»Worüber?« Annas Stimme klang drohend wie die einer Frau, die bereit ist, im nächsten Moment die Trompeten von Jericho einzusetzen, um die Mauern toxischer Männlichkeit zum Einsturz zu bringen. »Was hat er gesagt?«

Kalea schien in sich zusammenzusinken. »Ich weiß es nicht«, sagte sie leise. »Nichts Besonderes. Ich bin nur – mir war nicht gut, ich weiß auch nicht. Ehrlich, ich bin euch dankbar für eure Sorge, aber sie ist vollkommen unnötig.«

Sie stand abrupt auf. »Ich werde hinuntergehen und mich bei Mr. Sinclair entschuldigen«, sagte sie entschlossen.

»Aber Kalea«, wandte Elif ein. »Du ... hast du nicht gestern gesagt, dass du Angst vor ihm hast? Das muss doch einen Grund haben.«

Kaleas Blick wanderte durch Elifs Zimmer, ohne irgendwo hängenzubleiben. Sie sah die beiden anderen Frauen nicht an. »Unsinn«, widersprach sie mit einem brüchigen Lächeln. »Wahrscheinlich PMS, da neigt man manchmal zu Überreaktionen.«

Anna legte ihr eine Hand auf den Arm. »Wie du willst, Kalea, aber: Bist du ganz sicher? Wenn du sagst, dass Sinclair nichts getan hat, gut, aber hat er vielleicht doch etwas gesagt, was dich so aus der Fassung gebracht hat?«

Einen Moment lang schien es, als wolle Kalea etwas sagen; selbst ihr Oberkörper bewegte sich nach vorn, als ob etwas aus ihr herauswollte. Dann sah sie beide Frauen nacheinander mit einem Lächeln an. »Ihr seid wirklich großartig, danke. Wenn ich jemals Hilfe brauche, wende ich mich an euch. Wir Frauen müssen schließlich zusammenhalten. Aber es ist alles in Ordnung. Ich werde in mein Zimmer gehen und mich ein wenig hinlegen.«

Elif und Anna wechselten einen Blick, in dem sich Verwunderung und Beunruhigung die Waage hielten. Es war offensichtlich, dass etwas Kalea ernsthaft erschüttert hatte, und keine von ihnen glaubte, dass die Antwort auf das Rätsel »Prämenstruelles Syndrom« lautete. Aber ebenso offensichtlich wollte sie nicht darüber reden, und wenn sie darauf bestand, dass Charles nichts Unangemessenes gesagt oder getan hatte, gab es nicht viel, was sie noch tun konnten.

»Sollen wir vielleicht Konrad benachrichtigen?«, fragte Anna.

Aber Kalea lehnte ab. »Er hat einen Geschäftstermin«, erklärte sie. »Und er würde sich nur Sorgen um mich machen, dabei hat er jetzt schon so viel getan – er war hier, um seine Cousine zu unterstützen, und dann, um sich um mich zu kümmern. Ich kann ihm jetzt nicht noch mehr aufbürden. Nein, es ist alles okay. Ein bisschen Ruhe, dann bin ich wieder im Lot. Wahrscheinlich bin ich übermüdet, ich habe nicht besonders gut geschlafen.« Und ehe die beiden anderen noch etwas sagen konnten, hatte sie das Zimmer verlassen.

»Sie hat gestern schon gesagt, dass Charles ihr Angst macht«, sagte Elif langsam. »Ich dachte zuerst, das sei nur ein Scherz gewesen, aber heute Morgen beim Frühstück hat sie auch seltsam auf ihn reagiert.«

»Ich kann mir schwer vorstellen, dass Charles ... das ist natürlich kein Argument.« Anna runzelte die Stirn. »Aber warum besteht sie darauf, dass alles in Ordnung ist, wenn es nicht stimmt?«

»Warum ist sie völlig aufgelöst aus dem Wintergarten gerannt, wenn alles in Ordnung ist?«, fragte Elif zurück.

Wie sie es auch betrachteten, es war ein Rätsel. »Ich werde Markus fragen, was Charles zu ihm gesagt hat«, meinte Elif schließlich. »Vielleicht hat er eine Erklärung.«

»Dieses ganze Wochenende ist eine Katastrophe«, sagte Anna mit Nachdruck. »Ich hatte mich wirklich auf diesen Ball gefreut, und alles ist schiefgegangen.«

Wie in *Stolz und Vorurteil*, dachte Elif. Der lang erwartete Ball von Netherfield bringt Elizabeth Bennet nur Enttäuschungen: Der Offizier, mit dem sie gerne tanzen würde, ist nicht anwesend, ihr schleimiger Vetter Mr. Collins weicht ihr nicht von der Seite, und ihre Familie blamiert sich so gründlich, dass sie damit die Heiratschancen ihrer Schwester Jane nachhaltig mindert. Aber wenigstens stirbt bei Jane Austen niemand während des Balls. Im Gegensatz zu …

Elif verzog das Gesicht. »Sieh es mal so: Im Vergleich zu *Stolz und Vorurteil und Zombies* ist es bei uns noch ganz gut gelaufen.« In der modernen Persiflage fließt tatsächlich eine Menge Blut übers Tanzparkett. Anna musterte sie einen Moment überrascht, dann stieß sie ein kurzes Lachen aus. »Das hat du gelesen?«

»Gesehen«, verbesserte Elif. »Mit einer Tüte Chips auf dem Sofa nach einem super stressigen Tag. Der Film ist wie ein Zugunglück: Man will eigentlich ganz weit fort, aber man kann einfach nicht wegschauen.«

»Ein bisschen wie dieses Wochenende«, sagte Anna, plötzlich wieder ernst. »Ich gehe auch besser«, fügte sie hinzu. »Hoffentlich kommt es nicht noch schlimmer ...«

»Wollen wir hoffen, dass uns wenigstens Zombies und Seemonster erspart bleiben«, scherzte Elif müde.

»*Frankn lichd nedd am Meer*«, zitierte Anna, »also sind Seemonster unwahrscheinlich. Aber Zombies – gut möglich.« Als sie das Zimmer verließ, sah sie einen Hauch weniger bedrückt aus. Elif sah ihr hinterher und dachte über ihre gesamte kurze Bekanntschaft nach: Magdas Workshop, der erste Abend hier im Hotel, ihr Gespräch beim afternoon tea gestern ...

»Anna, warte!«, rief sie ihr hinterher, weil ihr plötzlich etwas wieder eingefallen war, doch Anna hörte sie nicht. Elif sah sich hastig um und fand, was sie suchte, neben ihrer Kameratasche auf dem Boden. Bis sie damit aus der Tür war, war Anna bereits auf dem halben Weg in den zweiten Stock, sodass Elif zum zweiten Mal innerhalb einer halben Stunde einer Frau hinterherrannte.

»He, Anna«, rief sie.

»Was ist?«

Elif wedelte verlegen mit dem Handschuh in ihrer Hand. »Ich hatte das völlig vergessen, es tut mir echt leid, aber ich habe einen von den Handschuhen, die du mir geliehen hast, verloren. Ich weiß echt nicht, wo er sein kann; als ich gestern im Foyer saß, war plötzlich nur noch der eine da.«

»Oh«, machte Anna. Eine peinliche Pause folgte. Elif musterte den Handschuh. Er bestand aus Baumwolle, die an ein paar Stellen etwas dünn geworden war, und hatte ein Muster aus silbernen

Fäden auf dem Handrücken. »Passiert mir auch immer wieder mal«, sagte Anna mit einem Lächeln, das nicht echt wirkte. »Vielleicht findet er sich ja noch.« Aber ihr Gesichtsausdruck verriet, dass etwas nicht in Ordnung war.

»Oh nein, bitte sag mir nicht, dass diese Handschuhe wertvoll sind!«, rief Elif aus, aber Annas kurze Grimasse zeigte ihr, dass ihre Befürchtung nicht unbegründet war. »Ich frage gleich an der Rezeption nach«, versprach Elif. Was in aller Welt hatte Anna sich dabei gedacht, ihr so etwas Besonderes zu leihen? Der Gedanke musste sich in ihrem Gesicht gespiegelt haben, denn Anna zwang sich zu einem Lächeln. »Mach dir keine Sorgen, die sind nicht super wertvoll. Es ist nur – oh je, ich weiß nicht, wie ich das Fabian erklären soll.«

»Mir was erklären?« Der Schauspieler war gerade aus dem Zimmer auf den Gang getreten und hatte offenbar die letzten Worte gehört. »Oh mein Gott, was ist jetzt noch?« Unter anderen Umständen hätte das theatralisch geklungen, aber Elif bemerkte, dass Fabians Gesicht alle Farbe verloren hatte. Der Mann war krank vor Sorge.

Anna, die einen Moment lang vergessen zu haben schien, dass ein verlorener Handschuh das wenigste war, was momentan zwischen ihr und ihrem Freund stand, wurde rot. »Ähm, nichts Schlimmes«, murmelte sie. »Es ist nur – ich habe Elif gestern ein Paar Handschuhe geliehen, und ihr ist einer davon verloren gegangen.« Ihre Stimme wurde noch undeutlicher, als sie den verbleibenden Handschuh hochhielt. »Es sind die, die du mir aus England mitgebracht hast«, nuschelte sie.

Fabian fuhr auf. »Was?«, fragte er heftig.

Anna warf Elif einen entschuldigenden Blick zu. »Ich hätte sie nicht verleihen sollen«, sagte sie. »Ist nicht deine Schuld.«

»Die ... die antiken Handschuhe mit dem Silberfaden?« Fabian riss ihn Anna beinahe aus der Hand und starrte auf das

Muster. »Du hast sie verliehen?« Elif wäre am liebsten in den Boden versunken. Antik! Warum zum Teufel hatte sie nicht einfach dankend abgelehnt und sich diese Peinlichkeit erspart?

»Fabian!«, mahnte Anna, die trotz ihrer Sorge zuvor offenbar nicht mit so viel Empörung gerechnet hatte. »Krieg dich wieder ein! So schlimm ist es auch wieder nicht, und du hast sie mir immerhin geschenkt! Kein Grund so auszurasten. Ernsthaft, du machst mich krank!« Sie schüttelte wütend den Kopf, machte auf dem Absatz kehrt und verschwand über die Treppe, die sie gerade erst heraufgekommen war, wieder nach unten.

»Du hattest Annas Handschuhe?«, fragte Fabian, und einen Moment später stieß der Schauspieler zu ihrer völligen Verwirrung ein Lachen aus, das gleichzeitig ein Schluchzen war, und lehnte sich gegen die Wand, als ob ihm plötzlich die Kraft fehlte, sich auf den Beinen zu halten. Er fuhr sich mit der Hand über die Augen.

Elif kam es vor, als ob sie den ganzen Tag damit verbracht hätte, Zeugin unerklärlichen Verhaltens von verschiedenen ehemals normal wirkenden Personen zu werden.

Als Markus ins Auto stieg, auf die Zufahrtsstraße bog und das *Schlosshotel* hinter sich ließ, fiel ihm wieder auf, warum er normalerweise keine spontanen – oder in diesem Fall übereilten – Entscheidungen traf. Planen, Vor- und Nachteile abwägen, recherchieren und die mentale Checkliste durchgehen, das waren die Methoden, mit denen er bislang immer gut gefahren war. Bis auf das eine Mal, als er sich einem Impuls folgend ebenfalls ins Auto gesetzt und Sarahs und sein gemeinsames Haus verlassen hatte. Er war unangekündigt vor der Tür eines alten Freundes aufgetaucht, den er seit Monaten nicht mehr gesehen hatte, und hatte gefragt, ob er ein paar Tage bei ihm unterschlüpfen könnte. Damals hatte er überhaupt keinen Plan gehabt, nur den

Entschluss, das Haus nie wieder zu betreten. Ohne Jans Unterstützung hätte er die Sache nie durchgezogen.

Als er an diesem Sonntagnachmittag am nördlichen Stadtrand von Ellingen auf die B2 abbog, war er nicht völlig am Ende, und er hatte einen Plan, aber heute wie damals war sein Aufbruch so spontan gewesen, dass er einige wichtige Dinge nicht bedacht hatte. Damals waren es Zahnbürste und Hemden zum Wechseln gewesen, heute war es in erster Linie die Tatsache, dass er keine Zeit gehabt hatte, Elif zu sagen, was er vorhatte. Er hatte zwar nicht die Absicht, sich für immer aus dem Staub zu machen, aber er erwartete, ein paar Stunden unterwegs zu sein. Und er hatte Elif zuletzt gesehen, als sie Kalea nachgelaufen war.

Als hätte sie seine Gedanken gelesen, hörte er eine Textmeldung eingehen, die er in diesem Moment aber weder lesen noch beantworten konnte, und als er an seinem Ziel ankam, zeugte der Ton der jüngsten Nachrichten von einer gewissen Gereiztheit.

»Was hat Charles gesagt?«

»Wo bist du?«

»Fabian ist auch verrückt geworden.«

»Bist du überhaupt nicht neugierig?«

»Wo zum Teufel steckst du?«

»Verdammt, Markus, was ist los?«

»Kalea hat gesagt, Charles hätte überhaupt nichts getan. Mysteriös. Was hast du von ihm erfahren? Er hat sich seither nicht mehr blicken lassen.«

»Fuck, Markus, warum antwortest du nicht?«

»Muss ich mir Sorgen machen?«

»Dein Auto ist nicht da – wo zur Hölle steckst du?«

Er warf einen Blick auf die Zeitanzeige, um sich zu vergewissern, dass er noch ein paar Minuten hatte, dann schickte er erst einmal eine Textmeldung, damit Elif nicht am Ende noch eine Vermisstenanzeige aufgab.

»Bei Nürnberg, *Hotel LivingRuhm.*«

Die Antwort kam, ehe er eine Chance gehabt hatte, die erklärende Nachricht nachzuschieben, was ihn davon überzeugte, dass sie mittlerweile wie auf Kohlen saß.

»Wtf?!«

Er ignorierte zwei weitere »Pings« und nahm eine Sprachnachricht auf: »Sorry, dass ich einfach losgefahren bin. Charles sagt erwartungsgemäß, dass er nichts getan hat, was Kaleas Reaktion erklärt. Ich weiß nicht, was ich davon halten soll, aber wenn Kalea dasselbe sagt ... Sehr merkwürdig. Wie auch immer, ich will herausfinden, wie es zu der Zerstörung des Festsaals gekommen ist. Entweder lügt Barbara und ist selbst dafür verantwortlich, jemand anderes ist schuld oder es war ein Missverständnis, das die Handwerker aber nicht zugeben wollen. Ich will mit den Handwerkern reden, aber da komme ich am Sonntag nicht ran, deshalb habe ich mir die Frage gestellt, wer sonst überhaupt mit der Sache zu tun haben könnte. Da ist Konrad – falls du eine Gelegenheit hast, noch mal mit Kalea zu reden, versuche doch mal, was über ihn herauszubekommen. Barbara hat gesagt, dass er sie sehr unterstützt, aber ich würde gerne mehr wissen. Ebenfalls denkbar wäre ein Rivale, der nicht will, dass ihr Hotel Erfolg hat, aber da gibt es bislang überhaupt keine Anhaltspunkte. Aber es gibt noch jemanden, der großes Interesse an ihrem Erfolg oder Misserfolg haben dürfte und dessen Existenz sie heute im Gespräch mit mir zum ersten Mal erwähnt hat. Deshalb habe ich Kontakt mit Barbaras Ehemann aufgenommen ...«

In diesem Moment klopfte jemand an seine Fensterscheibe, und Markus drückte auf »Senden«, ehe er die Scheibe herunterließ.

»Sind Sie Herr Wieland?«, fragte der Mann, der neben seinem Auto stand. »Ich bin Martin Hartheim-Krentz.«

»›Barbaras *Ehemann*‹?«

Elif wiederholte Markus' Worte laut, obwohl sie in ihrem Zimmer völlig allein war. Sie wusste nicht, warum sie so erstaunt war, schließlich gab es keinen Grund, warum die Frau nicht verheiratet sein sollte.

Oder doch: die Tatsache, dass sie eine Einzelkämpferin zu sein schien. Außer ihrem Cousin schien sie niemanden zu haben, auf den sie sich verlassen konnte. Natürlich musste Elif zugeben, dass dieser Eindruck auf einer sehr dünnen Datenbasis entstanden war. Dennoch war sie überrascht und verärgert, Letzteres in erster Linie, weil Markus einfach weggefahren war – was zum Henker wollte er in Nürnberg? Hätte er das nicht einfach am Telefon erledigen können? *Hotel LivingRuhm*? Was sollte das? War ja nicht so, als ob es im *Schlosshotel Ellingen* nicht genügend rätselhafte Vorfälle gab. Markus konnte zehnmal behaupten, dass sie sich aus der Sache heraushalten sollten, aber es war nun mal so, dass sie schon mittendrin steckten, ob sie es wollten oder nicht.

Dann setzte ihr rationales Denken wieder ein und sie überlegte, was sich aus der Tatsache, dass Markus ihr den Hotelnamen genannt hatte, schließen ließ. Immerhin hatte er nichts davon gesagt, dass er dort übernachten wollte.

Sie tippte »LivingRuhm Nürnberg« in eine Suchmaschine und landete natürlich als Erstes auf TripAdvisor, wo es aber keinen Link zur Homepage des Hotels gab. Als sie die schließlich gefunden hatte, klärte sich zumindest eins auf: Barbaras Ehemann war der Geschäftsführer des Hotels, das sich in erster Linie an Messegäste richtete. Was vielleicht auch erklärte, warum Barbara hier in Ellingen allein dastand.

Elif seufzte. Was jetzt? Sie beschloss, kurz bei Kalea vorbeizuschauen, um festzustellen, wie es ihr ging, und vielleicht doch noch mehr herauszufinden. Zu ihrer Überraschung begegnete sie Kalea auf der Treppe. »Oh, ich dachte, du wolltest dich ausruhen?«, fragte Elif. Kalea sah immer noch nicht völlig wie sie selbst aus. Sie war zwar nicht mehr blass, aber die Farbe auf ihren Wangen sah eher nach hektischen Flecken aus als nach gesunder Frische. »Oh, ich muss ... «, stammelte sie. »Konrad hat ... Ich habe ihn enttäuscht, und ich muss das wieder in Ordnung bringen.«

»Kann ich helfen? Worum geht es denn?«

»Nein, nein.« Ihre Stimme klang abwesend, als ob sie gar nicht bei der Sache wäre. »Ich werde es ihm erklären, er wird es verstehen. Aber ich mag es nicht, ihn zu enttäuschen.«

»Er kann froh sein, dass er dich hat«, bemerkte Elif, die Kaleas Verhalten beunruhigend fand. Sie wirkte fahrig, als ob sie Fieber hätte. »Bist du sicher, dass es dir gut geht? Vielleicht solltest du dich doch hinlegen? Du hattest vorhin einen ziemlichen Schock.«

»Ach, wegen Charles meinst du?« Kalea lächelte. »Nein, nein, das war gar nichts. Ich habe mich nur ein bisschen komisch gefühlt. Ich muss etwas gegessen haben, das mir nicht bekommen ist.«

Elif wurde kalt. Sie dachte an Karoline, die von Gemmas nicht so ganz unschuldigen glutenfreien Keksen gegessen hatte und ein paar Stunden später tot gewesen war. Sie hatte sich am vergangenen Nachmittag sicher auch etwas komisch gefühlt. Ja, Gemmas Beutel mit Drogen lag sicher in Markus' Safe (sie selbst hatte das Ding nicht länger in ihrer Nähe haben wollen), aber wer sagte denn, dass es nicht noch mehr solche Kekse gab? Oder andere Mittel, die vielleicht nicht einmal den beiden Engländerinnen gehören mussten?

»Du hast mit Konrad außerhalb zu Mittag gegessen, oder?«, fragte Elif mit bemüht ruhiger Stimme. Kaleas Gesicht leuchtete auf, als ob sie ihr etwas ungewöhnlich Nettes gesagt hätte. »Ja, wir sind zum See gefahren und haben dort gegessen. Es war wunderschön. Ich war so froh, dass Konrad darauf bestanden hat, dass wir rauskommen. Dieses Hotel hier ...«, plötzlich sah sie wieder unruhig aus. »Es bedrückt mich. Ich wünschte, ich wäre nicht hierhergekommen. Aber Konrad hatte mir von seiner Cousine und ihrem Hotel erzählt, und wir wollten hier irgendwann mal zusammen ein Wochenende verbringen. Als ich von dem Ball erfahren habe, habe ich uns einfach angemeldet, aber er hatte keine Zeit. Jetzt hat er sich doch freigemacht, zumindest zum Teil, um bei mir sein zu können. Er weiß, wie sehr mich diese Sache hier belastet hat. Das ist das Großartige an Konrad: Er ist einfach für die Menschen da, die ihm nahestehen.«

Elif hörte nur mit halbem Ohr zu, weil sie immer noch mit ihren beunruhigenden Gedanken beschäftigt war. »Hast du heute Nachmittag hier etwas gegessen oder getrunken?«

Kalea sah sie verwundert an. »Nur einen Tee im Wintergarten. Du weißt, sie haben da den Samowar stehen.«

Einen Samowar, Teebeutel und nachmittags auch etwas Gebäck. Elif wurde auf einmal unwohl bei dem Gedanken, dass sie selbst schon davon gegessen hatte. Und Charles war im Wintergarten gewesen, kurz bevor Kalea dort völlig ausgetickt war. Oder war sie jetzt paranoid geworden, was nach den Ereignissen im Rosengarten nicht allzu verwunderlich wäre?

»Aber jetzt geht es dir gut?«, fragte Elif, weil sie nicht wusste, was sie sonst tun sollte. Sie beschloss, noch einen Versuch zu unternehmen, Antworten aus Kalea herauszubekommen: »Hat Charles dir den Tee gebracht? Oder was von dem Gebäck?«

Die andere Frau lachte: »Ich glaube, du bist genauso besessen von Charles wie die anderen Frauen hier. Aber ich glaube nicht, dass du eine Chance bei ihm hast. Ehrlich gesagt, wenn überhaupt, denke ich, dass er was für Miss B. übrig hatte. Aber wahrscheinlich auch nicht genug.« Plötzlich schauderte sie wieder, als ob ihr kalt wäre. »Ich habe gedacht, er würde mich verfolgen«, gestand sie plötzlich. »Seit der Zugfahrt nach Ellingen. Aber ich glaube nicht, dass er es auf mich abgesehen hat.« Sie sprach zu leise und tonlos, als dass Elif erschließen konnte, wie sie das meinte. Hatte er es auf jemand anderen abgesehen?

»Aber ich muss jetzt weiter, ich kann Konrad nicht enttäuschen.« Elif folgte ihr langsam die Treppe ins Erdgeschoss hinunter, weil Kalea ihre Gesellschaft offensichtlich nicht wünschte. Sie ging in den Wintergarten, wo noch ein paar Gebäckstücke auf einem Teller lagen. Es war bestimmt verrückt, dachte sie sich, aber Kaleas Verhalten hatte ihr genug Sorge bereitet, sodass sie auf keinen Fall etwas riskieren wollte. Sie packte zwei der verbleibenden Teilchen in ihre Tasche – etwas, das die Experten bei der Polizei notfalls untersuchen konnten. Sie fragte sich, ob der Samowar sicher war, hatte aber keine Ahnung, was sie damit anfangen sollte, also nahm sie lediglich den Teller mit den übrigen Gebäckstücken in die Hand und ließ ihn auf den Boden fallen. Sie würde jemanden vom Hotelpersonal von ihrem kleinen Missgeschick informieren, und was sie nicht schon eingepackt hatte, würde im Müll landen, wo es keinen Schaden anrichten konnte.

Plunderteile flogen über das Parkett, aber der Teller blieb ganz. Elif hob ihn auf und pfefferte ihn mit etwas mehr Kraft als zuvor auf den Boden.

»What on earth are you doing?«

5

Elif hatte die Filmsequenzen und die Fotos vom Samstagnachmittag so oft angesehen, dass sie hätte schwören können, sie durch und durch zu kennen und alles gesehen zu haben, was es zu sehen gab. Aber was sie nicht getan hatte, war, Fotos und Filmaufnahmen direkt miteinander zu vergleichen. Ihre Hände zitterten, als sie den Bildschirm teilte, um ihr Versäumnis nachzuholen.

Ja, hier war es. Die kurze Filmsequenz, die sie schon mehrmals studiert hatte, die für einen Verdacht verantwortlich war, den sie gehegt hatte. Sie hatte über die Personen nachgedacht, aber das entscheidende Detail war ihr entgangen – ganz offensichtlich nicht nur ihr. Und dort, nicht unter den Filmaufnahmen, sondern auf einem der Fotos, die sie unmittelbar nach dem afternoon tea vor dem Hotel gemacht hatte: ein anderes Paar in Regency-Kleidern. Die historisch korrekte Fraktion. Die zwei Frauen, die niemals einen Reißverschluss an ihrem Kleid geduldet oder unvollständig ausgestattet das Haus verlassen hätten. Elif wurde schlecht, als ihr klar wurde, was das bedeutete.

Die Stimme ertönte mitten in das Klirren der Scherben hinein, sodass Elif sie nicht sofort zuordnen konnte. Sie fuhr erschrocken herum und sah Jane hinter sich stehen und sie mit einem alarmierten Blick mustern. Kein Wunder, ihr Verhalten musste ebenso sonderbar – um nicht zu sagen beunruhigend – wirken wie Kaleas zuvor auf sie selbst.

»Äh … da war eine Spinne«, sprudelte sie die erstbeste Erklärung heraus, die ihr in den Sinn kam. »Big spider. Ich bin erschrocken.« Sie erwartete sich nicht allzu viel von ihrer lahmen Behauptung, aber sie hatte das Glück, dass die Engländerin offensichtlich unter einer Spinnenphobie litt. Sie erblasste, wich mindestens zwei Meter zurück und rief: »Is it gone? I hate spiders! You poor thing! Are you okay?«

Elif blieb nichts anderes übrig, als die Rolle der delikaten Lady anzunehmen und sich von Jane zu einem der Sofas weit weg von dem Gebäckdesaster und der imaginären Spinne führen zu lassen und zuzusehen, wie Jane jemanden vom Hauspersonal rief, das Ungezieferproblem schilderte, darüber wachte, dass niemand sich an den Scherben des zerbrochenen Tellers verletzte, und sich dann neben ihr niederließ. Sie hätte sich nicht gewundert, wenn Jane einen Diener um Riechsalz gebeten hätte.

Statt dem Tee aus dem Samowar, den sie ihr anbot, bat Elif die Angestellte um einen Kaffee – ziemlich sicher eine unnötige Vorsichtsmaßnahme, aber die Ereignisse des Tages hatten sie mehr erschüttert, als eine Spinne es vermocht hätte.

»Wie geht es Gemma?« Sie konnte die Gelegenheit ebenso gut nutzen, um so viel wie möglich von dem zu erfahren, was unter den Gästen vor sich ging.

Jane schien zuerst nicht antworten zu wollen, dann aber seufzte sie. »Dieses Mädchen! Sie ist so wild geworden. Ich war immer davon überzeugt, dass Frances einen schlechten Einfluss auf sie hat, aber mittlerweile glaube ich, die beiden stehen sich in nichts nach.« Sie schüttelte den Kopf. »Sie hat mir gestanden, dass sie und Frances ... dass sie gestern ...«

Elif hob die Hand, um die gestammelte Erklärung zu unterbrechen. »Wir wissen, was die beiden getan haben«, sagte sie und hoffte, dass sie alles wussten, was es zu wissen gab. »Es ist die richtige Entscheidung, reinen Tisch zu machen und der Polizei zu berichten, was geschehen ist.« Nicht, dass Gemma diese Entscheidung freiwillig und von sich aus getroffen hätte, fügte sie in Gedanken grimmig hinzu.

»Sie wird ihr Leben damit ruinieren«, jammerte Jane.

»Unsinn«, widersprach Elif. »Sie wird ihr Leben ruinieren, wenn sie nicht schleunigst anfängt zu denken, und unter den Umständen wird ihr nichts anderes übrigbleiben, als sich zu bessern.« Oder ganz vor die Hunde zu gehen, aber das ließ Elif lieber ungesagt. Sie sah Gemmas Mutter ernst an: »Sind Sie ganz sicher, dass die beiden nicht noch mehr Dinge dabeihaben? Mehr Kekse? Andere ... Stoffe?«

»Ich hatte es befürchtet«, gab Jane zu. »Aber Gemma hat mir geschworen, dass sie nichts anderes hat, und ...« Sie zögerte einen Moment, als ob sie sich schämte. »Ich habe ihre Sachen durchsucht und nichts gefunden.« Wenn sie ähnlich gut über Drogen informiert war wie Elif, musste das nicht allzu viel heißen, aber es beruhigte sie zumindest ein wenig.

»Sagen Sie, seit wann kennen Sie eigentlich Charles?«, fragte sie nach einer kurzen Pause.

Jane dachte nach. »Vier, fünf Jahre, denke ich. Nicht sehr gut, wir sehen uns nur auf Festivals und Tanzveranstaltungen. Aber die Regency-Dancing-Szene ist ... close-knit ... wie sagt man? Dicht gestrickt?«

Elif unterdrückte ihr Lachen, so gut es ging. »Eng verbunden? Gut vernetzt?«

»Ja, beides. Wenn man im selben County lebt, kennt man sich nach einer Weile, weil alle zu denselben Veranstaltungen gehen.«

»Haben Sie sich auf dem Jane-Austen-Festival in Bath kennengelernt?« Es schien der Ort zu sein, an dem alle Regency-Fans früher oder später landeten, und sie wusste, dass viele aus der Gruppe im Hotel schon dort gewesen waren.

»Gewissermaßen«, antwortete Jane. »Wir hatten vor etlichen Jahren einen Kunden aus Deutschland, der sehr interessiert war – in antiques.«

»Antiquitäten?«

»Genau. Zu der Zeit hatte ich noch nichts zu tun mit Jane-Austen-Dancing. Gemma hatte begonnen, ständig in Schwierigkeiten zu geraten, und ich wollte verzweifelt etwas tun, um sie von schrecklichen Jungs, Alkohol und Partys wegzubekommen. Und als der Kunde mich bat, ein Treffen mit einem Mann zu arrangieren, der zu diesem Zeitpunkt in Bath auf dem Festival sein würde, sagte ich Ja. Ich habe Gemma eingepackt, und wir sind alle zusammen dorthin gefahren.« Sie bemerkte Elifs verwirrten Gesichtsausdruck und erklärte: »Der Kunde hat für einen Monat bei uns gewohnt. Und es ging um einen sehr großen Auftrag für unsere Firma. Ich hätte noch mehr für ihn in Bewegung gesetzt.«

»Was wollte er von Charles?«

»Oh, er hatte gehört, dass Charles in antiques handelt. Ich glaube, in diesem Fall ging es um ein vintage car ... ich glaube, Sie sagen ›Oldtimer‹ dazu – was bei uns eine alte Person ist. Wir fuhren alle drei nach Bath; ich konnte keinen der Tänze und hatte keine Ahnung, was uns erwartete, aber wir haben uns dort angemeldet, mein Kunde verhandelte mit Charles über das Auto, und ...« Ihr Lächeln erhellte ihr ganzes, sonst meist von Sorge gezeichnetes Gesicht. »The rest is history, wie wir sagen. Gemma ... ich sage eins zu dir, Elif: Gemma ist heute noch immer ein bisschen wild, und ich bin entsetzt über das, was sie angerichtet hat mit ihren ... mit diesen ... du weißt schon. Aber ich glaube wirklich, sie wäre ganz und gar auf den falschen Weg gekommen, wenn wir nicht zu diesem Tanz gegangen wären. Ich hatte erwartet, nichts als gelangweilte Kommentare zu hören, aber sie liebte es vom ersten Moment an. Sie lernte Nähen, um sich ihre eigenen Kleider schneidern zu können. Seitdem sind wir in der Szene, und es hat ihr geholfen, zumindest ein bisschen wegzukommen von den schlimmsten Leuten und den dark places. Abgesehen davon, dass sie Frances ebenfalls mit dem Tanzfieber angesteckt hat. Aber Frances war ... nun, ich konnte sie nicht leiden, aber sie war eine große Verbesserung zu manchen der Leute, mit denen sie vorher Zeit verbracht hatte.«

Elifs ungeteilte Aufmerksamkeit hatte Jane bereits verloren. Es war zwar ein absoluter Schuss ins Blaue, aber was hatte Elif sonst? Sie musste mehr herausfinden über diesen Antiquitätenliebhaber, der Jane und Gemma zum historischen Tanz geführt hatte.

Doch in diesem Moment wurde ihre Unterhaltung von Magda unterbrochen, die gefolgt von Sandor den Wintergarten betrat.

»Rückschläge gehören zum Leben«, hörte sie die alte Tänzerin sagen. »Du weißt das, ich weiß das. Du wärst nicht dahin gekommen, wo du heute bist, wenn du nicht das Zeug dazu hättest, so etwas wegzustecken und weiterzumachen ... oh, hallo«, sagte sie zu Elif und Jane, die sie erst jetzt bemerkt hatte.

»Dürfen wir?«

Die Frage war offensichtlich rhetorisch gemeint, denn sie ließ sich, ohne auf eine Antwort zu warten, auf dem Sofa ihnen gegenüber nieder und winkte Sandor heran.

Der Balletttänzer zögerte einen Moment, ehe er sich neben sie setzte. Elif bemerkte, wie ähnlich sich die beiden in ihrer Haltung waren: aufrecht in einem Maß, das Bequemlichkeit ausschloss, präsent, wach – oder war es wachsam? Zumindest war es völlig klar, dass der tiefe Sitz und die gemütlichen Kissen an die beiden verschwendet waren. Elif und Jane setzten sich unwillkürlich ebenfalls gerader hin.

»Ob ich diesen Rückschlag wegstecken kann, hängt ja nicht nur von mir ab,« bemerkte Sandor. Er bedachte Elif und Jane mit seinem kargen Lächeln. »Wenn meine Bälle bereits etabliert wären, wäre es eine andere Sache, aber das hier war der erste Versuch. Es ist absolut möglich, dass es keinen zweiten geben wird. Wer wird sich anmelden nach dem, was hier passiert ist?«

Obwohl sie die beiden für ihr unzeitgemäßes Auftauchen verwünschte, weil es sie daran hinderte, ihr Gespräch mit Jane weiterzuführen, folgte Elif dem Wortwechsel mit Interesse.

»Ich habe volles Vertrauen in deine Fähigkeiten«, sagte Magda trocken. »Du wirst das schon wieder hinbekommen.«

Er sah sie unsicher von der Seite an. »Ich hatte erwartet, dass du mir raten würdest, mich mit dir zusammenzutun, um dieses Desaster aufzufangen.«

Sie antwortete mit einem schmalen Lächeln, das wie ein Echo seines eigenen Lächelns wirkte: »Du hast gesagt, dass du lieber etwas Eigenes aufbauen und die Dinge auf deine Weise angehen willst. Das hat mich zuerst ein wenig gekränkt, aber du hast recht. Es ist der einzige Weg.«

War das, fragte sich Elif, die Frau, von der Sandor gesagt hatte, sie wolle ihn vernichten? Ihre Worte passten so wenig zu dieser Behauptung, dass der Versuch, den Subtext des Gesprächs zu verstehen, ihr Kopfschmerzen bereitete. Waren Magdas Worte Show, vielleicht eher für ihre Ohren als für Sandors gedacht? Oder waren sie eine versteckte Drohung? Ein Hinweis darauf, dass er von ihr keine Hilfe und Zusammenarbeit mehr zu erwarten hatte? Es war ihr unmöglich, ihren Tonfall einzuschätzen. Für Elifs Ohren klang sie nicht völlig aufrichtig, aber sicher war sie nicht. Vielleicht meinte es Magda auch ernst und war nur sehr schlecht darin, sich freundlicher auszudrücken? Zeit, es herauszufinden, wenn Elif konnte. »Du bist doch normalerweise Tanzlehrer für andere Arten von Tanz?«, fragte sie Sandor. »Es wird deine berufliche Existenz nicht zerstören, falls du die Sache mit dem Regency-Dancing nicht weiterverfolgst, oder?«

Magda antwortete an seiner Stelle. »Es geht hier nicht um berufliche Existenz, es geht um Lebensentscheidungen. Träume, wenn man es besonders banal ausdrücken will. Die gibt man nicht einfach auf.«

Sandor sah sie an – wachsam, wie es Elif schien. »Ich bin froh, dass du das sagst. Du weißt, wie wichtig mir deine Meinung ist.« Er sagte nicht »Unterstützung«, fiel Elif auf.

»Erinnerst du dich an Paul?«, fragte Magda unvermittelt. Sandor zuckte merklich zusammen, nickte aber.

»Er ist das beste Beispiel dafür, wie katastrophal es ist, wenn man nicht seinen eigenen Weg findet«, sagte Magda. »Ein Schüler von mir«, erklärte sie den anderen. »Talentiert, mutig, voll großer Ziele. Es war sein Ruin, dass er sie nicht verfolgt hat.« Sie sah Sandor an. Zum ersten Mal glaubte Elif, echte Zuneigung in ihren Zügen zu sehen. »Ich möchte nicht, dass du denselben Fehler begehst. Also bleib dabei und beiß dich durch. Du wirst es schaffen.«

»Sicher«, bemerkte Elif, »das hoffe ich auch. Natürlich wäre das alles viel unkomplizierter ohne den Tod der armen Miss B. Dann hätte es keinen Zweifel gegeben, dass der Ball ein großer Erfolg geworden wäre.«

Magda warf ihr einen seltsamen Blick zu, als ob sie genau wüsste, was Elif dachte. Das Gefühl gefiel ihr nicht. »Ja, die arme Karoline«, erwiderte Magda. »Noch eine Person, die es nicht geschafft hat, ihre Träume zu verwirklichen. Ein Jammer.«

»Ich dachte, Magda und Miss B. hätten sich so gut verstanden«, bemerkte Jane ein paar Minuten später. Sie und Elif hatten den Wintergarten verlassen.

»Ja«, stimmte Elif zu. »Die beiden sind gestern nach dem Tee zusammen spazieren gegangen. Sie schienen sich genug zu sagen zu haben.« Und Magda musste eine der letzten Personen gewesen sein, die Karoline lebend gesehen hatten. Nur nicht die einzige. Mindestens Anna und Charles hatten sie ebenfalls noch gesehen – aber wann? Vor oder nach Magda? Und wer von denen, die nachmittags draußen unterwegs gewesen waren, hatte ihren Pfad vielleicht noch gekreuzt?

»Ihre Worte über Miss B. waren ein wenig unfreundlich«, sagte Jane mit typisch englischem Understatement. »Sie sollte besser über die arme Frau sprechen.«

»Ich glaube, Freundlichkeit ist einfach nicht Magdas Stärke. Sie sagt, was sie denkt, und damit eckt sie bei manchen Leuten an.« Elif fragte sich, warum sie die Tänzerin verteidigte – die Frau war entschieden unsympathisch und außerdem zweifellos imstande, ihre eigenen Kämpfe auszufechten. Dann dachte sie an ihre eigene Jugend, die, wie Markus bemerkt hatte, recht behütet gewesen war – nicht idyllisch und nicht ohne ihre eigenen Herausforderungen. Aber sie hatte immer gewusst, dass es Menschen gab, die im Notfall an ihrer Seite stehen würden. Wer konnte sagen, ob Magda sich jemals auf jemand anderen hatte verlassen können?

»Die junge Frau – the actor's girlfriend, Anna? Sie ist offensichtlich kein Fan.« Jane sah durch eins der Fenster nach draußen auf den Pfad hinter dem Haus. »Deshalb habe ich mich gewundert, dass die beiden gestern zusammen von draußen hereinkamen.«

Elif hatte versucht, mehrere Gedankengänge gleichzeitig im Kopf zu behalten, und brauchte folglich einen Augenblick, ehe sie die Worte wirklich registrierte. »Was? Wer ist zusammen hereingekommen?«

»Magda und Anna. Sie waren sehr in ein Gespräch vertieft. Sie sind am Waldrand entlanggegangen und durch die Hintertür rein.«

»Wann war das?«

»Nach dem Tee«, antwortete Jane in einem Tonfall, der implizierte, dass Elif sich gerade arg dumm anstellte. »Wir sind mit der Kutsche an ihnen vorbeigefahren.«

Magda, dachte Elif. Anna hatte behauptet, sie sei mit Karoline ins Haus zurückgekehrt – eine Lüge, denn Miss B. hatte das

Haus nicht mehr betreten, nachdem sie es mit Magda verlassen hatte. Und folglich eine sinnlose Lüge, denn der Täter oder die Täterin hätte das gewusst und nicht durch eine beweisbar falsche Behauptung Aufmerksamkeit auf sich ziehen wollen. Wenn Anna aber gar nicht mit Karoline, sondern mit Magda gesprochen hatte und mit ihr ins Haus zurückgekehrt war, warum hatte sie das dann nicht gesagt?

»Ich glaube nicht, dass es ein freundschaftliches Gespräch war«, sagte Elif.

Martin Hartheim-Krentz teilte die Liebe seiner Frau für das kleinstädtische Leben in Ellingen nicht, und wenn die Architektur des *LivingRuhm* ein Indiz war, stand er eher auf kühne, hohe Glasfronten, moderne Linien und schnelles Internet als auf barocke Schmuckkassetten, alte Holzböden und Landschaftsgärtnerei mit antikisierenden Statuen.

»Wie sind Sie auf unser Haus gekommen, wenn ich fragen darf?«, wollte der Mittfünfziger wissen, als er Markus in sein Büro bat, um dort die Modalitäten für den geplanten TV-Beitrag seines Senders über »Hotels und Gasthäuser in Franken – gestern, heute, morgen« zu besprechen.

Markus machte sich in Gedanken eine Notiz, Johannes ein derartiges Projekt vorzuschlagen, und überlegte sich eine Antwort. Er hätte natürlich sagen können, dass ihn der ungewöhnliche Name des Hotels angesprochen hatte, aber er brauchte eine Brücke zu dem Thema, dessentwegen er in Wahrheit gekommen war, und deshalb erklärte er: »Ich stehe mit Ihrer Frau in Kontakt. Ihr Hotel war eines der ersten, die wir ausgesucht haben, und als ich erfuhr, dass Sie ebenfalls ein Hotel von ganz anderem Charakter führen, hat mich der Kontrast fasziniert. Barockes Schlösschen versus moderner städtischer Bau, fränkisches Seenland versus Metropole ...«

»Frau versus Mann?«, unterbrach der Geschäftsführer ihn nicht besonders freundlich. »Ein Ehemann, der nicht mit seiner Frau zusammenlebt? Ich weiß, wie die Medien so etwas aufziehen. Da geht es dann plötzlich nur noch um Persönliches, und es werden Schlussfolgerungen gezogen, die niemandem guttun. Der Mann ist der Böse, die Frau verwirklicht sich auf seine Kosten, oder was auch immer.«

»Wieso, sind Sie der Böse?«, fragte Markus.

Sein Gegenüber sah ihn prüfend an. »Wenn es ›böse‹ ist, seinen Job, in dem man gut ist und den man liebt, nicht einfach hinzuschmeißen und sich ohne Bedenken auf ein Wagnis einzulassen, das der Traum einer anderen Person ist, dann ja.« Er zuckte mit den Schultern. »Ich bin vielleicht sehr altmodisch, aber ich ziehe es vor, eigenständig zu bleiben. Das *Schlosshotel* ist Barbaras Vision. Ihre Art von Eigenständigkeit. Sie wollte nicht länger einen Betrieb managen, sondern selbst gestalten. Aber wenn ich hier weggehe und wir ein Familienunternehmen daraus machen, ist keiner von uns mehr frei.«

»Ich weiß nicht, ob ich das altmodisch nennen würde«, antwortete Markus. »Eher ziemlich gleichberechtigt ... sofern die Beziehung das mitmacht, sonst ist es vielleicht nicht die perfekte Lösung.«

»Für perfekte Lösungen müssen Sie Rosamunde Pilcher lesen. Im wahren Leben bleibt immer etwas auf der Strecke. Entweder die volle Selbstverwirklichung für beide Parteien oder die vollkommene Ehe.«

Markus hielt diese Aussage für zynisch, aber was konnte er mit seiner katastrophal schiefgelaufenen Ehe schon dagegen sagen?

»Wenn Sie sich auch ohne private Einblicke für das *Living-Ruhm* interessieren, gerne. Ansonsten machen Sie besser etwas über Barbaras Hotel, das ist wahrscheinlich effektiver und eine gute Werbung für meine Frau: dynamische Inhaberin, malerisches

Gebäude mit herrlichem Grund im fränkischen Seenland, Hochzeitsfeiern im Grünen etc. Macht mehr her.«

Aus dieser Aussage schloss Markus, dass Barbaras Ehemann keine negativen Gefühle für seine Frau hegte und ihr ihren Erfolg gönnte. Er wollte ihr keine Hindernisse in den Weg legen. Markus versuchte, Konkreteres herauszufinden, und sagte zögernd: »Das hängt natürlich auch davon ab, ob Frau Hartheim nach den Ereignissen der letzten Tage überhaupt noch Interesse daran hat, Reporter im Haus zu haben. Ich könnte es ihr nicht verdenken, wenn ...«

Er kam nicht dazu, den Satz zu beenden.

»Was ist denn passiert?«, fiel ihm Martin Hartheim-Krentz ins Wort.

Bingo, dachte Markus. Barbara hatte ihren Mann offensichtlich vollkommen über die jüngsten Ereignisse im *Schlosshotel* im Dunkeln gelassen. Und ebenso offensichtlich war ihm das nicht gleichgültig.

Markus zog sein Handy aus der Tasche, als Hartheim-Krentz ihn an der Bar des Hotels ablud, dem Barkeeper den Auftrag gab, ihn mit einem Getränk zu versorgen, und sich für ein paar Minuten entschuldigte. Wie erwartet hatte er ungelesene Nachrichten von Elif.

»Ich wusste nicht mal, dass Barbara verheiratet ist«, lautete Elifs älteste Nachricht, gefolgt von: »Das nächste Mal sag Bescheid, bevor du verschwindest« und »Komme mir langsam vor wie im *Wirtshaus im Spessart*, nicht ganz geheuer hier.« Markus verzog unbehaglich das Gesicht. Er hätte seine Kollegin nicht einfach im Stich lassen sollen. »Sorry«, antwortete er, ehe er den Rest ihrer Nachrichten las, »kommst du klar?« Das war unzureichend, aber sie würde es ihm nicht danken, wenn er sich jetzt als großer männlicher Beschützer aufspielte, zumal ihr das auch nichts nützen würde. Außerdem war Elif sowohl vorsichtig als auch klug genug, um auf sich aufzupassen, tröstete er sich.

»Hab Porzellan zerbrochen«, lautete ihre nächste einigermaßen kryptische Nachricht. »Traue weder Charles noch Magda noch dem Gebäck im Wintergarten.«

Und dann kam ein Bild. Er klickte darauf und sah ein Foto von einem beleibten, rotgesichtigen Mann um die sechzig. »Besteht eine Chance, dass das der Fremde aus dem Rosengarten ist?«, hatte sie daruntergeschrieben. Er begann zu bedauern, dass er das Hotel verlassen hatte. Wie es aussah, hatte seine Kollegin ihre Zeit intensiv genutzt. Trotzdem antwortete er: »Tut mir leid, nein. Der Typ aus dem Rosengarten war viel jünger und eher schlank.«

Der Barkeeper brachte ihm sein Getränk – er bedauerte etwas, dass er in Kürze zurückfahren würde, denn einige der Cocktails auf der Karte klangen sehr verlockend. »Sie sind Reporter?«, fragte der Barkeeper nebenbei. »Sind Sie hier, um einen Skandal aufzudecken?«

»Gibt es denn einen aufzudecken?«, fragte Markus zurück.

Der Barkeeper zuckte mit den Schultern. »Irgendwelche Skandale gibt es doch immer.«

»Wenn ich etwas aufdecken soll, brauche ich handfeste Informationen.« Markus trank sein Radler und sah den anderen amüsiert an. So gerne er geglaubt hätte, auf einer heißen Spur zu sein – das hier war nichts als unbedeutender Small Talk.

»Ich könnte Ihnen erzählen, was der Gast in Zimmer ... also einer aus dem sechsten Stock sich gestern hier an der Bar geleistet hat«, sagte sein Gesprächspartner verschwörerisch. »Wobei das, glaub ich, eher seine Frau interessieren würde.«

»Ich nehme an, davon sehen Sie hier unten eine Menge«, antwortete Markus, wurde aber von einer eingehenden Handynachricht unterbrochen. »Kannst du mehr über diesen Mann herausfinden?«, lautete Elifs Frage, die mit dem Link auf eine Internetseite verbunden war. Markus klickte ihn an und runzelte die Stirn. »Paul Gastovich?«, murmelte er verwirrt. »Wer in aller Welt ist das denn?«

»Geben Sie mir noch eine Cola light und so ein Tütchen Erdnüsse?«, bat er den Mann an der Theke. Der Geschäftsführer war noch nicht zurückgekommen, und er konnte genauso gut versuchen, in der Zwischenzeit etwas zu recherchieren. Der andere nickte, sah aber etwas unsicher drein, weil er nicht zu wissen schien, ob die Anordnung seines Chefs ein oder mehrere Freigetränke beinhaltet hatte. Markus beschloss, ihm die Verlegenheit zu ersparen, indem er seinen Geldbeutel aus der Hosentasche nahm.

»Was ist los?«, fragte der Barkeeper, als er Markus' vollkommen entgeisterten Blick beim Öffnen des Geldbeutels bemerkte. »Kein Geld mehr drin?«

»Doch, doch«, sagte Markus mit abwesender Stimme. Tatsächlich entdeckte er mehrere Zwanziger und genügend Kleingeld, um am Parkscheinautomaten oder beim Bäcker nicht in Verlegenheit zu kommen. Das Problem war nur, dass es nicht sein Geldbeutel war.

Jünger und schlanker. Elif fluchte, als sie Markus' Antwort las, obwohl sie das erwartet hatte. Fabian hatte dasselbe gesagt. So viel zu Charles' deutschem Kontakt, dachte sie bitter. Und das, nachdem sie es geschafft hatte, seinen Namen von Jane zu erfahren.

Sie saß einmal mehr in ihrem Zimmer vor dem Bildschirm, aber sie war froh darüber, allein zu sein. Seit dem Morgen hatte sie fast ununterbrochen Gespräche geführt – manche davon mit Leuten, die sich entweder verdächtig oder verrückt verhielten, wenn nicht sogar beides zugleich. Der kurze Winternachmittag neigte sich bereits wieder seinem Ende zu. Elif erschauerte ein wenig bei dem Gedanken, dass ungefähr jetzt das Zeitfenster war, in dem Karoline gestern ihren letzten Atemzug getan hatte. Es kam Elif vor, als seien seither mehrere Wochen vergangen, und sie überlegte, wie lange sie noch ausharren musste, ehe sie mit gutem Gewissen ins Bett gehen konnte. Fünf Uhr war definitiv zu früh, aber acht Uhr vielleicht? Selbst dieser Zeitpunkt schien ihr viel zu weit entfernt.

Wie auch immer, was hatte sie in der Hand? Ein Foto von einem ehemaligen Kunden Janes, der vor Jahren beim Jane-Austen-Festival in Bath mit Charles über den Kauf eines Oldtimers verhandelt hatte. Natürlich hatte der Mann nicht nur einen Kontakt in Deutschland, wäre ja auch zu einfach gewesen.

Sie ging in Gedanken noch einmal ihr Gespräch mit Jane durch, alles was sie über oder von Charles erfahren hatte. Dann schaute sie die Fotos, die sie von den kostümierten Gästen gemacht hatte, an. Anschließend rief sie die Internetseite auf, auf der sie den deutschen Antiquitätenliebhaber gefunden hatte, und suchte nach Links und anderen Seiten, auf denen sein Name auftauchte. Den Pornodarsteller, der denselben Namen trug, ignorierte sie, aber sie fand Antiquitätenhändler, mit denen der Mann verbunden war, Oldtimerclubs, den ein oder anderen älteren Zeitungsartikel, und dann, als sie beinahe aufgegeben hatte, entdeckte sie das Bild des Mannes auf einer Facebookseite. Und mit dem Bild vielleicht die Verbindung, die sie gesucht hatte. Es war mindestens ebenso ein Schuss ins Blaue wie ihr erster Versuch, aber was hatte sie zu verlieren? Sie schickte das Bild mit einem Fragezeichen versehen an Markus.

Das ging aber schnell, dachte sie, als fast unmittelbar darauf ein »Ping« ertönte, erkannte jedoch, dass ihr Kollege ihre Frage vielleicht noch nicht einmal bemerkt hatte, wenn er gerade selbst getippt hatte. Elif starrte einen Moment lang verständnislos auf den Text und fragte sich, ob ihre eigenen Mitteilungen für ihn ebenso unverständlich waren. »Mysteriöser Geldbeuteltausch«, hatte er geschrieben. Immerhin war die darauffolgende Bitte klar. »Macht mich etwas nervös, kannst du bitte in meinem Zimmer nachsehen, ob meine Geldbörse da irgendwo ist? Schlüssel ist an der Rezeption.«

»So viel zu einem ruhigen Abend«, schrieb sie zurück, dann bemerkte sie, dass ihr Handy fast leer war, und machte sich auf die Suche nach ihrem Ladekabel, ehe sie gähnend das Zimmer verließ.

»Wie gut kennen Sie Konrad Hartheim?«

Martin Hartheim-Krentz hatte Markus ein weiteres Mal in sein Büro gebeten. Die beiden Männer saßen auf korallenroten, recht unbequemen modernen Sesseln. »Barbaras Cousin? Nicht sonderlich gut; wir sind uns auf Familienfesten und dergleichen begegnet.«

»Auch auf der Beerdigung vor einigen Wochen?«, fragte Markus. »Ihre Frau hat gesagt, sie habe wegen eines Trauerfalls in der Familie verreisen müssen.«

»Ja, es war eine Großtante. Barbara war die Einzige, die gleich hinreisen und alles regeln konnte. Da gab es einiges zu organisieren. Ich selbst konnte nicht zur Beerdigung kommen. Konrad ... nein, der hatte sich angekündigt, aber ich glaube, er hat dann doch abgesagt.«

»Ist er ein Workaholic?«

Hartheim-Krentz stieß ein Schnauben aus, das wohl Verachtung ausdrücken sollte. »Besonders häufig dann, wenn die Alternativen ihm nicht gefallen«, antwortete er.

»Sie mögen den Mann nicht besonders?«

Der andere zuckte die Schultern. »Barbara hält große Stücke auf ihn. Früher standen sie sich sehr nahe, und offenbar haben sie ihre Differenzen auch bereinigt, wenn sie sich mit ihrem Problem lieber an ihn wendet als an mich.«

Markus wurde hellhörig. »Differenzen?«

»Ach, eine dieser üblichen Erbschaftssachen, wie sie in den besten Familien vorkommen.« Hartheim-Krentz seufzte. »Meine Mutter und meine Tante haben wegen so was fünfzehn Jahre nicht miteinander geredet. Man denkt immer, das passiert nur in anderen Familien, aber sobald es um Geld geht, drehen manchmal sogar Leute durch, von denen man das nie erwarten würde.«

Markus nickte pseudo-verständnisvoll. Die Chance, dass seine Eltern einmal genug Geld hinterlassen würden, um auch nur einen ein oder zwei Wochen andauernden Geschwisterzwist zu verursachen, war so verschwindend gering wie der Sechser im Lotto, auf den sein Vater seit Jahrzehnten wartete. »Und im Fall Hartheim?«

»Ihr Großvater hat Barbara Geld vererbt, genug, dass sie den Kauf des *Schlosshotels* finanzieren konnte. Er wusste, dass es ihr großer Traum war – die Hartheims stammen aus der Gegend; es gab sogar mal ein niederes Adelshaus mit dem Namen in der Region ... Das war einer der Gründe, warum ich einen Doppelnamen angenommen habe«, fügte er mit einem Lächeln hinzu. »Jedenfalls hat Konrad nichts oder weniger als erwartet bekommen, und das hat die Beziehung zwischen den beiden für eine Weile belastet.«

So sehr, überlegte Markus, dass er aus Rache einen Sabotageakt am Festsaal begehen würde? Und hatte er wirklich die Gelegenheit dazu gehabt?

»Noch eine Frage«, sagte er. »Sagt Ihnen die Firma Berger und Roth etwas?«

Hartheim-Krentz nickte: »Die sind hier in der Gegend sehr bekannt; haben in der Metropolregion einige größere Bauprojekte durchgeführt, auch durchaus prestigeträchtige. Sie nennen sich irgendwas groß und englisch Klingendes mit corporate investment, aber letztlich ist es eine Immobilienfirma. Die einen sagen, sie haben viel für die Gegend getan – nicht jeder kann die Art von Großprojekten stemmen –, andere kritisieren ihre Geschäftsethik, Bauplätze und Bestandsgebäude aufzukaufen und teuer wieder zu verkaufen. Manche sagen, sie seien zu schnell groß geworden und kriegen jetzt den Hals nicht mehr voll.«

Markus nickte. »Als ehemaliger Besitzer eines von ... einer anderen nicht unbekannten Immobilienfirma erbauten Hauses denke ich, es gibt kein Richtig oder Falsch bei der Wahl der Baufirma, sondern nur ein Falsch. Wussten Sie«, fügte er wie nebenbei hinzu, »dass Konrad als externer Berater unter anderem für Berger und Roth arbeitet?«

»Wie?« Hartheim-Krentz wirkte überrascht. »Das muss neu sein. Offensichtlich hat er gewechselt.«

»Ja, vor etwa einem Dreivierteljahr«, stimmte Markus zu. Ungefähr zu der Zeit, als er Kalea kennengelernt hatte.

Es war wahrscheinlich ein Zeichen dafür, wie müde sie war, dass Elif Markus' Geldbeutel, den sie in der Tasche seiner Uniformjacke von gestern gefunden hatte, mitnahm, als sie sein Zimmer wieder verließ. Ihr fiel erst auf halbem Weg ins Erdgeschoss auf, dass sie ihn in der Hand hatte. Typisch Mann, dachte sie sich. Männer trugen ihr Zeug immer in ihren Hosen- oder in diesem Fall in ihren Rocktaschen herum, und dann wunderten sie sich, wenn es verloren ging oder sie es nicht mehr finden konnten. Wer weiß, wann er seinen Geldbeutel wiederbekommen hätte, wenn er die geliehene Uniform wieder zurückgegeben hätte, ohne es zu bemerken? Das erklärte aber nicht, wie er an das Portemonnaie von jemand anderem gekommen war.

Es war beinahe Zeit fürs Abendessen, und sie merkte, dass sie nicht zu erschöpft war, um Hunger zu haben. Natürlich hätte sie auf ihrem Zimmer auch noch ein paar Gebäckstücke gehabt, aber die hatte sie schon nicht essen wollen, bevor sie ein paar Stunden in ihrer Handtasche verbracht hatten. Unbehaglich fragte sie sich, ob sie nach Kaleas eigenartigem Verhalten und ihrem Verdacht nicht besser gleich die Polizei benachrichtigt hätte. Aber es war Sonntag, sie hatte keinerlei Beweise, und was auch immer die Wahrheit über das Gebäck aus dem Wintergarten war, sie konnte bis morgen warten.

Gestern um diese Zeit war sie in dem Kleid, das ihr Karoline geliehen hatte, zwischen den Fackeln, die den Pfad erhellt hatten, zur Scheune gegangen, um in eine längst vergangene Epoche einzutauchen – und natürlich, um zu filmen. Sie hatte nicht gewusst, dass Miss B. gleichzeitig tot auf einer Bank im winterkahlen Rosengarten gesessen hatte, ohne dass ihr Fehlen aufgefallen wäre. Und seither hatte sie an so vielen Geheimnissen gekratzt. In einige davon hatte sie etwas Licht gebracht. Aber sie wusste noch immer nicht, wer Karoline getötet hatte, warum und wie. Es war frustrierend und, wenn sie sich gestattete, darüber nachzudenken, auch beängstigend. Und es führte dazu, dass sie ihre Mitmenschen mit anderen Augen sah, als sie jetzt in den

Speisesaal trat. Außer Kalea und Markus waren alle Mitglieder ihrer Gruppe anwesend. Sie fragte sich besorgt, ob Kalea in Ordnung war. Sie hatte sich zuvor so eigenartig benommen. Wann würde Markus wohl zurückkehren? Ob er mittlerweile ihre letzte Nachricht beantwortet hatte? Fabian würde sie das Bild natürlich auch noch zeigen müssen – aber nicht jetzt, denn Charles saß am Nachbartisch und unterhielt sich leise mit Sandor und Verena, die erstaunlich unbefangen mit ihm redete, wenn man bedachte, dass sie ihn zuvor beschuldigt hatte, Kopf eines Drogenrings zu sein. Dann fiel Elif wieder ein, dass sie vorhin mutwillig einen Teller zerstört hatte, um vermeintlich oder möglicherweise mit Drogen versetztes Backwerk aus dem Verkehr zu ziehen. Als hätte er ihren Blick gespürt, sah Charles auf und kam an ihren Tisch. »Wie geht es Ms. Berger?«, fragte er leise. »Ich habe sie nicht mehr gesehen seit ... seit sie aus dem Wintergarten gelaufen ist. Wissen Sie, warum sie so verstört war?«

Elif entschloss sich, die Wahrheit zu sagen – oder zumindest einen Teil davon. »Sie konnte es mir auch nicht erklären. Sie wollte sich bei Ihnen entschuldigen, aber ich glaube, sie war doch noch zu aufgewühlt dazu. Das einzig Konkrete, was sie gesagt hat, war, dass sie das Gefühl gehabt hätte, Sie würden sie verfolgen, und zwar seit der Zugfahrt.«

»That's very odd«, erwiderte Charles. «Es ist wahr, dass ich Ms. Berger im Zug nach Ellingen gesehen habe. Sie telefonierte mit jemandem, und danach haben wir ein paar Bemerkungen gewechselt, aber ...« Er lächelte sein selbstironisches, charmantes Lächeln, dem Elif nicht mehr so recht traute, und fügte hinzu: »Ich fürchte, die Tage, in denen ich eine junge Dame durch die Abteile eines Zuges verfolgen konnte, sind vorbei.«

»Versuchen Sie nicht, mir weiszumachen, dass Sie mit einem Fuß im Grab stehen, Mr. Sinclair«, entgegnete Elif kopfschüttelnd. »Ich würde es Ihnen nicht glauben.«

»That's good to know«, schmunzelte er, und ihr wurde bewusst, dass ihr Gespräch zu einem spielerischen Schlagabtausch geworden war. Selbst in Gedanken vermied sie das Wort »Flirt«, aber es ärgerte sie, dass sie ihr Unbehagen ihm gegenüber für einen Moment vergessen hatte.

Die Ankunft von Anna unterbrach dankenswerterweise das Gespräch. Sie war allein, und ihr Blick glitt über die Tische, blieb einen Moment lang auf Sandor ruhen, dann setzte sie sich zu Elif und Charles.

»Alles in Ordnung?«, fragte Elif. Annas Blick beantwortete ihre Frage. »Abgesehen von der Sache mit Miss B., dem Streit mit Fabian und der Tatsache, dass wir uns alle fragen, wer so etwas getan haben könnte ...«, sagte sie und wechselte mit dem Anflug eines Lächelns das Thema: »Hat Markus keinen Hunger oder hat er das sinkende Schiff verlassen?«

»Letzteres, aber ich denke, er wird schon wieder auftauchen«, antwortete Elif. Abgesehen von allem anderen hatte sie seinen Geldbeutel. Sie hatte ihn vor sich auf den Tisch gelegt, um ihn nachher in sein Zimmer zurückzubringen. Sie fragte sich, ob der andere Geldbeutel möglichweise Sandor gehören könnte, dessen Uniformjacke Markus geliehen hatte. Oder vielleicht jemand anderem aus der Gruppe?

Sie stand auf und ging zu Sandors Tisch hinüber, wo sich mittlerweile auch Magda, Jane und Gemma eingefunden hatten, und fragte: »Hat jemand von euch sein Portemonnaie verloren?« Sie deutete sinnloserweise zu ihrem Tisch hinüber, wo ja gar nicht der gefundene Geldbeutel lag, sondern der von Markus. »Wir haben eins gefunden.«

Ihre Frage brachte eine Reihe Fund- und Verlustgeschichten hervor, aber niemandem fehlte der Geldbeutel.

Als sie zu ihrem Tisch zurückging, sah sie, dass Magda sich dazugesetzt hatte. Anna bedachte die alte Tänzerin mit einem wachsamen Blick, den diese halbwegs freundlich beantwortete. »Kaum zu glauben, dass wir gestern um die Zeit drüben in der Scheune getanzt haben«, sprach sie Elifs Gedanken von vorhin aus. »Es ist ein Jammer, dass dieser Ball unter einem so schlechten Stern stand.«

»Ja, allerdings«, stimmte Anna trocken zu.

Magda sah Anna und dann Elif an, ehe ihr Blick kurz zu Charles wanderte, bevor sie auf ihre Hände hinuntersah, die ihre Kaffeetasse umschlossen. »Ich habe mich gefragt ...«, sagte sie langsam. Elif sah förmlich, wie Annas Anspannung wuchs.

»Hat eigentlich jemand von euch Karoline gestern Abend auf dem Ball gesehen? Sie war doch niemand, der sich bei so einer Gelegenheit im Hintergrund gehalten hätte.«

Natürlich mussten sich auch andere Gäste diese Frage gestellt haben, dachte Elif. Wenn nicht gleich gestern, wie sie und Markus, dann doch in den Stunden danach.

Charles sah auf; seine Stirn war nachdenklich gefurcht.

Anna schaute sich im Raum um, als ob das ihrem Gedächtnis auf die Sprünge helfen würde.

Am Nachbartisch waren Sandor, Jane und Gemma verstummt, die Magdas Frage offensichtlich gehört hatten.

»Nein«, sagte Charles langsam. »Nein, ich habe sie nicht gesehen.«

»Ich auch nicht«, fügte Anna mit leiser Stimme hinzu.

Elif sah keinen Grund mehr, eine Information zu verschweigen, die nur Fakten bestätigte, über die sich die anderen ja auch klar werden konnten. »Markus und ich haben das Bildmaterial vom Ball gesichtet«, teilte sie ihnen mit. »Karoline taucht da nicht ein einziges Mal auf. Wir denken, dass sie die Scheune gar nicht betreten hat.«

Charles starrte sie an. »Wollen Sie damit sagen ...?«

Elif zuckte die Schultern. »Ich denke, dass sie nicht dort war, weil sie es nicht konnte. Wie Magda gesagt hat: Warum hätte sie sich den Ball und die Tänze entgehen lassen, auf die sie sich so lange gefreut hat?«

»Aber ... würde das nicht bedeuten ...« Jane sprach nicht weiter. Elif ließ die anderen ihre eigenen Schlussfolgerungen ziehen: dass der Täter oder die Täterin mit einiger Wahrscheinlichkeit hier im Hotel zu finden war, und möglicherweise in ihrer Tanzgruppe. Jane wurde blass und sah aus, als ob sie sich gerade überlegte, wie schnell sie sich und ihre Tochter hier wegbringen konnte.

Magda sprach die Frage aus, die sich ebenfalls in einigen der Gesichter zu spiegeln begann: »Wie kann es stundenlang niemandem aufgefallen sein, dass sie nicht da war?« Elif glaubte, dass es keine Einbildung war, dass der Blick der alten Tänzerin bei diesen Worten auf Sandor ruhte, und dass darin eine Anklage zu lesen war.

Er würde das Abendessen im Hotel verpassen, aber Markus wollte sich nicht länger im *LivingRuhm* aufhalten. Schon gar nicht ohne die Möglichkeit, dort mit seinem eigenen Geld zu bezahlen. Er hatte nicht die Absicht, auch nur einen Euro aus Konrad Hartheims Geldbörse zu nehmen, nicht einmal leihweise. Er saß hinter dem Steuer seines Autos auf dem dunklen Parkplatz, hatte aber den Zündschlüssel noch nicht herumgedreht. Er hatte noch keinen Beweis dafür, dass Konrad derjenige war, der den Auftrag zur Zerstörung des Barocksaals gegeben hatte, aber er hatte eine Kette von Hinweisen, und vor allem einen möglichen Grund. Barbara vertraute ihrem Cousin; für sie waren die Differenzen offensichtlich beigelegt. Immerhin war sie diejenige, die von ihrem Großvater genug Geld geerbt hatte, um ihren Traum zu erfüllen – sie hatte keinen Anlass, den Zwist am Leben zu halten. Und wie es aussah, hatte Hartheim vorgegeben, die Sache überwunden zu haben, und seine Cousine scheinbar in allem unterstützt.

Aber Barbaras Mann hatte durchblicken lassen, dass Hartheim niemand war, der eine Kränkung einfach vergaß. Und er hatte die Gelegenheit gehabt: den Zugang zum Hotel in der Woche, in der es geschlossen war, weil die Bauarbeiten an der Scheune fertiggestellt werden sollten, die Zeit, vor Ort zu sein – Barbara war auf der Beerdigung der Großtante gewesen –, und die Mittel. Wenn Hartheim wirklich den Auftrag zur Zerstörung des Saals gegeben hatte, und Markus hatte daran kaum mehr Zweifel, hatte er es klug angestellt. Er hatte eine Firma beauftragt, die mit Berger und Roth verbunden war. Das war tatsächlich der erste Hinweis auf den Besitzer der Brieftasche gewesen, denn zuerst hatte Markus keinerlei offensichtliche Identifizierung finden können: keinen Führerschein, keine Karten, keinen Ausweis. Es hatte gedauert, bis er das gut versteckte Fach mit dem Personalausweis entdeckt hatte. Vorher war ihm eine Visitenkarte in die Hände geraten, die ihm bekannt vorkam. Es war die Karte der Firma Berger und Roth mit dem Namen eines Bauleiters des Unternehmens darauf. Und auf der Rückseite waren von Hand drei Stichpunkte notiert, die ihm zu denken gegeben hatten. Danach hatte Markus den Geldbeutel gründlich durchsucht, um endlich den Namen des Besitzers zu finden, den er zu diesem Zeitpunkt bereits geahnt hatte. Er glaubte nicht, dass Hartheim den Saal nur hatte zerstören lassen, um seine Cousine in finanzielle und rechtliche Schwierigkeiten zu bringen. Er dachte an Hartheim-Krantz' Worte über die Firma Berger und Roth, und er war sich ziemlich sicher, dass Hartheims Plan über ein bisschen Ärger mit dem Denkmalschutz hinausging.

Es war ein Jammer, dass Hartheim in den letzten Tagen im Hotel gewesen war, sonst hätte der Fund seines Portemonnaies in dem Gebäude selbst ein Hinweis sein können.

Außer ... Markus umklammerte das Lenkrad fester. Wie in aller Welt war es zu der Verwechslung gekommen? Warum war es in seinem Fach gelegen? Weil jemand es abgegeben hatte, und zwar offensichtlich nicht mit den Worten: »Ich habe Konrad Hartheims Geldbörse gefunden.« Offenbar auch nicht mit den Worten: »Ich habe einen Geldbeutel gefunden, dessen Besitzer ich nicht ermitteln kann.« Sondern mit dem Hinweis darauf, es in sein Fach zu legen. Außer vielleicht, die Person hatte lediglich eine Zimmernummer genannt, und die Rezeptionistin hatte sich beim Hineinlegen vertan.

Aber Hartheim hatte kein Zimmer im *Schlosshotel*.

Nein, er musste Bescheid wissen, und es konnte nicht warten, bis er wieder im Hotel war.

»Hallo, Frau Hartheim«, sagte er, als er sie ans Telefon bekam. »Sie haben mir heute versehentlich das Portemonnaie Ihres Cousins gegeben.«

»Konrads Portemonnaie?«, fragte sie überrascht zurück. Markus ärgerte sich über seine Unbedachtheit. Er hätte Hartheims Namen nicht nennen sollen; schließlich wollte er den Fund erst zurückgeben, wenn er so viel herausgefunden hatte wie möglich. »Ihre Kollegin hat gerade im Speisesaal gefragt, ob es jemandem von der Tanzgruppe gehört.« Markus runzelte die Stirn, weil das für ihn keinen Sinn ergab, aber er hatte eine wichtigere Frage. »Sagen Sie, wer hat den Geldbeutel denn gestern abgegeben und in mein Fach legen lassen? Das muss ja ein kurioses Versehen gewesen sein.«

»Ich weiß es nicht«, antwortete Barbara. »Wenn es wichtig ist, kann ich bei der Mitarbeiterin nachfragen, die gestern an der Rezeption war.« Ihr Tonfall machte deutlich, dass sie seine Bitte für unsinnig hielt, aber als hilfsbereite Hotelinhaberin natürlich bereit war, die seltsamsten Wünsche zu erfüllen.

»Das wäre sehr nett von Ihnen«, sagte Markus freundlich. Er wusste, dass er sich ihren Seufzer nur einbildete; sie war viel zu professionell, um hörbar zu seufzen.

»Natürlich, Herr Wieland. Können Sie kurz warten?«

Markus hing einige Minuten in der Leitung und starrte derweil in die Dunkelheit des Parkplatzes und auf die erleuchtete Fassade des *LivingRuhm*. Sein Magen knurrte, und er fragte sich, ob er nicht doch hätte bleiben und im Bistro etwas bestellen sollen.

»Herr Wieland«, meldete sich Barbara wieder. »Ja, Sie haben recht, es muss wirklich ein Versehen gewesen sein. Die Geldbörse wurde in der Mittagszeit abgegeben, und zwar von ...« – ein kurzes Zögern, ehe sie den Namen aussprach, als ob es pietätlos wäre oder Unglück bringen könnte – »Frau Behrens. Sie muss gedacht haben, dass es Ihnen gehört.«

Markus wurde heiß und kalt. Er unterbrach die Verbindung und schrieb mit fliegenden Fingern eine Nachricht voller Tippfehler an Elif.

Miss B., dachte er halb betäubt. Um die Mittagszeit. Kurz nachdem sie mit ihm hatte sprechen wollen. Mit Konrad Hartheims Geldbörse in der Hand.

Elif ließ sich Zeit mit dem Abendessen, das wie schon in den letzten Tagen vorzüglich war, und unterhielt sich mit den anderen. Wie auf eine unausgesprochene Übereinkunft hin klammerten sie das Thema Karoline Behrens aus und redeten über unverfängliche Dinge. Für kurze Zeit gelang es Elif tatsächlich zu vergessen, dass im Rosengarten ein Mord passiert war.

Als sie gemeinsam mit Anna und Charles aufstand, schob sie Markus' Geldbeutel in ihre Hosentasche. Sie waren gerade in der Lobby angekommen, als sie Kalea mit schnellen Schritten die Treppe herunterkommen sahen. Sie wirkte aufgewühlt; ob von freudiger Erregung oder verzweifelter Hast war nicht zu erkennen. Mit einer Hand umklammerte sie ihre Handtasche. Sie trug keinen Mantel.

Fast ohne langsamer zu werden, rannte sie an der Rezeption vorbei und knallte ihren Schlüssel auf die Theke, ehe sie hinauslief. Draußen sah Elif die Scheinwerfer eines Autos in einem weiten Bogen wenden. Sie dachte zuerst, es müsse Konrads Audi sein, doch in dem kurzen Moment, ehe die Tür zufiel, erkannte sie das Taxizeichen auf dem Dach des Wagens. Charles, Anna und Elif wechselten einen Blick. Die beiden anderen gingen zur Treppe, während Elif noch dastand und auf die nun geschlossene Haustür starrte. Sie hatte Angst. Das Wort erschien ihr einen Moment später zu extrem, aber es war dennoch zutreffend. Etwas an der Art, wie Kalea aus dem Haus gestürzt war, ließ sie unglaublich zerbrechlich wirken. Die Tatsache, dass sie keinen Mantel anhatte, verstärkte den Eindruck noch. Vielleicht, weil Elif an Karoline Behrens denken musste, schutzlos und ohne Mantel allein in der Kälte. Elif bezweifelte, dass sie den Anblick der nackten Arme in der nächtlichen Dunkelheit jemals vergessen würde. Sie war froh, dass sie Kalea wenigstens in ein Auto hatte steigen sehen. Zumindest lief sie nicht verstört draußen herum, wo am Nachmittag zuvor ein Verbrechen geschehen war.

An einer Frau, die danach drei Stunden lang keiner vermisst hatte. Die sie später mit nackten Armen tot auf einer Bank gefunden hatten.

7

Charles und Anna waren bereits über die Treppe nach oben verschwunden. Im Büro hinter der Rezeption saß Barbara über ihren Papieren. Elif stand da, eine plötzliche Gewissheit wie einen Klumpen Blei im Magen. Sie dachte an ihr Gespräch mit Charles am Vormittag. Er hatte es sogar gesagt, und sie hatte nicht wirklich darauf geachtet. Sie dachte an die Szene, die sie gerade gesehen hatte. An die Frage nach der Tatwaffe. An eine scheinbar völlig unerklärliche, panische Beschuldigung. An Menschen, die zusammen in einer Kutsche fuhren, die zusammen im Park spazieren gingen, die aufgelöst aus dem Haus stürzten, die unterwegs auf andere Leute stießen und mit ihnen zurückkamen. An Regency-Kostüme, in denen Frauen mit langweiligen Bürojobs in eine andere, mutmaßlich schönere und aufregendere Welt eintauchen konnten.

In diesem Moment sah sie Magda aus dem Speisesaal treten. Elif erkannte ihre Chance, Gewissheit zu erlangen, und ging auf sie zu.

Magda schaute sie mit einer gewissen kühlen Ablehnung an. »Was gibt es denn noch?«

»Nur eine einzige Frage: Als Sie gestern nach dem Tee in den Park hinausgegangen sind – hatte Karoline da einen Schal um?«

Der Zustand des Hotelzimmers, von dem aus man bei Tag auf die Eventscheune blicken konnte, zeugte entweder von innerem Aufruhr oder von mäßig ausgeprägter Ordnungsliebe. Ein Paar Winterschuhe lag mitten auf dem Fußboden, die Schranktür stand offen, und auf dem zerwühlten Bett stand eine halb gepackte Tasche.

Die Vorhänge waren nicht zugezogen, sodass sich in der Fensterscheibe die Schwärze der Nacht mit der Spiegelung von Elifs angespanntem Gesicht zu einem geisterhaften Bild verband.

Elif schob die Bügel im Schrank von einer Seite auf die andere, zog die Kleidungsstücke aus der Tasche auf dem Bett, schüttelte sie aus, um ganz sicherzugehen, sah sich suchend um und bemerkte die Schublade unter dem Tisch an der Wand gegenüber dem Bett.

Sie hörte die Schritte erst, als es zu spät war.

»Es war nicht klug, hierherzukommen.«

Sie richtete sich langsam auf und wandte sich um; ihr Herz schlug wie wild, als die Tür geschlossen wurde und sie in der Falle saß. Nicht in der Falle, verbesserte sie sich selbst. Eine Falle ist tödlich. Das hier war nur ... eine feindliche Begegnung, entschied sie. Eine gefährliche Begegnung, ja, aber keine Falle.

»Ich hätte jemand anderen erwartet«, sagte sie und versuchte, ihre Stimme so ruhig wie möglich klingen zu lassen – als ob sie keine Angst hätte.

»Wir haben beide jemand anderen erwartet«, erwiderte Konrad Hartheim leidenschaftslos.

»Wo ist Kalea? Sie ist vorhin weggelaufen. Ich war sicher, dass sie zu Ihnen wollte.«

»Kalea kann zum Teufel gehen«, stieß er in kaltem Zorn hervor. Sein Blick fixierte Elif, und sie verstand, was er nicht hinzufügte, auch ohne Worte: Dasselbe galt auch für sie.

»Und doch sind Sie hier«, entgegnete Elif standhaft. »Und Sie haben erwartet, sie hier zu finden.« Sie zwang sich, dem Druck seines Blicks nicht auszuweichen, sich nicht zu ducken, sich nicht beherrschen zu lassen. Und weil sie auf einmal instinktiv verstand, was es war, das ihn antrieb, begriff sie auch, was Kalea zuvor völlig aufgelöst und ohne Mantel aus dem Haus getrieben hatte. »Sie ›kann zum Teufel gehen‹«, sagte sie langsam. »Das haben Sie ihr auch gesagt, nicht wahr?«

Trotz ihrer Entschlossenheit, die Beherrschung zu wahren, spürte Elif, wie ihr Atem flacher wurde. Sie konnte sich nicht einreden, dass sie keine Angst hatte. Nicht mit Konrads massiver

Präsenz zwischen sich und dem Ausgang. Sie hatte Angst, und er genoss den Umstand.

Er verzog den Mund zu einer hässlichen Grimasse. »Sie war hysterisch«, sagte er gepresst. »Hysterisch und nutzlos. Ich habe ihr einen Auftrag gegeben, einen einzigen, und sie hat versagt.« Plötzlich wurde sein Blick noch schmaler und härter. »Geben Sie mir den Geldbeutel«, befahl er.

Atmen, erinnerte sich Elif. Weiteratmen. Der Rat war weniger hilfreich, als die Yogalehrer dieser Welt einen glauben machen wollten, weil sie an Karoline denken musste, deren Atem mit Gewalt gestoppt worden war. Es war ein Schicksal, das sie auf keinen Fall teilen wollte. Ihre Hände waren immer noch hinter ihrem Rücken zusammengedrückt. Langsam, sehr langsam und ohne von der Tischkante wegzugehen, fasste sie mit einer Hand in ihre Hosentasche und zog das Portemonnaie heraus. »Ich gebe es Ihnen«, sagte sie. »Und danach würde ich gerne gehen.«

Hartheim starrte sie an. Er machte keine Anstalten, auf sie zuzugehen, um sich den Geldbeutel zu holen. Für Elif war das eine Erleichterung, weil sie ihn nicht noch näher bei sich haben wollte; es bedeutete aber auch, dass er weiterhin ihren Fluchtweg blockierte.

»Sie sind wirklich zu neugierig, um zu leben«, sagte er, und seine Stimme war rau vor Hass. »Sie mit Ihrer Neugier und Ihrem Gutmenschentum. Diese lächerliche Frau mit ihrem Denkmalfimmel. Kalea mit ihrer Schwäche und Hysterie. Barbara mit ihrem kostbaren Schmuckstück von Hotel, das sie nicht verdient.« Er hielt fordernd die Hand auf. Elif streckte ihre aus, und er musste einen Schritt nach vorn machen, um den Geldbeutel zu erreichen. Eine Minute lang standen sie sich wie eingefroren gegenüber.

Dann hörte Elif die Schritte und tat das einzig Vernünftige.

»Hier!«, brüllte sie, so laut sie konnte. »Hierher!«

Die Fahrt zurück zum *Schlosshotel* war nervenaufreibend. Die Dunkelheit machte es nicht besser. Es war einfach, sich Schreckensszenarien auszumalen, wenn man durch die Finsternis fuhr und nicht wusste, was am Ende wartete.

Er stieß beinahe mit Kommissar Werner zusammen, als er die Stufen zum Eingang des Hotels hinaufrannte. Die Polizeibeamten, die er alarmiert hatte, mussten fast gleichzeitig mit ihm eingetroffen sein.

Das Abendessen war vorbei, doch einige Gäste, die sich im Restaurant oder in der Bar aufgehalten hatten, standen verunsichert in der Lobby, als die beiden Männer hereingelaufen kamen.

Eine Polizeibeamtin wartete bereits an der Rezeption, im Gespräch mit Barbara. Ein weiterer Uniformierter stand im Hintergrund.

Markus sah sich hastig um. Elif war nicht zu sehen. »Ist er hier?«, stieß er fragend hervor, als die Polizistin zu ihnen herüberkam. Sie nickte. »Wir werden ihn finden«, sagte sie mit beruhigender Überzeugung. »Gehen wir hinauf.« Glücklicherweise versuchte sie nicht, ihn davon abzuhalten, mitzukommen. »Ich gehe in den zweiten Stock weiter«, sagte sie zu Werner, der nickte und den Korridor im ersten Stock entlangging. Markus folgte ihr.

Er hatte eine Stunde Zeit gehabt, sich Horrorszenarien auszudenken, doch jetzt war er plötzlich ruhig – bis zu dem Moment, in dem er Elif hinter einer geschlossenen Zimmertür brüllen hörte.

Als Elif schrie, fuhr Hartheim zusammen, und dann trat ein schrecklicher, kalkulierender Ausdruck in seine Augen. Sie wusste genau, was er in diesem Moment erwog. Es war der gefährlichste Augenblick von allen, als er am Abgrund stand und ernsthaft mit dem Gedanken spielte, sich mit ihr hineinzustürzen, ohne Rücksicht auf die Konsequenzen.

Elif sah den genauen Moment, in dem er vom Abgrund zurücktrat. Das fiebrige Licht in seinen Augen erlosch. Er drehte sich von ihr weg, zum ersten Mal, seit er den Raum betreten hatte, sah er sie nicht an, versuchte er nicht, sie mit seinem Blick und seiner körperlichen Anwesenheit zu kontrollieren. Zum ersten Mal hatten sie beide den gleichen Impuls: das Zimmer zu verlassen.

Eine Sekunde später wurde die Tür aufgerissen, und ein Mann und eine Frau in Uniform stürzten herein. Draußen hörte Elif weitere Türen aufgehen und wusste, dass die anderen Gäste von ihrem Geschrei aufgeschreckt worden waren, aber sie hatte nur Augen für ihren Kollegen, der aussah, als ob er gleich umfallen würde.

Trotz ihres Schocks musste sie grinsen. »Wurde aber auch Zeit. Ich bin hier drin so langsam ein bisschen nervös geworden.«

Endlich trat sie von der Tischkante weg und löste ihre verschwitzten Hände von dem Handy, das sie umklammert gehalten hatte. »Du hast meine Nachricht bekommen?«, fragte sie unnötigerweise.

Ehe Markus mehr tun konnte, als halb betäubt zu nicken, wurde er von Kommissar Werner zur Seite geschoben. Er wandte sich an Hartheim, der vor den Eindringlingen in die Ecke zurückgewichen war: »Konrad Hartheim, ich verhafte Sie wegen des Verdachts auf vorsätzliche Tötung von Karoline Behrens.«

Hartheim lächelte. Es war ein eigentümliches Lächeln, das Verachtung ausdrückte, aber auch etwas anderes. Beinahe als ob er sich geschmeichelt fühlte.

Elif seufzte. »Sosehr ich denke, dass dieser Mann es verdient, für sehr lange Zeit eingesperrt zu werden, fürchte ich, sie werden ihm niemals beweisen, dass er Karoline Behrens getötet hat.«

Hartheims Blick in ihre Richtung war mörderisch.

»Und warum nicht?«, fragte Werner.

»Weil er es nicht war«, antwortete Elif. Sie öffnete die Schublade, vor der sie die ganze Zeit gestanden hatte, sodass alle den Gegenstand sehen konnten, dessen Ecke ein Stück herausgehangen war.

Es war ein historischer Schal von außergewöhnlicher Qualität, der an einigen Stellen sorgfältig geflickt worden war, von den geschickten Fingern einer Person, die sich damit auskannte und der an dem Stück viel lag.

»Was ist das?«, wollte die Polizistin wissen.

»Ich denke, das ist die Tatwaffe.«

»Kann ich jetzt bitte gehen?«, fragte Hartheim, der in diesem Moment wahrscheinlich näher daran war, einen Kinnhaken verpasst zu bekommen, als je zuvor in seinem Leben. Markus hätte ihm jedenfalls gerne eine reingehauen, obwohl er Gewalt normalerweise strikt ablehnte.

Kommissar Werner sah Elif an. »Versuchter Mord? Bedrohung? Beleidigung? Bitte sagen Sie mir, dass Sie nicht ohne Grund geschrien haben, damit ich diesen Mann verhaften kann!« Markus nahm die angebotene Gelegenheit wahr: »Wie wäre es mit der Zerstörung eines denkmalgeschützten Saals ohne das Wissen der Besitzerin?«

Werner schaute zwar etwas verständnislos, nickte aber. »Das müssen Sie mir später genauer erklären«, sagte er zu Markus, und zu Hartheim gewandt knurrte er: »Sie gehen fürs Erste nirgendwo hin.«

»Wollen Sie sich erst mal draußen in den Flur setzen?«, fragte die uniformierte Polizistin mit einem Blick auf Elif, die auf einmal entschieden wacklig auf den Beinen schien, aber den Kopf schüttelte. »Geht schon, danke. Ich denke, Sie sollten sich zuerst darum kümmern, Kalea Berger zu finden. Falls es noch nicht zu spät ist.«

Die nächsten Minuten waren ein Gewirr aus Telefonaten, gebrüllten Anweisungen, einem Kommen und Gehen. Die Polizei leitete die Suche nach Kalea ein. Hartheim wurde von einem Polizeibeamten abgeführt. Elif sah ihm mit einem Blick nach, der Markus Angst gemacht hätte, wenn er ihm gegolten hätte.

»Keine Sorge«, murmelte er. »Wenn schon nicht wegen Mordes, wird Hartheim wenigstens wegen Betrugs und ein paar anderen Delikten verurteilt werden.«

Seine Kollegin schüttelte den Kopf. »Ja, und nach kurzer Zeit wieder rauskommen, wenn es überhaupt zu einer Verurteilung kommt. Dabei wird das Schlimmste, was er getan hat, wahrscheinlich nicht einmal in der Anklage stehen.«

Er wusste nicht, was er darauf sagen sollte. Sein Magen knurrte vernehmlich. »Wollen wir nach unten gehen, ich bräuchte noch eine Kleinigkeit zu essen. Und dir würde ich einen großen Brandy oder dergleichen spendieren gegen den Schock.«

»Ich fürchte, das könnte schwierig werden«, antwortete Elif.

Markus hob beschwichtigend die Hand. »Ich weiß, du trinkst keinen Alkohol.«

Sie hatten das Erdgeschoss erreicht. Elif schüttelte den Kopf. »Nein, das ist es nicht. Ich fürchte, ich habe Hartheim deinen Geldbeutel gegeben.«

Die beiden gingen hinüber zur Lobby und ließen sich nebeneinander auf ein Sofa fallen.

»Was in aller Welt wollte Hartheim damit?«, fragte Markus irritiert.

Elif grinste müde. »Beweismittel verschwinden lassen, würde ich sagen. Er dachte, es wäre seiner.«

Es war, als ob die Zeit im *Schlosshotel* vierundzwanzig Stunden zurückgedreht worden wäre. Wieder hatten sich die meisten Ballgäste im Sitzbereich des Foyers versammelt, wieder war der

Abend durch ein unerwartetes Ereignis samt Polizeipräsenz unterbrochen worden, und wieder warteten alle angespannt auf Neuigkeiten. Nur dass niemand Regency-Kleidung trug und dass die Gesichter noch müder aussahen als am Vorabend.

»Are you alright?«, raunte Jane Elif zu, die das Gesicht in die Hände gestützt hatte. »Wir haben dich schreien hören. Was hat er getan?«

Markus hatte seine Hände so fest zur Faust geballt, dass sie schmerzten. »Wir hätten früher da sein müssen«, sagte er leise. »Ich hätte nicht einfach wegfahren dürfen. Wir wussten, dass jemand Gefährliches hier in der Gegend war, und trotzdem habe ich das nicht ernst genug genommen.«

Elif blickte auf und lächelte beide müde an. »I'm a bit shaken«, gab sie Jane gegenüber zu, ehe sie sich an Markus wandte. »Ich weiß gar nicht, warum du dich beklagst«, versuchte sie es mit einem Scherz. »Welcher Mann würde nicht gerne mal wie ein heldenhafter Ritter einer Frau in Bedrängnis im letzten Moment zu Hilfe eilen?«

»Das ist total sexistisch, Elif«, tadelte er schmunzelnd. »Aber im Ernst, dir hätte wer weiß was passieren können.«

»Ich bin froh, dass du dir den Zusatz ›und es wäre meine Schuld gewesen‹ verkniffen hast«, antwortete sie. »Abgesehen davon, dass das echt alter weißer Männerkram gewesen wäre, ist es ja auch nicht wahr. Ich war selbst so blöd und bin mitten in die Höhle des Löwen.«

Markus lächelte schief. »Wenigstens hattest du dein Handy dabei. Wenn du die Heldin in einem Thriller gewesen wärst, wäre bestimmt im entscheidenden Moment der Akku leer gewesen.«

»Nee, ich habe das besser getimt und mein Handy geladen, *bevor* ich einem riskanten Impuls gefolgt bin.« Sie dachte eine Weile nach. »Trotzdem denke ich, es war weniger gefährlich, dass es Hartheim war, der mich dort überrascht hat. Ich glaube nicht, dass er mir tatsächlich etwas angetan hätte.«

Sie merkte, dass die anderen Gespräche im Raum verstummt waren. Alle hörten ihr zu – oder versuchten es zumindest. Sie wechselte einen Blick mit Markus. Sie alle waren in diese Sache verstrickt. Es war nur fair, dass alle erfuhren, was hier passiert war.

After the dance

»Sollen andere Federn sich ausgiebig mit Schuld und Elend beschäftigen. Ich lasse solch abscheuliche Themen hinter mir, so schnell ich kann, ungeduldig, all denjenigen, die sich nicht allzu schuldig gemacht haben, wieder zur Ruhe und moderater Zufriedenheit zu verhelfen, und mich mit den anderen nicht mehr abzugeben.«

Jane Austen, *Mansfield Park*

»Dass sich die Miss Lucas und die Miss Bennets am Tag danach trafen, um über den Ball zu reden, war unumgänglich.«

Jane Austen, *Stolz und Vorurteil*

Am Tag nach dem Ball wird Bilanz gezogen.
Wer hat mit wem getanzt? Wer hat wen verraten?
Was ist zu Bruch gegangen, und was ist Neues entstanden?

Und vielleicht das Wichtigste: Wann spielt die Musik das nächste Mal auf?

»Während wir warten«, begann Elif an alle gerichtet, »können wir euch erzählen, was vorgefallen ist.« Sie verzog den Mund zu einem schiefen Lächeln. »Das ist zumindest eine gute Möglichkeit, nicht einzuschlafen.« Sie wollte trotz aller Müdigkeit sowieso nicht ins Bett; sie war sich sicher, dass Hartheims kalt brennende Augen sie bis in ihre Träume verfolgen würden.

»Es ist viel mehr passiert, als an der Oberfläche zu erkennen war«, übernahm Markus. »Die Polizei ist gestern hierhergerufen worden, um herauszufinden, wie und warum Karoline Behrens gestorben ist, aber wie sich gezeigt hat, gab es nicht nur ein Geheimnis, und so sind viele aus dieser Gruppe in diese Angelegenheit verwickelt, selbst wenn sie gar nicht unmittelbar etwas mit dem Tod zu tun hatten.«

Verena sah zu ihm auf. »Heißt das, Sie wissen, wer Karoline getötet hat?«

Die Augenpaare aller Anwesenden richteten sich auf die beiden Reporter.

Elif nickte. »Karoline war eine seltsame Frau«, begann sie. »Hartheim sagte gestern, sie sei viel zu ›unbedeutend‹ gewesen, als dass jemand sie hätte umbringen wollen. Aber das sind die Worte eines Mannes, der Frauen hasst, wenn sie nicht genau den Platz einnehmen, den er für sie vorgesehen hat. Miss B. war nur auf den ersten Blick harmlos, und sie konnte mit ihren festgefahrenen Ansichten über historische Korrektheit manchmal nerven. Aber das war nicht der Grund, warum sie getötet wurde.«

»Karoline wusste Dinge, die anderen nicht passten«, übernahm Markus wieder. Anna, die in der Nähe saß, sah niemanden an. Fabian beobachtete Sandor, der mit einem losen Faden an seinem Hemd beschäftigt war. »Zum Beispiel, dass Anna und Sandor früher einmal ein Paar waren und dass Fabian nichts davon wusste.« Magda warf allen dreien einen ihrer unfreundlichen Blicke zu, aber sie sagte nichts. Markus wandte sich direkt an sie.

»Wenn Sie nicht gestern hierhergekommen wären, um Sandor daran zu erinnern, wo sein Platz ist, hätten wir es mit weniger Lügen zu tun bekommen«, sagte er.

Magda wollte etwas sagen, doch er redete weiter, ohne sie zu Wort kommen zu lassen: »Um eine längst beendete Beziehung geheim zu halten, würde niemand töten, dachten wir, aber dann haben sowohl Fabian als auch Anna über ihre Bewegungen gestern Nachmittag gelogen, und das hat uns sehr zu denken gegeben.«

Fabian wandte den Blick von Sandor ab und sah Anna an. »Ich dachte ... nein, ich dachte nicht, aber ich hatte eine Befürchtung, dass du ... Sandor hat gesagt, das mit euch beiden sei schon lange vorbei, aber dann bist du gestern Nacht nicht zurückgekommen. Ich war sicher, dass du zurückkommen würdest, aber du bist es nicht. Ich dachte mir, wenn du doch zu Sandor gegangen bist, dann wart ihr doch die ganze Zeit ... und wenn Miss B. das wusste ...«

Anna starrte ihn anklagend an. »Auf der Basis von diesen Überlegungen hast du geglaubt, ich hätte einen Mord begangen?«, fragte sie ungläubig. »Bist du bescheuert? Ich bin in den Wintergarten und habe da auf dem Sofa geschlafen – schlecht geschlafen, möchte ich hinzufügen. Warum hast du nicht mit mir geredet?«

»Vielleicht hättet ihr besser beide miteinander geredet«, schlug Elif trocken vor. »Aber Fabian hatte einen weiteren Grund, verunsichert zu sein: dein Handschuh.«

»Mein Handschuh?«, wiederholte Anna verständnislos.

»Ja, der rechte von dem Paar Handschuhe, das du mir geliehen hast, ohne mir zu sagen, dass sie antik und wertvoll sind«, bestätigte Elif. »Der Handschuh, der mir neben der Parkbank runtergefallen sein muss, als ich Karolines Puls fühlte. Er dachte, *du* hättest ihn dort verloren.«

»Er lag neben der Bank«, sagte er leise. »Und Karoline trug keine Handschuhe, als wir sie gefunden haben. Ich habe ihn aufgehoben, als alle beschäftigt waren, bevor die Polizei gekommen ist. Ich habe ihn sofort erkannt – sie sind mit Silberfaden bestickt Ich wusste, dass es deine waren.«

Anna betrachtete ihn aus schmalen Augen, dann schüttelte sie wieder den Kopf. »Du hast in der Scheune mit mir *getanzt*, Fabian! Wie kannst du nicht bemerkt haben, dass ich gestern Abend völlig andere Handschuhe anhatte?«

Bei dieser Frage sahen Jane, Verena, Gemma, Barbara, die sich zu ihnen gesellt hatte, und Elif auf und blickten einander in vollkommenem Einvernehmen an. »He's a man, Anna«, sagte Gemma mit einem Schulterzucken. »What do you expect?«

In diesem Moment kam ein Polizist zu ihnen herüber. »Bislang noch nichts«, teilte er Markus und Elif mit, aber laut genug, dass die anderen ihn auch hören konnten. »Sie hat den Taxifahrer gebeten, sie nach Roth zu fahren, hat während der Fahrt telefoniert, und als sie angekommen waren, wollte sie, dass er wieder umkehrt. Auf halbem Weg zurück hat sie ihn gebeten, in eines der Käffer abseits der Straße abzubiegen, hat bezahlt und ist ausgestiegen. Der Taxifahrer meinte, sie sei ziemlich aufgelöst gewesen, deshalb hat er sie gefragt, ob sie nicht lieber doch weiterfahren wollte oder ob er ihr helfen könnte, aber sie sagte, sie hätte in diesem Ort Freunde und spontan beschlossen, zu ihnen zu gehen.« Er sah einen Moment lang in die Runde. »Wir suchen weiter nach ihr und überprüfen gerade, ob es diese Freunde wirklich gibt, aber da draußen sind Waldstücke, in denen man nachts leicht in Schwierigkeiten gerät, vor allem, wenn man nicht warm angezogen und außer sich ist. Von Teichen und Weihern gar nicht zu reden.«

»Von wem redet er?«, fragte Anna beunruhigt, nachdem der Uniformierte gegangen war. »Von Kalea? Was ist … los mit ihr?«

Markus sah Anna ernst an. »Ich denke, du hast zumindest eine Ahnung. Du weißt, was es bedeuten kann, in einer toxischen Beziehung zu sein …«

Fabian war halb aufgestanden, als ob er protestieren wollte, aber Markus bedeutete ihm, sich wieder zu setzen. »Ach, hör auf, du bist nicht gemeint.« Er sah wieder zu Anna zurück. »Du hast doch selbst zu Elif gesagt, dass Kalea seit Hartheims Auftauchen anders war als zuvor, nicht mehr sie selbst.«

»Aber sie schienen sich so nahe«, wandte Frances daraufhin ein, die offenbar keine entsprechenden Erfahrungen hinter sich hatte.

»Sie hat sich an ihm festgeklammert«, widersprach Markus. »Weil er ihr das Gefühl gegeben hat, der Einzige zu sein, auf den sie sich verlassen konnte. Das war nicht Nähe, das war Kontrolle. Er hat ihr Zuwendung und Nähe gegeben, solange sie genau das war, was er wollte. Hartheim kann charmant und hilfsbereit sein, wenn ihm das nutzt. Kalea war nicht die Einzige, die durch und durch davon überzeugt war, sich auf ihn verlassen zu können.« Sein Blick ruhte für einen Moment auf Barbara, die ihn nicht ansah.

»Er hasst Frauen«, warf Elif ein. »Sie sind für ihn Dinge, die er beherrschen will. War mir auch zuerst nicht klar, ich dachte, er wäre bloß ein Macho. Aber jetzt weiß ich es besser.« Sie warf Markus, dem sichtlich schon wieder das Messer in der Tasche aufging, einen Blick zu. »Im Übrigen glaube ich nicht, dass er mir vorhin etwas angetan hätte«, fügte sie erneut hinzu. »Er wollte mir Angst machen, aber er ist nicht der Typ, der sich die Hände schmutzig macht, wenn er nicht gewinnen kann. Da waren viel zu viele Leute in den anderen Zimmern um uns herum. Tatsächlich hätte ich gleich um Hilfe rufen sollen, statt erst mal wie das Kaninchen vor der Schlange zu erstarren.«

»Aber was wollte Hartheim von dir? Warum wollte er dir Angst machen?« Anna sah Elif mit einer Besorgnis an, die sie ein wenig rührte.

»Später«, versprach Markus, ehe er fortfuhr: »Wir haben Miss B. alle gestern noch beim Tee gesehen. Gegen sechs Uhr waren auch die Ballteilnehmer von außerhalb eingetroffen, und wir alle waren in der Eventscheune – bis auf Karoline. Sie ist mit Magda nach dem Tee spazieren gegangen, kam aber nicht mit ihr zurück. Und sie ist, wie die meisten von euch sich mittlerweile erschlossen haben, überhaupt nicht mehr zurückgekehrt, weil sie irgendwann zwischen Teestunde und Beginn des Balls getötet wurde.«

»Wie?«, verlangte Charles zu wissen, der erst jetzt zu der Gruppe trat. Er trug ein warmes Jackett über dem Arm, und in seinen Haaren hingen einige Tautropfen. Er musste gerade von draußen hereingekommen sein.

»Tja«, erwiderte Elif, »das war die Frage, nicht wahr? Sie selbst haben mir den Hinweis darauf gegeben, als ich Ihnen gestern erzählte, wie wir Karoline gefunden haben. Sie sagten, sie wäre nie ohne Schal oder Spencer aus dem Haus gelaufen. Und sie hatten recht: Als Magda und Karoline das Hotel verließen, trug sie einen Schal über ihrem Kleid. Sie werden sich vielleicht daran erinnern; es ist ein historisches Stück mit einem blauen und goldenen Muster, sehr schön, an einigen Stellen geflickt.«

Charles riss die Augen auf, als ob ihm plötzlich etwas klar wurde. »Aber das ...« begann er, klappte dann den Mund wieder zu und setzte sich, um abzuwarten, wie es weiterginge.

Markus fuhr fort: »Karoline wurde, als sie auf der Bank im Rosengarten saß, angegriffen und mit ihrem eigenen Schal erstickt und anschließend gedrosselt. Sie konnte sich nicht wehren, weil sie während des Tees, ohne ihr Wissen, mit einer Droge versetztes Gebäck gegessen hatte. Und außerdem kannte sie die Person, die sie angriff, und erwartete auch keine Gefahr von ihr, bis es zu spät war.«

An dieser Stelle rutschten einige der Zuhörer unruhig auf ihren Plätzen hin und her, allen voran Gemma, die bedrückt aussah. Charles schien in tiefes Nachdenken versunken. Verena hatte die Augen geschlossen, als ob sie so die weiteren Worte ausblenden könnte.

»Miss B. ist also auf der Bank zurückgeblieben, als eine Person nach der anderen wieder hineinging, um sich für den Ball fertig zu machen«, sagte Elif. »Weshalb Markus ziemlich verwirrt war, als Anna ihm erzählte, sie wäre mit Karoline zurück zum Haus spaziert.«

Fabian setzte sich abrupt auf und warf Anna einen scharfen Blick zu.

»Ja«, nickte Markus. »Es war eine Lüge, aber eine sinnlose, wenn es ihr darum gegangen wäre, einen Mordverdacht von sich abzulenken.« Er lächelte Anna, die ihn entgeistert anstarrte, schief zu. »Mir ist mittlerweile auch klar, dass du daran nicht einmal gedacht hast. Du hast gelogen, weil du nicht wolltest, dass jemand erfährt, worüber du mit Magda gesprochen hast, mit der du in Wirklichkeit zurück zum Haus gekommen bist. Wir hatten über toxische Beziehungen gesprochen, und du hast erzählt, wie Sandor dich unterstützt hat, als ihr zusammen wart. Du hast mich in dem Glauben gelassen, das sei alles, aber tatsächlich hattest du sogar gesagt, eure Freundschaft damals sei eine Selbsthilfegruppe gewesen. Sandor kam ebenso wie du aus einer solchen Konstellation, nicht wahr? Keine Liebesbeziehung, aber ...«

»Alles, was er erzählt hat, kam mir so unglaublich bekannt vor«, sagte Anna dumpf. »Die Abhängigkeit, die Kontrolle, die Schuldgefühle ... die Überzeugung, dass der andere doch eigentlich aus Liebe handeln würde. Er hat immer wieder betont, dass

Magda ihn gerettet hat, aber es hat gedauert, bis er eingesehen hat, dass er sich selbst retten musste, und zwar vor ihr.«

»Und dann ist Magda gestern hier aufgetaucht und hat gedroht, all deine Arbeit zunichtezumachen.« Als Anna wortlos und grimmig nickte, fuhr Markus fort: »Und du hast beschlossen, ein für alle Mal dafür zu sorgen, dass sie Sandor in Ruhe lässt. Was ist es für Material über Paul Gastovich, das du gegen Magda in der Hand hast?«

Alle sahen Markus an, aber Anna, Magda und Sandor waren die drei, deren Blicke absolutes Erstaunen ausdrückten.

»Wie hast du das herausgefunden«, wollte Anna wissen.

»Woher wissen Sie von Paul?«, fragte Magda scharf.

»Du hast Magda gedroht? Meinetwegen?« Sandor stand abrupt auf. Markus erwartete, dass er die Lobby verlassen würde, aber er machte nur ein paar Schritte aufs Fenster zu und starrte hinaus, der Gruppe den Rücken zugewandt.

»Sie hätten Paul gestern im Wintergarten nicht erwähnen sollen«, erklärte Elif. »Es war nicht schwer, seinen vollen Namen herauszufinden, da er Ihr Schüler war. Und seine Geschichte ging durch die Presse: der begabte, sensible junge Tänzer, der an der Welt zerbrach und Selbstmord beging.«

»Was nicht in den Zeitungen stand, war, dass er in erster Linie an seiner Lehrerin und ihren unerfüllbaren Ansprüchen zerbrach«, ergänzte Anna bitter. »Dass sie nichts getan hat, um ihn aufzufangen, sondern ihn immer weiter in die Isolation getrieben hat. Sandor hat mir davon erzählt.« Sie sprach den Tänzer direkt an, obwohl er weiter aus dem Fenster in die Finsternis starrte. »Und ich habe damals die Briefe, die er in den letzten Monaten vor seinem Tod an dich geschrieben hat, abfotografiert.«

»Was auch immer Paul geschrieben hat, ich bin nicht schuld an seinem Tod!«, erklärte Magda mit Nachdruck. »Ich habe seine Tat sehr bedauert, und ich hätte sie verhindert, wenn ich gewusst hätte, wie. Aber er war für mich nicht mehr zu erreichen. Er hat seine Träume aufgegeben und sich mit dem Mittelmaß arrangiert. Aber niemand kann mit dem Mittelmaß leben, wenn er für etwas Großes gemacht ist. Du …«, schleuderte sie Anna entgegen, »… du hast Sandor hinabgezogen. Du denkst vielleicht, dass du ihm etwas Gutes getan hast, aber du wirst sehen, wie es endet. Er wird sich niemals zufriedengeben können mit einem halben Künstlerleben, weil es so etwas nicht gibt. Du tanzt oder du gehst zugrunde.«

Erst jetzt drehte sich Sandor wieder um und musterte Magda, als ob er sie zum ersten Mal sehen würde. Er erhob seine Stimme nicht über ihre übliche Lautstärke hinaus, als er sagte: »Ich hatte eine schwere Verletzung, Magda. Ich *kann* nicht mehr tanzen, nicht als der Solotänzer auf der Bühne, zu dem du mich ursprünglich gemacht hast. Ich habe mich damit arrangiert und mir das Leben mit Tanz geschaffen, das mir möglich ist. Das ist kein Mittelmaß. So ist das Leben – *mein* Leben. Man wird umgeworfen, steht wieder auf und macht weiter.« Er wandte sich an Anna. Sein schmaler Mund verzog sich zu einem kargen Lächeln. »›Selbsthilfegruppe‹ hast du gesagt? Nun, sie hat ihren Zweck erfüllt.« Es klang wie ein Abschied. Sandor sah Fabian an, und einen Moment schien er etwas sagen zu wollen, doch dann überlegte er es sich anders. Er nickte ihm zu und verließ dann langsam das Foyer und die dort versammelte Gruppe. Sie hörten seine Schritte auf der Treppe nach oben.

»Ich habe die Fotos von den Briefen gelöscht«, sagte Anna zu Magda. Die alte Tänzerin antwortete nicht. Sie wirkte kleiner als vorher, aber sie saß weiterhin kerzengerade auf ihrem Platz. »Wir wissen immer noch nicht, wer Karoline getötet hat«, sagte sie so kühl, als ob die letzten paar Minuten nie stattgefunden hätten.

»Nun ja, wir hatten an Sie gedacht«, antwortete Elif. Sie hob beschwichtigend die Hand, als mehrere Personen scharf die Luft einsogen, ob aus Protest oder aus Überraschung. »Nein, wir wissen mittlerweile, dass wir damit falsch lagen«, fuhr sie rasch fort. »Aber es wäre eine Möglichkeit gewesen, Sandor zu bestrafen, ihn zu vernichten. Karoline wäre nur zufällig das Opfer gewesen, nur ein Mittel zum Zweck.«

»Aus demselben Grund hatten wir Hartheim im Verdacht. Er hegte eine lang bestehende Wut auf seine Cousine, die ihm seiner Meinung nach Geld weggeerbt hat, auf das er eigentlich ein Anrecht gehabt hätte. Ein plötzlicher, unnatürlicher Todesfall im Hotel – das ist keine gute Publicity, vor allem dann nicht, wenn die Besitzerin sowieso schon in Schwierigkeiten steckt.«

Markus skizzierte kurz die Umstände der Zerstörung des Barocksaals und ihre möglichen Auswirkungen. »Ein Verstoß gegen den Denkmalschutz kann sehr teuer werden. Möglich, dass es ihm schon gereicht hätte, Barbara in finanzielle und rechtliche Schwierigkeiten zu bringen. Ich denke – und ich hoffe sehr, dass die Polizei Beweise dafür finden wird –, dass Hartheim nicht nur die Handwerker, die den Saal zerstörten, ohne Wissen der Firma Berger und Roth von deren Firmenkonto bezahlt hat, sondern dass er vorhatte, seine Cousine dazu zu bringen, ihr Hotel zu verkaufen – natürlich über ihn an die Immobilienfirma Berger und Roth, von denen er eine sehr üppige Provision zu erwarten gehabt hätte. Die Tatsache, dass er mit der Tochter des Unternehmers liiert ist, hat ihm Zugang zu den entsprechenden Leuten verschafft. Vielleicht hat er auch darauf spekuliert, dass er irgendwann sogar selbst die Kontrolle über das Hotel gewinnen würde. Ich denke, dass er es nicht einmal als Rache an seiner Cousine gesehen hätte; eher als die Wiederherstellung einer gestörten Ordnung.«

»Ja«, murmelte Elif düster. »Geht ja nicht an, dass eine Frau was *erbt!* Oder *unabhängig* von einem Mann erfolgreich ist.«

Barbara hatte sich nicht zu den anderen gesetzt; sie stand am Rand der Gruppe mit der Möglichkeit, jederzeit wegzugehen. Bislang hatte sie stumm zugehört, und auch jetzt sagte sie nichts. Elif hatte den Eindruck, dass sie versuchte, diese Informationen über ihren Cousin mit dem in Einklang zu bringen, was sie bisher von ihm gedacht hatte. Ihrem Gesichtsausdruck nach zu urteilen, bereitete ihr das Gehörte Kopf- oder Magenschmerzen.

»Wenn er so schlau vorgegangen ist und selbst Frau Hartheim keinen Verdacht geschöpft hat, wie ist es dann herausgekommen, dass er für den Zustand des Saals verantwortlich ist?«, wollte Fabian wissen. Er hatte schon lange kein Wort mehr gesagt, sondern verloren ins Leere gestarrt und schien nur langsam wieder aus seiner Trance aufzuwachen.

Elif grinste hämisch. »Er hat seine Geldbörse im Festsaal verloren.«

»Sie meinen, ich habe ...« Barbara stockte und versuchte es erneut. »Ich war so entsetzt, als ich den Zustand des Saals sah, ich wusste nicht, was ich tun sollte. Ich bin hineingegangen, natürlich, aber – mein erster Impuls war, die Tür abzusperren und diesen Jammer nicht mehr sehen zu müssen, und mein zweiter, die Handwerker anzurufen, um herauszufinden, wie das passieren konnte.« Sie überlegte einen Moment. »Ich kann das immer noch nicht glauben. *Wissen* Sie, dass Konrads Geldbeutel im Saal war, oder vermuten Sie es nur?«

Elif und Markus sahen einander an, dann ergriff Markus das Wort: »Ich würde zumindest darauf wetten. Wenn wir mit unseren Überlegungen recht haben, ist Folgendes passiert: Sie haben den Saal gesehen und waren zu entsetzt, um mehr zu tun, als möglichst schnell daraus zu flüchten und die Tür zuzusperren. Aber eine andere Frau hat ein paar Tage später das Gleiche gesehen wie Sie, war ebenso schockiert über das ›Sakrileg‹, wie sie es nannte. Nur hat sich Miss B. den Saal ganz genau angesehen, mit den Augen einer Expertin, mit einem Blick fürs Detail. Und sie muss den Geldbeutel bei ihrer Inspektion gefunden haben.«

Ein Schweigen folgte, während die Zuhörenden die Worte aufnahmen, dann begannen mehrere Personen gleichzeitig zu reden. Barbaras Worte drangen als Erste durch. »Ich verstehe nicht einmal, wie sie überhaupt dort hineinkam«, sagte sie mit einer tiefen Furche auf der Stirn. »Ich hatte den Saal abgesperrt.«

»Und hatte Ihr Cousin keinen Zugang zu dem Schlüssel?«, fragte Markus zurück.

Barbara wurde noch blasser als ohnehin schon. »Oh Gott, ich hatte – ich hatte ihn angerufen und ihm gesagt, dass der Saal einen Wasserschaden hat. Ich wollte ihm am Telefon nicht alles erzählen. Er sagte, er habe aktuell keine Zeit, nach Ellingen zu fahren, und dann ist er doch gekommen – in der Nacht, in der Sie alle angekommen sind. Ich hab ihn im Saal angetroffen. Er stand an der offenen Tür. Ich dachte, er wollte sich nur anschauen, wovon ich geredet hatte. Er war so ernst und hat mir seine Unterstützung versprochen.«

»Ja, was sollte er auch anderes machen, nachdem Sie ihn dort gesehen hatten?«, fragte Elif trocken. »Wenn er Ihnen gesagt hätte, dass er seinen Geldbeutel sucht, wären Sie misstrauisch geworden, und das wollte er nicht. Sie sollten schließlich keinen Beweis dafür haben, dass er den Saal zerstören ließ.«

»Wenn das der Fall ist, ist es dann nicht offensichtlich, dass er Karoline umgebracht hat? Sie hatte den Beweis. Ihr Tod würde nicht nur Frau Hartheim schaden, sondern ihm auch nützen. Und warum hat er Sie«, Verena deutete auf Elif, »sonst bedroht?«

»Wenn es jemanden gibt, dem ich es gönnen würde, ins Gefängnis zu kommen, dann Hartheim«, sagte Elif nachdrücklich. »Und ich kann mir auch nicht vorstellen, dass es ihm um Miss B. leid tut. Aber ich glaube, dass ihr Tod für ihn, auch wenn es auf den ersten Blick anders aussieht, ein echtes Problem ...«

Ihre Worte gingen in einem Tumult im Eingangsbereich unter. Es waren Stimmen, Schritte und das Poltern eines umfallenden Gegenstands zu hören, und dann stürzte plötzlich Kalea in ihre Mitte, ebenso aufgelöst und durcheinander, wie sie zuvor das Haus verlassen hatte. Sie sah sich aus wilden, weiten Augen um: »Wo ist er? Konrad? Haben Sie ihn gesehen?« Dann fiel ihr unruhig umherschweifender Blick auf Charles, der etwas abseits saß, und sie schluchzte auf. »Sie!«, stieß sie hervor. »Warum sind Sie immer noch hier? Warum ...« Hilfesuchend wandte sie sich um und eilte zu der Gruppe von Frauen, die auf dem zentralen Sofa saß. »Beschützen Sie mich! Helfen Sie mir!« Sie deutete mit einem zitternden, anklagenden Finger auf Charles. »Dieser Mann will mich vernichten!«

Der Engländer stand auf. Zum ersten Mal wirkte er verunsichert. »Ich ... ich versichere Ihnen, ich habe Ms. Berger nichts angetan.«

Elif sah ihn an. »Oh doch, das haben Sie«, erwiderte sie ernst.

Als Jane sich ruckartig umwandte und Verena ausrief: »Ich wusste, dass da was faul ist«, hob Elif eine Hand, um sich Gehör zu verschaffen.

»Was auch immer Mr. Sinclair sonst getan hat« – sie war noch nicht fertig mit ihm, nicht jetzt, wo sie endlich das Rätsel um den Mann im Rosengarten gelöst hatte – »auf jeden Fall hat er Kalea in blinde Panik versetzt.« Charles wollte protestieren, aber sie ließ ihn nicht zu Wort kommen. »Die Frage ist nur, wie. Was haben Sie getan, dass diese Frau bei Ihrem Anblick beinahe in Ohnmacht fällt?« Sie wandte sich an die anderen im Raum. »Sind Sie genauso verwirrt von diesem Verhalten wie ich? Ich glaube, keiner von uns ist Zeuge davon geworden, dass Mr. Sinclair Kalea bedroht, beleidigt oder unangemessen behandelt hat, oder?« Alle schüttelten stumm den Kopf, sogar Verena.

»Es bleiben nur zwei Möglichkeiten, um ihr Verhalten zu erklären«, fuhr Elif fort.

In diesem Moment betrat eine Polizistin den Raum. Sie lief zu Kalea hinüber, die noch immer auf dem Boden neben dem Sofa kauerte, und ging neben ihr in die Hocke. »Wir haben Sie gesucht, Frau Berger«, sagte sie ruhig zu ihr. »Wollen Sie mit mir kommen, damit Sie mir ungestört berichten können, was geschehen ist?«

Kalea schüttelte starr den Kopf. »Ich will das hier erst hören.«

Die Uniformierte dachte einen Moment nach, dann nickte sie. »Gut, dann setzen wir uns doch hierher auf dieses Sofa und hören zu.« Es war klar, dass ihre unmittelbare Priorität darin bestand, Kalea zu beruhigen. Sie nickte Elif zu. »Reden Sie weiter«, sagte sie, dann zog sie ein Handy aus der Tasche und tippte eine Nachricht.

Es entging Markus nicht, dass Kommissar Werner sich strategisch günstig im Eingangsbereich platziert hatte.

Elif sah Kalea direkt an, als sie weitersprach. »Entweder hat Mr. Sinclair etwas getan, was keiner von uns gesehen hat ...«, die junge Frau reagierte nicht, ihre Augen blickten starr geradeaus, Elif sah in die Runde, »... oder er hat unbeabsichtigt etwas getan, was nur für sie Bedeutung hatte. Etwas, das sie so sehr bedroht hat, dass sie begonnen hat, ihn noch mehr zu fürchten als Karoline Behrens.«

»Karoline hatte doch keine Angst vor Charles«, wandte Verena ein, während Anna gleichzeitig rief: »Kalea kannte Miss B. doch vorher gar nicht. Warum sollte sie Angst vor ihr haben?«

Markus nickte. »Ja, das ist die Frage, nicht wahr? Charles, Sie haben erzählt, dass Sie Kalea schon am Donnerstag im Zug gesehen haben, wo sie ein Telefongespräch führte.« Er sah Kalea an. »Sie haben mit Konrad gesprochen, nicht wahr? Hat er gemerkt, dass er einen Geldbeutel verloren hatte? Wollte er, dass Sie ihn für ihn aus dem Saal holen?«

»War das ›der einzige Auftrag‹, den Konrad dir gegeben hat?«, wollte Elif wissen.

Kalea sah sie an, und dann sprudelte es plötzlich aus ihr heraus: »Ich wollte das alles nicht. Aber er hat gesagt, es muss sein. Dass seine Cousine ihn übervorteilt hat und dass er sich nur das nehmen würde, was ihm zusteht. Und dass sein Geldbeutel nicht in die falschen Hände fallen dürfe. Aber ich kam erst am nächsten Tag an, weil ich bei Freunden übernachten wollte – es war alles meine Schuld. Wenn ich gleich ins Hotel gekommen wäre, wäre das alles nicht passiert. Er war so enttäuscht von mir. Und ich wollte es wieder gutmachen, aber dann ist alles schiefgegangen.«

»Ja, und es begann schiefzugehen, als Mr. Sinclair im Zug Ihr Gespräch mit anhörte. Weil sich herausstellte, dass er nicht einfach nur ein Fremder im selben Zugabteil war, sondern auf dem Weg in genau das Hotel, in dem Konrad Hartheim den barocken Prachtsaal seiner Cousine hatte zerstören lassen und sein Portemonnaie verloren hatte.« Markus seufzte. »Und es ging damit weiter, dass Karoline den verlorenen Geldbeutel fand und beschloss, der Sache nachzugehen.«

»Die arme Frau!«, rief Kalea aus, und alle sahen sie mit einer Mischung aus Entsetzen und Mitleid an. »Sie war so überzeugt von sich. Sie sagte, es wäre ein Verbrechen, diesen Saal zu zerstören, und dass sie dafür sorgen würde, dass jemand dafür bezahlte. Und sie hatte dabei Konrads Geldbörse in der Hand. Es hat mir Angst gemacht.« Sie weinte, als sie weitersprach. »Ich wünschte, nichts von alldem wäre passiert, aber ich hatte Angst, Konrad im Stich zu lassen. Ich wollte nur mit ihr reden, ich wollte nur die Geldbörse von ihr wiederbekommen, ich dachte ... Ich wollte ihr nichts tun. Aber dann saß sie da ganz allein und ... Die arme Frau. So kalt, so allein. Und dann war alles umsonst. Ich habe die Geldbörse nicht gefunden. Und Konrad war so enttäuscht.« Sie fuhr sich mit der Hand über die Augen, dann sah sie die

Polizistin neben ihr an. »Wir müssen gehen, nicht wahr?«, fragte sie leise.

»Wir müssen gehen«, bestätigte sie.

Kalea stand langsam auf. Sie sah in die Runde, und ihr Blick blieb auf jedem der Anwesenden einen Moment lang ruhen. »Es tut mir leid«, sagte sie. »Ich habe euch den Ball kaputtgemacht. Es ging nicht anders, aber ich wünschte, es wäre nicht passiert. Wissen Sie, ich hatte Angst. Angst macht komische Dinge mit einem Menschen. Ich ...«

»Kommen Sie, Frau Berger, Sie können mir das alles erzählen«, unterbrach die Polizistin sie und steuerte sie langsam auf ihren Kollegen zu. Alle sahen ihr hinterher, bis die drei nach draußen verschwunden waren.

»This nice young woman«, sagte Jane auf einmal. »Ich kann es nicht verstehen. What's wrong with her? Kann es wirklich sein, dass sie ... dass sie Miss B. getötet hat? Warum?«

Markus verzog grimmig den Mund. »Sie hatte Angst. Leider nicht vor Hartheim und seinem negativen Einfluss, sondern vor Karoline, die ...« Er stockte kurz; es war ein niederschmetternder Gedanke, dass sie vielleicht noch am Leben wäre, wenn er sie nicht auf später vertröstet hätte, als sie versucht hatte, mit ihm zu reden. Sie musste Hartheims Geldbeutel bei sich gehabt haben, als sie ihn nach dem Mittagessen angesprochen hatte; vielleicht hatte sie ihn sogar in der Hand gehabt. Und Kalea war danebengestanden und in Panik verfallen. Vielleicht hatte sie später, als sie Miss B. auf der Bank fand, zunächst nur mit ihr reden wollen. Vielleicht hätte es ihr gereicht, den Geldbeutel von ihr zurückzubekommen. Aber den hatte Karoline in der Zwischenzeit an der Rezeption abgegeben.

Elif übernahm, als Markus nicht weitersprach. »Kalea hatte Angst vor dem, was Karoline tun würde, vor dem Schaden, den es für Hartheim bedeuten würde, und deshalb hat sie sie umgebracht. Sie war am Nachmittag ohne Mantel oder Schal aus dem Haus gelaufen, ganz ähnlich wie heute, weil sie in innerem Aufruhr war. Sie hat Karolines Schal benutzt, um sie zu ersticken.«

»Good God! Ich muss kurz danach vorbeigekommen sein«, sagte Charles betroffen. »Ich hätte sie sehen können. Vielleicht hätte ich es sogar verhindern können.«

Elif seufzte. »Vielleicht. Vielleicht auch nicht. Doch Sie kamen etwas zu spät oder nicht genau an der richtigen Stelle vorbei, und es wurde bereits dämmrig. Sie sahen nichts von der Tat. Aber kurz darauf sahen Sie Kalea, die allein aus dem Rosengarten kam und auf das Hotel zuging, und boten ihr Ihren Arm. Und nicht nur das ...«

»Ich habe ihren Schal aufgehoben, den sie fallengelassen hatte«, vollendete Charles dumpf den Satz. »Er lag auf dem Weg, und ich habe ihn aufgehoben und ihr umgelegt. Nur war es nicht ihrer, sondern Karolines.«

Markus schüttelte traurig den Kopf. »Hartheim hat heute Morgen gesagt: ›Man kann etwas lieben, was einen kaputtmacht.‹ Er sprach von seiner Cousine und ihrer Liebe zu diesem historischen Gebäude. Aber auf Kalea trifft es noch viel mehr zu.«

»So, wie sie sich heute verhalten hat, könnte man fast glauben, dass es sie verrückt gemacht hat«, stimmte Elif zu. »Und vielleicht stimmt das auch in gewisser Weise. Aber sie wusste, was sie tat, nicht wahr? Sie ist trotzdem verantwortlich dafür, dass Karoline tot ist. Hartheim hat sie nicht einmal dazu angestiftet.«

»Nein, im Gegenteil«, sagte Markus. »Für ihn war es unangenehm genug, dass der Geldbeutel in die falschen Hände geraten war. Karolines Tod kam ihm entschieden ungelegen, als er erst einmal begriffen hatte, dass seine eigene Freundin dafür verantwortlich war.«

Elif riss die Augen auf. »Denkst du, dass er mich deshalb in Kaleas Zimmer überrascht hat? Er ist gar nicht hinter mir her gewesen, sondern ...?«

Barbara, die mit verschränkten Armen an einem Pfeiler lehnte, richtete sich auf. »Ich hatte ihn angerufen, dass sein Geldbeutel gefunden worden war«, erklärte sie. »Ich dachte, Sie hätten ihn. Deshalb hat er ihn von Ihnen gefordert. Aber ich denke, er war aus einem anderen Grund in Kaleas Zimmer.« Ein bitterer Zug lag um ihren Mund. Es schien, als ob sie jetzt, wo sie über Konrads Verrat Bescheid wusste, plötzlich eine Reihe von Wahrheiten über ihren Cousin erkannte, die ihr allesamt nicht gefielen. »Er muss gewusst haben, was Kalea getan hatte. Vielleicht hat sie es ihm sogar erzählt. Und er wusste auch, dass das früher oder später herauskommen würde. Also hat er sich entschlossen, Kalea zu opfern. Sie sollte nicht nur für den Mord verantwortlich gemacht werden, sondern auch für die Zerstörung des Saals. Ich denke, er wollte einen ›Beweis‹ in ihrem Zimmer hinterlassen.«

Elif lächelte grimmig. »Und ich war dort, um den Schal zu suchen – großartiges Timing!«

»Oh, I see!«, rief Charles. «Ms. Berger hatte ihren eigenen Schal nach dem Tee gestern im Speisesaal vergessen. Sie ist ohne ihn aus dem Haus gelaufen, um Miss B. zu finden. Und ich habe sie heute früh auf den Schal angesprochen.«

»Ja«, stimmte Elif trocken zu »kein Wunder, dass sie aussah, als ob sie gleich umkippen würde. Sie muss geglaubt haben, dass Sie Bescheid wissen.«

»Also ist Charles vollkommen unschuldig?«, fragte Verena, die fast ein wenig enttäuscht klang.

»So würde ich das nicht ausdrücken«, antwortete Elif, die ziemlich stolz darauf war, dieses Rätsel gelöst zu haben. »Sie vergessen den geheimnisvollen Mann im Rosengarten. Er kam erst an, als Karoline schon tot war, kommt also als Täter nicht infrage. Aber er wollte keinesfalls unter Verdacht geraten oder mit der Polizei in Berührung kommen. Habe ich nicht recht, Mr. Sinclair?«

Der Engländer sah sie mit ausdruckslosem Gesicht an wie einer, der blitzschnell seine Optionen abwägt und eine Entscheidung trifft.

»Ja, das haben Sie, Ms. Aydin«, sagte er dann ruhig. »Oliver ist der Sohn eines Geschäftsfreundes. Er wollte nicht, dass wir zusammen gesehen werden. We had ... a kind of *assignment.*«

»Sie hatten was?«, fragte Elif nach.

»Eine Verabredung«, sagte Charles auf Deutsch. »Mit einem jungen Mann, den ich seit einigen Jahren gut kenne. Es ist eine Verbindung, die wir bislang geheim gehalten haben. Ich denke, dass sein Vater nicht sehr glücklich darüber wäre ...«

Einen Moment lang war Elif völlig überrumpelt. Das war definitiv nicht die Erklärung, mit der sie gerechnet hatte.

Dann meldete sich die Instanz ihres Denkens, die sie gerne als »Bullshit-O-Mat« bezeichnete, und sagte (erwartungsgemäß): »Bullshit!«

Jane hatte ihr den Namen des deutschen Kunden genannt, über den sie Charles auf dem Jane-Austen-Festival kennengelernt hatte. Markus und Fabian hatten ihr übereinstimmend erklärt, dass der Mann im Rosengarten jünger gewesen war als er. Und dann war sie auf seinen Sohn gestoßen, der ebenfalls mit Antiquitäten handelte, aber anders als sein grundsolider Vater schon einmal wegen Hehlerei mit gestohlenen Edelsteinen im Gefängnis gesessen hatte. Das war ein paar Jahre her, aber er handelte auch jetzt noch mit Schmuck und hatte den Ruf, nicht allzu genau hinzuschauen, woher die Stücke stammten. Der Antiquitätenhändler in Kent, mit dem Charles immer wieder zusammenarbeitete, hatte einen ähnlichen Ruf.

Elif starrte Charles an. »Sie wollen sagen, sie hatten eine *private* Verabredung mit Oliver Herold im Rosengarten, die sie aus *privaten* Gründen geheim halten wollten?«

Er schaute unverwandt zurück. »In der Tat. Und falls Sie mit Oliver sprechen sollten, wird er das bestätigen.«

Ja, natürlich würde er das, dachte Elif wütend, sobald Charles ihn einmal angerufen und entsprechend instruiert hätte.

Der Engländer zog eine Augenbraue hoch. »Ich hätte nicht erwartet, dass Sie das so schockieren würde«, sagte er milde.

»Sie meinen die Tatsache, dass Sie ...«

»Beziehungen zu anderen Männern unterhalte, ja.«

Elif schäumte. Er log. Sie wusste es. Und sie konnte sehen, dass er wusste, dass sie es wusste. Die Verabredung im Rosengarten hatte nichts mit Sex zu tun gehabt, sondern mit Geld. Mit antikem Schmuck, der vor einigen Monaten aus einer privaten Sammlung in England verschwunden und seither nicht wieder aufgetaucht war. Sie wusste es.

Charles hatte seinen Blick nicht von ihr abgewendet. Seine Geschichte stand. Er würde nicht davon abweichen. Und sie hatte keine Beweise.

Elif starrte Charles einen langen Moment empört an, dann legte sich ihr Ärger ganz unvermittelt. Antiker Schmuck, keine Drogen, keine Waffen, keine Cum-Ex-Geschäfte. Auf der Skala möglicher Verbrechen und moralischer Verworfenheit nahmen seine Geschäfte schwerlich einen Spitzenplatz ein. Und wenn Charles mit dieser Lüge seinen Ruf als ladies' man ruinieren wollte – wer war sie, ihn daran zu hindern? Sollten die Polizeibeamten, falls sie ein Interesse an der Sache hatten, doch selbst Beweise finden!

»Ich bin nicht schockiert, nur ein wenig überrascht«, sagte sie zu Charles.

Er neigte höflich den Kopf, und Elif glaubte zu bemerken, dass Verena und Jane seinen Charme plötzlich in einem anderen

Licht betrachteten. »Ich war mir sicher, dass Sie sich als unvoreingenommen erweisen würden«, erwiderte er. Seine Stimme klang freundlich und aufrichtig, aber Elif wusste es besser. Hatte er ihr eben zugezwinkert?

Entschlossen drehte sie ihm den Rücken zu. »Ich weiß nicht, wie es euch anderen geht, aber ich bin so müde, dass ich gleich einschlafe. Jetzt da wir wissen, dass Kalea sich in ihrer Verzweiflung nicht in einen Teich gestürzt hat, und dass unter diesem Dach kein Mörder mehr frei herumläuft, ist es vielleicht an der Zeit, endlich den versäumten Schlaf nachzuholen.«

Als ob sie auf ihre Worte gewartet hätten, standen die anderen von ihren Plätzen auf.

Barbara sah Elif und Markus mit einem Kopfschütteln an. »Ich kann nicht glauben, was Sie zwei hier alles für Geheimnisse aufgedeckt haben. Gibt es irgendetwas, was Sie in den letzten Tagen nicht herausgefunden haben?«

Die beiden sahen sich nachdenklich an, dann antwortete Markus: »Ja, doch, jetzt wo Sie fragen: Wir haben nicht herausgefunden, wer auf Karolines Fächer die Telefonnummer einer Sex-Hotline geschrieben hat.«

Ein Postskriptum

»Und, wie ist es gestern gelaufen?«

Markus schnappte sich einen zweiten Bürostuhl und fuhr neben Elifs Schreibtisch. Sie hatte ihren Bildschirm geteilt, um Bild und Textmaterial im Blick zu haben, und ihren Browser mit mehreren Tabs offen. »Ich sehe, du arbeitest schwer«, bemerkte er. »Ist das die Sache über die fränkischen Jakobswege?«

Sie drehte ihren Stuhl zu ihm hin. »Lenk nicht ab, Markus. Wie war das Gespräch mit Lady Macbeth? Du bist zumindest noch auf den Beinen, ich vermute also, dass sie nicht die ganz schweren Geschütze aufgefahren hat.« Ihr Tonfall war leicht, aber sie wusste, dass die Aussprache mit seiner Exfrau Sarah ihn seit Wochen beschäftigt hatte.

Markus stahl ihre Kaffeetasse, die neben der Tastatur stand, und nahm einen Schluck. »Oh Gott, der ist ja furchtbar!«, rief er entsetzt aus. »Hattet ihr heute Morgen hier einen Chemieunfall?«

Elif zuckte die Schultern. »Was meinst du, warum ich ihn nicht getrunken habe?«, fragte sie zurück. »Ich vermute, jemand hat Kaffeepulver aus dem letzten Jahrhundert mit in den Sender genommen – ein besonders perfider Anschlag auf die Presse.« Sie verschränkte die Arme. »Dein Gespräch, wie ist es gelaufen?«

Er zuckte die Schultern. »Weißt du was? Ich hatte echt Schiss vor dieser Begegnung. Und dann habe ich an Magda gedacht und an das, was Anna über sich erzählt hat, und plötzlich ist mir klar geworden, dass es möglich ist, alles hinter sich zu lassen. Wir haben uns im Bistro getroffen und eine halbe Stunde geredet, und dann habe ich mich verabschiedet und bin nach Hause gefahren. Und das war's.«

Elif grinste erleichtert. »Du solltest Simone Lenk-Hainbauer Blumen schicken. Wenn du nicht so wild darauf gewesen wärst, Informationen aus ihr herauszukriegen, hättest du dieses Treffen noch wer weiß wie lange vermieden.«

Er nickte wortlos und schaute auf ihren Bildschirm. »Ach, nicht die Jakobswege, sondern die Sache mit der Rettungshundestaffel, ja? Ich kann immer noch nicht glauben, dass die unseren Beitrag über den historischen Tanz einfach fallen gelassen haben«, ereiferte er sich. »Nach all den Mühen, die wir auf uns genommen haben!«

»Verschoben«, verbesserte Elif. »Johannes hat ja recht, wir hätten schwerlich was über den Ball im *Schlosshotel* machen können, ohne den Mord zu thematisieren, und das wäre ein ziemlich schräger Beitrag zu unserer ›Sport-und-Hobby‹-Serie gewesen.«

»Wir hätten den Beitrag ›Mord ist ihr Hobby‹ nennen können«, schlug Markus vor, aber dann zuckte er die Schultern. »Na schön. Ich hoffe nur, dass unser ganzes Material nicht spurlos in den Archiven verschwindet. Wäre doch schade drum.« Er spähte noch einmal auf ihren Bildschirm, wo links ein Standbild von einem Hund in vollem Lauf zu sehen war und rechts ein Sprechertext über die Methoden der Rettungshundeausbildung. Dann fiel sein Blick auf die Leiste der Browsertabs darüber. Bevor Elif ihn davon abhalten konnte, öffnete er die Seite, mit der sie sich beschäftigt haben musste, bevor er kam.

»Regency-Kleider bei Etsy?«, fragte er ungläubig. »Ich nehme an, du fragst für eine Freundin nach Preisen, ja?«

Elif wurde ein wenig rot. »Ich hab mich nur mal ein bisschen umgeschaut«, sagte sie. »Ich wusste gar nicht, dass es so viele Anbieter gibt. Man muss gar nicht unbedingt selber nähen können, wenn man ein historisches Kleid haben möchte.«

»Ja, ja, das ist schön und richtig«, stimmte Markus zu. Er konnte sich das Grinsen nur schwer verkneifen. »Ich frage mich nur, wofür ›man‹ ein historisches Kleid brauchen sollte. Zumal ›man‹ wiederholt und glaubhaft versichert hat, auf keinen Fall ein solches tragen zu wollen.«

»Ja, ha, ha, sehr witzig.« Elif verdrehte die Augen. Dann erklärte sie ein wenig verlegen: »Na ja, ich dachte mir, es kann ja nicht schaden, ausgerüstet zu sein. Für den Fall, dass Sandor vielleicht doch nächstes Jahr wieder einen Ball organisiert. Oder wer weiß, am Ende schaue ich mir nächsten September doch mal dieses Jane-Austen-Festival in Bath an. Ich wollte schon lange einmal Urlaub in England machen.«

Markus musste das erst einmal sacken lassen. Dann fragte er beiläufig: »Bieten die auf Etsy auch was für Männer an? Ich kann mir ja nicht jedes Mal Sandors Uniform ausleihen.«

Elif sah ihn überrascht an. »Wie, du würdest mitkommen?«

Er zuckte die Schultern. »Warum nicht? Natürlich nur, wenn du mich dabeihaben willst.«

Elif drehte die schmale Anstecknadel mit den weißen Schmucksteinen, die am Tag zuvor ohne Nachricht oder Absender in einem einfachen weißen Umschlag im Sender für sie abgegeben worden war, in der Hand. Sie sah antik aus, aber was verstand sie schon von diesen Dingen? Sicher handelte es sich um nichts anderes als eine geschickte Nachbildung.

»Klar«, sagte sie leichthin zu Markus. »Wie Frances so richtig bemerkt hat: Nicht tanzen ist schließlich auch keine Lösung.« Dann beugte sie sich nach vorn und fügte ernst hinzu: »Nur versprich mir bitte, beim nächsten Ball nicht wieder über eine Leiche zu stolpern.«

Nachwort

Die Personen und die Handlung dieses Romans sind frei erfunden, ebenso wie das *Schlosshotel Ellingen*, dessen Lage, Architektur und Geheimnisse ich meinen erzählerischen Bedürfnissen angepasst habe.

Eine sehr aktive historische Tanzszene in Franken hingegen gibt es sehr wohl, und alle Tänze aus dem Buch werden auf Bällen, in Workshops und bei Tanznachmittagen tatsächlich getanzt. Jegliche Ungenauigkeiten oder Fehler in ihrer Beschreibung lassen sich darauf zurückführen, dass die Autorin ebenso wie Markus Wieland manchmal Probleme damit hat, rechts und links zu unterscheiden, und wie Anna Elm meist die Genauigkeit dem Spaß an der Sache opfert. Neue Tänzerinnen und Tänzer (Letztere sind wie im Roman immer stark in der Unterzahl) werden bei diesen Veranstaltungen immer gerne gesehen, und Morde kommen (anders als im Roman) so gut wie gar nicht vor.

Mein Dank gilt Stefan Imhof vom ars vivendi verlag, der mir das Projekt eines britisch angehauchten Retro-Krimis vorgeschlagen hat, und allen, die an seiner Verwirklichung beteiligt waren, insbesondere Tanja Böhm für das Lektorat.

Besonderer Dank an meine Cousine, die seit Jahren als meine Erstleserin und informelle Lektorin fungiert, und an meine Geschwister für Rat und Tat und jede Menge amüsanten Quatsch in unserer Familien-Nachrichtengruppe.

Danke an Peter und alle Tänzerinnen und Tänzer der Regency-Tanzgruppe ebenso wie an meine Englischlehrerin, »die Gundi«, die uns in der 12. Klasse eine schlechte Kopie des ersten Kapitels von *Pride und Prejudice* austeilte und damit den Grundstein zu einer wunderbaren literarischen Freundschaft mit Elizabeth Bennett, Emma Woodhouse und Catherine Moorland legte – drei Frauen, die auf jeweils unterschiedliche Weise großartig sind und außerdem alle gerne tanzen.